Dochters van hoop

W0416679

Maria Nikolai bij Boekerij:

De *chocoladevilla*-serie:
De chocoladevilla
Gouden jaren
Een lang bewaard geheim

De *Lindenhof*-serie:
Dochters van hoop

boekerij.nl

Maria Nikolai

DOCHTERS VAN HOOP

Helena's grote droom is om herberg de Lindenhof nieuw leven in te blazen, maar het zijn moeilijke tijden om groot te dromen

Deel 1 van de *Lindenhof*-serie

Vertaald uit het Duits door Marijke Gheeraert

BOEKERIJ

ISBN 978-90-492-0435-8
ISBN 978-94-023-2411-2 (e-book)
NUR 302

Oorspronkelijke titel: *Die Bodensee Saga 1: Töchter der Hoffnung*
Vertaling: Marijke Gheeraert
Omslagontwerp en -beeld: Bürosüd
Zetwerk: Elgraphic

© 2021 door Penguin Verlag, onderdeel van Penguin Random House
Verlagsgruppe GmbH, München
© 2024 Nederlandse vertaling Meulenhoff Boekerij bv, Amsterdam

Alle rechten voorbehouden. Niets uit deze uitgave mag openbaar worden
gemaakt door middel van druk, fotokopie, internet of op welke andere wijze
ook, zonder voorafgaande schriftelijke toestemming van de uitgever.

Ich möchte dir ein Liebes schenken,
Das dich mir zur Vertrauten macht:
Aus meinem Tag ein Deingedenken
Und einen Traum aus meiner Nacht.

(Iets dierbaars zou ik je willen geven,
omdat ik je als geen ander vertrouw:
een herinnering aan jou uit mijn overdagse leven
en uit mijn nacht een droom over jou.)

Rainer Maria Rilke

PROLOOG

Meersburg aan de Bodensee, juli 1907

Het roestige tuinhek kraakt hoorbaar als Helena er met alle kracht van haar elf jaren tegenaan duwt. Deze inspanning is inmiddels deel van haar dagelijkse ritueel en kost haar de nodige moeite, maar levert tegelijkertijd ook een hoop voorpret op. Want zodra het zware houtwerk haar gezwoeg met een vertrouwd knarsen bekrachtigt, opent zich de weg naar haar paradijs.

Een oude muur van grote rechthoekige stenen omheint de verwilderde tuin naast de herberg van haar ouders waar het zomerse licht de bonte toppen van de wilde rozenstruiken en andere bloemen, waarvan Helena de naam niet kent, in een schitterende gloed zet. Rood en roze, geel en oranje, blauw en violet duiken weg in het juligroen en versmelten met het gras en het gebladerte tot een ware golf van kleuren. De knoestige, scheefgegroeide appelboom, waarvan de knoppen zich in dit jaargetijde nog schuchter onder de bladeren verbergen, staat pal in het midden van de gaard. Helena gelooft stellig dat de appelaar er al staat sinds de dag dat God hemel en aarde schiep. Dat spannende verhaal van de tuin van Eden vertelt de pastoor maar al te graag in de kerk en Helena weet het honderd procent zeker: dit moet de boom zijn waarvan Adam lang geleden de verboden vrucht heeft geplukt. Ze wil het risico niet lopen uit haar tuin te worden verdreven en daarom let ze altijd goed op of er geen slang tussen de takken zit als ze appels plukt.

Helena sluit het onder de klimop verscholen hek zorgvuldig achter haar jongere zusjes, Lilly en Katharina.

'Wat wil je ons laten zien?' vraagt Katharina terwijl ze samen langs het met gras en onkruid overwoekerde pad lopen dat steil omhoog naar een bouwvallige kas leidt.

'Een verrassing!'

'Dat zeg je altijd als je ons meetroont naar je oerwoud, Helena.' Lilly klinkt een beetje schamper. 'En dan is het toch weer een domme grap.'

'Heb je weer slakken verzameld?' vraagt Katharina met haar heldere stemmetje.

'Nee, geen slakken.' Helena glimlacht naar Katharina.

'Of muizen?' Lilly lacht het gat tussen haar tanden bloot. Gisteren heeft haar rechtersnijtand de strijd met haar wrikkende vingers definitief verloren. Nu ligt de melktand onder haar hoofdkussen in de hoop dat de tandenfee een muntje zal achterlaten. Vanochtend had de tand echter nog precies op hetzelfde plekje gelegen. Lilly was zo teleurgesteld geweest dat Helena haar met een zuurstok had moeten troosten. Kennelijk heeft de tandenfee het heel druk. Vannacht komt ze zeker. Lilly heeft zich voorgenomen wakker te blijven om een ernstig woordje met de fee te wisselen en Helena is benieuwd hoelang haar zusje zich vannacht tegen de slaap zal kunnen verzetten. Zelf heeft ze – ondanks vele verwoede pogingen – de tandenfee nog nooit te zien gekregen.

De drie meisjes zijn bijna bovenaan de steile helling waar het terrein een beetje verbreedt tot een door frambozen- en bramenstruiken ingepalmd plateau, als Katharina over een wortel struikelt en languit op de grond valt. Met een kreetje grijpt ze naar haar knie waarop een lelijke schram zit.

Helena knielt meteen naast haar neer, diept een zakdoek op uit haar schort en veegt voorzichtig het vuil en het bloed weg.

'Doet het heel erg pijn?'

Katharina schudt het hoofd, maar de tranen in haar ogen zeggen het tegendeel. Ze is altijd zo flink, ook al is ze nog maar zes. Als Lilly, en zij is al zeven jaar, zich bezeert, gaat dat altijd gepaard met veel misbaar.

Helena helpt haar zusje recht. 'Kom, Katharina! Als je de verrassing ziet, is het meteen over.' Ze geeft haar twee zusjes een hand en samen lopen ze het laatste stukje naar de kas die zich onopvallend in een hoek van de weide heeft genesteld.

Haar 'glazen huis' – zo noemt Helena het – bestaat uit een ijzeren geraamte en glas waar de tand des tijds zijn sporen heeft nagelaten: er zitten barsten en scheuren in de ruitjes die elk hun eigen verhaal vertellen. Maar Helena maalt niet om de gammele buitenkant. Achter het stof en de spinnenwebben verschuilt zich immers haar geheime rijk.

'Is het daarbinnen?' vraagt Katharina. Haar nieuwsgierigheid wint het van de pijn en de schrik, maar haar stem heeft ze nog niet helemaal hervonden.

'Nee. Daarboven.' Helena wijst naar een plek een flink eind bij de kas vandaan.

Lilly zet meteen een stap in de aangegeven richting, maar Helena houdt haar tegen bij de arm en trekt een streng gezicht. 'Eerst moeten jullie hier wachten.'

Vol ongeduld blijven Lilly en Katharina buiten staan, terwijl Helena het touwtje lospeutert van de houten deur waarmee de kas provisorisch is afgesloten.

Het gedempte middaglicht valt op enkele scheve planken die Helena's schatten herbergen: verf, penselen, stenen, een paar vellen papier, een kandelaar, lucifers en stukjes stof. Haar favoriete sprookjesboek.

Tegen de glazen wand daartegenover staat een bank uit vermolmd hout waarin een paar houtwormen leven. Soms, als het heel stil is, hoor je hoe ze zich schrokkend een weg door hun lievelingsgerecht vreten.

Op de bank heeft Helena een klein porseleinen bakje onder een linnen theedoek met blauwe en witte ruitjes verstopt. Ze veegt het stof weg dat zich op de zitting heeft verzameld en kijkt gefascineerd hoe de zonnestralen de zachtgrijze wolk die opstijgt in een geheimzinnige, glinsterende nevel veranderen. Ze haalt het kleinood tevoorschijn, tilt het deksel op en inspecteert de inhoud. De suiker in het potje glinstert wit en op één kevertje na zitten er geen andere insecten in. Helena vist het beestje eruit en loopt terug naar buiten. 'Kom!' zegt ze in het voorbijgaan tegen haar zussen.

Ze leidt de twee meisjes naar een zonovergoten stuk van de tuin waar de wilde begroeiing plaats heeft gemaakt voor een moestuintje dat ze zelf heeft aangelegd. Daar staan een paar laag groeiende planten en tussen de driedelige bladeren glinstert iets roods.

Helena bukt zich, plukt een paar vruchten en legt ze in het suikerschaaltje.

'Aardbeien!' roept Lilly blij. 'O, en met suiker!' Ze grist er meteen eentje weg.

Katharina bekijkt het fruit eerst weifelend, maar kan dan ook niet aan de verleidelijke glans weerstaan. Als ze uiteindelijk in het heerlijke fruit bijt, druppelt er wat sap over haar kin op haar witkanten jurkje.

'Oei, dat zal moeder niet fijn vinden!' reageert Lilly bezorgd en ook Helena kan zich de strafpreek al voorstellen die vooral tegen haar zal zijn gericht omdat ze niet goed op de kleine heeft gepast.

Katharina stopt geschrokken het laatste stukje aardbei in haar mond. In een poging het ongelukje ongedaan te maken, wrijft ze met twee handen over de delicate stof van haar jurk waar de onregelmatige verspreide rode druppels nu het gezelschap krijgen van een paar aardbeirode vegen. Op haar knieën getuigen groene en bruine vlekken van de val van zo-even.

'Hemeltjelief,' flapt Helena eruit als ze de omvang van de schade bekijkt. 'Ik zal het uitwassen voordat moeder het ziet,' biedt ze meteen aan terwijl ze haar zusje troostend over het hoofd wrijft.

Katharina kijkt haar vol vertrouwen aan en gaat opgelucht in het gras zitten.

'Vanaf vandaag helpen we je hier,' verkondigt Lilly intussen. Ook haar jurk, net zo licht van kleur als die van Katharina, lijkt inmiddels wel een veelkleurig schilderij. 'En dan bakken we aardbeientaart en maken we jam.'

Helena stopt zelf een zomerkoninkje in haar mond. Het idee jam te maken is misschien niet eens zo slecht. Die zou ze kunnen verkopen, op zondag, als de mensen langs het meer wandelen. Sowieso droomt ze al lang van een overheerlijke aardbeientaart. Een enorme, prachtige taart, nog mooier dan het gebak dat Käthe met deze vruchten klaarmaakt en waar iedereen, zij zelf natuurlijk ook, dol op is.

In de verte horen ze iemand roepen.

'Moeder!' zeggen Lilly en Katharina als uit een mond.

Helena merkt dat de meisjes zich niet op hun gemak voelen. 'Ik ga eerst en leid haar af. Jullie lopen via de achterdeur naar jullie kamer. Kleed je daar om en verstop de jurken in de kast. Zodra het kan zal ik ze wassen.'

De zusjes knikken en lopen vlak achter Helena aan terug naar het huis. Voordat Helena het tuinhek sluit, werpt ze nog een laatste blik op haar toevluchtsoord waar ze, toch af en toe, aan de strenge controle van haar stiefmoeder kan ontsnappen. Dit afgelegen deel van de grote moestuin van de familie Lindner is helemaal voor haar alleen omdat het te steil is voor het telen van wortelen, uien en aardappelen. Het is een betoverende plek die boven alles uitsteekt, heerlijk verwilderd en rommelig en op heldere dagen kun je aan de overkant van het meer Zwitserland zien liggen. Hier zijn haar geheimen veilig en kan ze luchtkastelen bouwen. Het is een plaats die zo nu en dan zachtjes over de toekomst vertelt.

DEEL I
ROERIGE TIJDEN

November 1917 tot februari 1918

1

Meersburg, tien jaar later, medio november 1917

Helena Lindner zet de grote mand op het gras neer en zoekt onder de oude appelboom naar nog overgebleven vruchten van deze herfst. De intense geur, fruitig en gronderig, die van de bodem opstijgt, kriebelt in haar neus terwijl ze her en der behendig de appels opraapt. De meeste zijn al aan het rotten en ze zal er flink wat stukken moeten uitsnijden, maar er zal wel genoeg overblijven voor de appeltaart die Käthe wil bakken.

De mand raakt snel gevuld en als ze de laatste appels erin heeft gelegd, bewondert ze tevreden de buit. Het zijn er meer dan verwacht: ruim voldoende voor een appeltaart én een flinke portie appelmoes. Ze recht haar rug en pakt het hengsel van de mand.

Terwijl ze over het smalle pad langs de afgeoogste bedden en fruitbomen naar het tuinhek loopt, realiseert ze zich niet voor het eerst dat dit stuk grond de familie voor een hachelijker lot behoedt. Want zelfs hier, in dit vruchtbare gebied aan het meer, heeft de overvloed van weleer plaatsgemaakt voor bittere ontbering.

De reden: die ellendige oorlog waaraan maar geen einde komt.

Helena zucht als ze het erbarmelijk piepende tuinhek achter zich sluit en het pad naar het huis inslaat. Een vale deken van rode, gele en oranje tinten strekt zich uit over de met druivenstokken beplante hellingen rond Meersburg, en Helena beseft dat in de kille schoonheid van de herfstdagen de onontkoombaarheid van de winter ligt besloten. En daarmee zal alles nog erger worden.

Alsof ze wat tegengewicht wil bieden aan Helena's zware gedachten, streelt de laagstaande middagzon de prachtige constructie van de Lindenhof, en Helena blijft even staan. *Mijn thuis.*

Het gebouw met twee vleugels met balustrades en balkons, slanke pilaren aan weerszijden van de voordeur en hoge ramen met witte kozijnen ziet er voornaam uit. Maar als je het lichtgeel geschilderde gebouw van dichterbij bekijkt zijn de tekenen van verval duidelijk zichtbaar.

Helena's vader heeft het verwaarloosde, eeuwenoude adellijke landgoed ooit geërfd. Ondanks de prachtige buitenkant en de ligging aan de rand van het dorp en dicht bij het meer maakt de staat van verval dat de Lindenhof bekendstaat als een eenvoudige herberg die niet kan wedijveren met gerenommeerde etablissementen zoals de Bären, Schiff, Ochsen of Wilden Mann.

Voor Helena is het echter de mooiste plek op aarde. En dat bijzondere karakter trok vroeger ook veel schilders aan die hier dan tijdens de zomermaanden hun intrek namen. Het huis heeft een ziel en hoewel er sinds het uitbreken van de oorlog nauwelijks nog gasten komen en ze elke dag moeten vechten om te overleven, voelt Helena met alle stelligheid van haar eenentwintig jaar dat dit háár plek is.

Ze overbrugt de laatste paar meters en beklimt de stenen buitentrap die naar het door sierzuilen geflankeerde portaal leidt. Daar gunt ze zich nog even een moment om het prachtige uitzicht over het brede, door lindebomen omzoomde dreef en het meer, waar het water blauwgrijs glinstert, te bewonderen. Daarna draait ze zich om naar de witgeschilderde dubbele deur onder het halfronde raam, duwt met de elleboog van haar vrije arm de klink naar beneden en gaat naar binnen.

Op het eerste gezicht lijkt de hal statig, maar de ruw afgetimmerde receptie en het aftandse meubilair doen die indruk meteen teniet. Dat contrast stemt Helena droef. Met de bijzondere architectuur en unieke locatie aan het meer is de Lindenhof voorbestemd voor grootse dingen: Helena ziet al helemaal voor zich hoe het bescheiden logement – als de oorlog eindelijk voorbij zal zijn – plaats zal maken voor een luxehotel.

Maar zij is blijkbaar de enige die rekening houdt met deze mogelijkheid. Voor Elisabeth, haar stiefmoeder, is het huis een last, en Helena's zussen klagen steen en been omdat het her en der binnenregent en zelfs een haardvuur de koude in de winter niet helemaal kan verdrijven. Ze hebben ook geen elektrische verlichting of stromend water, uitgezonderd in de keuken, en het toilet ligt achter het huis. Een van de vleugels is zo vervallen dat die niet meer bruikbaar is, in de andere is de eenvoudige eetzaal van de herberg ondergebracht. Maar als ze alles zouden opknappen...

Helena pakt de mand steviger vast en loopt naar de keuken in het souterrain. Als ze door de lange, zwart-wit betegelde gang loopt, ziet ze in gedachten elegante gasten uit de hele wereld door de smaakvol ingerichte kamers wandelen.

'Zet de appels maar op tafel,' zegt Käthe als Helena de ruime, goed uitgeruste keuken betreedt. Van hieruit werd vroeger immers een groot huishouden bestierd. De rijzige kokkin – al van dag één in de herberg aan de slag – is nu nog het enige overgebleven personeelslid. De ober, de keukenhulp en het kamermeisje heeft haar stiefmoeder in de loop van de laatste jaren moeten ontslaan omdat ze hen niet meer kon betalen.

Helena doet wat haar gezegd wordt en tilt de mand op de massief houten tafel. Käthe veegt haar handen af aan haar schort en inspecteert meteen de inhoud. Ondanks haar ruwe manier van doen, heeft ze het hart op de juiste plaats. Bovendien kan ze ontiegelijk goed koken en bakken en al sinds Helena nog een kind was wagen ze zich samen aan de meest fantasierijke cakes en taarten.

Käthe pakt een witlinnen doek. Samen leggen ze de appels erop en beginnen ze de door de wormen aangevreten en rotte plekken te verwijderen.

Ze zijn ongeveer halverwege als de deur opengaat en Katharina, Helena's jongste zus, binnenkomt.

'Mag ik een kop koffie, Käthe?' vraagt ze.

Käthe knikt en legt haar mes neer. Terwijl de kokkin naar het fornuis loopt, kijkt Katharina over Helena's schouder. 'Je bent in de tuin geweest! Gaan jullie appelmoes maken?'

'Appeltaart! En als er nog appels over zijn, appelmoes,' antwoordt Helena.

'Appeltaart?' roept Katharina glunderend. 'Dat hebben we al lang niet meer gegeten!'

'Ja, het is een ware luxe tegenwoordig. En reken maar dat het niet gemakkelijk was om alle ingrediënten bij elkaar te krijgen.' Helena pakt de volgende appel. 'Gelukkig hadden de kippen zo veel eieren gelegd dat ik er een paar kon ruilen voor wat bloem en suiker. En een beetje boter.' Ze zet het mes in het vruchtvlees.

'Mmm. Wanneer mogen we proeven?' vraagt Katharina.

Käthe vult een blauw beschilderde mok met heet water en roert er de granenkoffie, die ze in een porseleinen pot bewaart, doorheen. 'De taart serveren we vanavond als dessert.' Ze drukt Katharina de beker in de hand.

'Dank je, Käthe!' Katharina blaast voorzichtig in de dampende vloeistof voordat ze een slokje neemt. Het kruidige aroma streelt Helena's neus. En alsof Käthe het in de gaten heeft, maakt ze nog een tweede kop die ze voor Helena neerzet.

'Je bent een engel!' Helena glimlacht naar Käthe die zich weer aan de voorbereidingen voor de appeltaart wijdt.

Katharina is intussen op het smalle bankje onder het raam gaan zitten. Ze ziet er uitgeput uit, denkt Helena. Sinds Katharina in het ziekenhuis van Meersburg werkt, is ze constant aan het werk, dag en nacht. Vaak is ze maar een paar uurtjes thuis.

'Wat eten we vanavond?' vraagt Katharina.

'Eieren en aardappelen,' antwoordt Käthe. 'En een plak gebakken koolraap.'

Katharina trekt een vies gezicht en Helena deelt haar afkeer. Sinds de winter vorig jaar staat er veel te vaak raap op het menu en ook al maakt Käthe de knolgroente heel lekker klaar, iedereen is toe aan een echt stukje vlees.

De appels zijn gesneden. Helena giet wat gesmolten boter in een witte keramieken kom en strooit er suiker in. Terwijl ze dit opklopt tot schuim, klutst Käthe vier eieren en giet het mengsel erbij. Helena klopt alles krachtig tot een mooi beslag en als ze ziet dat Käthe de weegschaal instelt om bloem af te wegen, doopt ze snel haar vinger erin.

'Niet doen, juffrouw Helena!' berispt Käthe haar meteen.

'Bakken is maar half zo leuk als je niet even mag snoepen,' verdedigt Helena zich met een lach.

Käthe snuift, maar moet ook glimlachen, want sinds haar kindertijd heeft Helena immers altijd al van het beslag geproefd.

Een fijn wit stof daalt neer op de lichtgele massa in de kom als Käthe er de afgewogen hoeveelheid bloem en een snuifje zout boven zeeft. Bedreven verwerkt Helena de ingrediënten tot een glad, dik deeg.

De bakvorm heeft Käthe al ingevet en ze kraakt nu een paar walnoten terwijl Helena het beslag in de vorm giet, de appelkwartjes insnijdt en vervolgens voorzichtig op de massa legt.

Käthe knikt goedkeurend. 'Heel mooi!'

'Iets zoets bij wijze van afwisseling in deze barre tijden!' Helena wast haar handen.

Terwijl Käthe de walnoten over de appels strooit en de taart in de oven schuift, pakt Helena haar mok en gaat naast haar zus op de bank zitten. 'Moet je vandaag nog naar het ziekenhuis?'

'Nee,' antwoordt Katharina. 'Maar morgenochtend heb ik heel vroeg weer dienst.'

'Zo kun je toch niet doorgaan, Katharina. Je valt er nog bij neer.'

'Ik kan toch niet anders? Het ziekenhuis ligt stampvol. We hebben eigenlijk dringend meer bedden nodig. En ook meer personeel.'

Helena dringt niet verder aan. Zolang ze zich kan herinneren heeft haar zus zieken en gewonden verzorgd. Als kind ontfermde Katharina zich over honden, katten en andere dieren en toen ze wat ouder was over familieleden. Op haar zestiende verjaardag heeft ze zich als verpleeghulp in het ziekenhuis aangemeld. Het beetje loon dat ze met het beulenwerk verdient, moet ze thuis afgeven.

Maar dat is Katharina ten voeten uit. Geneeskunde is haar passie en daar doet ze alles voor. Dit in tegenstelling tot Lilly, de middelste van de zussen, die zich het liefst aan alle taken onttrekt. Je zou toch een zekere volwassenheid mogen verwachten van een zeventienjarige, maar haar wereld bestaat uit dansen, boeken en alles wat met schoonheid heeft te maken.

Helena sluit even haar ogen en drinkt van de koffie. 'Er zullen alleen maar gewonden bij komen,' zegt ze vervolgens tegen Katharina. 'Het verbaast me dat ze nog genoeg soldaten hebben aan het front.'

'Mij verbaast het vooral dat de gewonden zich weer naar het front laten sturen zodra ze enigszins hersteld zijn,' is de reactie van Katharina. 'Je ziet de angst in hun ogen als ze afscheid van ons nemen.'

'Ze hebben geen keuze. Op desertie staat de doodstraf.'

'Ik zou me verstoppen. Niemand krijgt me naar het slagveld.' Katharina zucht. 'Ik vraag me voortdurend af wat het nut is van deze oorlog. De mannen worden afgeslacht en thuis sterven hun kinderen. Dat is wreed en zinloos!'

Helena knikt en kijkt haar zus zijdelings aan. Katharina's fijne gezicht is bleek en haar groene ogen met de amberkleurig ring rond de iris zien er vermoeid uit. Een paar lichtblonde lokken zijn uit haar gevlochten knotje losgekomen en piepen onder het witte verpleegsterskapje uit. Werktuigelijk veegt Helena een zware, donkere lok uit haar eigen gezicht. 'We kunnen er niets aan veranderen.'

'Alleen bidden,' roept een welluidende, diepe stem.

'Broeder Fidelis!' Helena staat op om de corpulente cisterciënzer monnik in zijn zwart-witte habijt te begroeten. 'U bent netjes op tijd. Het duurt niet lang meer voor we aan tafel kunnen.'

'Ik kijk elke dag uit naar het diner in de Lindenhof!' Hoewel hij oorspronkelijk uit München afkomstig is, behoort broeder Fidelis tot de abdij van Mehrerau bij de Oostenrijkse stad Bregenz en heeft hij in opdracht van zijn orde voor langere tijd zijn intrek genomen in de Lindenhof om de nabijgelegen bedevaartkerk van Birnau te inspecteren.

Helena ziet een lachje verschijnen op het gezicht van de kokkin. 'Vandaag hebben we appeltaart als dessert!' klinkt het een beetje trots.

'Dan laat ik het hoofdgerecht aan me voorbijgaan!' broeder Fidelis snuift. 'Het ruikt hier echt lekker!' Hij is op dit moment de enige gast in de Lindenhof en de hulpvaardige en goedlachse man is al vanaf dag één deel van de familie.

'Hoe was uw bezoek aan de basiliek, broeder Fidelis?' vraagt Helena.

'Omne initium difficile est. En we zijn nog niet eens begonnen. 't Zal nog effe duren voor de Hoogste daar weer wordt geëerd!' De bedoeling is dat het gebouw dat al lang geen dienst meer doet als gebedshuis terug in handen komt van de katholieke kerk en broeder Fidelis is uitgekozen om de staat van het gebouw te documenteren.

'Is het zo erg?' wil Helena weten.

'Vreselijk! Ze hebben de heilige plek als geitenstal gebruikt.' Hij schudt het hoofd. 'Geiten mogen natuurlijk grazen in de tuin van de Heer, maar 'k denk niet dat die beesten het weten te waarderen dat ze in een kerk mogen vreten en hun gevoeg mogen doen.'

'Wie weet! Misschien geven ze juist daarom bijzonder lekkere melk!'

De lach van broeder Fidelis weerklinkt luid, diep en vrolijk door de keuken. 'Das een goeie, juffrouw Helena!' Hij kucht. 'Nu ja, 't komt goed. 't Belangrijkste is dat het genadebeeld gauw terugkomt uit Salem en de Moeder Gods eindelijk weer wordt teruggezet waar ze hoort.'

'Ik wens het u toe, broeder Fidelis,' antwoordt Helena. 'Mag ik u een kop granenkoffie aanbieden. Helaas hebben we geen echte...'

'Doe mij maar wat u hebt.' Hij zwijgt even. 'Ehm... wacht 's.' Hij diept een opengescheurde, verkreukelde envelop op uit zijn pij. 'Dit is van mevrouw Elisabeth. Ze gaf 'm mij in de gang.'

Verrast pakt Helena de brief aan. Als ze leest wie de afzender is, begint haar hand te trillen. Ze hebben al zo lang niets meer van hem gehoord.

'Wat is er, Helena? Van wie is de brief?'

'Van vader,' antwoordt Helena met toonloze stem.

'Wat schrijft hij?' vraagt Katharina ongeduldig.

Helena haalt de brief uit de envelop, vouwt die open en leest de eerste regels. 'O, hemel!' Ze slaat een hand voor haar mond.

Käthe heft het hoofd op, broeder Fidelis kijkt Helena doordringend aan. Katharina staat op en komt naast haar staan.

'Alsjeblieft, Helena, zeg nu wat er staat!'

'Hij leeft.' Ze glimlacht en sluit een moment haar ogen. 'En hij komt naar huis.' Katharina jubelt.

'De Heer zij dank!' roept broeder Fidelis en hij slaat een kruisteken.

'Maar hij is gewond.' Helena heeft verder gelezen. 'Hij schrijft dat de verwonding ernstig is. Een granaat.' Ze grijpt naar de hand van haar zus. 'Maar wij zullen hem goed verzorgen tot hij beter is, nietwaar Katharina? Het belangrijkste is toch dat we hem eindelijk weer thuis zullen hebben!'

2

Petrograd, 20 november 1917

's Nachts verschijnen de schaduwen. Dreigend, onontkoombaar. Ze dringen zijn dromen binnen, benemen hem de adem en jagen hem zijn bed uit; steeds op hetzelfde uur.

Badend in het zweet staat hij voor het raam van de vreemde datsja waar hij ondergedoken is in de hoop dat niemand hem hier zal vinden. Hij rukt het raam open en ademt de bitterkoude lucht in. In de verte ziet hij de lichten van de stad.

Hoewel hij meerdere lagen kleding over elkaar draagt, begint hij al snel te rillen. De Russische winter is meedogenloos.

Eigenlijk had hij altijd van dit seizoen gehouden waarin de sneeuw metershoog lag en je op de dichtgevroren rivieren en meren kon schaatsen. Maar de dagen dat hij na een heerlijke sleetocht met Lidia en de kinderen voor het hete vuur had gezeten en een sprookje van vadertje vorst had voorgelezen, lijken niet alleen een eeuwigheid geleden, maar ook uit een ander leven te stammen.

En toch is het nog geen jaar geleden dat hij voor het laatst met de jongens een iglo heeft gebouwd en daarin een vuurtje heeft gestookt. Hij denkt nog steeds hun stemmen en hun lach te horen en te voelen hoe de knapen met rode wangen en apetrots op wat ze samen voor elkaar hebben gekregen hun armen om zijn nek slaan.

's Nachts verschijnt ook Lidia in zijn dromen. Hij ziet haar met de jongens spelen en de baby wiegen, vangt haar glimlach op die warmte en licht uitstraalt en dan keer op keer in bloed, wanhopige kreten en duisternis wegsterft.

Ze zijn dood.

Hij steunt met zijn onderarm op het ruwe raamkozijn, laat zijn voorhoofd erop rusten en sluit de ogen. Ondraaglijk verdriet overspoelt zijn ziel, samen met het knagende schuldgevoel dat hij de zijnen niet heeft kunnen beschermen.

Wie heeft hun dit aangedaan?

Alleen die immense drang antwoorden te vinden doet hem elke ochtend opstaan. Hij wil duidelijkheid, wil de daders vinden, hun het leven zo ondraaglijk maken als het zijne nu is.

Wanneer de kou diep in zijn botten is doorgedrongen sluit hij het raam. Hij pakt een aarden schaal en vult die buiten met sneeuw. Vervolgens steekt hij een paar kaarsstompen aan en houdt hij eerst zijn handen en vervolgens de schaal boven de spaarzame vlammetjes. Als het witte goedje tot lauwwarm water is gesmolten zet hij de schaal op een hoge ladekast. Langzaam doopt hij een hand in het water en maakt hij zijn gezicht nat. Hij herhaalt dit totdat hij het gevoel heeft dat het vuil dat vastgeplakt zat op zijn gelaat min of meer verdwenen is.

Hij tilt zijn hoofd op en kijkt in de kleine spiegel boven de commode.

Een roze litteken loopt van zijn rechteroor tot aan zijn mondhoek; een tweede dwars over zijn voorhoofd. De houwen hadden hem moeten doden, net als Lidia en de kinderen, maar hij heeft het overleefd. Met zijn vinger wrijft hij voorzichtig over de onregelmatige, gevoelige oneffenheden, dan laat hij zijn hand zakken en wendt hij zijn hoofd af. Hij herkent zichzelf niet in de man in de spiegel wiens haar in krullen over zijn voorhoofd hangt, wiens baard aan een priester doet denken en wiens ogen levenloos in een gezicht staan dat gruwelijk verminkt is door een bajonet. Een gezicht dat zoveel ouder is dan de dertig jaar die hij is.

Hij zet zijn bontmuts op en stopt de paar schaarse bezittingen die hem nog resten in een rugzak. Nog voordat de ochtend aanbreekt, drinkt hij de rest van het water op, dooft hij de kaarsen en wist hij alle sporen van zijn aanwezigheid. Uiteindelijk trekt hij zijn jas aan en loopt hij de door de maan verlichte nacht in.

3

Meersburg, eind november 1917

Elisabeth Lindner spreidt een wit tafellaken over het zware eikenhouten blad en strijkt het glad. Ze verdeelt de borden en het bestek over de tafel en zet kannen water en een mandje met brood neer. In de grote eetzaal staat de enige gedekte tafel er verweesd bij. Buiten twee oude mannen die aan de bar bier drinken en kletsen, zijn er vanavond geen gasten. De kamer zal gelukkig wel een beetje opleven als iedereen zich rond de lange tafel schaart.

Terwijl ze ogenschijnlijk rustig haar werk doet, zijn haar gedachten bij de brief van Gustav. Haar man komt naar huis. En al snel ook. Voor veel vrouwen is dat iets om zich op te verheugen, voor haar niet. Na maanden zonder enig teken van leven had ze stiekem gehoopt dat hij nooit meer terug zou keren. Dat klinkt hardvochtig, maar hoe kan ze nu wensen dat een man voor wie ze nooit diepe gevoelens heeft gekoesterd naar huis komt? Hun huwelijk had haar de kans gegeven aan de armoede en dronkenschap in haar ouderlijke huis te ontsnappen. Gustav op zijn beurt was op zoek geweest naar een moeder voor zijn dochtertje en zo hadden ze er beiden voordeel bij gehad. Helena, dat moet ze toegeven, was een lief kind geweest en Elisabeth had voor haar gezorgd zoals voor haar eigen dochters die korte tijd later waren geboren. Gustav daarentegen was steeds meer een last geworden. Toen ze trouwde, had Elisabeth gehoopt op een leven aan de zijde van een succesvolle hotelhouder. Maar die hoop was in de loop der jaren vervlogen, net zoals haar respect voor Gustav, die er maar niet in slaagde het pension tot een bloeiend bedrijf uit te bouwen. En dan was er nog de ongewoon hechte band die hij met Helena had. Zijn oudste dochter leek de enige te zijn in wie hij vertrouwen stelde. Tijdens zijn laatste verlof van het front had hij tot Elisabeths grote verrassing aangekondigd dat Helena op een dag de Lindenhof zou overnemen. Elke keer dat ze daaraan denkt, trekt haar maag samen. Hij had haar gewoon gepasseerd en haar haar levenswerk ontfutseld. Niet dat Helena haar het huis uit zal zetten, maar Elisabeth kan zich niet voorstellen afhankelijk te zijn van haar stiefdochter. Op dat moment had ze beseft dat er niets anders op zat dan haar eigen spel te spelen om haar belangen te beschermen.

Ze had er lang over nagedacht. Bijna een heel jaar. Stiekem had ze geld opzijgezet om haar toekomst financieel veilig te stellen. Maar de strijd om het hoofd boven water te houden is inmiddels zo zwaar dat er in haar ogen maar één oplossing is: ze moet de Lindenhof verkopen, en dat voor Helena er iets over te zeggen krijgt. Onlangs heeft ze eindelijk een potentiële koper gevonden en de man bevalt haar in meerdere opzichten.

Elisabeth zet een paar kaarsen in de ruimte en steekt die aan. Het flikkerende licht werpt onrustige schaduwen op de lege muren vol barsten.

Nu is hij, Gustav, dus op weg naar huis en de tijd dringt. Als ze niet alles wil verliezen, moet ze er vaart achter zetten.

Het valt Helena op dat Elisabeths gedachten elders zijn tijdens het avondeten, maar ze schenkt er verder geen aandacht aan. Het is eigenlijk weleens fijn dat haar stiefmoeder niet constant de sfeer bederft met uitingen van ongenoegen en terechtwijzingen. Misschien zorgt de aanwezigheid van broeder Fidelis ervoor dat ze zich op de achtergrond houdt.

De monnik vermaakt iedereen met anekdotes uit zijn jeugd en Helena vraagt zich af waarom de brutale snotneus van weleer het kloosterleven heeft omarmd.

Broeder Fidelis lijkt haar gedachten te kunnen lezen en antwoordt ongevraagd: 'Het bier, juffrouw Helena, het bier! Als ik dat heb, heb 'k niets anders meer nodig! En in het klooster hebben ze 't beste bier!' Hij zwijgt even. 'Maar wijn, daar zeg ik ook geen nee tegen!'

Als alle borden en schotels leeg zijn, dient Käthe tot ieders vreugde de appeltaart op. Die smaakt heerlijk en fruitig, en Helena's gedachten dwalen af naar een wens die ze al sinds haar kindertijd koestert: een buitengewone taart creëren die past bij het kasteel van Meersburg, koninklijk en feestelijk. Ze ziet de creatie al voor zich, maar door het gebrek aan ingrediënten blijft het voorlopig bij dromen. Bovendien heeft ze het in haar hoofd gezet dat het een taart met aardbeien moet worden en die zijn er nu eenmaal niet in de winter. Alhoewel, ze hebben nog aardbeienjam van deze zomer. Misschien kan ze die gebruiken.

Het laatste bord is nog maar net afgeruimd als Elisabeth opstaat en afscheid neemt. Dat verbaast Helena. Heeft haar stiefmoeder nog plannen?

Terwijl ze samen de afwas doen en opruimen, vraagt ze het aan Käthe.

'Ik heb geen idee, maar het is niet de eerste keer dat ze 's avonds nog weggaat,' antwoordt de kokkin.

'Echt, doet ze dat vaker?'

Käthe knikt. 'Het is me al een paar keer opgevallen. Ik heb er nooit iets achter gezocht, maar inmiddels...'

'Waarom heb je me dat niet verteld?'

'Maar, juffrouw Helena, dat zijn mijn zaken toch niet.'

Helena zet het laatste schone bord op de plank. 'Wanneer ze het nog eens doet, Käthe, laat het me dan alsjeblieft weten.'

'Als ik het in de gaten heb,' antwoordt Käthe ontwijkend.

'Alsjeblieft, Käthe...'

Käthe knikt vermoeid. Ze heeft een lange dag achter de rug.

Helena hangt de theedoek weg en wenst haar welterusten.

Op weg naar haar kamer vraagt ze zich af waarom haar stiefmoeder zo laat nog de deur uit gaat. Ze kan het zich nauwelijks voorstellen, maar zou Elisabeth misschien een minnaar hebben?

4

Meersburg, eind november 1917

De storm geselt de met wolken overdekte Bodensee en laat het grauwe water in woelige golven hard tegen de havenmuur beuken. Het opspattende schuim maakt Helena's gezicht, haar en kleren nat en zorgt ervoor dat de novemberdag, waarop de zon zich wel niet meer zal laten zien, nog kouder aanvoelt. Sowieso dringen de zonnestralen slechts zelden door de winterse deken van mist die zich in de wintermaanden over het meer en de dorpen aan de oevers verspreidt en dan dagenlang blijft hangen.

Rillend trekt Helena de wollen sjaal strakker om haar schouders en staart over de haven in het troebele niets dat het vertrouwde silhouet van de andere oever heeft opgeslokt.

'Zullen ze kunnen aanmeren?' Katharina komt naast haar staan. De wind rukt aan de donkere cape die ze over haar verpleegstersuniform van het Rode Kruis draagt.

'Ik denk het wel.' Helena blijft naar het meer kijken. 'De storm is wat geluwd.'

'Maar is nog sterk genoeg om een boot te doen kapseizen.' Katharina wordt overstemd door het lange getoeter van een scheepshoorn.

Even later tekent zich een groot schaduwbeeld af tegen de muur van wolken. Daar komt de Kaiser Wilhelm.

Helena en Katharina wijken naar achteren op de kade terwijl de kapitein meerdere pogingen onderneemt om zijn schip ondanks het tegenwerkende weer naar de wal te manoeuvreren.

'Ik zei het toch,' zegt Katharina. 'Dat wordt moeilijk vandaag.'

'Het lukt hem wel.' Helena ziet hoe de romp van het schip een paar keer tegen de steiger danst en opeens moet ze denken aan zonnige zomerdagen waarop elegant geklede dagjesmensen onder de vrolijke klanken van een blaaskapel de salonboot verlaten, de heren met een strohoed, de dames met een parasol. Ze kan bijna hun luchtige grappen en gelach horen, maar de ruwe bevelen van de mannen om haar heen halen haar meedogenloos naar de werkelijkheid terug. Op de kade maakt een man de lijnen die hem zijn toegeworpen stevig vast aan de meerpalen.

Wanneer de eerste mannen aan land komen, maakt een beklemmend gevoel zich van Helena meester. Meer dan drie jaar zijn verstreken sinds haar vader het veldgrijze uniform had aangetrokken, ransel en gamel op zijn rug had gebonden, het geweer had geschouderd en voor de keizer naar het front was getrokken. De bloem in de loop van het geweer had hij achterwege gelaten.

'Het wordt geen rustige wandeling,' had Gustav Lindner tegen Helena gezegd. 'Het wordt een geforceerde mars.'

En die verwachting is ook bewaarheid geworden. Elk uitgemergeld, soms gruwelijk verminkt lichaam dat zich op dit moment op een paar meter afstand van haar over de loopplank sleept, getuigt van de gruwel op de slagvelden.

'Maar goed dat Lilly er niet bij is,' zegt Katharina. 'Dit zou ze niet aankunnen.'

'Er zijn situaties waarbij je je eigen gevoeligheden opzij moet zetten,' antwoordt Helena. 'Geen van deze mannen heeft voor dit lot gekozen.'

Het is een komen en gaan in de haven. Verpleegsters van het Rode Kruis vangen de gewonden op en verdelen hen over de karren die hen naar het ziekenhuis in de bovenstad zullen brengen. Wie nog goed genoeg ter been is, moet op eigen kracht de steile weg op. Gelukkig regent het niet meer.

Helena kan haar vader niet ontdekken in de drom mannen die de kade overspoelt. Het zijn er zoveel en de hulpverleners belemmeren haar het zicht.

Uiteindelijk trekt iemand aan haar arm. 'Daar is hij, denk ik!' zegt Katharina en ze wijst in de richting van het Gredhaus.

Helena's blik glijdt over de mensenmassa tot ze de eenzame man ziet die uitgeput tegen de muur van de voormalige graanschuur met de kenmerkende trapgevel aan leunt. Aan zijn voeten ligt een rugzak en met gebogen hoofd leunt hij op een kruk.

'Je hebt gelijk. Dat zou hem kunnen zijn.' Helena baant zich onmiddellijk een weg door de drukte in de haven, ontwijkt een kar en bereikt een paar minuten later ietwat buiten adem het Gredhaus. 'Papa?'

De man tilt het hoofd op. Het haar onder zijn pet is spierwit geworden en zijn groene ogen kijken afwezig.

'Je bent weer thuis!' Ze wil hem omarmen, maar weet niet goed hoe hij zal reageren. Ze heeft bijna het gevoel tegenover een vreemde te staan.

'Helena,' zegt hij zo zacht dat ze het nauwelijks kan horen.

'Ja, papa...'

Ze staan een tijdje tegenover elkaar, kijken elkaar voorzichtig in de ogen, hebben tijd nodig om te beseffen dat ze elkaar weer zien.

'Laten we eerst maar eens naar huis gaan,' stelt Helena uiteindelijk voor. 'Ik help je met je spullen.'

Ze bukt zich en wil de rugzak pakken, maar ziet dan zijn houten been.

'Is dat...?' Ze kijkt naar hem op.

'Ja.' Hij vermijdt haar blik. 'De wonde was gangreneus. En dus hebben ze mijn been afgezet.'

'Papa...'

'Ik ben kreupel, Helena. Zonder dit ding,' hij wijst met zijn kin naar de kruk, 'kan ik niet meer lopen.'

Helena zoekt naar haar woorden. 'Je wordt weer...'

'Het komt niet meer goed,' onderbreekt hij haar bars. 'Als God genadig was geweest, had hij me aan het front laten creperen.'

Zijn wanhoop schokt Helena, maar ze begrijpt het.

Hij, die lichamelijk én mentaal altijd zo sterk was, is nu nog maar een schim van zichzelf. Niet alleen zijn lichaam is getekend, maar ook zijn ziel.

Woede stijgt in haar op. Een allesoverheersende, onbedwingbare boosheid tegenover degenen die opdracht hebben gegeven voor deze oorlog die nergens voor deugt behalve om gezonde mannen invalide te maken. Die eindeloos lijden veroorzaakt voor een vaderland dat beweerdelijk beschermd en behouden moet worden. Een oorlog waarvan niemand weet wanneer er eindelijk een einde aan zal komen.

'Je ben geen kreupele, papa,' zegt ze energiek terwijl ze de rugzak pakt. 'Dat ben je alleen als je jezelf toestaat er een te worden.'

'Kind toch.' Hij lacht bitter. Dan richt hij zich moeizaam op en verplaatst zijn gewicht. 'Kom, we gaan.'

Helena knikt en haar ogen zoeken Katharina van wie ze dacht dat die nog in de buurt was, maar ze ziet haar zus nergens.

'Katharina heeft zich over een blinde soldaat ontfermd,' zegt haar vader, die blijkbaar heeft opgemerkt dat ze rondkeek. 'Ik heb gezien dat ze hem op een van de karren hielp.'

'O! Nou ja, vooruit dan maar.' Helena begrijpt niet waarom Katharina haar vader niet eerst heeft begroet, maar wil geen misnoegen wekken. 'Ze werkt in het ziekenhuis als hulpverpleegster,' zegt ze in plaats daarvan verontschuldigend.

'Het geeft niet. Ze heeft vandaag de handen vol.' Hij zet een paar stappen. 'Kom, Helena.' In stilte lopen ze naar huis. Het doffe tikken van het houten been doet haar pijn. Ondanks de vreugde die ze voelt, beseft ze met pijn in haar hart dat het leven nooit meer zal zijn zoals het was voor de grote oorlog.

De golven torenen zo hoog als kerktorens en dreigen Meersburg te verzwelgen. Schepen vol soldaten vechten tegen het meer waarvan de tomeloze woede geen genade kent. Helena wil weglopen, maar kan geen pas verzetten. Het is alsof een onzichtbare kracht haar verhindert te bewegen terwijl de situatie almaar dreigender wordt. Stemmen vermengen zich met het gebrul van het water, die van een vrouw, en even later ook die van een man.

Het tafereel vervaagt tot een paar onsamenhangende beelden. Alleen de stemmen zijn er nog, soms luider, soms nauwelijks te horen, en ze verdwijnen niet wanneer Helena aan de klauwen van haar nachtmerrie ontsnapt. Het is alsof mensen ruzie aan het maken zijn.

Helena gaat rechtop zitten in bed en luistert in de duisternis, maar opeens is het helemaal stil. Vermoedelijk heeft ze zich alles verbeeld, het gevolg van de angst die ze in de droom heeft gevoeld. Ook haar hart klopt nog veel te snel.

Wanneer alles rustig blijft en ook haar hartslag zijn normale ritme heeft hervonden, gaat ze weer liggen. Ze kan de slaap echter niet meer vatten. Een tijdje luistert ze naar het regelmatige ademen van haar zussen, hun bedden staan tegen de muur aan de andere kant van de zolderkamer, maar duwt dan het dekbed van zich af. Ze pakt een wollen sjaal, steekt de kaars in een kleine lantaarn aan en verlaat de kamer. Een glas warme melk zal het gemakkelijker maken weer in slaap te vallen.

Helena loopt de brede marmeren trap af naar de begane grond en nog verder naar de keuken. Käthe slaapt in een kamer in het souterrain, waar ze haar domein in de gaten kan houden. Daarom probeert Helena zo stil mogelijk te zijn wanneer ze de lantaarn neerzet en een pan plaatst op het met hout gestookte gietijzeren fornuis dat nog wat restwarmte uitstraalt. Ze giet er melk in uit een lichtblauwe emaillen kan en voegt er nog wat water bij.

Terwijl ze wacht tot de vloeistof is opgewarmd, neemt ze een beker van de houten plank aan de muur, maar staakt haar beweging als ze opeens de stemmen weer hoort. Die komen uit de eetzaal. Heeft ze het dan toch niet gedroomd?

Ze zet de beker terug, trekt de pan van het vuur en loopt op haar tenen naar de deur van de eetzaal die op een kier staat.

'Hoe durf je mij verwijten te maken?' roept Elisabeth op dat moment. Haar ouders maken ruzie.

'Je maakt het hele huis nog wakker als je zo blijft schreeuwen.' Haar vader klinkt afgemat.

Helena heeft medelijden met hem en stoort zich aan het gedrag van Elisabeth. Als kind al had Helena geweigerd haar 'moeder' te noemen, omdat ze geen moederlijke warmte uitstraalt maar afwijzend en streng is. Het heeft niet alleen te maken met haar lange gezicht met scherpe trekken en het in een strak knotje samengebonden haar. In haar bleekgroene ogen is geen tikkeltje hartelijkheid te bespeuren en een glimlach zie je zelden. Elisabeth is natuurlijk Helena's stiefmoeder, maar zelfs de omgang met Lilly en Katharina is niet hartelijk en dat zijn toch haar eigen dochters.

'Ik praat wanneer ik wil!' begint Elisabeth weer.

Vader antwoordt niet.

'We redden het gewoonweg niet!' Ze praat nu verder, maar dempt haar stem een beetje. 'Ik heb een hele man nodig als we hier willen overleven. Begrijp je dat, Gustav? Geen... ehm...'

'Ik begrijp je maar al te goed, Elisabeth. En toch verkoop ik de Lindenhof niet. Het is mijn leven en onze broodwinning.'

De wanhoop in zijn stem doet Helena pijn.

'Met het geld kun je elders iets nieuws beginnen,' antwoordt Elisabeth koppig.

'Nee zeg ik. En het bedrag dat je hebt genoemd is bovendien belachelijk laag.'

'Je vergeet in welke tijden we leven!'

'Hoe moet ik vergeten in welke tijden we leven!' Nu verheft vader zijn stem.

'Je zult wel zien wat je eraan hebt,' sist Elisabeth. 'Het is een goed bod. Beter krijg je niet! Bovendien hebben we bijna geen geld meer. Een of twee maanden zingen we het nog uit en dan is het afgelopen.'

'Laat me het eerst even doorrekenen!'

'Ik heb het al honderd keer uitgerekend, wat zeg ik, duizend keer!'

'Deze discussie heeft geen zin, Elisabeth. Ik weet hoe weinig de Lindenhof voor je betekent.'

'Heb jij je ooit afgevraagd waarom dat zo is?' Elisabeths stem beeft. 'We wonen in een bouwval. En jij bent degene die het zover heeft laten komen. Nu moet je niet verbaasd zijn over de gevolgen.'

Helena luistert met groeiende afschuw. Elisabeth wil de Lindenhof verkopen. Háár Lindenhof. Want Helena weet dat haar vader haar – ondanks dat ze nog maar eenentwintig is – als erfgenaam van zijn levenswerk beschouwt. Dat heeft hij al aan iedereen verteld. Staat alles nu opeens op de helling?

Als verdoofd sluipt Helena terug naar haar kamer. Van slapen zal het nu zeker niet meer komen. Koortsachtig breekt ze haar hoofd over hoe ze die dreiging voor de Lindenhof kan afwenden. Bij het krieken van de dag meent ze een mogelijkheid te hebben gevonden. Het is allemaal nog vaag en er zijn nog veel vraagtekens, maar het idee is er. En het zal niet alleen al haar energie opslorpen, maar de verwezenlijking zal ook het uiterste vergen van de mensen om haar heen.

5

Moskou, 28 november 1917

Het Nicolajstation in Moskou katapulteert Maksim Baranov in een wereld tussen twee tijden. De laatste keer dat hij hier was, had hij Lidia, die hem al lang de belofte had afgedwongen in het Bolsjojtheater naar *Salammbo* te gaan kijken, aan zijn arm gehad. Hij had toen genoten van haar zorgeloze opwinding over de balletvoorstelling en het is bijna alsof haar heldere lach nog in de lucht zweeft en haar delicate parfum zijn zinnen prikkelt. Maar terwijl hij over het perron loopt verdringt de werkelijkheid meedogenloos alle herinneringen. De oude wereld is in de revolutie teloorgegaan en de erfgenamen knokken om te overleven.

Hij trekt zijn bontmuts wat lager over zijn gezicht. De golf van reizigers spoelt door de prachtige hal naar het plein voor het station. Van daaruit loopt hij te voet de stad in.

De sneeuw vertoont een grijs waas en knispert onder zijn laarzen. Het geweld in de lucht is bijna tastbaar en zit hem op de hielen. Hij, die nooit ergens bang voor was geweest, staat nu op klaarlichte dag doodsangsten uit.

Onbewust balt Maksim zijn vuisten. Wat is er van Rusland geworden? Waar is het enorme rijk gebleven dat in de afgelopen maanden van zijn identiteit is beroofd en met het bloed van zo veel onschuldige mensen is besmeurd? Maksim en veel van zijn vrienden hadden wel gemerkt dat het Russische volk al jaren-, decennialang iets opkropte. Ze begrepen de woede van de gewone mensen die steeds feller naar hervormingen verlangden die al lang hadden moeten zijn doorgevoerd: meer rechten voor de onderdrukte en uitgebuite boeren, betere arbeidsvoorwaarden, minder privileges voor de adel.

Maar dat alles met zo'n verwoestende kracht tot een uitbarsting zou komen, had niemand verwacht.

Misschien zou alles anders zijn gelopen als de oorlog het land niet al drie jaar bittere armoede en ondraaglijke honger had gebracht. Die ontberingen hadden afgelopen februari tot een wanhopige staking geleid en de mensen de straten van Petrograd op gejaagd om hun eisen van brood en vrede kracht bij te zetten. Misschien zou de escalatie zijn afgewend als de tsaar niet had geprobeerd de groeiende revolutionaire beweging met geweld neer te slaan. Veel soldaten waren immers naar de opstandelingen overgelopen. Het tsarendom had de storm uiteindelijk niet getrotseerd en na driehonderd jaar was medio maart met de troonsafstand van Nicolaas II het doek gevallen.

Op dat moment had Maksim nog gehoopt dat gematigde krachten de situatie zouden aangrijpen om een democratie te vormen in Rusland, maar die poging was gedoemd tot mislukken door het zwakke optreden van de Voorlopige Regering in Petrograd. Lenin en de bolsjewieken hadden hun kans schoon gezien en gegrepen: drie weken geleden hadden ze de zetel van de regering in het Winterpaleis bestormd en na de coup de Socialistische Sovjetrepubliek uitgeroepen. Nu proberen de bolsjewieken hun macht te consolideren en dat doen ze met grof geweld.

Maksim klemt de riemen van zijn rugzak steviger vast.

Een tijd geleden heeft hij zijn bediende Boris naar Moskou gestuurd met de opdracht een anoniem onderduikadres voor hem te regelen. Het gevoel niet alleen te zijn, biedt Maksim steun. Boris was aan zijn zijde gebleven toen alle bedienden het stadspaleis van de Baranovs in Sint-Petersburg van de ene op de andere dag hadden verlaten en zich bij de nieuwe beweging hadden aangesloten. Hij had Maksim in de nacht van de overval zwaar gewond aangetroffen en naar het landgoed van de familie, op drie uur rijden van de stad, gebracht. Totdat duidelijk was dat Maksim het zou overleven was Boris bij hem gebleven en had hij diens wonden verzorgd. Hij had ervoor gezorgd dat Lidia en de kinderen daar hun laatste rustplaats kregen. En nu heeft hij uit Moskou het lang verwachte, versleutelde bericht gestuurd dat hij de stad veilig en wel had bereikt en een onderkomen voor hen beiden heeft gevonden.

Uit een zijstraat duikt een grote groep mannen op. Ze zwaaien met rode vlaggen en zingen de Internationale op de melodie van de Marseillaise: 'Ontwaakt, verworpenen der aarde'.

Maksim houdt werktuigelijk de pas in, deinst naar achteren tegen de muur van een huis en begraaft zijn kin in de kraag van zijn versleten jas. 'Weg met de oorlog! Weg met de bloedzuigers!' Hij hoort hun slogans die zich met de melodie van het Franse revolutionaire lied vermengen. De van haat vervulde kreten gaan door merg en been.

Wanneer een van de mannen de kolonne verlaat en op hem afkomt, loopt er een rilling over zijn rug.

'Kom, kameraad,' spoort de kerel hem aan, 'er is een bijeenkomst!'

'Ik wacht nog op een paar andere kameraden.' Maksim mompelt met opzet om zichzelf niet met zijn taalgebruik als lid van de voormalige aristocratische klasse te verraden. 'We komen zo.'

'Wacht niet te lang!' De man kijkt hem indringend aan, draait zich dan om en sluit zich weer bij de revolutionairen aan.

Maksim haalt opgelucht adem.

Niemand vermoedt dat er onder zijn onverzorgde uiterlijk een *boerzjwa*, een bourgeois, schuilgaat die door de opgehitste menigte net zo fel wordt gehaat als alles wat er beschaafd en voornaam uitziet. Inmiddels is een verzorgd voorkomen al voldoende om de woede van het gepeupel op te wekken. Maksim wil graag in het goede in de mens geloven, hun motieven en daden begrijpen, maar na alles wat hij heeft meegemaakt en dagelijks beleeft is dat nagenoeg onmogelijk.

Het begint te sneeuwen.

De witte vlokken hebben iets zuivers, maar verliezen dat zodra ze met de vieze derrie op de straat versmelten. Moskou voelt stug en afwijzend aan – vooral nu, in de winter – en met elke pas die hij zet wordt de innerlijke koude die hij al maanden met zich meedraagt, erger. Zakelijke belangen in de staalindustrie of een of andere politieke aangelegenheid hadden hem vroeger geregeld naar de hoofdstad gevoerd, maar hij was altijd blij geweest om op de gelijkmatige cadans van de trein, comfortabel en van alle gemakken voorzien in een slaapwagon, de zeshonderdvijftig kilometer terug naar het schitterende, speelse Sint-Petersburg te denderen.

Maksim vermant zich. Het heeft geen zin stil te staan bij het verleden dat nooit meer terug zal komen. Sint-Petersburg heet al jaren Petrograd. Voor hem heeft de stad haar ziel verloren. Er zijn diepe wonden geslagen in haar gelaat, net zoals in zijn eigen gezicht. Pijnlijk. Verminkend. Wonden die nooit helemaal zullen helen.

6

Meersburg, het ziekenhuis, twee dagen later

‘Zuster Katharina?’

Katharina legt voorzichtig een scalpel bij de rest van het operatiemateriaal in een trommel die klaarstaat om straks met stoom de instrumenten te steriliseren. Ze draait zich om naar de hoofdzuster die in de deuropening staat. ‘Hebt u een andere taak voor me? Ik ben hier eigenlijk nog niet klaar.’

‘Er is bezoek voor je beneden,’ antwoordt de hoofdzuster.

‘Bezoek?’ Katharina is verrast.

‘Een jonge dame.’ De hoofdzuster neemt de sterilisatietrommel van Katharina over. ‘Ga maar. Ik zorg hier wel voor. Maar maak het niet te lang. We verwachten weer nieuwe opnames.’

‘Natuurlijk niet.’ Katharina loopt naar een van de wastafels aan de muur en wast grondig haar handen. Vervolgens doet ze het witte schort uit dat ze over haar verpleegstersuniform draagt.

‘Ik zal me haasten!’ Ze knikt naar de hoofdzuster.

De indringende geur van lysol vergezelt haar van de operatiezaal langs de gangen en trappen naar de ingang van het ziekenhuis. Tot haar verbazing ziet ze daar haar zus staan.

‘Helena! Wat doe jij hier? Is er thuis iets gebeurd?’

‘Nee, Katharina.’ Helena pakt haar bij de arm. ‘Maar ik moet iets met je bespreken.’

‘En dat kan niet wachten tot ik thuis ben?’ vraagt Katharina. Helena schudt het hoofd.

‘Kom dan maar.’ Katharina gaat haar zus voor naar een kamertje waar het schone linnengoed wordt bewaard. ‘Hier kunnen we ongestoord praten, maar ik heb niet veel tijd. We verwachten een nieuw transport.'

'Dan is het des te belangrijker.' Helena kijkt haar ernstig aan. 'Ik heb papa en Elisabeth afgeluisterd. Eergisterennacht.'

'Afgeluisterd?'

'Toevallig. Ik stond in de keuken melk op te warmen.' Helena legt haar wijsvinger op haar onderlip, zoals ze altijd doet als iets haar dwarszit. 'Het zit zo: Elisabeth wil de Lindenhof verkopen.'

'Echt waar? Wie koopt er in deze tijden nu een oud huis?'

'Het is niet zomaar een oud huis.' Helena kijkt geschokt. 'Het is... Het heeft een ziel.'

Katharina schudt ongemerkt het hoofd. 'Ik wist niet dat je er zo aan verknocht bent.' Ze legt haar hand op de schouder van Helena. 'Maar ik ben er ook aan gehecht. Aan onze Lindenhof en onze tuin met de kas. Het is onze kindertijd.'

Even staan de twee zussen in gedachten verzonken. 'Helena,' begint Katharina uiteindelijk en ze laat haar hand zakken, 'is dat de reden dat je hier bent? Om me dat te vertellen?'

'Niet alleen daarom. Elisabeth zet vader onder druk. Blijkbaar hebben we geen geld meer en is verkopen onvermijdelijk. Ze heeft zelfs al een koper.' Helena zucht. 'Papa weert zich zo goed mogelijk en blijft maar alles doorrekenen.'

'Zonder zijn toestemming kan ze in ieder geval niet verkopen. En dat zal ze ook niet doen. Moeder is moeilijk, maar niet oneerlijk.'

'Maar ze is gewoonweg veel sterker dan papa, op dit moment toch. Hij heeft rust nodig en ik heb het gevoel dat ze hem murw wil maken.' Helena friemelt aan haar wollen sjaal. 'Daarom heb ik nagedacht.'

'En? Heb je een oplossing gevonden?'

'In ieder geval heb ik een idee, maar daar heb ik jou voor nodig.'

'Vertel!'

'Als we nu eens gewonden van hier, uit het ziekenhuis opnemen. Misschien kunnen we daarmee genoeg verdienen om de komende maanden door te komen.'

'Wil je een veldhospitaal inrichten in de Lindenhof?' Katharina staart haar zuster verbluft aan.

'Precies.'

'Besef je wel wat dat inhoudt?'

'Kennelijk niet helemaal, maar ik heb al gelezen over hotels die zijn omgebouwd tot militaire ziekenhuizen.'

'Hmm.' Katharina denkt na. 'We zitten echt overvol,' zegt ze ten slotte. 'En ze blijven maar soldaten deze kant op sturen. We hebben hier in het ziekenhuis al lang een tekort aan bedden.'

'Je vindt mijn idee dus het overwegen waard?'

'Heb ik ooit een idee van jou afgeschoten?' Katharina glimlacht. 'Al heb ik geen idee of dokter Zimmermann erin zal meegaan. Het betekent om te beginnen heel veel werk. Voor het ziekenhuis én voor jullie.'

'Dat besef ik, Katharina. Ik heb ook al nagedacht over hoe we de Lindenhof het best op patiënten kunnen voorbereiden.'

Katharina kijkt haar twijfelend aan. 'Je hebt geen idee wat je te wachten staat, Helena. Maar laten we met de arts praten en hem je voorstel uit de doeken doen. Hij kan alleen maar nee zeggen.'

'Daar hoopte ik op!' Helena is opgelucht. 'Denk je dat hij ons meteen kan ontvangen?'

'Tijd heeft hij toch niet. We proberen het gewoon.' Katharina heeft de deurklink al vast. 'We moeten wel opschieten. Als straks het schip aanmeert, wordt het hier een gekkenhuis!'

De zussen begeven zich naar het kantoor van de hoofdarts. Voor de deur strijkt Katharina haar uniform glad en knijpt vervolgens in de hand van haar zuster.

'Weet je het heel zeker?'

Helena knikt. Katharina heft haar hand op en klopt aan.

Dezelfde dag, 's avonds

Elisabeth heeft vol ongeduld op het avondeten gewacht en zich daarna zo snel mogelijk teruggetrokken. Al twee jaar slaapt ze in een van de leegstaande gastenverblijven. Anderen zouden het vertrek spartaans noemen, maar Elisabeth heeft niet meer nodig. Een ijzeren ledikant, een smalle kleerkast en een nachtkastje volstaan. Ze heeft een hekel aan tierlantijnen en houdt het graag eenvoudig om het overzicht niet te verliezen.

Terwijl ze zich omkleedt, denkt ze na. Sinds de terugkomst van Gustav is het haar niet meer gelukt onopvallend weg te glippen. Maar vanavond moet ze echt gaan. Gustavs reactie op haar voorstel het huis te verkopen was niet bepaald bemoedigend en ze heeft veel te bespreken.

In haar nachtkastje staat een fles met zelfgestookte brandewijn van rapen en ze neemt een flinke slok voordat ze haar winterjas van het haakje naast de deur pakt en vertrekt.

Zoals steeds loopt ze zachtjes de trap af. Het is stil in huis. Katharina heeft dienst in het ziekenhuis, Helena en Lilly zijn op hun kamer en Gustav heeft zich teruggetrokken in de kleine kamer in de buurt van de keuken waar hij na zijn thuiskomt zijn intrek heeft genomen en zich met zijn houten been ongehinderd kan bewegen.

In de hal overvalt Elisabeth opeens het onverklaarbare gevoel niet alleen te zijn. Ze blijft staan en luistert, maar kan niets ongewoons ontdekken. Het blijft stil.

Wanneer ze de deur opendoet strijkt een van de katten langs haar benen. Elisabeth haalt opgelucht adem en verlaat het huis.

Op de Steigstrasse begint het te sneeuwen. De sneeuw is zwaar en nat en maakt het met de uitwerpselen van ossen en paarden bevuilde wegdek spekglad. Elisabeth komt met moeite vooruit omdat de zolen van haar lage schoenen versleten zijn en weinig grip bieden op de gladde ondergrond. Ze worstelt zich naar de bovenstad en loopt verder in de richting van de Obertor.

Als ze eindelijk haar bestemming heeft bereikt, kijkt ze snel om zich heen. Ze kan maar beter niet gezien worden, al is er met dit weer geen kip te bespeuren. Ze duwt het smalle tuinhek van Hotel Ochsen open, steekt het grasveld over en gaat via een zijdeur het pand binnen.

'Otto?'

'Niet zo hard,' fluistert een stem in het donker. 'Je weet dat mijn Else rond deze tijd in de keuken zit.' Met zware passen komt hij dichterbij. 'Hadden we niet afgesproken dat je niet onaangekondigd naar ons huis komt?'

'Ik moet je iets vertellen,' antwoordt Elisabeth onbewogen. Ze kent zijn norse manier van doen en weet dat zijn vrouw een longaandoening heeft en zich elke dag naar de keuken van het hotel sleept omdat hij het vertikt een kokkin in dienst te nemen.

'Wat dan?' Hij staat nu recht voor haar. Een lange, forse en ondanks de schaarse tijden, weldoorvoede man.

'Gustav heeft het bod afgeslagen.'

'Heb je hem verteld dat het van mij komt?'

'Nee.'

Aan de andere kant van de gang horen ze serviesgoed rammelen. Iemand hoest. Otto kijkt nerveus om zich heen. 'Kom mee.'

Hij pakt haar bij de bovenarm en voert haar via een stenen draaitrap naar de gewelfde kelder. Hij opent een van de vier zware houten deuren die op de smalle gang uitgeven en duwt Elisabeth een voorraadkamer in. 'Vertel verder!' Hij steekt een lantaarn aan.

De ruimte is gevuld met etenswaren. Een surreëel beeld in deze barre tijden. Ze houden op de Lindenhof nog redelijk het hoofd boven water, maar de blik van Elisabeth wordt automatisch gezogen naar de overvloed aan aardappelen, meel, worst, glazen en aardewerken potten met ingemaakte groenten, suiker, olie en eieren. Ze voelt een zweem van jaloezie en tegelijkertijd probeert ze koortsachtig de waarde van de hier opgeslagen waren te berekenen. Otto heeft zijn zaken blijkbaar flink op orde.

'Je vertelt niemand wat je hier hebt gezien!' Het lijkt alsof hij haar gedachten kan raden.

'Natuurlijk niet.' Elisabeth heeft moeite haar ogen van de voorraden af te houden. 'Geef me gewoon maar wat.'

'Aha, zo wil je het spel spelen,' Otto laat zijn ogen over haar lichaam dwalen. 'Pak straks maar een worst.'

Elisabeth heeft stiekem respect voor de hotelier. Ze kan wel raden waarom hij het zo goed doet, het is een geslepen man. En gewetenloos. Kort na het uitbreken van de oorlog was hij gewond teruggekeerd naar Meersburg en had hij het voor elkaar gekregen niet meer teruggestuurd te worden. Een indrukwekkend litteken op zijn onderarm is het bewijs van zijn verwonding. Maar er gaan hardnekkige geruchten in het dorp dat de baas van de Ochsen zich destijds zelf heeft verwond om aan de loopgraven te ontsnappen. Elisabeth gelooft het zonder meer, vooral ook omdat hij goede connecties heeft met de autoriteiten. En daar maakt hij optimaal gebruik van, zeker om zaken te doen.

'Je man wil dus niet verkopen.' Otto pakt de draad van het gesprek weer op. 'Dan gaan de zaken blijkbaar toch niet zo slecht.'

'We hebben bijna geen geld meer, dat heb ik je al verteld.'

'En ik heb ook gehoord dat hij gewond is geraakt in de oorlog. Dat hij nog maar één been heeft.'

'Inderdaad!' Elisabeth wringt haar handen. 'Daarom begrijp ik niet waarom hij niet ingaat op je bod! Ik wil niet in de ellende belanden.'

'Waar heeft hij die verwonding opgelopen?'

'In...' Elisabeth moet even nadenken, maar dan schiet de naam haar weer te binnen. 'Hij had het over Ieper. Rare naam is dat.'

'Ieper.' Otto strijkt over zijn volle bakkebaarden. 'Dat ligt in Vlaanderen. De stad was belangrijk voor de lakenhandel, maar ligt nu naar verluidt helemaal in puin. De afgelopen jaren zijn daar duizenden soldaten gesneuveld.'

'Ik had nog nooit van Ieper gehoord.'

'Het westelijke front.' Otto is in gedachten verzonken. 'Anno 1914 hebben ze daar samen Kerstmis gevierd – de Britten, Fransen en Duitsers. Ze hebben gewoon de wapens neergelegd en gevoetbald als vrienden in plaats van vijanden. Daarna gingen de gevechten door.'

'Dat verzin je!'

'Nee, die wapenstilstand met Kerstmis is geen sprookje.' Otto schudt het hoofd. 'Maar het is maar één keer gebeurd. Later hebben de Duitse commandanten vier regimenten met piepjonge gasten de strijd in gestuurd. Jongens die net van de middelbare school kwamen. Ze zijn bijna allemaal gevallen. Ieper staat synoniem voor afslachten.'

'Gustav heeft het duidelijk overleefd.'

Otto schraapt zijn keel. 'Had je daar geen rekening mee gehouden?'

'Ik had al zo lang niets meer van hem gehoord.' Elisabeth voelt zich opeens onwel. 'Al sinds het voorjaar niet meer.' Voor de onverwachte terugkomst van Gustav had ze zich voorgenomen gepast om hem te rouwen om daarna, als Else er misschien ook niet meer zou zijn...

'Dan vervalt mijn bod.' Elisabeth voelt zich op haar ziel getrapt.

'Wat zeg je nu!'

'Hij heeft zijn kans gehad. En jij ook.'

'Geef me nog wat tijd, Otto. Alsjeblieft. Hij zal inzien dat het hem in zijn toestand nooit zal lukken de herberg draaiende te houden.'

'Hmm.'

'Otto. Je krijgt dat kans om de belangrijkste hoteleigenaar van Meersburg te worden. Geef je dat nu op omdat Gustav niet meteen wil verkopen?' Elisabeth weet dat Otto er alles voor overheeft om de eigenaren van de etablissementen Schiff, Bären en Wilden Mann de loef af te steken. Hotel Ochsen ligt in de bovenstad. Om het belangrijkste hotel van Meersburg te worden, heeft hij dringend een tweede vestiging nodig aan de oever van het meer.

'De Lindenhof is ideaal voor jou,' voegt ze er nog aan toe. 'Dat weet je.'

Met een besluiteloos gebaar strijkt Otto weer over zijn baard. 'Dan...' Hij zet een stap in haar richting, legt zijn hand bezitterig in haar nek en drukt zijn mond op de hare. Vervolgens laat hij haar abrupt los. 'Dan hangt het van jou af.'

Het duizelt Elisabeth. Met trillende vingers voelt ze aan haar brandende lippen. 'Ik zal er alles aan doen om te zorgen dat jij de Lindenhof krijgt. Alles.' Met moeite onderdrukt ze de opgewonden trilling in haar stem. Zijn kus doet haar meer dan haar lief is.

'Ik vertrouw je op je woord.' Otto krabt aan zijn nek. 'Maar de prijs staat, Elisabeth. Daar kom ik niet op terug. Het is een goed bod!'

'Je zou me nog iets geven, Otto.'

De baas van Hotel Ochsen bromt iets onverstaanbaars en loopt naar de deur – met een klein knikje geeft hij aan dat zijn aanbod nog geldt.

Voordat ze hem volgt pakt Elisabeth een gerookte ham van een van de haken waaraan de vleeswaren hangen.

Otto fluit zachtjes als hij dat ziet. 'Ik weet niet of ik zo blij ben met die brutaliteit van jou.'

'We hebben een deal hier,' antwoordt Elisabeth. 'Ik vertel niemand over wat hier allemaal is opgeslagen. Jij stopt me af en toe iets toe en ik houd mijn mond en zorg dat je de Lindenhof krijgt.'

Otto maakt een geërgerd geluid. Vervolgens knijpt hij haar stevig in de billen. 'Alles heeft zo zijn prijs, Elisabeth Lindner.'

Ze duwt zijn hand weg. 'Alles op zijn tijd, Otto.'

7

De zolderkamer van de zussen, op hetzelfde moment

De hartvormige hanger voelt zwaar aan in Helena's hand. Ze zit geknield op de grond en probeert met een vaag gevoel van weemoed verhalen te bedenken die met het waardevolle juweel zouden kunnen samenhangen. Het is van haar moeder die uit een rijke familie kwam, maar verder weet ze weinig. Haar herkomst lijkt zich niet echt aan haar te willen openbaren en die verweesde plek in haar hart doet voortdurend pijn.

Voorzichtig opent ze het medaillon dat ze als kind van haar vader heeft gekregen en bekijkt voor de duizendste keer de twee miniatuurportretjes onder glas: links de geschilderde voorstelling van de Moeder Gods, haar gouden aureool versierd met glinsterende diamanten; rechts de jonge vrouw met donker haar, blauwe ogen en een hoog voorhoofd. Haar vader beweert dat dit haar grootmoeder is en Helena meent zichzelf te herkennen in de vrouw.

Zou ze nog meer van haar hebben meegekregen? Haar manier van praten of lachen misschien? Haar liefde voor schilderen en muziek? Het feit dat ze mensen goed aanvoelt? Haar sterke karakter?

Helena kijkt op.

Sneeuwvlokken dansen voor het raam. Zorgeloos en licht zweven ze voorbij in het licht van de zolderkamer. Het is bijna niet te geloven dat de winter zo snel is ingetreden.

Haar ogen dwalen af naar Lilly die op haar bed ligt te lezen. Soms zou Helena even onbekommerd door het leven willen gaan als de middelste van de drie zussen. Zelfs bij de grootste narigheid kan Lilly wegdromen in andere werelden.

Helena blijft nog even zitten, sluit dan het medaillon en legt het terug in het met fluweel beklede doosje. Voor ze het deksel sluit wrijft ze nog een keer met haar wijsvinger over het zwarte email en volgt ze de fijne, met bladgoud en diamanten bezette guirlande. Ze beseft dat het een heel oud en kostbaar sieraad is, maar ze denkt er niet aan het te verkopen ook al zou ze daarmee de Lindenhof kunnen redden. Ze zou zich beroofd voelen van het enige wat haar aan haar moeder bindt.

Ze stopt het doosje terug onder de matras van haar bed en staat op.

'Ik ga naar papa, Lilly!' zegt ze tegen haar zus.

'Hm-hm,' mompelt Lilly zonder van haar boek op te kijken. 'Doe maar.'

Haar vader is niet in zijn kamer. Even vraagt ze zich bezorgd af waar hij zou kunnen zijn, maar dan valt haar iets te binnen en ze loopt naar de eerste verdieping van de Lindenhof. Daar ligt zijn kantoortje waar ook de administratie van de herberg is ondergebracht. Als ze geen antwoord krijgt op haar zachte klopje, gaat ze gewoon naar binnen.

'O, hemeltjelief!' Gustav Lindner zit in opperste concentratie met een potlood in de hand achter het bureau. Voor hem ligt een stapel mappen en dossiers. 'Wat brengt jou hier?'

'Ik wil je spreken.' Helena schuift een stoel bij en wijst naar de paperassen.

'Ben je nog steeds de boekhouding aan het controleren?'

Nu pas kijkt hij op. 'Ik probeer het overzicht te krijgen.'

'En? Lukt dat?'

Hij schudt het hoofd. 'Ik begrijp het gewoon niet, Helena. Ik kan dat grote tekort aan geld niet verklaren, ook al is het oorlog. We hadden genoeg reserves en nu zijn die bijna op.'

'Weet je het zeker?'

'Ja.' Haar vader legt zijn potlood neer. 'En voor heel wat posten zijn er niet eens kwitanties. En als er al stukken zijn, staat er niet vermeld waarvoor het geld is gebruikt.'

'Ik wil Elisabeth zeker niet verdedigen, maar waarschijnlijk was het noodzakelijk om geld op te nemen. We hebben de afgelopen jaren nauwelijks iets verdiend.'

'Maar zo kan ik de boekhouding toch niet meer volgen?'

'Vertrouw je Elisabeth niet?' vraagt Helena.

'Ik weet het niet.' Gustav leunt achterover. 'Jij?'

Helena kijkt haar vader peinzend aan. 'Ik wil geen problemen veroorzaken. Ik weet niet of Elisabeth met opzet geld heeft achterovergedrukt.' Ze vouwt haar handen in haar schoot. 'Maar ik heb het moeilijk met haar voornemen onze Lindenhof te verkopen.'

'Heeft ze je daarover verteld?'

'Nee.' Helena wrijft over haar vinger. 'Ik heb het toevallig opgevangen, de avond nadat je bent thuisgekomen.'

'Zo.' Gustav knikt. 'Maar goed dat je het weet. Ik zou het je sowieso hebben verteld.'

'Ik kan met niet voorstellen ergens anders te moeten wonen, papa.'

'Nee. Ik ook niet.'

'Daarom heb ik erover nagedacht en ik denk dat ik een oplossing heb.' Helena weet niet hoe haar vader op haar idee zal reageren.

'Nu al?' Gustav Lindner gaat wat rechter zitten.

'Ik heb vandaag in het ziekenhuis dokter Zimmermann gesproken. Katharina en ik hebben voorgesteld een deel van de patiënten bij ons onder te brengen. Vooral mensen die al redelijk zijn hersteld. Tegen een vergoeding.'

'Je wilt hier een veldhospitaal inrichten?' Gustav lijkt sceptisch.

'Precies.' Helena kijkt hem hoopvol aan. 'Je zult nog met het ziekenhuis moeten onderhandelen over de hoogte van de vergoeding voor de patiënten die we overnemen, maar ze zitten werkelijk overvol. Je kunt zeker goede voorwaarden bedingen. En qua planning is het heel overzichtelijk.' Ze staat op en loopt naar het hoge raam dat op de Lindendreef voor de ingang van de herberg uitgeeft. 'Op broeder Fidelis en een toevallige reiziger na hebben we op dit moment geen gasten. Ook het aantal maaltijden dat we verkopen is sterk gedaald. We verdienen iets met de taarten die we maken, maar hebben dringend een andere bron van inkomsten nodig, toch zeker totdat er vrede is.'

Gustav Lindner antwoordt niet meteen en Helena staart naar de maagdelijke sneeuw op het halfronde plein voor de trappen naar de ingang.

'Goed,' hoort ze haar vader uiteindelijk zeggen. 'Ik zal met het ziekenhuis praten. Mede omdat ik het geweldig vind hoe jij je voor onze Lindenhof inzet. Maar vergis je niet, het is niet niks om daadwerkelijk gewonden te verzorgen. Ik wil het je niet uit je hoofd praten, maar ik weet waarover ik het heb.'

Helena knikt. 'Dat heeft dokter Zimmermann me ook al duidelijk gemaakt.'

'Akkoord. Dan proberen we het.'

Op dat moment ziet Helena iets bewegen op het besneeuwde pad. Een dik ingepakte gestalte ploetert door de sneeuw naar het huis. 'Wie kan dat zijn?' ontglipt het haar.

'Wat is er?' vraagt Gustav verschrikt.

'Ik denkt dat iemand nog iets komt brengen. Ik ga wel even kijken.' Helena rent naar de deur. 'Ik ben zo weer terug.'

Ze vliegt de trap af en botst bijna op de vrouw met de wollen jas die net de deur achter zich sluit.

'Käthe! Waar kom jij vandaan?'

Käthe legt veelbetekenend haar vinger op haar mond. 'Ik ben mevrouw Lindner gevolgd vandaag.'

'Is ze weer...?'

'Niet zo luid, juffrouw Helena,' maant Käthe.

'Waar ging ze heen?' vraagt Helena zachtjes.

'Naar de bovenstad. Maar in de buurt van Hotel Ochsen ben ik haar uit het oog verloren.'

8

Meersburg, het ziekenhuis, begin december 1917

'Zo veel patiënten. Het wordt steeds erger.' De hoofdzuster plaatst een dienblad met medicijnflesjes op de rolkar naast Katharina en strijkt met de rug van haar hand over haar voorhoofd. 'Ik zit waarschijnlijk de hele nacht vast in de operatiekamer. Er zijn een paar spoedgevallen. Ik weet dat je al de hele dag in de weer bent, maar ik wil je toch vragen zuster Hedwig te helpen met de nachtwacht op deze afdeling.'

'U kunt op mij rekenen, zuster,' belooft Katharina, die verbandmateriaal aan het sorteren is. 'Ik ben niet moe.'

'Dat komt nog wel. Onderschat de situatie niet. Een aantal van de nieuwe patiënten is er slecht aan toe.'

'Daar ben ik me van bewust.'

'Goed. Ik reken op u.' De hoofdzuster knikt haar bemoedigend toe. 'U bent een enorme steun, zuster Katharina. Ik heb zelden een hulpverpleegster gekend die zich in zo'n korte tijd zo goed heeft ingewerkt.'

Katharina maakt zich wat zorgen over de nacht, maar de lovende woorden van de hoofdzuster blijven nazinderen en vervullen haar met trots en vertrouwen. Ze zal zuster Hedwig zo goed mogelijk ter zijde staan.

Tegen middernacht heeft Katharina nog niet eens de gelegenheid gehad wat te drinken. Het is benauwd in de ziekenzaal en de onrust van de patiënten is bijna tastbaar. Onafgebroken haast Katharina zich langs de bedden. Ze wisselt verbanden, ruimt braaksel op, schuift bedpannen onder patiënten, deelt medicijnen uit. Ze is vertrouwd met de meeste handelingen en wat ze niet weet, vraagt ze aan zuster Hedwig.

Maar een uur geleden is haar collega naar een andere afdeling geroepen en dat maakt dat Katharina op dit moment alleen verantwoordelijk is voor veertien mannen.

Een kapitein die al een paar maanden op zaal ligt, roept haar: 'Ik heb dorst!' Katharina ziet dat de beker naast zijn bed leeg is en haalt vers water.

'Kom, ik help u even. Dat is gemakkelijker voor u.' Ze legt een arm om de schouders van de militair en helpt hem wat rechter te gaan zitten. Dan zet ze de beker aan zijn mond.

Hij drinkt met kleine slokjes. Wanneer hij aangeeft dat hij genoeg heeft, zet ze de beker weer op het nachtkastje.

'Blijf nog even bij me, zuster.'

Katharina moet eigenlijk verder naar de volgende patiënt, maar de smekende blik in zijn ogen is zo indringend dat ze een krukje bijschuift.

'Kunt u een goed woordje voor me doen bij de arts, zuster?'

'Waarom vraagt u dat?'

'Het zit zo. Voordat ik weer naar het front moet zou ik graag mijn dochtertje leren kennen. Ze is twee jaar oud en ik heb haar nog nooit gezien! Daarom zou ik graag hebben dat hij mij op de... gepaste manier ontslaat.'

Dit gaat Katharina aan het hart. Zijn verzoek is zó simpel, en toch had hij in deze tijden net zo goed kunnen vragen naar de maan te mogen reizen.

'Alstublieft, zuster!' dringt hij aan als Katharina niet meteen antwoordt.

'Ik zal het proberen,' belooft ze uiteindelijk in de wetenschap dat haar voorspraak geen enkele invloed zal hebben op de gang van zaken. Soldaten die weer beter zijn worden zo snel mogelijk terug naar het front gestuurd.

Maar haar antwoord lijkt hem gerust te stellen. Hij ontspant zich en sluit zijn ogen.

Ze verzorgt een andere soldaat die met een gebroken dijbeen in tractie ligt.

'Hoelang gaat dit nog duren, zuster?' vraagt hij.

Katharina weet dat de breuk uitzonderlijk langzaam geneest. 'Het gaat elke dag een beetje beter,' antwoordt ze diplomatiek terwijl ze in het diffuse licht wat ligwonden op zijn rug insmeert. Ze doet een paar druppels lavendeltinctuur in de thee van de man en wast haar handen.

Ze droogt net haar handen af als een andere patiënt luidkeels om een pijnstiller roept. Katharina legt de handdoek opzij en loopt naar hem toe, maar na een paar passen voelt ze een hand op haar heup en vervolgens een tweede. Geschrokken draait ze zich om.

Een van de nieuwkomers is uit zijn bed gekomen. Hij staat met starre blik achter haar en probeert haar tegen zich aan te trekken.

'Laat me los!' Katharina probeert zich uit zijn greep los te maken, maar hij pakt haar nog steviger vast.

Ze verweert zich heftig. De man mompelt iets en lijkt zichzelf niet te zijn. Als hij moet hoesten en haar even loslaat, glipt Katharina snel van hem weg. Hij volgt haar, slaat zijn gespierde armen om haar borst en drukt haar weer strak tegen zich aan. Ze kan geen kant op.

Katharina hijgt en ziet iets bewegen in de ziekenzaal. Een paar patienten hebben de hachelijke positie waarin ze zich bevindt in de gaten gekregen. Ze wil om hulp roepen, maar hij heeft haar zo stevig vast dat haar schreeuw wordt gesmoord. In die verstikkende greep voelt ze hoe hij al zijn ribben in haar rug boort.

Als ze het gevoel heeft dat ze niet meer kan ademen, gaat er opeens een schok door haar lichaam heen. Ze beseft dat ze op de grond valt. Ze ziet sterretjes voor haar ogen en dan wordt alles donker.

'Zuster? Gaat het?' Als door een pak watten dringen de woorden tot haar door. Iemand trekt voorzichtig aan haar mouw. 'Zuster?'

Katharina doet haar ogen open. Als ze de slanke jonge man in een nachthemd ziet die zich over haar heen buigt, slaakt ze een kreet van schrik.

'Wees niet bang, zuster. Ik zal u geen pijn doen.' Hij richt zich op en zet een pas naar achteren. 'U bent overvallen.'

'Ja...' Katharina probeert zich te oriënteren. Haar hoofd doet pijn. 'Ja. Dat weet ik.' Ze gaat rechtop zitten.

Achter de patiënt die haar overeind had willen helpen houden twee andere gewonden haar belager, die hevig verzet biedt, vast. Katharina is bang dat de verzwakte mannen op de duur niet tegen hem zullen zijn opgewassen en hulp halen duurt te lang. Ze moet de patiënt rustig krijgen.

Moeizaam staat ze op. De kamer begint meteen om haar heen te draaien. Katharina houdt zich aan een bed vast tot de duizeligheid wat minder wordt, loopt met wankele passen naar een rolkarretje met geneesmiddelen en verband, pakt een spuit en trekt met trillende handen het kalmeermiddel op. Ze ademt diep in om haar zenuwen in bedwang te krijgen.

De twee andere patiënten zijn er inmiddels in geslaagd de lange, sterke man naar zijn bed terug te brengen. Hij hoest weer. Katharina komt behoedzaam dichterbij en dient hem de injectie toe.

Hij kreunt als ze de vloeistof in zijn bovenarm spuit, maar al snel neemt zijn weerstand af. Tegen de tijd dat hij tot rust is gekomen, rilt hij over zijn hele lijf.

'Gaan jullie maar terug naar bed,' zegt Katharina tegen de kerels die haar hebben geholpen. Ze zien er alle drie uitgeput uit. 'Hartelijk dank.'

Aarzelend kruipen de mannen in hun bed, terwijl Katharina de toestand van de patiënt voor haar controleert. Ondanks het kalmeringsmiddel is zijn hartslag nog veel te hoog, koud zweet doordrenkt zijn witte nachthemd, en felle rillingen doen zijn tanden klapperen. Hij lijkt hoge koorts te hebben. Katharina negeert het bonzen in haar hoofd, haalt een extra deken en legt die over hem heen.

'Zuster Katharina!'

Katharina draait zich om. Opgelucht ziet ze zuster Hedwig, op de voet gevolgd door dokter Zimmermann en nog een patiënt die kennelijk alarm heeft geslagen.

'Problemen?' vraagt de arts.

'Hij is zichzelf niet,' antwoordt Katharina.

Hij neemt kort de toestand van de zieke in zich op. 'Een duidelijke achteruitgang.'

Zuster Hedwig controleert zijn polsslag. 'Schot in de knie. Hij leek echt goed te herstellen. De verwonding heeft hij vier weken geleden opgelopen. Hij kwam eigenlijk al in aanmerking voor ontslag.' Ze tilt de deken op en de arts maakt het verband rond de knie van de patiënt los.

'Niets te zien. Leg het verband maar terug aan, zuster Katharina.'

'Ja, dokter.' Katharina heeft zich inmiddels weer helemaal in de hand. 'De laatste uren, voordat hij agressief werd, moest hij vaak hoesten.'

Dokter Zimmermann knikt.

Zuster Hedwig maakt het bovenlichaam van de patiënt vrij en draait hem op zijn zijde zodat de arts zijn borst en rug kan beluisteren.

'Pneumonie,' concludeert dokter Zimmerman uiteindelijk. 'Daar was ik al bang voor. Leg hem zo ver mogelijk weg van de andere patiënten. We geven hem een onderhuidse injectie met kinine. Morgen bespreken we zijn behandeling verder.' Hij stopt de stethoscoop in de zak van zijn doktersjas. 'Bereidt u de kinine-injectie voor, zuster Hedwig? En als hij tegen alle verwachtingen in toch weer aanstalten maakt om uit zijn bed te komen, dien hem dan een tweede dosis kalmeringsmiddel toe.'

Hij wendt zich tot Katharina. 'Ik denk dat u wel weet dat alleen gekwalificeerde verpleegkundigen kalmeringsmiddelen mogen toedienen.'

'Natuurlijk.' Katharina is zich bewust van haar eigenmachtig optreden, maar wat had ze anders moeten doen?

De arts lijkt haar gedachtegang te volgen. 'In deze noodsituatie hebt u correct gehandeld, zuster Katharina. Maar het moet absoluut bij deze ene keer blijven.'

'Dat spreekt voor zich,' antwoordt Katharina.

'Ik neem de volledige verantwoordelijkheid op me, dokter,' benadrukt zuster Hedwig, 'en zal haar in de toekomst niet meer alleen laten.'

'Goed. Ik moet weer verder. Waarschuw me onmiddellijk als er iets aan zijn toestand verandert.'

Terwijl zuster Hedwig naar de afgesloten medicijnkast loopt, pakt Katharina vers verbandmateriaal en loopt ze weer naar het bed van de gewonde. Hij ziet er beangstigend, maar tegelijkertijd ook hulpeloos uit, heeft een gelijkmatig, hoekig gezicht en bruin haar. De handen waarmee hij de deken vasthoudt, zijn sterk en mooi. Op het nachtkastje dat hij met zijn buurman deelt, ligt een naamplaatje. THOMAS VON BOGEN, STAFARTS, leest Katharina.

Hij maakt een zacht geluid. Ondanks zijn diepe stem klinkt het bijna als een kind dat kermt in zijn slaap.

9

Moskou, medio december 1917

Met een vreemd gevoel van tevredenheid verlaat Maksim het huis van Leonid, zijn oude Moskouse zakenpartner die net als hij van adellijke afkomst is. Samen hebben ze in de afgelopen jaren een succesvol bedrijf in de staalhandel uitgebouwd en nog vóór de gebeurtenissen in februari hebben ze een deel van hun onderneming naar het Verenigd Koninkrijk en Frankrijk verplaatst. Nu zal ook de rest volgen. Niet alleen omdat de oorlog de uitwisseling van nieuws en dus ook de afhandeling van hun orders beperkt, maar omdat de situatie in Rusland met de dag ondoorzichtiger en complexer wordt. Vandaag hebben ze beslist hoe ze het gaan aanpakken.

Net als Maksim ziet Leonid geen toekomst voor het bedrijf in Rusland. De twee mannen hebben maanden geleden al voorbereidingen getroffen om indien nodig het land te verlaten, maar zijn in gelijke mate overvallen door de vaart van de gebeurtenissen.

Leonid heeft gehoord wat Maksim is overkomen.

'Ze hebben ons ook bedreigd,' heeft hij Maksim verteld, 'en meer dan eens. Tot op heden hebben ze echter niets ondernomen. Maar Ivan Petrovitsj Joerjev was hetzelfde lot als het jouwe beschoren. Hij en zijn familie zijn in koelen bloede vermoord.'

'Dat kan toch niet waar zijn.' Het nieuws heeft Maksim diep aangegrepen. 'Onze vriend Ivan Petrovitsj –'

'Voor mensen als wij, Maksim, is er in Rusland geen plaats meer. Het klinkt misschien pathetisch, of zelfs cynisch, maar de dagen van de adel zijn voorbij in Rusland.'

Maksim weet dat hij gelijk heeft. De omwenteling is te ingrijpend en te wreed om ooit nog naar de oude orde terug te kunnen keren. Leonid heeft voorbereidingen getroffen om met zijn gezin naar Frankrijk te vertrekken en hem geadviseerd zo snel mogelijk te volgen. Maksim denkt er sowieso al langer aan Rusland te verlaten om te ontsnappen aan de vergeldingsmaatregelen waaraan de voormalige aristocratie is blootgesteld, maar het zou ook een eerste stap kunnen zijn naar een nieuw leven.

Met het Parijse adres van Leonid op zak is Maksim nu onderweg naar de woning van Wassily Kandinsky, waar hij logeert sinds zijn aankomst in Moskou een maand geleden.

Het gaat harder sneeuwen naarmate hij het Zoebovskajaplein nadert. Van hieruit is het nog maar een klein stukje naar de Boerdenkostraat. Terwijl hij omhoogkijkt naar de elegante gevel van het huurpand op nummer acht, voelt hij de overweldigende spanning van de laatste weken een beetje van zich afglijden. Hij belt aan en duwt de deur open.

In het trappenhuis waar Maksim de krakende trap oploopt vermengt de alomtegenwoordige, door de rook uit ovens en schoorstenen veroorzaakte straatlucht zich met een zweem van boenwas.

'Maksim!' Nina, de vrouw van Kandinsky, heeft de deur van de flat al geopend. Ze heeft haar blèrende zoontje op de arm. 'Vsevolod heeft honger,' zegt ze verontschuldigend.

Maksim glimlacht. 'Dan moet hij zich zeker laten horen, die kleine. Mijn jongens brulden altijd...' Hij kan zijn zin niet afmaken.

Nina legt in een medelijdend gebaar haar hand op zijn arm.

'Laat maar, Nina,' zegt Maksim schor. 'Het leven gaat door. Hoe, weet ik niet, maar toch.' Hij trekt zijn jas uit en hangt die aan de haak achter de deur.

Nina knikt. 'Wassily zit in zijn atelier.'

Maksim houdt van het atelier: licht en groot, net als de rest van de woning. In het midden staat een grote schildersezel met een werk dat op voltooiing wacht. Langs de muren staan een paar doeken, rijk aan kleur en vrij van vorm. Kandinsky zelf heeft een kleiner doek vast en draait zich om als hij Maksim hoort binnenkomen. 'Ah, Maksim, al terug? Heb je Leonid ontmoet?'

Maksim knikt. 'Ja. Ik vertel het je vanavond allemaal, als Boris er ook is.' Hij loopt naar de schilder toe en bekijkt het doek dat hij vasthoudt.

'Je hebt het uitzicht uit de woonkamer vastgelegd. Over de daken van Moskou tot aan het Kremlin.'

'Precies.' De heldere ogen van Kandinsky fonkelen om het hardst achter het smalle, gouden montuur.

'Inmiddels laat je het concrete karakter bijna volledig los, Wassily Wassiljevitsj.'

'Dat heb ik je al eens uitgelegd: vorm kan zelfstandig bestaan, kleur daarentegen niet. En dus beïnvloedt de vorm de kleur.' Hij glimlacht. 'Jij zou ook weer moeten gaan schilderen, Maksim. Voor ons kunstenaars is dat net zo belangrijk als eten en ademen.'

'Ach, Wassily, ik denk niet –' De deurbel onderbreekt Maxims antwoord. Werktuigelijk keert hij zich om naar de deur van de kamer.

Kandinsky volgt zijn blik en niet veel later verschijnt er een vertrouwde gestalte.

'Boris! Mijn vriend!' In een paar passen staat Maksim bij de deur en omhelst hij zijn trouwe kameraad. 'Je bent terug, gezond en wel!'

'Sinds gisteren, Maksim.' Boris zet zijn rugzak neer. Hij is, op zoek naar papieren en kostbaarheden, nog een keer teruggekeerd naar het verwoeste stadspaleis van de Baranovs in Petrograd.

Boris is opmerkelijk kleiner dan Maksim; een slanke, maar taaie man van middelbare leeftijd wiens grijzende haar geleidelijk dunner wordt. Vriend en vertrouweling, een van de laatste mensen op wie Maksim blind kan rekenen. Hij wil hem geen bediende meer noemen en staat er ook op dat Boris hem bij zijn voornaam en met jij aanspreekt. Momenteel woont Boris bij familie in Moskou.

'Ik moet zo naar het commissariaat,' zucht Wassily, 'maar we hebben nog wel tijd voor een welkomstdrankje, vrienden.'

'Dat kan ik gebruiken.' Boris grijnst.

Terwijl Kandinsky wodka inschenkt, bekijkt Maksim diens creaties nogmaals en beseft verbaasd dat hij inderdaad zin heeft om weer een penseel op te pakken. Het is lang geleden dat hij geschilderd heeft, landschappen en portretten vooral. Af en toe heeft hij zich aan een icoon gewaagd, maar de abstracte technieken van Kandinsky zijn bijzonder. Dat wil hij ook proberen. Hij zal Wassily vragen hem de basisprincipes bij te brengen. Misschien wordt dat echt een eerste stap naar de genezing van zijn ziel.

Ze klinken.

Wanneer de wodka aangenaam brandend door zijn keel vloeit,

overvalt Maksim een vreemd gevoel van normaliteit. En een half uur later – vermoedelijk speelt de alcohol hier ook een rol in – krijgt hij voor het eerst sinds de verschrikkelijke gebeurtenissen in Petrograd weer hoop. Hoop dat er toch nog een toekomst voor hem is weggelegd.

'Ik wil je nog eens bedanken dat je bij Wassily onderdak voor mij hebt gevraagd,' zegt Maksim tegen Boris, nadat Kandinsky is vertrokken naar zijn afspraak op het Commissariaat voor Volkscultuur.

'Het was geen speciale ingeving, het lag gewoon voor de hand.' Boris drinkt zijn wodka op. 'Ik dacht eraan omdat je enkele jaren geleden over hem hebt verteld. Was zijn vader niet de theeleverancier van je grootouders?'

'Ja. Hij heeft mijn familie jarenlang van thee voorzien.'

Boris knikt. 'Ik herinnerde me zoiets. En ook dat jullie elkaar af en toe schreven.'

'Wassily heeft contact opgenomen toen hij in 1914 uit Duitsland naar Rusland is teruggekeerd.'

'Jullie kunstenaars hebben gewoon een bijzondere band.' Boris zet zijn glas neer en loopt naar de deur.

'Waar ga je heen?' vraagt Maksim verrast.

Boris glimlacht mysterieus. 'Moment, ik ben zo terug.'

Hij komt terug met een bontjas en legt die voorzichtig in de armen van Maksim. 'Ik heb jullie paleis in Petrograd doorzocht,' zegt hij zachtjes. 'Precies zoals je me had gevraagd.'

'En?' Maksim krijgt het benauwd.

'Het staat leeg.'

'Leeg?' Maksim schraapt zijn keel. 'Dat verbaast me. Kraakt het gepeupel normaal niet alles, elke kamer, elk huis?'

'Ik vond het ook vreemd, maar herinnerde me dan ook dat de kerels die jullie te lijf gingen gemaskerd waren. Weet jij dat nog?'

'Vaag. Mijn herinneringen aan die nacht zijn een aaneenschakeling van losse fragmenten,' antwoordt Maksim.

'Figuren in het zwart.' Boris pakt de brug van zijn neus vast. 'Revolutionairen die jacht maken op aristocraten bedekken hun gezichten niet. Bovendien zouden ze de ham en reuzel hebben opgegeten, de wijnkelder hebben leeggezopen en vervolgens op de restanten van hun feestmaal hebben gedanst. Daar was geen spoor van. Het paleis was in elk geval wel van boven tot onder doorzocht.'

'En vermoedelijk hebben ze alles van waarde meegenomen.'

'Toch wel het een en ander. Maar ze zijn heel gericht te werk gegaan. Ze waren blijkbaar vooral uit op juwelen en dat verbaast me.'

Maksim fronst het voorhoofd. Opnieuw vraagt hij zich af wat het motief van de indringers was geweest. Roof? Moord? Politiek gewin? 'Waar heb je de jas gevonden?' vraagt hij aan Boris.

'In een reiskoffer in de kelder.'

'O, die koffer.' Maksim glimlacht weemoedig. 'Lidia bewaarde er dingen in die belangrijk voor haar waren.'

'De koffer was niet opengemaakt. Ze hebben het ding dus over het hoofd gezien of vonden het niet belangrijk. Wat me is opgevallen is dat er een naam in de jas staat: Maria Pavlova.'

Maksim knikt. 'Zo heette de grootmoeder van Lidia. Ze is al lang geleden overleden. Van haar heeft Lidia de sabeljas geërfd.'

'In de koffer vond ik ook nog boeken, vaatwerk en een paar andere dingen. Ik kon niet alles meenemen en daarom heb ik de meest waardevolle dingen eruit gehaald. Helemaal onderin lag dit.' Boris houdt hem een vergeelde brief voor.

Maksim pakt de envelop aan en draait die een paar keer om. 'Dat zou een kopie van Maria's testament kunnen zijn. Omdat de moeder van Lidia bij de geboorte van haar tweede kind is gestoven, ging Maria's erfenis naar Lidia, haar enige, nog levende kleinkind. En naar Lidia's tante Vera, in gelijke delen.' Hij scheurt de envelop voorzichtig open en haalt er een dubbelgevouwen vel papier uit. Bij het openvouwen vallen er een paar gedroogde rozenknoppen op de bontjas. Maksim raapt er eentje op en kijkt er peinzend naar. Dan richt hij zijn blik weer op het papier en houdt meteen op met lezen. 'Vreemd.'

'Wat is er vreemd?'

Maksim haalt een hand door zijn haar. 'Dit is de stamboom van Lidia.'

'Die ken je toch?'

'Dat dacht ik. Maar hier is iets raars.' Maksim laat Boris de met donkere inkt getekende stamboom zien. 'Ik wist niet beter dan dat Maria twee kinderen had. Lidia's moeder Irina en haar zuster Vera. Maar hier,' hij wijst met zijn vinger naar een plek in het midden van de stamboom, 'hier is duidelijk een derde naam uitgewist.'

Boris kijkt aandachtig naar het schema. ‘Misschien een kind dat heel jong is gestorven?’

‘Dat zou kunnen. Maar dan haal je de naam toch niet weg. Ik heb eerder de indruk dat men iemand uit de familiegeschiedenis heeft willen verwijderen.’

‘En waarom is dat belangrijk voor jou?’

Maksim vindt het moeilijk om onder woorden te brengen wat die gemanipuleerde stamboom bij hem oproept. Herinneringen? Wrevel? Wantrouwen?

‘Ik wil graag weten over wie het gaat.’

Boris wijst met zijn vinger naar de vertakte lijnen. ‘Denk je dat er een verband is met de aanslag op jullie?’

Maksim haalt zijn schouders op. ‘Ik denkt dat ik geen enkel aanknopingspunt, hoe vaag ook, moet uitsluiten.’ Hij wrijft over de bontjas waar de bloemen nog op liggen. ‘Deze sabeljas betekent veel voor me. Al is het maar omdat Lidia de jas heeft aangeraakt.’ Hij ademt een paar keer diep in en uit. ‘Hier begin ik mee. Wil je mij op mijn zoektocht vergezellen, Boris?’

10

De zolderkamer van de Lindenhof, de ochtend van 30 december 1917

Lilly kijkt aandachtig in de spiegel terwijl ze haar dikke blonde haar borstelt. Gisteren heeft ze het gewassen en gespoeld met azijn en nu glanst het als gesponnen goud. Zorgvuldig verdeelt ze het in drie tressen die ze stevig vlecht, in een knot draait en vastzet met spelden. Het kapsel benadrukt haar hartvormige gezicht met hoge jukbeenderen, volle mond en grote blauwe ogen.

Volgens Elisabeth, Lilly's moeder, is ijdelheid een zonde. Maar waarom zou het een zonde zijn om goed voor je lichaam te zorgen? De goede God heeft het lichaam toch net als de geest en de ziel in het leven geroepen? Voor Lilly hoort alles samen.

De lade van haar kaptafel klemt en Lilly wrikt deze voorzichtig open. Hier bewaart ze haar meest waardevolle schat: een geel blikje met het krullerige opschrift *Nivea Creme zur Hautpflege* omlijst met groenrode ornamentjes. Lilly tilt het deksel op en ruikt aan de sneeuwwitte crème. De delicate geur doet haar meteen wegdromen en even ziet ze zich in gedachten aan de arm van een knappe kerel over de promenade van Meersburg flaneren in een dure jurk met bijpassende hoed en een elegant kapsel. Ooit...

Voorzichtig doopt ze een vinger in de witte massa, smeert de crème uit en geniet van het fluweelzachte gevoel op haar huid. Daarna sluit ze het blikje weer zorgvuldig en stopt het terug in de lade. Ze werpt nog een laatste blik in de spiegel, draait haar hoofd van links naar rechts waardoor de eenvoudige gouden oorbellen die ze draagt bewegen. Grootmoeder Lindner heeft haar en haar zus Katharina een paar van deze oorbellen gegeven bij hun geboorte. De moeder van haar vader leeft helaas al lang niet meer. En ook al hadden ze haar zelden bezocht omdat ze in Singen woonde, koestert Lilly aangename herinneringen aan haar. Haar dik met kaneelsuiker bestrooide kwark-aardappelkoekjes waren de lekkerste van de hele wereld.

Lilly staat op en loopt naar de ouderwetse wastafel. De kamers in de Lindenhof beschikken nog niet over stromend water en daarom giet ze water uit de kan in de witte porseleinen lampetkom. Op de commode staan drie glazen met een tandenborstel en er ligt ook een tube Kalodont. Ze doet wat tandpasta op haar borstel en poetst voorzichtig haar regelmatige witte gebit.

Lilly stopt met poetsen als ze op de gang snelle voetstappen hoort. Meteen daarna vliegt de deur open.

'Lilly?' Helena stormt de kamer binnen en Lilly beseft dat haar ontspannen ochtendtoilet voorbij is. 'We hebben je nodig bij de voorbereidingen.'

Lilly knikt, spoelt haar mond en zet de tandenborstel terug in het glas. Met een zachte zucht draait ze zich om naar haar zus. 'Ik kom eraan.'

Lilly begint de dag principieel in alle rust in tegenstelling tot Katharina die zich altijd gedisciplineerd van haar taken kwijt, of Helena, die ondanks haar voorliefde voor schoonheid en kunst haar plichten nooit verzaakt. Lilly is anders. Terwijl Katharina alleen maar met ziekte en geneeskunde bezig is en Helena altijd een nieuwe taak voor zichzelf ziet weggelegd, duikt Lilly liever in een modeblad of een roman. Of ze houdt zich bezig met de verzorging van haar bijna achttien jaar oude lichaam.

Helena legt een arm om haar schouders. 'Je moet je nog aankleden.'

'Weet ik.' Lilly bevrijdt zich onmiddellijk uit de zusterlijke omhelzing, trekt haar ochtendjas uit en grijpt naar een donkerblauwe katoenen jurk.

'Ik heb gisteren een verpleegstersuniform voor je klaargelegd.' Helena klinkt vastbesloten, maar in haar ogen ligt een toegeeflijkere uitdrukking.

'Mag ik echt niet een van mijn eigen jurken dragen? Ik ben toch geen echte verpleegster.'

'Nee. We dragen allemaal een uniform, Lilly.'

Met tegenzin en de hulp van Helena trekt Lilly de versleten lichtgrijze jurk aan en knoopt het witte schort voor.

'Maar dat kapje heb ik toch werkelijk niet –' protesteert ze als Helena het witte ding op haar hoofd wil zetten.

'Toch, dat heb je wel nodig.' Helena zet het kapje met een paar spelden vast. 'Het hoort erbij.'

Lilly krijgt een onbehaaglijk gevoel als ze na Helena de kamer verlaat en de trap afloopt. De afgelopen weken is er zoveel veranderd, het verontrust haar.

De eetzaal en een kamer daarnaast staan vol bedden en tussen de bedden staat telkens een nachtkastje. Het ziekenhuis heeft voor alles gezorgd: meubels, verbandmateriaal, bedpannen en linnengoed, maar ook dekens, kussens en nog veel meer. Komende dinsdag zal de Lindenhof als veldhospitaal van start gaan.

Moeder heeft woedend op het nieuws gereageerd en na talloze ruzies met vader zelfs gedreigd te vertrekken. Dat was met Kerstmis geweest. Maar vader en Helena hebben hun hakken in het zand gezet en werkelijk alles in het werk gesteld om meteen in het nieuwe jaar de eerste patiënten op te vangen: vreemde soldaten. Lilly vindt dat niet gewoon onaangenaam, het maakt haar ook bang.

Ze volgt Helena naar de keuken. Käthe is zoals altijd al sinds de vroege ochtend druk in de weer. Het ruikt er naar een stevige stoofpot en de bijzondere geur doet vermoeden dat er spek ligt te sudderen tussen de rapen en aardappelen.

In de keuken zitten ook broeder Fidelis, die haar snel een knipoog geeft, en een jong meisje dat Lilly niet kent.

'Wat moet ik doen, Helena? Käthe helpen?' vraagt Lilly.

'Nee,' antwoordt Helena. 'Jij mag met broeder Fidelis aan de slag. Voor Käthe heb ik een keukenhulp aangenomen, Erna.'

Het meisje kijkt kort op als ze haar naam hoort en gaat dan weer aan het werk. Er staan verschillende schalen met brooddeeg klaar dat ze nog moet kneden en tot broden vormen. Vandaag is het bakdag en Käthe bereidt zich duidelijk voor op het grotere aantal eters dat verwacht wordt.

'Jij moet broeder Fidelis helpen met het bereiden van geneesmiddelen op basis van kruiden.' Helena wijst naar de monnik. 'Hij weet veel van geneeskrachtige kruiden. Momenteel is er overal een gebrek aan medicijnen omdat de noodzakelijke ingrediënten Duitsland niet bereiken en de voorraden bij de geneesmiddelenfabrikanten zo goed als op zijn. Daarom gaan we proberen sommige dingen zelf te maken.'

'Echt waar?' Lilly is opgelucht. Tegen die taak is ze wel opgewassen. 'Dat is een goed werkje voor mij, Helena.' Ze had gevreesd dat Käthe haar de keuken rond zou commanderen. Want hoe aangenaam in de omgang de kokkin ook is, wat werk betreft is ze een echte kenau.

Helena trekt Lilly even kort tegen zich aan. 'Ik moet verder. Vanmiddag leg ik jou en broeder Fidelis verder uit hoe het zit met de verzorging. Ik verwacht jullie om vier uur in de eetzaal. Tot straks!'

Lilly kijkt haar even na en voegt zich dan bij broeder Fidelis die in een hoek van de keuken achter een grote tafel vol flessen en potten, linnen zakjes en bossen groen zit.

'Ja, dat wordt stevig aanpoten.' De monnik ruikt aan een met bloemen gevulde zak. 'Hier valt nog wat te leren, juffrouw Lilly.' Hij houdt het zakje onder haar neus. 'Vertel, wat is dit?'

Lilly snuift de geur op. 'Kamille.'

Broeder Fidelis knikt, pakt een flesje met een donkerblauwe vloeistof en haalt de stop eruit. 'En dit?'

'Dit ruikt ook naar kamille.'

'Dit is een etherische olie uit kamille. Ik heb 't allemaal uit 't klooster laten komen.' Nieuwsgierig bekijkt Lilly de verschillende ingrediënten. 'Ik wil graag meer weten over de planten en hun werking,' zegt ze. 'Denkt u dat sommige ook voor schoonheidsproducten te gebruiken zijn?'

Broeder Fidelis grijnst. 'Wat goed is voor de zieken, kan niet slecht zijn voor gezonde lui. Spits je oren maar, juffrouw Lilly. Dan hoor je vanzelf wel waar die dingen goed voor zijn.'

En de tijd vliegt voorbij.

Broeder Fidelis leert haar de basisprincipes van de kruidengeneeskunde, laat de belangrijkste geneeskrachtige kruiden zien en legt uit waarvoor ze worden gebruikt: goudsbloem, venkel, duizendblad en alsem, arnica, valeriaan, melisse en lavendel, salie en vele andere. Dan komen de specerijen aan bod: nootmuskaat, kaneel, kruidnagel, karwijzaad en koriander. Zwarte peper, saffraan, mosterd. De monnik somt alle helende eigenschappen op en weidt uitgebreid uit over de diverse manieren om ze te bereiden en te gebruiken. Al snel loopt het hoofd van Lilly om.

Een paar dingen onthoudt ze wel. Peterselie en kamille zijn goed tegen onzuiverheden van de huid, zalf van goudsbloem tegen kloven en droge plekken op het lichaam. Rozemarijn zorgt voor sterk haar en pepermunt helpt tegen puistjes.

'We krijgen vooral met wonden en littekens te maken. En pijn,' zegt broeder Fidelis ten slotte. 'En die manspersonen hebben nare dingen gezien. Die hebben wat nodig om te slapen. Sommigen vinden geen rust meer.'

Lilly knikt, maar zit elders met haar gedachten. 'Broeder Fidelis? Als het zomer wordt, kunnen we dan met de bloemen en kruiden uit onze tuin ook oliën en essences maken?'

'Zeker weten! Waar denk je precies aan, juffrouw Lilly?'

Lilly denkt aan een substantie die in bijna elke roman die ze leest voorkomt. 'Ik wil graag rozenolie maken.'

Broeder Fidelis krabt aan zijn hoofd. 'Daar heb je heel veel rozen voor nodig, zoveel groeien er niet eens in heel Meersburg. Maar wacht, 'k vraag in 't klooster wel of ze nog een flesje hebben.'

'Zou u dat willen doen?'

'Ja, met plezier.' Broeder Fidelis glimlacht breed. Maar ik kan 't niet beloven. En we zullen zeker wel een paar schone recepten bedenken. Voor de schoonheid.'

Lilly vindt het geweldig. Vanavond nog zal ze voor hem opschrijven welke watertjes en tincturen ze in gedachten heeft.

Ze kijkt op haar polshorloge. Het is bijna vier uur. 'We moeten gaan, broeder Fidelis. Helena wil ons uitleg geven over de verpleging.'

'Wat, nu al?' roept broeder Fidelis. 'Laten we dan maar snel gaan, juffrouw Lilly.'

Iedereen is al in de vleugel met de eetzaal. Käthe en Erna hebben zich bij Lilly en broeder Fidelis aangesloten. Zelfs Katharina is er en dat verbaast Lilly. De laatste dagen heeft ze haar zuster zo goed als niet gezien. Haar vader zit op de stoel naast Helena. Alleen haar moeder ontbreekt.

'Het nieuwe jaar staat voor de deur.' Haar vader lijkt niet te verwachten dat zijn vrouw nog zal opdagen. 'En ik moet eerlijk toegeven dat ik niet had gedacht dat ik dat nog zou meemaken.'

Lilly merkt dat Helena een traan wegveegt.

'Maar Onze-Lieve-Heer had blijkbaar nog iets anders voor me in gedachten en met dit veldhospitaal heeft hij mij en dus iedereen van ons een grote en belangrijke taak gegeven. Er staat ons een moeilijke tijd te wachten. De oorlog is nog niet voorbij en we weten niet wanneer het zover zal zijn. Maar wat we wel kunnen, is elke dag het leed verlichten dat de oorlog de mensen brengt.' Hij schraapt zijn keel. 'De mannen die over een paar dagen arriveren, hebben gruwelijke dingen meegemaakt. Ik weet waarover ik het heb. Velen van hen zullen terug naar het front moeten, maar zolang ze hier zijn, moeten ze herstellen en weer op krachten komen. Het is belangrijk dat we daar samen aan werken.'

Helena neemt het van hem over. 'Het zal een tijdje duren voordat we alle handelingen onder de knie hebben, maar de patiënten die we overnemen zijn al aan de beterende hand, en we zullen het gauw genoeg leren. Het ziekenhuis levert ons met zuster Hedwig een ervaren verpleegster. Bovendien,' en nu wijst Helena met een glimlach naar Katharina, 'ben ik blij dat Katharina ons vandaag de belangrijkste dingen over het verzorgen van patiënten wil bijbrengen. Katharina, ga je gang.'

Lilly luistert eerst maar met één oor naar haar jongere zus, maar concentreert zich uiteindelijk toch op de uitleg van Katharina die gaat van het vervangen van een verband, de maaltijden voor de zieken en hygiënevoorschriften tot de voorgeschreven behandelingen. Het is voor Lilly een raadsel wie dat allemaal gaat doen, maar Helena ziet er zo zelfverzekerd uit dat ze haar twijfels opzijzet.

Wanneer Katharina in detail ingaat op de verschillende soorten verwondingen waarmee ze te maken zullen krijgen, voelt Lilly zich misselijk worden.

'Mijnentwege,' flapt ze er uiteindelijk uit, 'help ik broeder Fidelis met de medicijnen of Käthe in de keuken of met de was, maar denk maar niet dat ik die vreselijke wonden ga verzorgen. Dat trek ik niet!' Ze maakt rechtsomkeert en vlucht naar de zolder.

11

Meersburg, vier weken later, eind januari 1918

Doodmoe trekt Helena haar met bloed besmeurde schort uit en gooit die in de wasmand. Ze is helemaal op. Voor dag en dauw is ze opgestaan, heeft ze met haar vader de stand van zaken besproken en is ze naar de keuken gegaan waar Käthe en Erna al bezig waren met de maaltijden voor vandaag. Die vereisen een precieze planning omdat veel gewonden een specifiek dieet moeten volgen.

Tot op heden gaat alles redelijk goed. Het schema dat ze nauwkeurig heeft uitgewerkt helpt bij de immense logistieke uitdaging die sinds de aankomst van de eerste patiënten vier weken geleden hun dagelijkse leven beheerst.

Zuster Hedwig komt aanlopen met een stapel gebruikt beddengoed. De verpleegster is al halverwege de zestig en heeft een schat aan ervaring. De rust die ze uitstraalt zorgt voor een gedegen routine in de hectiek van de dag.

Voor Helena betekent dat enorm veel, want zij en haar vader dragen de hoofdverantwoordelijkheid. En ze moet toegeven dat ze volledig heeft onderschat wat het betekent om een noodhospitaal te leiden en dat haar eigen gebrek aan ervaring het werk bemoeilijkt.

'Wie neemt de nacht over?' vraagt zuster Hedwig terwijl ze de stapel was weglegt. 'Ik moet naar mijn nicht in Hagnau. Ze is zwanger en het gaat niet goed met haar.'

'Ja, dat hebt u me verteld,' antwoordt Helena. 'Broeder Fidelis valt in.'

Naast zuster Hedwig is ook broeder Fidelis met zijn medische kennis een enorme steun. Af en toe helpt Katharina ook mee en Helena bewondert de praktische instelling en de kalme kracht waarmee haar jongste zus werkt. Maar meestal is Katharina in het ziekenhuis aan het werk en kunnen ze haar niet op het rooster zetten.

Lilly's oorspronkelijke weerstand is steeds meer afgebrokkeld en heeft plaatsgemaakt voor een schuchtere daadkracht. Zich bewust van de fijngevoeligheid van haar zus heeft Helena haar stap voor stap vertrouwd gemaakt met verschillende taken. In het begin hielp ze met de verdeling van de maaltijden en had ze het schone verband gestreken en opgerold om ten slotte het voorbereiden van de medicatie over te nemen. Na wat eenvoudige verbandwissels heeft Helena Lilly uiteindelijk betrokken bij de wondverzorging en inmiddels zijn ze goed op elkaar ingespeeld. Lilly verzint nog geregeld de meest uiteenlopende smoezen om onder lastige taken uit te komen, maar in die gevallen doet Helena een beroep op haar verantwoordelijkheidsgevoel en meestal werkt dat.

Zuster Hedwig reikt Helena een schone schort aan. 'Zullen we ons dan nu over de ontslagen buigen?'

Helena knikt en bindt de schort voor. Samen lopen ze naar de ziekenzaal. De grote, rechthoekige ruimte doet in niets meer denken aan de eetzaal die het ooit was. Er staan twintig bedden en alle planken zijn gevuld met doeken, kommen en bakken met koortsthermometers, scharen, pincetten en andere instrumenten. Tegen de lange muur staan krukken en een rolstoel en voor de ramen hangen lichtgekleurde doeken die licht doorlaten, maar tegelijkertijd bescherming tegen inkijk bieden. En ook al proberen ze de ruimte geregeld te ventileren, er hangt altijd een benauwde lucht van lichaamsgeuren en ontsmettingsmiddelen.

Zuster Hedwig pakt twee patiëntendossiers van een rolwagen en geeft die aan Helena. 'Het gaat om deze twee patiënten.'

Helena knikt en werpt snel een blik op de mappen. 'U hebt alle documenten al klaargemaakt, zuster Hedwig,' merkt ze op.

'Ja,' antwoordt zuster Hedwig. 'We kijken nog even hoe het met hen gaat en overhandigen ze dan.'

Helena knikt, geeft de dossiers terug aan zuster Hedwig en volgt haar naar de bedden van de mannen.

'Daar komt de ontslagcommissie,' schertst een van de twee mannen, een grote slanke kerel die nog erg bleek in de kussens ligt.

'Hoe voelt u zich?' vraagt zuster Hedwig.

'Nu ik besef dat ik het straks zonder deze aangename verzorging moet doen, voel ik me opeens toch nog een beetje zwak!' Hij grijnst.

Zuster Hedwig negeert de brutale opmerking, vraagt het dossier aan Helena en maakt nog een laatste aantekening. 'Morgen brengen ze u naar het station van Friedrichshafen.'

'Jawel, zuster!' De man salueert.

Helena drukt de rug van haar hand tegen haar mond om een glimlach te verbergen.

De man in het bed ernaast, die ook aan zijn laatste nacht in Meersburg begint, ziet het en geeft haar een knipoog. Hij is groot en sterk, heeft donkerbruin haar en intelligente donkerbruine ogen. Volgens zijn medische gegevens is hij verrassend snel hersteld van een zware longontsteking en ook de wonde aan zijn knie die hem van het westelijke front terug naar Duitsland heeft gebracht, is goed genezen.

'U kunt binnenkort weer worden ingezet,' zegt zuster Hedwig die zich nu tot hem wendt en een bloeddrukmeter om zijn bovenarm plaatst. Met een stethoscoop meet ze de druk.

De schalkse blik verdwijnt meteen. 'Alstublieft! Ik kan niet terug naar de oorlog.'

Helena heeft de schaduw gezien die over zijn gezicht gleed. 'U heeft vast heel nare dingen meegemaakt,' zegt ze voorzichtig omdat ze niet weet of hij erover wil praten. Sommige gewonden vinden het belangrijk de gebeurtenissen aan het front van zich af te praten. Andere trekken zich volledig in zichzelf terug en kunnen het niet verdragen aan de verschrikkingen te worden herinnerd.

De man wacht tot zuster Hedwig de manchet weghaalt en de waarden in zijn dossier noteert en sluit dan zijn ogen. 'Ons veldhospitaal lag in de voorste linie. Ik ben stafarts, moet u weten. De hele dag door brachten ze de gewonden rechtstreeks van het front binnen. Velen leefden nog een paar uur, anderen een paar dagen. Uiteindelijk kwamen we zelf onder vuur te liggen. Het waren apocalyptische taferelen.' Hij opent zijn ogen en kijkt haar aan. 'Ach, dit soort dingen kan ik beter niet vertellen.'

'Ik heb al veel gehoord,' moedigt Helena hem aan. 'Maakt u zich daar maar geen zorgen over.'

Hij antwoordt niet onmiddellijk en ze is bang dat ze hem ongewild heeft gekwetst.

'Ik heb eigenlijk iets anders op mijn hart,' zegt hij uiteindelijk.

'Wat dan?'

'Boven in het ziekenhuis werkt een jonge hulpverpleegster. Ik heb gehoord dat ze hier woont.'

'In het ziekenhuis? Dat moet Katharina zijn, mijn jongste zus.'

'Ja, Katharina. Moet u horen. Er is iets gebeurd. Ik had koorts en wist niet wat ik deed, al speelt dat eigenlijk geen rol.' Hij schraapt zijn keel. 'Uw zuster moet geneeskunde gaan studeren. Ze is daar op haar plek.'

Helena knikt. 'Ik weet het, maar Meersburg ligt ver van een universiteit.'

'Dat kan best zijn, maar als ze het echt wil, lukt het haar wel.' Hij prutst een stuk papier uit de zak van de uniformjas die naast hem op het bed ligt. 'Dit is mijn adres in München. Vertel haar alstublieft dat ik blij zal zijn als ze haar roeping vindt. Ooit komt er een einde aan de oorlog. En als ik die overleef en zij in München gaat studeren, mag ze me altijd contacteren. Ik kan zeker ergens het pad voor haar effenen.' Hij geeft het velletje aan Helena.

Dokter Thomas von Bogen, chirurg
Montgelasstrasse 2,
München-Bogenhausen

Helena kijkt hem verrast aan. 'Dat is heel genereus van u, dokter Von Bogen. Ik weet zeker dat Katharina uw aanbod op prijs zal stellen.'

'Dat durf ik te betwijfelen.' Hij kijkt haar aan met een scheve grijns. 'Ze blijft de laatste tijd bij me uit de buurt.'

Helena begrijpt niet waar hij op doelt. Zou hij haar hebben lastiggevallen? Dat kan ze zich, gezien de goede manieren van de arts, niet voorstellen.

Hij merkt haar verbazing op en lacht zachtjes. 'Ze heeft u duidelijk niets verteld. En dan zal ik dat ook niet doen. Bewaar alstublieft mijn adres en geef het haar als u de tijd rijp acht. En zeg haar dat het een soort van goedmaker is.'

12

Meersburg, begin februari 1918

Lilly is opgewonden en vindt het moeilijk zich te concentreren op de uitleg van broeder Fidelis die vandaag weer tijd heeft vrijgemaakt om met haar in de keuken van de Lindenhof geneesmiddelen te bereiden. Lilly, die tot voor kort schoorvoetend de ziekenzaal betrad, wordt er de laatste paar dagen als het ware heen gedreven.

'Met melasse moet je oppassen. Dat spul maakt alles vies,' vertelt broeder Fidelis die een glazen kommetje met een bijna zwarte, stroperige vloeistof omhooghoudt.

Lilly dwingt zichzelf op te letten omdat ze weet dat Helena hem eigenlijk niet meer kan missen voor deze lessen; de Lindenhof ligt inmiddels overvol met patiënten.

'Waarvoor gebruik je melasse? Alleen uitwendig of heeft het ook effect als je het inneemt?'

'We geven 't hier voor 't bloed. Die manspersonen hebben vaak veel bloed verloren en hebben kracht nodig. En ze slapen er beter van. Het best is een lepeltje in de thee, lauwwarm. En dat is nog lekker ook.' Broeder Fidelis zet het kommetje neer. 'En als ze slijm op hun borst hebben, lost het dat ook op.'

Lilly knikt. Ze kent al zeker een patiënt die nog wat op krachten moet komen. Ze kan haast niet wachten hem weer te zien. Hij heet Arno Reichle, komt uit Stuttgart en is hier nu een goede week. Al van dag één volgt hij al haar bewegingen met zijn ogen. En sinds kort knipoogt hij ook naar haar als ze langs de rijen bedden loopt. Haar hart maakt dan elke keer een sprongetje.

'En hier,' broeder Fidelis wijst naar een lichtgele substantie in een andere glazen schaal. 'Dit is laneps. Het is nieuw, 'k heb het van 't klooster. En nu moet je goed luisteren, juffrouw Lilly. Hier maken we zalf van. We mengen het met zincum oxydatum en zetmeel. De helft laneps, de andere twee ingrediënten in gelijke delen. Doe jij maar.' Hij zet een stap opzij en maakt zijn plaats aan de tafel vrij voor Lilly.

Lilly weegt de stoffen nauwkeurig af en doet ze in een kom die ze vervolgens in een grotere bak met water zet. Ze verwarmt het mengsel en roert met een houten stokje tot alles een mooi glad geheel vormt. 'Ja, netjes, juffrouw Lilly! Je hebt al veel geleerd. De zalf kun je straks meenemen voor de patiënten met ligwonden.'

'Kun je die laneps ook voor andere smeersels gebruiken?'

'Ja, zeker. Je zou het kunnen proberen met goudsbloem, rozemarijn of heemst.'

'Of rozen.'

'Ik weet, juffrouw Lilly, dat ik je rozenolie heb beloofd. Maar 'k heb er geen gekregen van 't klooster.'

'O! Jammer.'

'Je moet weten, juffrouw Lilly, dat rozenolie heel duur is. Dat zal iets zijn voor als het weer vrede is.'

'Als het weer vrede is. Ik kan me dat maar moeilijk voorstellen.'

Broeder Fidelis kijkt haar begrijpend aan. 'Hoe oud ben je nu, juffrouw Lilly?'

'Ik ben in januari achttien geworden.'

'Tja. Ik ben vijftig en voor mij is die oorlog dus maar een klein stukje van mijn leven. Maar als jij nog maar achttien bent, is het voor jou bijna een kwart.'

Lilly giet de zalf voorzichtig over. 'U hebt gelijk, broeder Fidelis. Zo heb ik het eigenlijk nog niet bekeken. Maar ik bid elk dag om vrede.'

Twee uur later trekt Lilly een andere schort aan en loopt ze naar de ziekenzaal. Zoals altijd loopt haar hoofd om van alle informatie over kruidenwijnen, sap van planten, extracten en tincturen, plantenpoeders, kompressen, baden en inhalaties. Broeder Fidelis was maar blijven doorgaan en toen hij op een gegeven alleen nog de Latijnse namen van de planten was gaan gebruiken, kon Lilly hem met de beste wil van de wereld niet meer volgen. Uiteindelijk had ze voorzichtig aangegeven dat er nog werk op haar lag te wachten en had ze zijn woordenstroom kunnen indammen. 'Ga maar, juffrouw Lilly, we doen een ander keertje wel verder.'

Inmiddels is het bijna vijf uur in de middag en Lilly zet de voorgeschreven medicatie voor de avond klaar op de kar. Zo meteen komen Käthe en Erna met het eten. Helena zit in de werkkamer waar ze met haar vader de financiën bespreekt en zuster Hedwig is bezig met een nieuwe patiënt die in een aparte kamer is gelegd omdat hij meer rust en intensievere zorg nodig heeft dan de andere gewonden.

Terwijl ze de schaaltjes met medicijnen uitdeelt en erop toeziet dat iedereen alles netjes inneemt, werpt ze voortdurend verstolen blikken op Arno Reichle in zijn bed bij het raam. In tegenstelling tot de afgelopen dagen heeft hij geen oog voor haar, maar is hij verdiept in een brief. Dat brengt Lilly in de war. Zou het een brief zijn van een liefje?

Uiteindelijk heeft ze enkel nog zijn medicijnschaaltje en bekertje over. Hij krijgt een ijzer-mangaanpreparaat. Met bonzend hart loopt ze naar zijn bed.

Als ze bij hem is, legt hij de brief weg en kijkt hij haar aan. 'Daar heb je de Avondster!' Lilly glimlacht onzeker en houdt hem het bekertje voor.

'Eigenlijk zou ik dit medicijn niet moeten slikken, want zolang u hier werkt, wil ik niet ontslagen worden.'

'Toe, neem het nu maar.' Lilly ontwijkt zijn blik. 'De arts heeft het voorgeschreven.'

'Het kan me niet schelen wat de dokter zegt, maar vooruit, voor u doe ik het.' Gehoorzaam pakt hij het bekertje aan.

'Doe niet zo gek.' Lilly weet niet goed hoe ze op zijn opmerkingen moet reageren. Het voelt fijn om het hof gemaakt te worden, maar correct is het zeker niet.

Arno drinkt het bekertje leeg zonder zijn ogen van haar af te wenden. 'Zo. Bent u nu tevreden, mooie zuster?'

Lilly knikt en voelt haar wangen gloeien. Ze kan maar beter niet bij hem blijven staan. Hij is hier om beter te worden, niet om met haar te flirten. Bovendien gekscheren mannen voortdurend met hun verpleegsters, dat is normaal. Dat betekent toch verder niets. Maar iets houdt haar tegen. *Lilly, je leest te veel romans*, roept ze zichzelf tot de orde.

'Ik heb een brief van mijn moeder gekregen.' Hij klinkt opeens ernstig.

'Wat fijn.'

'Mijn ouders hebben een zeepfabriek in Stuttgart. Ze maken zeep en waspoeder.' Hij legt de brief naast zich neer. 'Daar hebben we het al een paar keer over gehad.'

Lilly knikt. Ze denkt aan niets anders. Aan hem en aan de zeepfabriek.

'Dat vindt u leuk, nietwaar? Uw ogen lichten altijd op als ik erover vertel.'

'Ja, mij interesseert alles wat met reinheid en verzorging te maken heeft.'

'En met schoonheid,' voegt hij eraan toe.

Lilly verslikt zich en moet hoesten. Arno lacht zacht.

'Ik weet dat mensen nu geen dure crèmes nodig hebben.' Lilly zet het bekertje op het nachtkastje.

'Nu niet. Als de honger knaagt, kunnen mensen maar aan één ding denken. Maar er komt een moment dat ze zullen willen inhalen wat ze door de oorlog hebben gemist. Een tijd waarin schoonheid weer belangrijk wordt.'

'Als u denkt dat –'

'Ik ben er eigenlijk heel zeker van.' Voorzichtig pakt hij haar hand. 'U moet weten dat ik enig kind ben. Toen mijn ouders hoorden dat ik gewond was, waren ze bang dat ik niet volledig zou herstellen en wie zou het dan van hen overnemen?'

'Erft u later de fabriek?' De aanraking van zijn vingers brengt haar in de war.

Hij knikt. 'Het gaat bovendien heel goed met het bedrijf. Ondanks de oorlogseconomie. We krijgen bestellingen van het leger, maar ook van ziekenhuizen en veldhospitalen. Het kan goed zijn dat dit linnen,' hij strijkt met zijn andere hand over het laken, 'met een van onze waspoeders is gewassen.'

Lilly beseft dat ze door de opwinding oppervlakkig aan het ademen is. En hij laat haar hand niet los.

'Maar we moeten nadenken over hoe we verder willen na de oorlog.' Hij trekt haar iets dichter naar zich toe en gaat wat zachter praten. 'Besef je dat je me nieuwe hoop geeft? Sinds we het over die crèmes hebben gehad, zijn er eindelijk weer momenten waarbij ik niet aan granaten en machinegeweren denk, maar aan een zachte huid en goudblond haar.'

Lilly houdt haar adem in. Hij is haar onverwacht gaan tutoyeren. En hij zegt zulke mooie dingen.

'Kom me opzoeken als ik weer thuis ben,' smeekt Arno en ademt diep in. 'Voordat ik dit hospitaal verlaat, moet je me beloven dat je komt.'

Lilly schudt zacht het hoofd.

'Alsjeblieft. Ik ben weer bijna helemaal beter. Nog een paar dagen hier en dan een paar dagen herstellen thuis en dan sturen ze me weer naar de slachtbank.'

Opeens beseft Lilly dat er achter zijn geflirt een grote angst schuilgaat.

'Ik zou het misschien wel willen, maar het kan niet.' Lilly wrijft verlegen over haar schort.

'Maak je je zorgen om je reputatie?'

'Ja. Welk fatsoenlijk meisje doet dat niet?'

'Zou het minder aanstootgevend zijn als ik je eerst ten huwelijk vraag?'

Lilly's hart staat even stil en vervolgens gaat het kloppen als een bezetene. De gedachten razen door haar hoofd. 'Misschien na de oorlog,' antwoordt ze eerst ontwijkend.

'Ik weet niet eens of ik de oorlog overleef. Ik wil...' Hij knijpt stevig in haar hand.

'Ach, wat zit ik hier om de hete brij heen te draaien. Lilly, ik vind je gewoon leuk. Ik heb alleen niet veel tijd om je het hof te maken, maar daarom is mijn vraag niet minder gemeend.'

Lilly schraapt haar keel, maar haar stem gehoorzaamt niet. 'Ik kan hier niet weg,' zegt ze uiteindelijk. Lilly, met haar voorliefde voor dramatische plots en wendingen, heeft zich een huwelijksaanzoek heel anders voorgesteld.

'Beloof me toch minstens dat je erover zult nadenken. En je probeert een beeld te vormen van hoe het zou kunnen zijn, jij en ik.'

'Ik –'

'We wonen in een mooi huis. Je zult bedienden hebben. En als je wilt, kun je in de fabriek rondkijken. Wie weet kun je straks je eigen cosmeticalijn ontwikkelen.'

Lilly staart hem verbaasd aan. 'Meent u... meen je dat echt?'

'Dat van die cosmetica?' Arno houdt haar blik vast. 'Natuurlijk meen ik dat.' Hij streelt met zijn duim over haar knokkels.

‘Hoelang?’ vraagt Lilly zacht. Haar hoofd loopt om en ze ziet zichzelf al als de vrouw van een knappe zeepfabrikant de wereld van crèmes en schoonheid veroveren.

‘Wat bedoel je met “hoelang”?’ vraagt hij verward.

‘Hoelang kan ik hierover nadenken?’

‘Niet al te lang.’ Hij schraapt zijn keel. ‘Daar hebben we de tijd niet voor. Maar let wel, zo’n aanzoek krijg je niet elke dag.’

13

Meersburg, een week later, 9 februari 1918

Helena heeft zelden tijd om de Lindenhof te verlaten, maar op deze woensdagmiddag is ze ertussenuit gepiept om Katharina wat te eten te brengen. Ze maakt zich zorgen om haar jongste zus. Katharina komt nog maar zelden naar huis en als ze komt is het om te helpen in het veldhospitaal. Ze gunt zich maar een paar uur slaap per dag en dat vaak dan nog gewoon op een stoel ergens in het ziekenhuis. Helena betwijfelt of ze geregeld eet aangezien haar toch al ranke figuur inmiddels beangstigend mager is. Katharina mag dan wel een heel volwassen indruk maken, uiteindelijk is ze nog maar zeventien en laat ze zich gemakkelijk meeslepen door haar enthousiasme voor haar werk.

Terwijl Helena via de Steigstrasse naar de bovenstad loopt, maakt ze zich ook druk om iemand anders: Elisabeth. Sinds Käthe haar stiefmoeder ruim twee maanden geleden was gevolgd en kwijtgeraakt in de buurt van Hotel Ochsen, heeft ze haar niet meer kunnen betrappen op een avond uit. Käthe vermoedt dat Elisabeth gewoon op de zwarte markt handelt omdat ze nu vaker etenswaren meebrengt die via de normale weg niet meer te krijgen zijn. Helena op haar beurt verdenkt haar stiefmoeder er nog steeds van de Lindenhof te willen verkopen. Voor de buitenwereld lijkt Elisabeth de situatie te hebben aanvaard: samen met een vrouw uit het dorp zorgt ze voor de was en organiseert ze ook de inkoop van levensmiddelen. Toch kan Helena het onaangename gevoel niet van zich afzetten.

Elisabeth laat haar vader voelen dat ze hem niet meer voor vol aanziet. En wat de commerciële belangen van het pension betreft vechten de echtelieden dagelijks een privé-oorlog uit en laat Gustav Lindner zijn kantoor niet meer onbeheerd achter. Alleen in zijn of Helena's aanwezigheid mag Elisabeth er werken en dat zint Elisabeth natuurlijk niet.

'Ik heb jarenlang dit huis van de ondergang gered en nu ontzeg je me de toegang tot de boeken!'

'Je hebt ons huis bijna geruïneerd, Elisabeth.'

'Het huis stond al aan de rand van het bankroet toen je naar de oorlog vertrok.'

Ze blijven bekvechten en in stilte vraagt Helena zich af hoe dat moet aflopen.

Aan de andere kant is ze dan weer ontzettend blij dat haar vader heel behendig zijn prothese heeft aangepast. Hij kan zich nu duidelijk sneller en gemakkelijker bewegen en heeft al aangegeven dat hij zo snel mogelijk wil helpen bij de verzorging van de patiënten.

Helena bereikt de stenen fontein ongeveer halverwege de Steigstrasse. Ze pauzeert even en draait zich om. De februarizon prikt hier en daar door de mist en biedt voor even uitzicht op het meer. Het is nog geen garantie dat de lente eraan komt, maar na de veel te donkere maand januari geniet ze met volle teugen van het licht. Ze laat een kar met vaten passeren en loopt dan verder via het marktplein naar de Vorburggasse. Bij de doorgang naar de binnenplaats van het ziekenhuis valt haar oog op een vrouw met vuurrood haar onder een donkerblauwe hoed die met een papiertje in haar hand zoekend om zich heen kijkt.

Als de dame Helena opmerkt, verschijnt er een brede glimlach op haar fijne, vriendelijke gezicht.

'Juffrouw, kunt u mij alstublieft helpen. Ik zoek dokter Zimmermann, de nieuwe hoofdarts.'

'Dokter Zimmermann? Komt u dan maar met mij mee, ik heb al kennis met hem gemaakt. Bovendien werkt mijn zus hier in het ziekenhuis. We kunnen haar vragen waar u hem kunt vinden.'

'Geweldig!' Met een elegante beweging wendt de vrouw haar hoofd opzij. 'Mijn naam is trouwens Kasia von Szadurska.' Ze steekt haar hand uit naar Helena.

Helena is even verrast door de ongewone naam. 'Ik ben Helena Lindner. Mijn familie is eigenaar van de Lindenhof.'

'O! Die mooie herberg beneden bij het meer, dicht bij de haven.'

'Ja, precies.'

'Ik heb al een paar keer overwogen het te schilderen. Het heeft iets dromerigs.'

'Bent u schilderes?' vraagt Helena geïnteresseerd.

'Ja. Daarom ben ik ook op zoek naar dokter Zimmermann. Hij heeft me de opdracht gegeven voor een groot schilderij en ik wil nog wat details met hem bespreken, maar hij was niet thuis.'

Helena's nieuwsgierigheid is gewekt. 'Is het onbeleefd te vragen waar u vandaan komt?'

'Nee, helemaal niet.' De ogen van Kasia von Szadurska glanzen. 'Ik woon in Konstanz, maar ben in Moskou geboren en in Dresden opgegroeid. Mijn echtgenoot daarentegen is afkomstig van Meersburg. Doctor Ehinger.'

Er gaat Helena een licht op. 'Bent u de echtgenote van doctor Ehinger? Van de brouwerij?'

'Van het Meersburger Schützen-Bier. Dat klopt.'

'Dat bier schonken wij ook, maar op dit moment zijn we gesloten.'

'Tja, het zijn geen gemakkelijke tijden, maar als de oorlog voorbij is, komt Meersburg weer tot leven, neem dat maar van me aan. Het is zo'n pittoresk dorp. De mensen zullen er massaal heen komen en dan komen ze ook weer bij uw etablissement langs.'

'Ik hoop het. Op dit ogenblik hebben we er een noodhospitaal ingericht.'

'Alles op zijn tijd, juffrouw Lindner.' Kasia von Szadurska wijst glimlachend naar de ingang van het ziekenhuis.

'Zullen we naar binnen gaan?'

Terwijl ze samen de binnenplaats oversteken, herinnert Helena zich vaag de roddelpraatjes over de capricieuze vrouw van de eigenaar van brouwerij Ehinger, die zich op afstand van haar man in Konstanz heeft gevestigd en daar als schilderes woont en werkt. Helena bemoeit zich niet met dergelijke aangelegenheden en haar naam had niet eens een belletje doen rinkelen. Nu de schilderes echter in eigen persoon naast haar loopt, is ze onder de indruk van haar uitstraling.

Katharina begroet hen verrast, maar stemt er meteen mee in Kasia von Szadurska naar dokter Zimmermann te brengen.

Als Kasia afscheid neemt, grijpt Helena haar moed bij elkaar. 'Ik zou het erg fijn vinden als u de Lindenhof zou kiezen als thema voor een van uw werken. U bent in ieder geval altijd van harte welkom!'

'O!' Kasia von Szadurska glimlacht verrukt. 'Wat een prachtig aanbod. Wie weet ga ik er snel op in!'

Ruim een uur later is Helena weer terug in de Lindenhof. De ontmoeting met Kasia von Szadurska heeft indruk op haar gemaakt en ze voelt zich heerlijk opgewekt als ze zich bij Käthe en Erna in de keuken voegt. Het is tijd om het avondeten op te dienen.

'Vandaag hebben we een stevige soep met rundvlees en aardappelen,' zegt Käthe, die zoals altijd gekleed in een donkere jurk met een witte schort voor het fornuis staat, haar dunne haar strak opgestoken onder een wit kapje. 'Die mannen moeten weer wat op krachten komen.'

'Het ruikt heerlijk!' Helena kijkt in de pannen op het grote fornuis. Opeens staat Elisabeth naast haar. 'Broeder Fidelis zei dat ze me hier nodig hebben.'

Helena kijkt vragend van Elisabeth naar Käthe. Het gebeurt zelden dat haar stiefmoeder zich met de dagelijkse routines inlaat.

'Ja,' knikt Käthe. 'We kunnen hulp gebruiken bij het uitdelen van de maaltijden. Broeder Fidelis en juffrouw Lilly zijn op pad om maretak te zoeken.'

'En dus moet ik inspringen? Voor wat maretakken!' reageert Elisabeth stuurs. 'Laten we dan maar meteen beginnen. Ik heb niet veel tijd.'

Erna heeft de borden al in een rij op de grote houten tafel gezet en Käthe vult ze nu met soep. Samen serveren Helena, Erna en Elisabeth het eten.

Als een half uur later alle patiënten bediend zijn, gaat Helena zelf met een kom soep aan de keukentafel zitten. Haar maag knort.

Ook Erna neemt een korte eetpauze terwijl Käthe het ontbijt van morgenochtend begint voor te bereiden.

'Hoe vind je het hier bij ons, Erna?' vraagt Helena die tot nu toe nauwelijks de gelegenheid heeft gehad om uitgebreid met het meisje te praten.

'Ik vind het hier fijn, en ik leer enorm veel van mevrouw Käthe. Ik had thuis al wel gekookt, maar alleen eenvoudige gerechten.'

'Heb je broers of zussen?'

'We zijn thuis met acht kinderen. Ik ben de oudste.'

'En je ouders?'

'Mijn vader is gesneuveld. Meteen bij het begin van de oorlog.'

'Het spijt me dat te horen.'

'Dank u.' Erna legt haar lepel neer. 'Mijn moeder naait.'

Helena vermoedt dat ze het bij Erna thuis niet breed hebben. 'Kun je ook bakken?'

'Tot op heden heb ik daar nog niet echt de kans toe gehad.'

'Käthe maakt prachtige taarten. Ze zal het je zeker gauw laten zien.'

'Binnenkort maken we weer een appeltaart met noten,' verklapt Käthe.

'O! Appeltaart!'

Helena vindt het enthousiasme in de ogen van het meisje prachtig. 'Als je zo goed blijft werken, kunnen we je misschien voor langere tijd een baan aanbieden.'

'Echt waar?'

'Ja.' De oprechte vreugde van Erna raakt Helena en ze legt even haar hand op de arm van het meisje. Dan staat ze op en draagt haar kom en lepel naar de gootsteen. 'Waar is mijn stiefmoeder eigenlijk gebleven?' vraagt ze aan Käthe.

'Mevrouw Lindner wilde nog strijken,' vertelt Erna en Käthe knikt bevestigend. Helena vindt het prima. 'Dan ruimen wij het eten af. Kom, Erna!'

Als alles geregeld is en broeder Fidelis de nachtdienst heeft aangevat, gaat Helena naar de meisjeskamer op de zolder. Lilly ligt al te lezen in bed en Helena is zo moe dat ze niet eens de fut heeft te mopperen omdat Lilly na haar uitstapje met broeder Fidelis niet meer is komen helpen in de ziekenzaal. 'Wat lees je?' vraagt ze in plaats daarvan.

'*De avonturen van Maja de bij*,' antwoordt Lilly afwezig.

'Maja de bij? Geen liefdesroman vandaag?' Helena trekt haar verpleegstersuniform uit.

'Hm-hm.' Lilly heeft kennelijk geen zin om over haar lectuur te praten.

'Patiënt Reichle was vanavond een tijdje verdwenen,' vertelt Helena.

'Ik heb Erna gevraagd hem te zoeken, maar ze kon hem niet vinden. En op een gegeven moment lag hij weer gewoon in bed. Hij had dringend nood gehad aan wat frisse lucht, zei hij.'

‘Dat kan toch.’ Lilly toont wat meer interesse, maar steekt tegelijkertijd haar neus dieper in haar boek. ‘Frisse lucht is gezond, niet? Dat zeg jij toch altijd.’

‘Maar niet op een koude avond in februari als je nog herstelt van een zware verwonding.’

Lilly antwoordt niet.

Helena trekt haar nachtjapon over haar hoofd. ‘Uiterlijk volgende week wordt hij ontslagen.’

‘Echt?’ Lilly kijkt Helena nu toch aan over de rand van haar boek.

‘Hij maakt goede vorderingen en we hebben zijn bed nodig. Elke dag komen er nieuwe aanvragen uit het ziekenhuis.’

Lilly zwijgt, maar Helena weet dat er druk wordt nagedacht achter dat mooie voorhoofd. Iedereen heeft de vonken gezien die tussen haar en de gewonde soldaat heen en weer vliegen. Ze besluit de koe bij de hoorns te grijpen. ‘Waar ben je vanavond met meneer Reichle geweest?’

‘Ik, ehm...’ Lilly schraapt haar keel. ‘Hij heeft me verteld dat hij ’s nachts niet kan slapen als hij de hele tijd binnen heeft gezeten. En toen hij alleen naar buiten wilde, leek het me beter met hem mee te gaan.’

‘Waar zijn jullie heen gegaan?’

‘We... We waren in de kas.’

‘Lilly!’ Helena kijkt haar zuster streng aan. ‘Zoiets doe je toch niet! Ten eerste vind ik het niet fijn dat daar vreemden komen, maar het geeft ook totaal geen pas om daar afspraakjes te maken. Heeft iemand jullie gezien?’

‘Nee!’ Lilly ontwijkt haar blik.

‘Is er iets gebeurd tussen jullie?’ Lilly drukt zich nog dieper in haar kussen. ‘Nee.’

Helena schudt het hoofd. ‘Ik kan niet geloven dat je zo roekeloos bent.’

‘Ik ben toch zijn verpleegster. Wat is er nu roekeloos aan het feit dat ik voor mijn patiënten zorg?’

‘Dat weet je zelf goed genoeg, Lilly.’ Helena kruipt onder haar dekbed. ‘Alsjeblieft. Doe dat niet meer.’

‘Meneer Reichle wordt toch ontslagen,’ antwoordt Lilly koppig. ‘Dan hebben we geen gelegenheid meer.’

‘Je weet wat ik bedoel.’

‘Ja, ja, het is al goed, Helena.’ Lilly doet het licht uit.

'Welterusten, Lilly.' Helena hoopt dat Lilly het meent, maar voor ze daar verder over kan nadenken, vallen haar ogen dicht.

Het volgende wat Helena merkt is dat er iemand nerveus aan haar schouder trekt. 'Wakker worden, Helena! Zuster Hedwig is er. Ze zegt dat iedereen moet overgeven!' Het is Lilly.

Helena is meteen klaarwakker. Lilly heeft zich al aangekleed en zuster Hedwig staat in de deuropening: 'We hebben een noodsituatie in de ziekenzaal, juffrouw Helena! En kunnen alle hulp gebruiken!'

'We komen eraan!' Helena grijpt naar haar uniform.

Als ze in de ziekenzaal aankomt, beseft Helena meteen de volle omvang van de catastrofe. Zeker een derde van de bijna twintig patiënten die ze op dit moment verzorgen, heeft overgegeven, een paar van hen hebben ook diarree. Broeder Fidelis is al volop bezig met het opruimen van het braaksel en wisselen van het beddengoed. Voortdurend mompelt hij daarbij *sanctus stercus* voor zich uit. Omdat hij deze woorden vaker gebruikt, weet Helena inmiddels dat het zoiets betekent als 'heilige schijterij'.

'Zou het buikgriep zijn?' Helena probeert kalm te blijven en de situatie te overzien. 'Hoe laat is het nu?'

'Een uur voor middernacht,' antwoordt zuster Hedwig. 'Ik wilde net vertrekken toen de eerste man begon over te geven. Het zou inderdaad buikgriep kunnen zijn.'

'Lilly, wil je Käthe wakker maken? Ze moet bouillon en thee voor ons maken.'

Terwijl Lilly naar de slaapkamer van de kokkin loopt, spreekt broeder Fidelis Helena aan.

'Laten we die kerels die niet spugen en schijten samenleggen!' stelt hij voor.

Helena schudt het hoofd. 'Dat is op dit moment vrijwel onmogelijk, broeder Fidelis. We zullen een paar kamerschermen neerzetten. Het ziekenhuis heeft er pas een paar geleverd.'

'Als jij het zegt, juffrouw Helena.'

'We moeten zorgen dat iedereen genoeg vocht binnenkrijgt. En dat de lakens worden gewassen.' Ze probeert het beklemmende gevoel dat haar bekruipt weg te drukken.

'Geef ze melasse in de thee,' adviseert broeder Fidelis die alweer op weg is naar de volgende zieke. 'En zout, dan is het meteen over.'

Zuster Hedwig neemt Helena ter zijde. 'Zou de kokkin het soepvlees te lang hebben bewaard? Ik heb de indruk dat het met het avondeten te maken heeft.'

Helena ziet haar eigen bezorgdheid weerspiegeld in de ogen van de oudere vrouw. Stel dat het geen onschuldige buikgriep is, maar een voedselvergiftiging? Betekent dat dan het einde van het hospitaal?

14

Een buurtschap net buiten Moskou, rond die tijd

De daken van de kleine datsja's torsen de zware last van dikke pakken sneeuw. In tegenstelling tot Moskou waar het wit onder het roet van de vele houtskoolkachels schuilgaat, schittert het hier helder en zuiver in de koude winterzon. Alleen op de grond – vermengd met de aarde van de onverharde weg en de mest die de ossenkarren achterlaten – is de sneeuw veranderd in een bruingrijze smurrie.

Maksim en Boris ploeteren door de modderbrij en bereiken de deur van een verscholen huisje. Maksim kijkt naar zijn voeten en grimast: 'Ik vrees dat mijn schoenen verpest zijn.'

'Ik neem ze wel onder handen als we terug in Moskou zijn. Daarna zullen ze er weer als nieuw uitzien.'

'Ik geloof je op je woord!'

Boris klopt op het ruwe hout. 'Ik hoop dat ze thuis is.'

Vooralsnog blijft het stil.

Pas na een tweede en derde poging horen ze schuifelende voetstappen. Luid krakend gaat de deur open.

De oude vrouw gaat gebukt onder de last van haar meer dan tachtig levensjaren, maar de ogen in het gerimpelde gezicht kijken hen helder en scherp aan.

'Boris! Wat een verrassing! En je hebt nog iemand meegebracht!' Haar lach is bijna tandeloos, maar zeer hartelijk.

'Dit is baron Baranov,' zegt Boris.

'Ik herken hem,' antwoordt de oude vrouw met een warme glimlach op haar gezicht. 'De man van de kleine Lidia.'

'Ja.' Maxims stem stokt. 'Lidia was mijn vrouw.'

De *njanja* ziet zijn verdriet. 'Ik vind het zo erg voor u, baron Baranov. Natuurlijk is het nieuws over wat er met u is gebeurd overal bekend.' In haar ogen staat oprecht medeleven te lezen. 'Lidia had me kort tevoren nog geschreven.'

Maksim wrijft met de rug van zijn hand over zijn ogen. Opeens zijn de schaduwen er weer en drukken ze zwaar op zijn hart. 'Ik wist helemaal niet dat u nog contact met haar had,' zegt hij vlak.

'Jazeker! Na de dood van haar moeder Irina liet ze af en toe iets van zich horen. En ik was daar altijd echt heel blij mee.'

Maksim knikt.

Boris heeft de oude kinderjuf van Lidia's moeder en haar zussen opgespoord via een netwerk van voormalige bedienden van de Petrogradse adel. Maksim hoopt dat de bejaarde vrouw hem iets kan vertellen over de familiegeschiedenis van Lidia wat hij nog niet weet. Iets wat het vreemde gat in de stamboom van de meisjes Pavlova zou kunnen verklaren.

'Goed dat jullie er zijn,' zegt de njanja. 'Alstublieft! Kom binnen!'

Maksim en Boris volgen haar naar de enige kamer van de datsja die eenvoudig is ingericht met een bed, een tafel, een fornuis en een kast.

De vrouw biedt hun twee gammele stoelen aan en serveert wodka, oudbakken brood en stevige koolsoep die al een tijd op het fornuis moet hebben staan pruttelen. 'Ik heb niet veel,' verontschuldigt ze zich, 'maar ik hoop dat het u smaakt.'

De soep is heet en krachtig en verwarmt, net als de wodka, de innerlijke mens. Na de eenvoudige maaltijd voelt Maksim zich heel wat rustiger en gaat hij zelfs genieten van de gezellige sfeer.

De njanja ruimt de tafel af en gaat bij hen zitten. 'Wat brengt jullie vandaag bij mij?'

'We hebben je hulp nodig.' Boris kijkt Maksim aan. 'Vertel jij het?'

Maksim pakt de stamboom uit de binnenzak van zijn jas en legt die op het kleurrijk geborduurde tafellaken.

De oude vrouw buigt zich over het papier. 'O! Mijn meisjes!' Haar knokige vingers glijden liefdevol over het blad en houden stil bij de eerste naam. 'Irina. Zij was de oudste. En ze wist precies hoe mooi ze was. De kerels zwermden om haar heen als bijen om de mooiste bloem in de wei.' Haar wijsvinger glijdt helemaal naar rechts, naar Vera. 'Zij leed daaronder. Irina was de roos, Vera het muurbloempje. Iedereen zag Vera over het hoofd. Maar ze klaagde niet. Ze stak het haar van haar grote zus op en hielp haar als een bediende in de kleren. Niemand weet hoe Vera zich echt voelde. En hier...' Als ze de lege plek in het midden aanraakt, kijkt ze verbaasd op. 'Wat is hier gebeurd? Er ontbreekt een naam!'

'Van wie?' vraagt Maksim voorzichtig.

'Olga Pavlova!' De njanja kijkt Maksim aan. 'Ik heb nooit gedacht dat zij daarom zou worden uitgewist.' Een paar tranen druppen op het verkreukte papier.

'Wat is er met Olga gebeurd?'

'Ze is... Op een dag was ze weg.' De njanja wrijft met de rug van haar hand over haar vochtige ogen. 'Ze was mijn lieveling, Olga. Ik hield van alle drie de meisjes Pavlova, maar Olga was heel bijzonder. Ze hield van de natuur en de dieren en zodra het maar kon, was ze buiten, heer baron. Vooral in de zomer als de familie op het landgoed was, kon men haar nauwelijks tegenhouden. Toen speelden de kinderen sowieso altijd samen, die van het landgoed en die van het dorp.'

'En op een gegeven moment is ze verdwenen en nooit meer teruggekomen?'

'Ja.' De vrouw zucht. 'Zo is het gegaan.'

'Dan moet er iets ernstigs zijn gebeurd. Anders had men toch nooit haar naam uit de stamboom verwijderd.'

'Ik heb wel een vermoeden, maar ik weet niet of ik daarover wil praten.' De njanja sluit haar ogen.

Maksim en Boris kijken elkaar aan en laten haar alleen met haar herinneringen. Uiteindelijk tilt de oude vrouw haar hand op om de aandacht van de mannen te trekken en begint te vertellen:

'Altijd als de familie op het landgoed was, sprak Olga af met een jongen uit het dorp. Ze kenden elkaar al van kinds af aan en niemand stoorde zich eraan. Maar op een bepaald moment veranderde Olga. Ze was bleek en prikkelbaar, en vermagerde. Niemand kon het verklaren en we dachten dat het neerslachtigheid was. Dat was allemaal toen de jongste, Vera, eindelijk een vrijer had.'

'Vorst Pronski?' Maksim heeft de vorst een paar keer op een familiefeest ontmoet, maar de relatie met hem en Vera was altijd afstandelijk geweest.

'Ja. Vorst Pronski. De verloving werd gevierd en het huwelijk gepland. En te midden van al die drukte verdween onze Olga. Dat is nu meer dan twintig jaar geleden en ik heb nog steeds wroeging.'

'Bedoelt u dat u het had kunnen voorkomen?'

'Kennelijk niet, maar ik had het toch minstens moeten proberen, niet?'

'Hoe reageerde de familie?'

'Iedereen deed alsof er niets was gebeurd. Toen ik er ooit naar vroeg, werd me verboden erover te praten.'

'Daar past het uitwissen uit de familiegeschiedenis bij.'

De njanja kijkt hem aan. 'Weet u, baron, de moeder van de drie meisjes was van adel. Iemand die veel aandacht besteedde aan haar status. Sociale verplichtingen waren voor haar altijd belangrijker dan haar kinderen. Wij, de bedienden, hebben geprobeerd de meisjes de warmte te geven die ze van hun moeder niet kregen, maar natuurlijk konden we het gebrek aan liefde en aandacht niet compenseren.'

Maksim knikt. Soortgelijke dingen had Lidia ook over haar grootmoeder, Maria Pavlova, verteld. Een vrouw die de etiquette strikt had nageleefd. In elk geval was ze vrij jong gestorven. Lidia was toen nog een kind en Maksim heeft Maria Pavlova dus nooit gekend.

'En er is nog iets!' roept de njanja plots. 'Olga was toen in verwachting.' Ze schenkt de glazen nog eens vol.

'Is Olga bevallen van een kind?'

De vrouw knikt. 'De kamermeisjes zeiden dat ze gestopt was met bloeden. En alle andere tekenen...'

'De jongen uit het dorp?' vraagt hij.

'Ik heb het weliswaar niet met eigen ogen gezien, maar wie zou het anders zijn geweest?'

'Zijn ze stiekem weggelopen?' Maksim kijkt nog eens naar de stamboom. Niets wijst erop dat naast de naam van Olga ook een andere aanduiding is weggewerkt. Als Olga daadwerkelijk een kind op de wereld heeft gezet, is daar geen documentatie van, althans niet hier.

'Ervandoor gegaan? Dat hadden ze misschien wel gewild. Nee. Men heeft er discreet voor gezorgd dat ze hem nooit meer te zien kreeg. Hij is in het dorp gebleven en op een gegeven moment getrouwd met een buurmeisje.' Ze ademt diep in. 'Een paar jaar later heb ik toevallig een gesprek tussen de moeder van Olga en haar zus Vera opgevangen. Ze waren allebei zeer ongerust omdat Olga uit Genève zou zijn gevlucht.'

'Uit Genève?'

'Ja.' Ze zucht. 'Dat gesprek is me altijd bijgebleven omdat ik toen pas besefte dat ze Olga hadden verstoten.'

Maksim voelt opeens heel duidelijk hoe verscheurd de njanja zich al die jaren moet hebben gevoeld. Tegelijkertijd realiseert hij zich dat de antwoorden op een aantal vragen weleens in Zwitserland te vinden zouden kunnen zijn. 'Was er toen een connectie met Genève?' informeert hij.

'Toen de waarde heer, de vader van de meisjes dus, nog leefde, bracht het gezin elk jaar een paar weken door in Zuid-Frankrijk. Af en toe reisden ze via Genève. Ik vermoed dat de waarde heer daar zaken deed.'

'En daar dus goed zijn weg kende,' concludeert Maksim.

'Zeker.'

Maksim knikt. 'Dan is Olga daar waarschijnlijk in het geheim bevallen.'

'Vermoedelijk. Wat ik eigenlijk niet begrijp, is die vlucht. Zo'n misstap is natuurlijk erg, maar ze was niet de enige adellijke juffrouw die zoiets overkwam. Normaal werd het kind bij een gezin geplaatst en keerden de meisjes zelf naar huis terug om de draad van hun leven weer op te pakken.'

'Misschien wilde ze het kind niet opgeven en is ze met de baby ondergedoken.' Maksim herinnert zich de geboorte van zijn eigen kinderen. Lidia zou zich als een leeuwin hebben verzet als men haar gedwongen had ook maar één van hen af te staan.

'Hmm. Daar heb ik nooit over nagedacht.' De oude kinderjuf kijkt weer naar de stamboom en strijkt peinzend met haar duim over de namen.

Irina, Lidia's moeder die bij de geboorte van haar tweede dochter is gestorven en samen met het doodgeboren kind is begraven. Olga, wier naam onherkenbaar is gemaakt. En Vera, de jongste, die met haar huwelijk uit de schaduw van haar zussen was getreden en vorstin Pronski was geworden.

'Dus,' zegt Boris opeens terwijl hij zijn benen uitstrekt. 'Vera is de enige die iets kan weten en die nog leeft.'

'Ik dacht net hetzelfde,' zegt Maksim. 'Waar woont zij nu? Lidia en ik hebben na de Februarirevolutie niets meer van haar gehoord.'

'Vera heeft me een keer geschreven.' De njanja staat op, loopt naar de kast, trekt een lade open en rommelt tussen wat papieren. Uiteindelijk vindt ze een vel handgeschept papier waarop Maksim het wapen van de familie Pronski herkent. 'In de brief vertelt ze me dat zij en vorst Pronski Rusland willen verlaten. Dat is het laatste teken van leven.' Ze legt de brief bij de stamboom op de tafel. 'Als u mijn Olga vindt, schrijft u me dan, baron Baranov?'

'Vera zoeken is tijdverspilling denk ik,' zegt Maksim tegen Boris op de terugweg naar Moskou.

'Dat ben ik met je eens. Bovendien wordt het gevaar dat ze jouw keel doorsnijden met de dag groter. Het is overal onrustig en als de Tsjeka je in het vizier krijgt –'

Maksim knikt. Hij weet zelf ook dat aristocraten opgejaagd wild zijn. En de Tsjeka, het in december opgericht staatsveiligheidsapparaat van communistisch Sovjet-Rusland, maakt de situatie er niet veiliger op. Niemand weet of hij al op hun lijst staat. Degenen die ze achtervolgen, riskeren gevangenisstraffen en in de meeste gevallen zelfs de dood.

Maar niet alleen zijn eigen leven is hij niet meer zeker. Met zijn aanwezigheid brengt hij ook het gezin Kandinsky in gevaar. Hij wil niet langer dan absoluut noodzakelijk gebruikmaken van hun gastvrijheid. 'Ik ga naar Zwitserland, Boris,' zegt hij kalm.

Boris grijnst. 'Ik wist het! En met wat we vandaag hebben vernomen, denk ik dat vooral Genève je kan bekoren.'

'Precies. Ik vertrek binnenkort.'

'Wíj vertrekken binnenkort, Maksim. Een van de komende dagen. Als jij veilig in Zwitserland wilt komen, heb je mij nodig om je te helpen ontsnappen.'

'Daar was ik al bang voor!' plaagt Maksim en hij slaat Boris vriendschappelijk op de schouder. 'En jou kennende, heb je al een route uitgestippeld.' Stiekem is hij blij zijn vriend aan zijn zijde te weten.

'Er zijn een paar opties,' bevestigt Boris. 'Laten we ze vanavond in alle rust bekijken.'

Maksim kijkt Boris dankbaar aan. 'Moge Genève de juiste beslissing zijn, Boris. Wat valt er nog meer te kiezen: Zürich? Parijs?'

'Het is geen kwestie van kiezen, Maksim. Jij moet het land uit, punt uit. En jij wilt het verband vinden tussen de dood van Lidia en het verhaal van Olga. Dan kunnen we maar beter in Genève beginnen.'

15

Meersburg, de ochtend van 15 februari 1918

Gustav Lindner negeert de hoofdpijn waar hij nu al een paar weken last van heeft. Soms is die heftig, andere keren wat minder. Een gevolg van zijn ervaringen op het slagveld die hem in een wurggreep houden en hem geen rust gunnen. Voortdurend herbeleeft hij de gruwel, de inslag van de granaten, het ratelen van de machinegeweren, de dood van zijn kameraden. Hij voelt nog steeds de benauwdheid, het constante gevaar, het opeengepakt zitten in de loopgraven ook al zit hij nu in het veilige Meersburg. Zijn lichaam én ziel lijden onder de gevolgen. Het overleefd hebben betekent niet dat hij gewoon de draad weer kan oppakken, laat staan dat hij zijn oude leven terugkrijgt.

Hij vermant zich. Voor hem op het bureau liggen de rekeningen voor de maand januari die morgen naar het ziekenhuis moeten. Hun voortbestaan hangt hiervan af en zorgvuldig controleert hij post voor post. Naast het zachte krassen van het potlood is het luide tikken van de staande klok het enige geluid dat de stilte in de kamer doorbreekt.

Gustavs lichamelijke beperkingen maken het moeilijk mee te draaien in de dagelijkse routine. Maar hij weet wat Helena en de anderen allemaal doen en heeft moeite dat te accepteren. En Elisabeths geringschattende opmerkingen over zijn houten been en zijn vermeende zwakte maken het nog veel erger. Haar minachting heeft hem in het begin diep geraakt, maar inmiddels heeft hij zijn innerlijke kracht gedeeltelijk hervonden. Zijn leven van voor de oorlog is voorbij. Maar hij heeft nog een paar decennia voor de boeg en die wil hij goed benutten, voor zichzelf en zijn dochters.

Hij heeft zijn plaats in het bedrijf weer ingenomen en de bevoegdheden van Elisabeth teruggeschroefd. Ze mag geen bestellingen meer plaatsen of geld overmaken en alleen in zijn bijzijn laat hij haar de boeken inkijken. Prettig is het niet om zo met haar om te gaan en hij betreurt het wantrouwen tussen hen ten zeerste. En eigenlijk weet hij niet eens waar het fout is gelopen. Misschien vinden ze elkaar weer als de oorlog voorbij is en er betere tijden aanbreken. Maar tot het zover is moet hij ervoor zorgen dat de Lindenhof het overleeft. Al is het maar voor de meisjes. Helena, die met haar pragmatische, praktische, daadkrachtige, maar toch liefdevolle aard het dichtst bij hem staat. Lilly, wier neiging tot oppervlakkigheid maskeert hoe gevoelig ze is, en Katharina, die koel en soms zelfs afwijzend lijkt, maar toch een groot hart voor mensen heeft.

De laatste paar weken is hem duidelijk geworden dat ze alle drie een bron van hoop en vertrouwen zijn in deze naargeestige, moeilijke periode.

Hij is bijna klaar met de rekeningen als er wordt geklopt.

'Ja?' Gustav kijkt op. 'Helena!'

Helena duwt Lilly de kamer in. 'Kunnen wij je even spreken, papa?' Ze sluit zacht de deur achter zich en gaat naast haar zus staan. 'Lilly wil je iets vertellen.'

'Natuurlijk.' Gustav legt zijn potlood neer, kijkt naar het bezorgde gezicht van Helena en richt dan zijn aandacht op zijn middelste dochter. 'Wat is er aan de hand, Lilly?'

'Ik wil, ehm, ik ga...' Lilly friemelt aan de schort van haar uniform. 'Ik...' Ze kijkt naar Helena voor hulp.

'Vertel het nu maar gewoon, Lilly.' Helena pakt haar zuster bij de elleboog en knikt haar bemoedigend toe.

'Ik ga trouwen, papa,' zegt Lilly snel en slaat dan haar ogen neer.

'Wat zeg je?' Gustav denkt dat hij het verkeerd heeft verstaan. 'Lilly!'

Lilly ademt diep in. 'Ik heb iemand leren kennen.'

Gustav staat op uit zijn stoel. 'In deze tijd?'

Lilly knikt, maar durft niet op te kijken.

'Je hebt toch helemaal geen gelegenheid om verkering te krijgen!' Nerveus krabt hij aan zijn hoofd.

'Het is een van onze patiënten,' onderbreekt Helena hem. 'Arno Reichle uit Stuttgart. Hij wordt morgen ontslagen en nu maakt Lilly zich zorgen dat ze hem nooit meer zal zien.'

'Dat betekent toch niet dat je meteen moet trouwen!' Gustav weet niet hoe hij met dit nieuws moet omgaan.

'Ik ben verliefd,' antwoordt Lilly op de uitdagende toon die ze altijd gebruikt als ze bang is haar zin niet te krijgen.

'Verliefd.' Gustav schudt het hoofd. 'Jullie kennen elkaar niet eens!'

'Is dat zo?' snauwt Lilly nu. 'Kende jij moeder goed voordat je met haar trouwde?'

'Dat is anders.' Gustav weet niet waarom hij zich rechtvaardigt, maar Lilly heeft zijn zwakke plek gevonden. 'Sinds wanneer voel jij je tot hem aangetrokken?'

'Vanaf de dag dat hij hier is aangekomen.'

'En dat is dan... wat, twee weken geleden?'

'Drie.'

'Ach zo.' Wat moet hij nu zeggen? Hij kan haar toch onmogelijk zomaar laten trouwen. Ze is jong en moet iets van haar leven maken. Het vorm geven. Dat wil hij voor zijn dochters. En niet dat ze trouwt met een of andere soldaat die ze nauwelijks kent.

Gustav pakt het potlood weer op en draait het nerveus tussen duim en wijsvinger.

'Je weet dat je geluk me na aan het hart ligt, Lilly. Maar in dit geval kan ik je geen toestemming geven. Je bent nog te onervaren om de gevolgen van zo'n beslissing te overzien. Je kunt per brief contact houden met de jongeman en dan kunnen jullie zien of de genegenheid die jullie voor elkaar voelen, blijvend is.'

'Papa. Het is anders.' De ernst waarmee Helena hem aankijkt, brengt hem van zijn stuk.

'Wat bedoel je, Helena?'

'Ze –' begint Helena, maar Lilly valt haar in de rede: 'Ik móét met hem trouwen.'

'Hoezo, "moet"?' Gustav probeert Lilly's blik op te vangen, maar zijn dochter blijft naar de vloer kijken. 'Vertel je nu –?'

'Het is... Het is tot een onbetamelijk contact gekomen,' verduidelijkt Helena. Gustav laat het potlood vallen. 'Hier? Onder mijn dak?'

Lilly knikt. Ze ziet vuurrood.

'Zo snel al!' Gustav wrijft met beide handen over zijn gezicht. 'O, meisje toch!'

'Het spijt me, papa,' zegt Helena schuldbewust. 'Ik had beter op haar moeten passen.'

‘Het is jouw schuld niet, Hele–’

Op dat moment wordt er weer geklopt.

Lilly kijkt even naar haar zus, loopt naar de deur en opent die. De jongeman in uniform loopt rechtstreeks naar het bureau en salueert. ‘Arno Reichle!’

Opnieuw vervloekt Gustav zijn handicap. Het liefst was hij nu opgesprongen om de jongeman bij zijn kladden te pakken en op zijn nummer te zetten, maar hij moet het doen met een strenge toon: ‘U hebt lef, meneer Reichle, dat moet ik u nageven.’ En tegen zijn dochters: ‘Was dit afgesproken?’

Lilly haalt haar schouders op, Helena schudt het hoofd.

Arno Reichle kijkt zijn bruid even onzeker aan, maar tilt dan resoluut zijn kin op. ‘Ik heb een verzoek, mijnheer Lindner.’

‘Dat wil ik wel aannemen,’ antwoordt Gustav met ijzige stem. ‘Het is duidelijk dat u de daden al hebt gesteld.’

‘Denkt u alstublieft niet dat ik Lilly gewoon heb gecompromitteerd en nu geen andere keuze meer heb, meneer Lindner. Het is mijn oprechte wens u om de hand van uw dochter te vragen.’

Gustav kijkt hem zo lang zwijgend aan dat Arno Reichle zich ongemakkelijk begint te voelen.

‘Het is zo dat we ons hebben laten gaan,’ verdedigt de jonge soldaat zich. De opmerking ergert Gustav. ‘Hoe oud bent u, meneer Reichle?’

‘Zevenentwintig.’

‘En dus negen jaar ouder dan mijn dochter.’

‘Waar doelt u op, meneer Lindner?’

‘Als het tussen een man van uw leeftijd en een meisje van amper achttien tot zoiets komt, dan heeft zij zich niet laten gaan. Dan is ze verleid.’

De jonge Reichle balt zijn vuisten. ‘Ik neem de volledige verantwoordelijkheid op me voor wat er is gebeurd. Lilly zal het goed hebben met mij. Mijn ouders hebben een bloeiende zeepfabriek. Ik kan haar een mooi leven bieden.’

Nu komt Lilly in beweging. Ze tilt haar hoofd op en kijkt Reichle stralend aan. Gustav beseft meteen hoe de jonge soldaat haar voor zich heeft gewonnen: het is overduidelijk dat Lilly de rol van toekomstige echtgenote van een fabriekseigenaar wel ziet zitten. Reichle heeft haar naïviteit opgemerkt en haar handig in zijn netten gestrikt.

Gustav kijkt naar Helena. Zij heft in een hulpeloos gebaar haar handen op en denkt er kennelijk hetzelfde over als hij. Als het gerommel tussen Lilly en Reichle gevolgen heeft, kunnen ze nu maar beter meteen orde op zaken stellen.

Gustav recht zijn rug. 'U beseft toch dat u mij in een onmogelijke positie dwingt, meneer Reichle.'

'Daar ben ik me van bewust.' Arno Reichle staat nog steeds in militaire houding voor hem. 'Ook al was dat niet de bedoeling.'

Gustav schudt het hoofd. 'Laat mij even alleen,' vraag hij.

'Natuurlijk.' Helena draait zich al om.

'Nee, Helena, jij blijft hier. Lilly en meneer Reichle, jullie wachten buiten voor de deur.' Zodra beiden buiten zijn, wenkt hij zijn oudste. 'Ik heb denk ik geen keuze.'

'Ik heb mijn hoofd hier ook al over gebroken. Deze lichtzinnigheid zou weleens gevolgen kunnen hebben.'

'In normale tijden zou ik gewoon afwachten, Helena. Maar wat als ze werkelijk zwanger is en Reichle een van de volgende weken sneuvelt? Dan zal er altijd een smet aan haar kleven. Natuurlijk zal ze hier altijd een dak boven haar hoofd hebben, maar dat is geen leven voor een meisje zoals onze Lilly.'

'Zo denk ik er ook over, papa. Ze is in elk geval beter beschermd als ze met hem trouwt, maar als ze niet zwanger blijkt te zijn en meneer Reichle vrolijk thuiskomt, is ze wel gebonden aan een man die ze helemaal niet kent.'

Gustav knikt. Dat is precies het dilemma.

Door de oorlog worden er veel huwelijken gesloten na slechts een korte verkering, juist omdat de mannen naar het front moeten en niet weten of ze nog naar huis zullen komen. Vanuit dit perspectief begrijpt hij de jonge Reichle. Veel gelegenheid om een gezin te stichten heeft hij niet.

'Goed,' hoort Gustav zichzelf zeggen. 'Dan geven we Lilly onze zegen.' Hij zucht. 'Weet je eigenlijk of ze al met Elisabeth heeft gepraat.'

'Nee, papa, dat heeft ze nog niet gedaan. Ze wilde het eerst aan jou vertellen.'

'Ah.'

Helena legt zacht haar hand op zijn schouder. 'Ik denk dat ik weet hoe jij je voelt, papa. Ik voel me net zo.' Glimlachend kijkt ze hem aan. 'Maar ik vermoed dat het op dit moment de beste oplossing is. Of het de juiste is, valt nog te bezien.'

'Ja. Dat moeten we dan maar afwachten.' Gustav ademt hoorbaar uit. 'Roep je de tortelduiven terug binnen, Helena?'

DEEL 2
VERBORGEN DROMEN

Maart tot augustus 1918

16

Meersburg 3 maart 1918

Zacht zonlicht danst door de kale takken van de appelboom waaraan een vergeten vrucht de winter heeft overleefd. Bruin en verschrompeld klampt hij zich met zijn laatste krachten vast terwijl rondom hem de nieuwe knoppen wachten om open te springen. Hoe dicht liggen ontstaan en vergaan bij elkaar.

Terwijl ze door de tuin naar de kas loopt, ademt Helena de frisse lucht met diepe teugen in. Gele en paarse krokussen glanzen in het nog winterse gras, vrolijke sneeuwklokjes vormen wit-groene kussens. De lente staat voor de deur.

Helena heeft geen jas aan, maar draagt een wollen sjaal om haar uniform dat ze nauwelijks nog uitdoet om een van haar eigen, mooie jurken aan te trekken. Er is tijd noch gelegenheid voor ijdelheid. Een snelle blik in de spiegel tijdens haar ochtendtoilet toont haar elke keer een gespannen, vermoeid gezicht al ziet haar huid er zelfs in de winter uit alsof ze haar dagen in de buitenlucht en niet in een ziekenzaal doorbrengt.

Bij de kas kijkt ze naar het tegen de winterkou met stro bedekte aardbeienveldje dat ze als kind met de hulp van haar vader heeft aangelegd en sindsdien zorgvuldig heeft onderhouden. En net als vroeger verlangt ze opeens naar het aardbeienseizoen. Ze moet lachen om zichzelf en trekt de dikke metaaldraad los waarmee de houten deur van de kas is afgesloten.

Binnen creëert het licht dat door de matte ramen binnenvalt een geheimzinnige sfeer. Helena, die zich al weken geen rust meer heeft gegund, beseft nu pas hoe moe ze is.

Eigenlijk is ze gewoon op zoek naar een boek van Karl May dat ze aan een patiënt heeft beloofd en in het huis niet kon vinden, maar het idee van een kleine rustpauze is zo verleidelijk dat ze op een houten krukje tegen de muur gaat zitten. Een paar minuten uitblazen, meer niet, neemt ze zichzelf voor. Dan zal ze het boek zoeken op de plank en zich weer van haar plichten kwijten.

Ze laat haar blik door de kleine ruimte dwalen, over haar tuingereedschap en de grote en kleine schatten van haar jeugd zoals de kisten vol houten poppetjes die haar vader had gesneden en waarvoor zij met restjes stof kleren had gemaakt. Zodra ze de kans kregen onttrokken zij en haar zussen zich hier aan het toezicht van Elisabeth.

Helena slaakt een zachte zucht. Hoe kort geleden is het precies nog allemaal en tegelijkertijd zo ver weg.

De kinderen zijn volwassen geworden.

Inmiddels is Lilly tijdens een eenvoudige ceremonie getrouwd. Ze was een mooie bruid geweest in haar tot op de kuiten vallende witte bruidsjurk en een krans van echte bloemen in haar haar. Ook Arno Reichle – in uniform, met helm, laarzen en sabel – had indruk gemaakt waardoor zelfs Elisabeth zichtbaar aangedaan was geweest. Helena was echter verdrietig over het feit dat Lilly hals over kop het huis zou verlaten.

Niet lang nadat de jonggehuwden naar Stuttgart waren vertrokken, was Arno weer naar het front geroepen. Lilly woont nu met zijn ouders in hun enorme huis en heeft het duidelijk moeilijk in die nieuwe omgeving. Uit haar brieven spreekt onzekerheid en veel heimwee.

Helena zucht.

Wat zullen de komende weken en maanden brengen? Zal het hospitaal gespaard blijven van nieuwe golven gewonden? Komt er ooit een einde aan deze oorlog en zullen er weer zomergasten in plaats van oorlogsslachtoffers in de Lindenhof logeren?

Deze gedachten wekken haar verlangen en ze ziet al een nieuwe Lindenhof: licht en exclusief ingericht, uitnodigend en vol leven.

En deze tuin hier; die zal ze er zeker bij betrekken. Ze kan hier tal van mooie plekjes inrichten om te rusten, te lezen, te schilderen of zelfs te sporten. Geen enkel hotel in Meersburg heeft iets vergelijkbaars te bieden. Samen met Käthe zal ze prachtige taarten tevoorschijn toveren en serveren aan ronde witte tafeltjes met smeedwerken stoelen. Helena kan het aroma van echte bonenkoffie al bijna ruiken. En op witte porseleinen bordjes lokt iets kostbaars en verfijnds alsof je te gast bent in de hogere kringen: een unieke taart. Net zo uniek als het silhouet van Meersburg met de wijngaarden, de oude burcht en het nieuwe kasteel: de Meerburger schlosstorte.

Onbewust glijdt er een glimlach over het gezicht van Helena. De naam is haar zomaar te binnen geschoten en is net zo vanzelfsprekend als de vorm van de taart die ze voor zich ziet in een tijd dat zelfs een eenvoudige fruittaart een waar feest voor de smaakpapillen is.

Er moeten aardbeien in, dat heeft ze altijd al geweten. Verse aardbeien in de zomer of aardbeien die zijn verwerkt tot een heerlijke, met likeur verrijkte compote in de winter.

Aan de onderzijde een dunne, brosse bodem. Voor het biscuit kiest ze voor de donkere variant, met cacaopoeder, en tussen de lagen wil ze een romige aardbeiencrème.

En hoe zal ze de taart afwerken? Verse aardbeien zouden mooi uitkomen op een lichte vanillecrème. Daar kan ze nog wat verse munt aan toevoegen.

In haar fantasie duwt Helena haar vork door de verschillende lagen van de taart en proeft. Er ontbreekt nog iets.

Ze denkt na.

Iets knapperigs zou mooi zijn. Gekonfijte aardbeien? Dat zou kunnen en die zijn ook langer houdbaar. Maar nee, dat is niet genoeg.

Walnoten? Die smaak is misschien wat te dominant. En dat geldt ook voor hazelnoten die beter bij chocolade passen of herfstfruit zoals appelen en peren.

Amandelen! Amandelen passen er perfect bij. Het liefst geroosterd met wat suiker, gekaramelliseerde amandelen, die zijn ook knapperig en vormen vast een mooie decoratie.

Het liefst zou Helena meteen beginnen aan de taart. Eindelijk weer eens genieten van iets lekkers.

Er wordt geklopt.

Helena schrikt en staat met een ruk op. Voor de kas tekent zich een schaduw af.

'Juffrouw Helena?' Het is Käthe. Helena ademt opgelucht uit en opent de deur.

'We konden u niet vinden!' Käthe klinkt verwijtend. 'We maakten ons zorgen.'

Het schemert al. Helena moet ingedommeld zijn toen ze aan de aardbeien en biscuit dacht.

'Wil je me helpen met het maken van een Meersburger schlosstorte?' vraagt Helena plots aan de kokkin terwijl ze op de planken naar het boek van Karl May zoekt.

'Wat zeg je?' Käthe staat nog buiten.

Helena vindt het boek achter een doos met schilderspullen en neemt het mee. 'Een Meersburger schlosstorte!' herhaalt ze wat luider. Ze loop naar buiten en sluit de kas. 'Een schlosstorte? Wat moet ik mij daarbij voorstellen, juffrouw Helena?'

'Dat is een creatie van mij. Kom, Käthe, we gaan terug. Ik leg het je onderweg wel uit.'

Ze lopen naar beneden en Helena doet haar idee uit de doeken. Käthe denkt meteen hardop na over hoe ze aan de ingrediënten voor zo'n taart kan komen om alles in voorraad te hebben als het aardbeienseizoen aanbreekt. Gemakkelijk wordt dat niet, alle etenswaren zijn op de bon. Amandelen en vanille zijn vrijwel onmogelijk te verkrijgen.

Kort voordat ze het pad naar het tuinhek inslaan, pakt Käthe Helena bij de arm. 'Daar staat iemand.' Ze wijst naar de hoek van de moestuin waar tussen twee perenbomen een boomstronk staat. Daarachter ontwaren ze twee figuren, maar met de invallende duisternis is moeilijk te zien wie het zijn. 'Wat hebben die daar te zoeken?'

Helena zoekt naar iets herkenbaars. 'Het is mijn stiefmoeder,' concludeert ze uiteindelijk. 'Maar wie is dat bij haar?'

Käthe knijpt haar ogen tot spleetjes. 'Dat zou weleens de eigenaar van Hotel Ochsen kunnen zijn. Niemand anders in Meersburg heeft zich in deze barre tijden zo'n dikke pens gevreten.'

'Kennelijk is ze met haar zaakjes op de zwarte markt bezig,' oppert Helena.

'Zou goed kunnen.'

Helena kijkt nog even snel naar het groepje bomen. 'Dan willen we niet dat ze ons zien. We kunnen beter gaan, Käthe.'

Tegelijkertijd

'Heb je dat gehoord?' Otto is duidelijk nerveus. 'Is daar iemand?'

'Nee, ik heb niets gehoord.' Elisabeth heeft het tuinhek zacht horen piepen, maar ze wil niet dat hij meteen weer vertrekt. 'En dan nog. Het zou Käthe kunnen zijn geweest die wat kruiden nodig had voor de keuken.'

'Je weet dat ik niet wil dat iemand van onze ontmoetingen afweet.'

'Het schemert en niemand verwacht ons hier. Zelfs als ze in de tuin is of was, dan wil dat nog niet zeggen dat ze ons ziet of sowieso herkent.'

Otto luistert nog even gespannen, maar als hij niets meer hoort, ontspant zijn forse lichaam zich. Hij trekt Elisabeth stevig tegen zich aan, kust haar op zijn gebruikelijke ruwe manier en laat haar meteen weer los. 'En? Is het gelukt?'

'Ik heb het poeder vier weken geleden bij het uitdelen van de maaltijden door de soep geroerd. Alleen de patiënten die ik eten heb gebracht, hebben het binnengekregen.'

'Hmm. Dat was misschien wel verstandig. Als iedereen ziek was geworden, zou het veel meer zijn opgevallen. Heeft het consequenties gehad? Heeft je man zich afgevraagd of hij het hospitaal wel goed leidt?'

'Hij heeft er niets over gezegd.'

'Niet? Vertrouwt hij je niet?'

Elisabeth haalt haar schouders op. 'We hebben geen huwelijk meer, dat weet je. Waarom zou hij mij zoiets toevertrouwen?'

'Zorg er dan voor dat jullie relatie verbetert. Als hij je niets meer vertelt, wordt het lastiger voor ons.'

Dat vooruitzicht zint Elisabeth niet. Ze mijdt Gustav en wil niet eens doen alsof ze weer toenadering zoekt. Bovendien is hun relatie zo slecht, dat het vreemd zou aanvoelen als zij zich opeens anders gaat gedragen. 'We zullen wel zien,' antwoordt ze ontwijkend.

'Ik verwacht het van je, Elisabeth!'

'Ik kan het nog een tweede keer proberen met het poeder en misschien wat meer gebruiken. Wie weet laat een van de zwaksten dan wel het leven. In dat geval zal Gustav het hospitaal niet meer mogen leiden en zal hij wel verkopen.'

'Nee, Elisabeth. Een dode trekt te veel aandacht. En arsenicum kunnen ze opsporen. Bij het geringste vermoeden dat er sprake is van boos opzet, gaat men verder zoeken. Dat kan gevaarlijk worden.'

'Gevaarlijk voor Gústav!'

'In dat geval raakt het ziekenhuis er onrechtstreeks bij betrokken en zal er uitgebreid onderzoek worden gedaan. En wie weet ontdekken ze het verband tussen de Lindenhof en Hotel Ochsen. Meersburg is klein.'

Hij strijkt over zijn baard. 'Ik denk na over hoe je verder te werk kan gaan en laat het je zo snel mogelijk weten.'

'Otto!'

'Goedenavond, Elisabeth.' En weg is hij zonder haar nog een kus te geven.

Elisabeth beseft dat hij met haar speelt, maar gelukkig beschikt ze over genoeg zelfbeheersing. Ooit zal ze zijn vrouw zijn, dat staat vast. Maar dat betekent niet dat ze hem de overhand wil geven in deze 'zakelijke relatie'. Dat ligt niet in haar aard. Ze is een vechter. Bovendien heeft een man als Otto voortdurend uitdaging nodig. Anders eindigt ze nog zoals zijn Else: ziek in de keuken.

17

Onderweg in Oostenrijk-Hongarije, medio maart 1918

De gelijkmatige cadans van de trein wiegt Maksim in slaap. Hij is zich nog steeds bewust van wat er om hem heen gebeurt, vangt flarden van de gesprekken van zijn medereizigers op, maar zijn oogleden worden zo zwaar dat hij uiteindelijk toch toegeeft aan de drang ze te sluiten.

De laatste weken hebben hem afgemat. En nog steeds hebben hij en Boris de bestemming van hun vlucht niet bereikt, maar zijn ze nog onderweg in een diep in oorlog en geweld weggezonken Europa. Het geloof in een onvermijdelijk voorbeschikt noodlot heeft bezit van hem genomen. Zonder deze fatalistische houding zou hij heen en weer worden geslingerd tussen verdriet en wanhoop.

Het afscheid van Rusland was oneindig moeilijk geweest voor Maksim. Bij het inpakken van zijn schamele spullen was het besef ingedaald dat hij zijn vaderland wellicht nooit meer zal zien.

In deze maalstroom van onvoorspelbaarheid en constant gevaar is Boris' trouwe aanwezigheid een grote steun. Een stukje zekerheid in een wereld die volledig ontspoord is en op een reis waarvan hij niet zal terugkeren.

'Slaap je?' De stem van Boris dringt door zijn schemertoestand heen en Maksim heeft een paar tellen nodig om te reageren. 'Hmm. Ik denk dat ik ben ingedommeld.' Hij knippert met zijn ogen.

Boris onthaalt hem op een grote grijns. 'Je kunt wel wat sterke koffie gebruiken.'

Maksim wrijft over zijn voorhoofd. 'Ik weet zelfs niet meer hoe bonenkoffie smaakt.'

Boris kijkt naar de veldfles met verschaald water die hij in zijn handen houdt. 'Ooit zullen we weer echte, sterke koffie drinken.' Hij drinkt Maksim toe terwijl zijn woorden met een onwrikbaar optimisme in de ruimte blijven hangen.

Maksim schudt het hoofd. Boris is een fenomeen. Een rots in de ruigste branding.

Hij laat zijn ogen door het treinraampje naar buiten dwalen. De Alpen met hun besneeuwde toppen die nu eens dichtbij dan weer verder weg het traject flankeren bieden een grandioos panorama. Alles ziet er zo vredig uit, maar in werkelijkheid zijn de troepen van het Oostenrijks-Hongaarse leger en de Italiaanse strijdkrachten daar in de bergen in een bittere strijd verwikkeld. 'Is er ergens iets goeds aan heel deze strijd?' vraagt Maksim peinzend. 'De Duitsers tegen de Fransen en Engelsen. De Oostenrijkers tegen de Italianen. De Russen tegen de Russen.'

Boris haalt zijn schouders op. 'Na een vulkaanuitbarsting wordt de bodem extra vruchtbaar.'

'Maar tegen welke prijs?'

Boris geeft Maksim de veldfles. 'Wij tweeën kunnen de oorlog niet stoppen.' Hij leunt achterover. 'We hebben intussen al zoveel meegemaakt dat we er een boek over kunnen schrijven. Zoals Karl May.'

'*De schat in het Meer van Genève*?' Maksim lacht bitter. Soms is de humor van Boris bijtend.

Drinkend denkt Maksim terug aan de lange weg die ze achter de rug hebben. Verkleed als boeren en voorzien van valse documenten zijn ze via de zuidgrens van Rusland en Oekraïne naar de Tsjechische gebieden van het Habsburgse Rijk gereisd. Te voet, op karren, af en toe in de laadbak van een vrachtauto. Ze hebben in uitgebrande dorpen geslapen, de voortdurend verschuivende frontlinies omzeild en zijn gevlucht voor losse legereenheden, en dat allemaal in het constante gezelschap van een knagende honger omdat het land in alle opzichten is leeggebloed.

In de buurt van de Habsburgse gebieden hebben ze andere kleren aangetrokken. Omdat Rusland en de centrale mogendheden, Duitsland en Oostenrijk-Hongarije, in december 1917 onderling vrede hebben gesloten, zijn de voormalige vijanden nu bondgenoten. En daarom hebben Maksim en Boris de rol van onopvallende boeren ingeruild voor die van Russische handelsreizigers. De kleren die ze in kussenslopen hadden meegesmokkeld verraden echter meedogenloos de ontberingen die ze hebben doorstaan: ze zitten hun veel te ruim.

'Het gerucht gaat dat de Duitsers de reis van Lenin uit ballingschap in Zwitserland naar Petrograd hebben georganiseerd,' zegt Boris nu. 'In elk geval hebben ze hem ongestoord door het land laten reizen in zijn verzegelde treinwagon.'

'Dat klopt,' antwoordt Maksim. 'En daarmee hebben ze hun doel bereikt: Rusland is door de bolsjewistische intriges zo instabiel geworden dat het Duitse oostfront is ingestort.'

'En nu kunnen ze de manschappen die daar zijn vrijgekomen samenbrengen aan het westelijk front.'

'Toch zal het voor de Duitsers moeilijk worden deze oorlog nog te winnen,' meent Maksim. 'Hij zal alleen nog langer duren en nog meer doden eisen.'

Boris knikt. 'Ze zullen nog een keer alles in de strijd gooien, maar net als jij zie ik hen niet winnen.'

'Iedereen zit aan het einde van zijn krachten: de Fransen, de Engelsen, maar in het bijzonder de Duitsers.'

'En dus zal de oorlog met zijn soldaten sterven. Het zou me niets verbazen als het Duitse Rijk nog dit jaar capituleert.' Boris pakt de lege veldfles aan van Maksim en stopt die in zijn rugzak. 'Maar het zal nog lang duren voor er weer vrede is in Moedertje Rusland.'

'Het zal net zo lang duren totdat we Moedertje Rusland niet meer herkennen.' Maksim trommelt met zijn vingers op de leuning van zijn stoel. 'We hoeven onszelf niets wijs te maken. We hadden een bekwame tsaar nodig. Hoe aangenaam in de omgang Nicolaas ook was, het ontbrak hem aan kaliber. In plaats van het land soeverein te leiden, heeft hij getalmd. En verder was en is er niemand die de redelijke krachten in ons land op één lijn kon of kan krijgen.'

'De tsaar was de verkeerde man op het verkeerde moment,' bevestigt Boris.

Twee soldaten wringen zich de al overvolle coupé in. Ze praten luid over een luchtaanval die een stad in Zuid-Duitsland zou hebben getroffen.

Boris pakt zijn rugzak en schuift zo dicht mogelijk naar het raam toe om plaats te maken.

'Oorlogsvoering vanuit de lucht brengt de strijd tot diep in het land,' zegt hij zachtjes tegen Maksim. 'En in de huizen van de mensen.'

Maksim knikt. 'De eerste bommen in deze oorlog werden door een Duitse zeppelin gedropt. Op Luik en Antwerpen. De mensheid is goed in elkaar vernietigen.'

'Dat is waar.' Boris tuurt een beetje peinzend uit het raam. 'We zijn bijna bij de grens,' mompelt hij uiteindelijk.

Maksim knikt. 'Ik hoop dat we in Genève antwoorden vinden.'

'In elk geval moeten we genoeg te weten komen om te beslissen hoe we verder moeten,' antwoordt Boris. 'Maar wat je daar zeker zult vinden is veiligheid en dat is eigenlijk al meer dan genoeg.'

Als ze een uur later aan de strenge grenscontrole worden onderworpen, overvalt Maksim opeens een vreemd gevoel. Het is alsof Lidia naast hem staat en hem naar deze nieuwe wereld begeleidt. En als de ambtenaren de trein hebben verlaten en ze verder rijden, dut Maksim in met de gedachte dat je alleen in jezelf een echt, onverwoestbaar thuis kunt vinden.

18

Meersburg, rond dezelfde tijd, maart 1918

'Bommen?' Helena laat de schaal die ze net wilde wegzetten, uit haar handen vallen. Met een hels lawaai spat die op de vloer uit elkaar.

Käthe houdt op met kneden. Erna verstijft naast haar.

'En Lilly?' Helena voelt het bloed uit haar gezicht wegtrekken en gaat zitten op de keukenbank.

'Ik weet het niet.' Steunend op zijn kruk loopt Gustav Lindner de paar meter naar Helena en gaat naast haar zitten. 'Ik weet het niet,' herhaalt hij.

'Waar is Elisabeth?' vraagt Helena. 'We moeten met elkaar praten. Iedereen. Wie haalt Katharina? Het zou het beste zijn als iemand van ons naar Stuttgart gaat.'

'We moeten de kalmte bewaren, Helena,' waarschuwt haar vader. 'Op dit moment is het niet veilig om te reizen.'

Helena schudt het hoofd. Een vliegtuig met bommen. Wanneer komt er een einde aan deze waanzin? 'Een aanval vanuit de lucht, ik kan het me nauwelijks voorstellen. Zou het kunnen dat het maar een gerucht is?'

Haar vader maakt een ontkennend gebaar. 'Het *Seeblatt* heeft het al gemeld.'

'Hoe is dat gegaan?'

'Rond de middag zijn tien Britse tweedekkers uit Frankrijk gekomen en hebben Stuttgart en Esslingen gebombardeerd.'

'Maar, kunnen die zulke zware lasten vervoeren?' Helena kan zich het scenario nauwelijks voorstellen.

Haar vader knikt. 'Een paar van die bommen moeten meer dan tweehonderd kilo hebben gewogen.' Er ligt een grimmige trek op zijn gezicht. 'In dit geval dient de vooruitgang de rampspoed.'

'Hoeveel gewonden zijn er gevallen, papa? Zijn er ook mensen gedood?'

'Er zijn een paar gebouwen getroffen en naar verluidt zijn er ook gewonden gevallen.' Gustav Lindner legt een hand op Helena's arm. 'Maar geen doden.'

'Geen doden? Godzijdank.'

'En nu maar hopen dat dat nieuws klopt.'

'Maar wat als ze terugkomen en opnieuw aanvallen?'

'Ik denk niet dat dat zo snel zal gebeuren. Duitse jachtvliegtuigen hebben het vijandelijke eskader achtervolgd en boven het noordelijke deel van het Zwarte Woud gedwongen te landen. De bemanningen hebben ze krijgsgevangen genomen.'

'Gelukkig maar.' Helena voelt de onrust wat wegebben.

'Toch vormt het een enorme dreiging. Misschien niet meteen vandaag of morgen, maar de luchtaanvallen zullen wel toenemen. Daar moeten we ons zorgen over maken.'

'We moeten Lilly naar huis halen. Laten we samenzitten en kijken wat we kunnen doen,' benadrukt Helena.

'Mevrouw Elisabeth is naar Konstanz vertrokken,' weet Käthe. 'Ze had gehoord dat daar melk te krijgen is.'

'O.' Helena zucht en trekt haar wenkbrauwen op. 'Wanneer komt ze terug?' Käthe haalt haar schouders op. 'Daar heeft ze niets over gezegd.'

'Niemand weet wat haar drijft,' zegt Gustav Lindner met een zekere berusting in zijn stem. 'In elk geval zijn we wel gebaat bij haar enthousiasme voor het hamsteren. We hebben voldoende eten en ze bemoeit zich nauwelijks nog met de Lindenhof.'

Erna veegt voorzichtig de scherven bij elkaar. Käthe vormt inmiddels de broden en legt ze in mandjes waarin ze nog verder kunnen rijzen voordat ze tot knapperige broden zullen worden afgebakken.

Terwijl deze dagelijkse routines een zekere normaliteit uitstralen, woedt in Helena de angst om haar zus. Ze bidt vurig dat Lilly veilig is.

'Ik ga weer naar mijn werkkamer, Helena.' Gustav maakt aanstalten op te staan.

'Wacht nog even, papa.' Helena grijpt zijn hand. 'Laten we –'

'Juffrouw Helena!' Zuster Hedwig komt nerveus de keuken binnen.

'We hebben weer vijf patiënten met maag- en darmklachten en hebben thee nodig.'

'Daar komt maar geen einde aan,' snuift Käthe. 'Om de paar dagen heeft er wel eentje diarree!'

'Ik zorg ervoor,' belooft Helena en ze staat op. 'Ik geef nog even de laatste aanwijzingen voor het avondeten en breng daarna de thee mee naar de ziekenzaal.'

'Dank u.' Zuster Hedwig knikt. 'Trouwens, broeder Fidelis wil een paar gezonde, sterkere mannen mee naar buiten nemen. Het is zo'n mooie, zonnige dag.'

'Een uitstekend idee!' Helena zet de ketel met water op het vuur. 'Het is toch tijd om de bedden te verschonen.'

De deur rammelt zacht als zuster Hedwig de keuken verlaat. Helena beseft dat ze ondanks de verschrikkelijke gebeurtenissen in Stuttgart het hoofd koel moet houden. Daar heeft haar vader gelijk in.

'Ik stel voor,' zegt ze terwijl ze gedroogde kamillebloemen in een zeef giet, 'dat we vanavond rond acht uur samenkomen in de werkkamer en het dan over Lilly hebben. We moeten zo snel mogelijk te weten zien te komen hoe het met haar gaat en of ze hulp nodig heeft. Stuur jij iemand naar het ziekenhuis om Katharina in te lichten? Tegen die tijd zal Elisabeth ook wel weer thuis zijn.'

'Afgesproken.' Haar vader pakt zijn kruk en staat op. 'Om acht uur.'

Als hij weg is, maakt Helena de thee klaar. Ze wil er net wat melasse en zout doorheen roeren als iemand aan de ouderwetse schel van de Lindenhof trekt. Het schrille geluid weergalmt veelbetekenend.

Helena wisselt een blik vol vermoedens met Käthe. 'Ik ga wel.'

Ze legt de lepel neer, haast zich naar de hal en opent de deur. Voor haar staat de postbode.

'Dag, juffrouw Lindner. Ik heb een telegram uit Stuttgart voor u.' Helena's hart klopt als een bezetene. 'Geef maar hier.'

Ze laat zich het bescheid overhandigen.

De bode tikt tegen zijn pet en stapt weer op zijn rammelende motorfiets. Helena sluit de deur achter hem.

Op weg naar de keuken vouwt ze het bericht open. 'O, mijn god!' roept ze nadat ze de paar woorden onder de keizerlijke adelaar heeft gelezen. 'Lilly!'

19

Genève, begin mei 1918

Na een regenachtige maand april, breekt de zon eindelijk door. Ze tovert heldere weerspiegelingen tevoorschijn op het diepblauwe water van het Meer van Genève waarvan de zuidwestelijke punt uitmondt in het havenbekken van de stad. De bijna zomerse warmte die op de huizen en parken neerdaalt, verlokt lichaam en zintuigen; de dag is zo helder dat de stralend witte top van de Mont Blanc in de verte duidelijk zichtbaar is.

Maksim kuiert langs de kronkelende paden van het prachtig aangelegde Jardin Anglais en gaat op een bank bij de oever zitten. In afwachting van de komst van zijn vriend Boris kijkt hij naar de Jet d'eau, de fontein die recht uit het meer omhoog spuit. Het water schiet een indrukwekkende negentig meter de lucht in. Een welkom en vermakelijk spektakel dat heden ten dage zelden te zien is.

Maksim heeft zich verrassend snel aangepast aan het leven in Genève en dat dankt hij mede aan zijn goede opleiding: naast Duits en Engels spreekt hij ook bijna vloeiend Frans. Hij houdt van de culturele en landschappelijke rijkdom van de stad die niet alleen uit haar belangrijke geschiedenis put, maar ook uit de geest van Rousseau en Voltaire, én de unieke ligging.

Toch willen zijn innerlijke onrust en beroering niet wijken. Want alle idylle ten spijt veroorzaakt ook hier de ontevredenheid van de mensen – die voortspruit uit sociale onrechtvaardigheid en bittere armoede – een smeulende woede. Maksim is bang dat de Russische geschiedenis zich op Zwitserse bodem en uiteindelijk misschien in heel Europa zal herhalen.

Het verdriet om Lidia en de kinderen is er nog steeds, maar de woede die hem maandenlang heeft gedreven raakt nu vermengd met een behoefte aan mentale rust, al beseft Maksim dat hij pas echt vrede zal vinden als hij weet waarom zijn gezin moest sterven. Of ze gewoon, net als vele andere aristocraten, toevallige slachtoffers van de revolutie zijn, of dat het om een doelbewuste misdaad gaat.

'Deze plek is echt aanlokkelijk!' Boris' stem haalt hem uit zijn gedachten. 'En vandaag hebben ze zelfs de fontein aangezet!' Hij gaat naast Maksim zitten, legt zijn hand boven zijn ogen en staart naar de Jet d'eau.

'Vermoedelijk moeten ze die af en toe laten sproeien om te voorkomen dat hij verstopt raakt,' veronderstelt Maksim. 'Ik zie verder geen reden voor een dergelijke luxe nu.'

'Het is goed voor het moreel van de mensen als ze de fontein af en toe aanzetten,' antwoordt Boris. 'Uiteindelijk is het toch een soort herkenningsteken en daar klampen mensen zich in moeilijke tijden aan vast.'

'Zolang ze niet weten hoe ze hun kinderen te eten moeten geven, zullen de meesten het verspilling vinden,' brengt Maksim hiertegen in.

'Het zal wel.' Boris stroopt de mouwen van zijn hemd op. 'We hebben vandaag een afspraak met de priester.'

'Echt waar?' Maksim gaat rechtop zitten. 'Wanneer?'

'Over een kwartiertje. Ik moest hem wel een royale donatie voor zijn orthodoxe gemeente beloven in ruil voor zijn steun.'

'Alles heeft zijn prijs.' Maksim leunt met zijn onderarmen op zijn dijbenen en klemt zijn handen in elkaar. 'Goed dat hij ons eindelijk wil ontvangen.'

Even turen de twee mannen zwijgend over het meer. Maksim is blij dat hij inmiddels toegang heeft tot zijn naar Zwitserland en Engeland getransfereerde vermogen. Leonid, in Parijs, en hij werken ook volop aan het uitbreiden van hun zakelijke relaties om hun staalhandel voort te kunnen zetten. De donatie vormt dus gelukkig geen probleem.

'Ik hoop voor jou dat we eindelijk vooruitgang boeken,' zegt Boris. 'Tot nu toe zijn we nog nauwelijks opgeschoten.'

'Dat het veel tijd zou kosten om degelijke informatie te vinden over Olga was wel te verwachten. In elk geval zijn we aan de bolsjewieken ontsnapt en zitten we veilig en wel in Genève. We staan aan het begin van onze zoektocht en we hebben tijd.'

Luide kinderstemmen weerklinken door het park. Een paar jongentjes lopen langs hen heen en zoeken blijkbaar een geschikte plek voor een balspel. Ze kiezen voor een grasveldje op een paar meter van de bank waar Maksim en Boris zitten. Joelend beginnen ze hun van vodden gemaakte bal naar elkaar toe te gooien.

Maksim recht zijn rug weer. 'We moeten het anders aanpakken, Boris.'

'Wat bedoel je?' vraagt zijn vriend.

'Tot nu toe hebben we ons op Olga gericht. Als Olga hier echter een kind heeft gebaard...' Maksim kijkt Boris verwachtingsvol aan.

'... dan is de vraag wat er met het kind is gebeurd,' concludeert Boris. 'Dat heb ik ook aan de priester gevraagd.'

Het is maar vijf minuten lopen van de Jardin Anglais naar de Russisch-orthodoxe kerk. Al van ver zie je de vergulde koepels van het prachtige witte gebouw schitteren in het zonlicht. Het lijkt bijna alsof ze wedijveren om welke de mooiste is.

Hoewel Maksim niet echt gelovig is, overvalt hem toch een gevoel van weemoedige eerbied als hij samen met Boris de kerk binnen stapt. De geur van koude wierook, de pilaren, de schilderijen en iconen, de sacrale sfeer die er heerst, alles herinnert hem aan Rusland. Werktuigelijk vormt zich een gebed in hem.

Een paar minuten later begroet een in het zwart geklede priester van middelbare leeftijd hen voor een wand vol iconen. 'Laten we naar buiten gaan,' stelt hij voor. 'Daar kunnen we gemakkelijker praten.'

Maksim en Boris volgen hem naar buiten, de middagzon in.

'Baron Baranov,' zegt de priester met wie ze nu langzaam rond de kathedraal wandelen. 'Uw vriend heeft me al verteld dat u op zoek bent naar een zekere Olga Pavlova.'

'Inderdaad. Ze moet een tijd in Genève hebben gewoond.' Maksim bouwt bewust een kleine pauze in.

'Door de revolutie in Rusland is er een erfenis die haar toekomt. We zijn hier om haar verblijfplaats te achterhalen.'

'Ook dat heeft uw vriend me verteld. En ik heb wat onderzoek gedaan.' De priester blijft staan en plukt aan zijn lange, grijzige baard. 'Ik heb geen gegevens gevonden over een Olga Pavlova, wel over een Jelena Pavlova.'

'Jelena Pavlova?' Maksim heeft meteen een vermoeden. 'Dat zou haar dochter kunnen zijn.'

'Daar kan ik u geen informatie over geven.' De priester maakt een onduidelijke beweging met het hoofd. 'Ik was op dat moment niet werkzaam in Genève.'

'Staat er ergens een datum vermeld?'

'Dat wel. Jelena Pavlova is in oktober 1896 in onze kerk gedoopt. Maar de gegevens van de moeder én de vader ontbreken.'

Maksim maakt snel de rekensom. Jelena Pavlova moet momenteel een- of tweeëntwintig jaar oud zijn. 'Staat er verder nog iets over familie?' vraagt hij.

'Nee,' antwoordt de priester. 'Maar twee jaar later is er een overlijdensbericht bijgevoegd.'

'Is het kind dood?' Hoewel Maksim niet zeker weet of het daadwerkelijk om het kind van Olga gaat, laat het nieuws hem niet koud. 'Ligt ze dan hier begraven?'

De priester schudt het hoofd. 'Nee. In die periode is hier geen Jelena Pavlova bijgezet.'

'Misschien was het meisje vermist?' oppert Boris.

'In dat geval zou ze dood zijn verklaard,' antwoordt de priester. 'Als ze verdronken is, maar haar lichaam nooit is gevonden bijvoorbeeld. Dat zou kunnen.'

'Het is dus mogelijk dat haar zoiets is overkomen,' zegt Maksim. 'Begrijp ik dat goed?'

'Inderdaad. Meer kan ik op dit moment niet bijdragen aan uw zoektocht.' De priester spreidt zijn armen alsof hij wil laten zien dat hij echt niets meer te geven heeft.

'U hebt ons al geholpen.' Maksim overhandigt hem een envelop.

'Dank u zeer.' De priester steekt de donatie weg. 'Als het God behaagt, zult u vinden wat u zoekt.'

'Wees bedankt,' antwoordt Maksim. 'Laten we hopen dat de Allerhoogste ons welgezind is.'

'Je had haast om afscheid te nemen,' zegt Boris als ze even later weer in de richting van het meer lopen. 'Ik had verwacht dat je hem als een citroen zou uitpersen.'

'Ik voel me niet goed,' antwoordt Maksim.

'Wat bedoel je?' vraagt Boris. 'Net was je nog zo monter?'

'Ach, het is kennelijk niets. Ik heb wat hoofdpijn en ik heb ook last van spierpijn. Misschien broeit er iets.'

'Dan kunnen we maar beter meteen naar huis gaan. Ik kom vanavond nog wel even bij je kijken.' Ze huren twee kamers in een goedkoop hotel.

'Dat lijkt me het beste.' Maksim wrijft over zijn nek. Hij rilt. 'Eén ding nog, Boris.'

'Ja?'

'Stel dat het kind is doodverklaard, maar toch nog leeft? Wie zou daar baat bij hebben? Olga? De vader van het kind? Iemand anders?'

Boris blijft staan en kijkt hem aan. 'Goede vraag. Het kind is ook niet opgenomen in de stamboom.'

'Daar moeten we over nadenken, Boris. En morgen, als ik me weer beter voel, zoeken we het uit.'

20

Hotel Beau Rivage in Genève, op hetzelfde moment

De royale suite op de eerste verdieping van Hotel Beau Rivage, waar Vera Pronskaja en haar echtgenoot, vorst Igor Sergejevitsj Pronski, al enige tijd wonen, straalt luxe en rijkdom uit. Vera prijst zich gelukkig met de schoonheid van het hotel, de bevoorrechte ligging aan het Meer van Genève, het attente personeel, de uitstekende keuken en de kosmopolitische flair. Igor en zij hebben elk hun eigen kamer, maar brengen veel tijd door in de prachtige woonkamer om te lezen of hun correspondentie af te handelen. Af en toe dammen ze samen.

Igor is nog wat aan het werken en Vera zit op het barokke bankstel. Ze heeft een exquise, handgemaakte praline in haar mond gestopt en laat die smelten op haar tong. Lekker eten en zoetigheden zijn altijd Vera's grote zwakheden geweest. Sinds ze in Genève wonen, is daar de Zwitserse chocolade bijgekomen en is haar toch al voluptueuze figuur nog voller geworden. Maar dat is voor haar geen reden alle lekkernijen op te geven.

Ze zucht van genot, pakt haar champagneglas en vestigt haar aandacht op het mahoniehouten juwelenkistje op de ronde tafel voor haar.

'Ik kom zo bij je,' roept haar echtgenoot die aan de secretaire zit en papieren ordent.

Vera knikt, doopt haar met chocolade besmeurde vingers in een schaaltje water en droogt ze af aan een servet. Vervolgens streelt ze peinzend het gladde, warme oppervlak van het rechthoekige kistje met prachtig inlegwerk. Ze steekt het sleuteltje in het slot, draait het om en tilt het deksel op.

Het beeld van zichzelf in de spiegel aan de binnenzijde negeert ze – ze weet dat ze er ouder uitziet dan haar veertig jaar – en ze concentreert zich op de prachtige tiara die haar op een bed van dieprood fluweel toeblinkt.

Ze laat haar vingertoppen over de kostbare, in witgoud gevatte edelstenen dwalen, volgt de hoefijzervorm, voelt het harde en koude slijppatroon dat de diamanten en smaragden met een hoog karaat tot waardevolle juwelen maakt. Uiteindelijk pakt ze het sieraad op en houdt het tegen het felle middaglicht dat door de grote ramen binnenstroomt en prachtige effecten creëert met de edelstenen. De maker van de Pavlova-sieraden moet een genie zijn geweest.

Vera legt de tiara voorzichtig terug, trekt het onderste van de twee laatjes open en bewondert liefdevol de oorbellen die erin liggen. Ze bestaan elk uit twee grote, druppelvormige smaragden die door een solitair met elkaar zijn verbonden. Ze legt de twee stukken naast de tiara. Het middelste laatje raakt ze niet aan. Dat is leeg.

'Zo.' Igor komt bij haar zitten. In zijn hand houdt hij een oude, met de hand geschreven beschrijving van de Pavlova-sieraden. 'Ik heb een makelaar gevonden,' zegt hij.

'Echt waar?' Vera wrijft nog een keer over de tiara. 'De set verdient het om weer volledig te zijn.'

'Je zult ze niet kunnen behouden,' brengt Igor haar in herinnering.

'Dat weet ik,' antwoordt Vera bits. Het doet haar pijn als hij haar erop wijst dat ze de juwelen zal moeten afgeven.

Hij kijkt haar even aarzelend aan en wijst naar het document in zijn handen. 'Ik voeg deze beschrijving bij de opdracht. Over een uur vertrekt er een koerier naar Moskou die de documenten aan de makelaar zal overhandigen. En hopelijk vinden ze snel een spoor naar het halssnoer.'

Vera knikt. Het spectaculaire pronkstuk van de Pavlova-sieraden is sinds lang zoek, de plaats ervan in de juwelendoos leeg. Hoewel Igor al jaren alles in het werk stelt om het te vinden, lijkt het van de aardbodem te zijn verdwenen. En nu ze voor hun eigen veiligheid in ballingschap zijn vertrokken, kan hij er niet langer zelf naar zoeken. Igor heeft daarom zijn oor te luisteren gelegd bij Russische ballingen in Genève en iemand heeft hem een agent in Moskou aanbevolen.

Met tegenzin verlegt Vera haar aandacht van de juwelen naar haar man. 'Is die makelaar betrouwbaar?'

'Hij zou zich in meerdere delicate aangelegenheden hebben bewezen en beschikt kennelijk over uitstekende contacten.'

'Ik vermoed dat je wel verder navraag hebt gedaan.'

'Natuurlijk. Maak je maar geen zorgen. Onze toekomst hangt van deze juwelen af en daarom kan ik maar beter zorgen dat alles op tijd klaar is. Leg jij alles terug in de kluis?'

'Laat me er nog even naar kijken, Igor.'

'Wat je wilt.' Igor staat op en loopt terug naar de secretaire.

Vera geeft zich nog eenmaal over aan het aura van het sieraad. Pas als Igor naar beneden, naar de receptie gaat, slaat ze met een zachte zucht het deksel dicht en sluit ze het kistje af. Als ze naar de kluis in de slaapkamer van haar man loopt wordt ze opeens overmand door een bitter verdriet.

Het leven heeft haar zoveel ontzegd: schoonheid, savoir-vivre, charme, alles wat haar oudere zusters Irina en Olga in overvloed hadden. Ook de erkenning van haar eigen moeder die na twee meisjes eigenlijk een zoon wilde, was haar niet gegund, net zomin als de liefde van haar man. Hij had zich van haar afgekeerd nadat een arts hun had verteld dat Vera door een zeldzame gril van de natuur geen kinderen zou kunnen krijgen.

Vera kan het niet verklaren, maar heeft het gevoel dat ze pas echt zichzelf zal zijn als ze de volledige set juwelen in haar bezit zal hebben. Ze zijn al generaties lang via de vrouwelijke lijn doorgegeven, maar toen haar moeder, Maria Pavlova, de sieraden onder haar drie dochters had verdeeld, was zij, Vera, met de oorbellen afgescheept. De zoveelste vernedering. Na de dood van Lidia had Igor ervoor gezorgd dat de tiara bij Vera terecht was gekomen. Wat een voldoening. Maar haar geluk zal pas compleet zijn als ze alle delen van het ensemble weer bij elkaar heeft. En ze is geenszins van plan het ooit nog op te geven, maar dat zal Igor snel genoeg ervaren.

21

Meersburg, de zolderkamer, die eerste dagen van mei 1918

'Heremijntijd, kind toch!' roept Helena bezorgd als Lilly voor de derde keer die ochtend overgeeft in haar nachtpot.

'Het valt wel mee, Helena. Vanavond is het weer over.' Lilly kijkt op en zet de pot op de grond naast haar bed. Er liggen donkere schaduwen onder haar ogen.

Helena reikt haar een nat washandje aan. 'Vanmiddag gaan we naar Katharina in het ziekenhuis. Ik wil dat een arts naar je kijkt.'

'Het gaat alweer beter.' Lilly wrijft haar gezicht schoon. 'Kom, we gaan aan het werk.'

'Jij blijft voorlopig in bed, Lilly. Totdat we weten wat er met je aan de hand is. Wie weet is het iets besmettelijks.'

'Ik heb zeker niets besmettelijks, Helena. Dan zou ik toch de hele dag ziek zijn.' Lilly laat zich in haar kussen zakken. 'Het gaat over. Weet je, er zijn zo veel vreselijke dingen gebeurd. Ik ben gewoon bang. En dat gevoel gaat maar niet weg. In mijn slaap hoor ik voortdurend het geronk van de motoren.'

'Maar natuurlijk. Het spijt me, dat was tactloos van mij.' Helena kijkt haar zus, die sinds een paar weken de zolderkamer weer met haar deelt, vol medeleven aan.

'Geen probleem.'

'Gelukkig was je niet in de fabriek toen de vliegtuigen kwamen.'

Lilly verbergt haar hoofd in haar handen. 'Het was alsnog... gewoon verschrikkelijk.' Haar stem zakt weg.

Lilly kan nog altijd niet praten over de dag van de bomaanslag. Ze was op dat moment niet in Esslingen waar de zeepfabriek van de familie Reichle had gestaan, maar in de villa van de industrieel in Stuttgart. Dat is zowat het enige wat ze aan haar vader en Helena heeft verteld, maar Helena twijfelt of het wel waar is. Zij vermoedt dat Lilly de aanval en de uren die daarop volgden grotendeels heeft verdrongen.

'Laat me alsjeblieft iets doen, Helena,' smeekt Lilly, 'ik wil niet de hele dag in bed liggen.'

Maar Helena schudt het hoofd. Een paar dagen geleden is dokter Zimmermann van het ziekenhuis bij hen geweest om te informeren naar de frequente ziektegevallen en hij heeft aangekondigd actie te ondernemen als de Lindners de situatie niet snel onder controle krijgen. Haar vader heeft hem gerustgesteld door het algemene zorgprobleem aan te kaarten en de hygiënemaatregelen die ze hebben getroffen uit te leggen.

Voor Helena was de waarschuwing in elk geval duidelijk en samen met Käthe en Erna heeft ze meteen de hele keuken overhoopgehaald en de voorraden gecontroleerd, maar niets bijzonders gevonden. Met broeder Fidelis heeft ze de bereiding van de huismiddeltjes bekeken, maar ook daar is alles perfect georganiseerd, helder en schoon.

'Helena?' vraagt Lilly voorzichtig. 'Ik kan toch helpen met de was. Mocht ik dan toch ziek zijn, dan kan ik niemand aansteken.'

'Vooruit dan maar.' Helena geeft toe. 'Jij helpt met de was.'

Lilly glimlacht dankbaar en slaat het deken terug. Vijf minuten later staat ze aangekleed voor de spiegel en steekt ze haar haar op.

Helena schenkt een glas water in. Ze was al vroeg in de weer in de ziekenzaal en is eigenlijk alleen naar de zolder gekomen om te kijken hoe het met haar zuster gaat. Nu gebruikt ze de korte pauze om nog wat te drinken en naar de juwelendoos met het medaillon onder haar matras te tasten. Deze gewoonte is een automatisme geworden, gedreven door de constante bezorgdheid het sieraad kwijt te raken. Als ze het doosje even kan aanraken, is ze weer gerust.

'Klaar!' Lilly staat al bij de deur.

'Goed!' Helena wrijft over haar schort. 'We gaan aan het werk.'

Diezelfde avond in de werkkamer van Gustav Lindner

'Goed dat je er bent, Lilly,' zegt Gustav Lindner.

'Wat is er, papa?' Lilly kijkt hem vragend aan.

'Ik heb verdrietig nieuws voor je. Je schoonvader heeft het niet gered.'

Hij ziet dat haar gezicht betrekt.

'Zijn verwondingen waren te ernstig. Ik vind het heel erg voor je, Lilly.'

Lilly antwoordt niet. Gustav merkt dat ze het nieuws probeert te verwerken. 'Dan zijn ze allebei dood,' zegt ze uiteindelijk. Het klinkt verrassend nuchter.

'Ja.'

Lilly's schoonouders zijn de enige dodelijke slachtoffers van de bommenregen op Esslingen. Tot nu toe, althans.

'Arme Arno, we moeten hem schrijven,' zegt Lilly. 'Hij was al zo verdrietig om de dood van zijn moeder. En nu –'

'Ja. Breng je man op de hoogte, Lilly. Dat is nu het belangrijkste.'

Lilly knikt.

'Ik veronderstel dat hij de erfgenaam is,' gaat Gustav verder.

'Ja, dat klopt. Hij is enig kind.'

'Aangezien hij nu aan het front zit, zullen wij een aantal dingen op ons moeten nemen.'

'Fritz, de oom van Arno, heeft alles al geregeld.'

De broer van Lilly's schoonvader, die ook in Stuttgart woont, is Lilly meteen na het gebeuren te hulp geschoten. Dat had Gustav op dat moment enorm gewaardeerd. Maar het nieuws dat de oom Lilly een volmacht had laten ondertekenen die hem verstrekkende rechten verleent – zowel voor de zeepfabriek als voor de villa – heeft Gustav aan het denken gezet. Lilly's rechten en belangen moeten dringend worden geregeld, vooral omdat ze nog minderjarig is.

'Het kan goed zijn dat de oom nu alles regelt, maar jij moet voor de erfenis van je man zorgen. Die verantwoordelijkheid heb je met je huwelijk op je genomen.'

'Ik weet toch niet wat ik met zo'n groot huis en een stukgeschoten fabriek moet doen, papa. Bovendien wil ik niet terug naar Stuttgart.'

Gustav kijkt haar ernstig aan. 'Je kunt je niet hier aan de Bodensee verstoppen, Lilly. Ik besef dat je iets vreselijks hebt meegemaakt, maar je kunt je ogen niet sluiten en alles aan de oom van je man overlaten.'

Lilly schudt heftig het hoofd. 'Ik kán niet terug.'

'We zullen je steunen, dat weet je.' Gustav vindt het moeilijk om voet bij stuk te houden.

'Papa –'

'Ik kan je er niet voor behoeden. Je móét terug naar Stuttgart en voor je toekomst zorgen. En snel ook.'

Nadat Lilly mismoedig de werkkamer heeft verlaten, pakt Gustav zijn krukken, loopt naar het raam en staart uit over de tuin en de oever.

Op het gras zit een jonge vogel hartverscheurend te tsjirpen. Blijkbaar is zijn poging om uit te vliegen mislukt. Een ouder is al in de buurt en kijkt naar het jong, maar maakt geen aanstalten het te helpen. Het vogeltje moet zelf leren hoe het zijn vleugels moet gebruiken.

Gustav zucht.

Achteraf gezien is hij blij dat Helena zijn bedenkingen in de wind heeft geslagen en na ontvangst van het telegram met de kreet om hulp van Lilly gewoon naar Stuttgart is gereisd. Ze is een kleine week in Stuttgart gebleven en heeft de belangrijkste dingen geregeld en bij die gelegenheid ook de eerdergenoemde oom Fritz leren kennen. Pas toen ze weer thuis was met Lilly was de volmacht ter sprake gekomen.

Het heeft Gustav al de nodige kopzorgen opgeleverd, maar omdat hij ervan uit was gegaan dat Lilly's schoonvader het zou overleven, had hij verder niets ondernomen. Nu, met de dood van het hoofd van de familie en eigenaar van de zeepfabriek, liggen de zaken heel anders.

Arno Reichle is de erfgenaam, maar wat als hij niet meer terugkomt? Als hij, zoals velen, in de oorlog blijft?

Hij leunt tegen het raam en sluit de ogen. Hoewel hij in het begin kritisch had gestaan tegenover het snelle huwelijk, was hij toch blij geweest dat toch minstens één van zijn dochters financieel onder de pannen was. Zijn eigen bestaan is immers nog altijd niet gewaarborgd.

Het zal niet gemakkelijk worden voor Lilly, daar is Gustav zich van bewust. Hij moet erop vertrouwen dat ze haar taken ter hand zal nemen, erin zal groeien en volwassen zal worden. Stoten de ouders hun kuikens ook niet uit het nest opdat ze hun vleugels zouden uitslaan en leren vliegen?

22

Moskou, eind mei 1918

'Ik garandeer u dat ik zal leveren.' Nikita kijkt zijn gesprekspartner aan met een, dat weet hij, bijzonder intimiderende blik. 'Maar ik wil de helft van het bedrag vooraf.'

'Dat is veel geld,' antwoordt de man die bij hem aan tafel zit, een slanke verschijning van midden veertig van wie hij alleen de voornaam – die waarschijnlijk niet eens klopt – kent: Andrej.

Nikita antwoordt niet, maar trekt gewoon een wenkbrauw op.

De ogen van Andrej vernauwen zich. 'Te veel.'

'Gezien de totale waarde van de transactie is dat een meer dan redelijk voorschot.' Nikita leunt achterover in de stoel met gedraaide poten en dure brokaten bekleding.

De woning van Andrej is één grote verzameling van opzichtige meubels die getuigen van het totale gebrek aan smaak van de eigenaar. Zoals vaak het geval is bij partijfunctionarissen die in het kielzog van de revolutie zijn komen bovendrijven en alles aan cultuur en stijl dat Rusland in de loop van honderden jaren heeft voortgebracht, vernietigen. Tegelijkertijd omringen zij zich met de bijeengeraapte restanten van de monarchie die ze zogenaamd verachten en deze tegenstijdigheid is typerend voor de huidige Russische samenleving, althans wat er nog van rest.

Die contradictie brengt nog iets met zich mee: het leven is onberekenbaar en gevaarlijk geworden. Je vriend van vandaag kan morgen al je vijand zijn.

Nikita slaat zich met verve door deze tijden. Als buitenechtelijk kind van een aristocraat profiteert hij van zijn contacten in twee verschillende werelden: die van het ter ziele gegane tsarenrijk en die van het opkomende Sovjet-Rusland. Zijn handel in juwelen, antiquiteiten en boeken floreert. En daarnaast probeert hij de bolsjewieken te bedonderen zodra hij de kans krijgt. Hij veracht de wreedheid waarmee ze het land onder bloed en vuil hebben bedolven.

Niet dat hij veel ophad met de Russische adel die door de communisten is weggeveegd. In hun stadspaleizen en op hun landgoederen leidden de aristocraten een leven dat ver van de realiteit af stond en ze leefden ook op de kosten van anderen. Hun privileges kregen ze in de wieg mee en pas veel te laat hebben ze zich gerealiseerd dat zoiets als geboorterecht niet bestaat. Dat ook de eenvoudige man recht heeft op een goed leven als hij daar elke dag hard voor werkt. Niettemin waren de aristocraten gecultiveerd en goed opgeleid, hadden ze goede omgangsvormen en smaak, en gaven ze Rusland een gezicht waarmee het zich ook in de wereld kon handhaven.

Nikita slaat rustig zijn benen over elkaar en wacht op de reactie van Andrej. Hij is hier een meester in: zijn tegenstander laten sudderen tot die bereid is tot concessies. En in dit geval schept hij er een bijzonder genoegen in, want Nikita haat profiteurs zoals Andrej, die beweren Rusland naar een nieuw, rechtvaardiger tijdperk te leiden. Die doen alsof ze op gelijke voet staan met het volk, maar zich in werkelijkheid slechter gedragen dan een vorst of baron van de oude adel ooit heeft gedurfd. Die het volk systematisch bespioneren, opsluiten of voor volledig uit de lucht gegrepen misdaden laten executeren. De nieuwe orde die dit alles moet dienen is in de ogen van Nikita sowieso je reinste aanfluiting. Er zou geen onderscheid tussen de klassen meer zijn, maar Lenin zelf bedient zich schaamteloos van het wagenpark van de tsaren en laat zich bij voorkeur in de Franse luxeauto's van Delaunay-Belleville door zijn revolutionaire imperium rondrijden.

'Bezorg me het eerste sieraad. Dan betaal ik de rest in één keer,' stelt Andrej nu voor terwijl hij de glazen wodka nog eens vult. Nikita weet dat de echte onderhandelingen vanavond met de fles zullen worden beslecht.

Hij pakt het glas, drinkt het zoals de vorige in één slok leeg en gooit het over zijn schouder. Met een luide klap spat het op de rand van een oud meubel uiteen. 'Weet u waar deze opdracht over gaat?'

'Denk niet dat ik een idioot ben, Nikita,' waarschuwt Andrej en ook hij slaat zijn wodka achterover. 'Dat zou u weleens duur kunnen komen te staan.' Met een dreun zet hij zijn glas weer op de tafel. 'U weet dat het ook anders kan.'

Nikita weet dat maar al te goed en heeft zijn tactiek hier ook op afgestemd. Het geld is niet zijn belangrijkste doel. Hij wil iets anders van Andrej.

'Niemand anders kan u zoiets bezorgen,' zegt hij soepeltjes. 'De tiara, ketting en oorbellen zijn al honderd jaar in het bezit van de familie. De smaragden komen uit de Oeral, de diamanten zijn loepzuiver. Slijpvorm en kleur zijn van een ongekende schoonheid. Alles is gezet in witgoud van hoog karaat.'

Andrej heeft de glazen weer bijgevuld. 'Dat weet ik,' zegt hij kort en heft het glas. 'Op de revolutie!'

'Op een goede samenwerking!' Ook het volgende glas eindigt in een hoop scherven. Nikita kan veel hebben. Deze wedstrijd zal Andrej verliezen, dat ziet hij aan diens ogen. De man kijkt hem nu al wat glazig aan.

'De helft vooraf,' herhaalt Nikita.

Andrej laat een boer. 'Een tiende.'

Nikita lacht. 'Wat deed uw vader voor de kost?' vraagt hij uitdagend aan Andrej.

Andrej reageert bits. 'Wat heeft mijn vader hiermee te maken?'

'Meer dan u denkt. Waar werkte hij?'

'Hij zat bij het spoor.' Andrej staat op en slaat met zijn vuist op de tafel waardoor de fles wodka een paar centimeter naar de rand opschuift. 'Wat heeft dat verdomme met onze transactie te maken?'

'Weet u,' verduidelijkt Nikita alsof hij tegen een klein kind praat. 'Uw vader werkte voor de spoorwegen. Zijn zoon daarentegen zit in deze protserige woning en onderhandelt met mij over bijzonder waardevolle juwelen.'

'Het resultaat van de revolutie!'

'Moment! Dat de zoon dankzij de revolutie zoiets kan doen, betekent nog niet dat hij er verstand van heeft.'

'Dat is onbeschoft!'

'We weten allebei dat we dat moeten zijn.' Nikita glimlacht. 'Mag ik er nog een?' Andrej zet een nieuw glas voor zijn neus en gaat met tegenzin weer aan tafel zitten.

Zo hijsen ze nog uren verder. Wanneer Andrej met een dubbele tong gaat praten, besluit Nikita zijn slag te slaan.

'Ik doe u nog een laatste aanbod!'

'Ach,' Andrej lacht smalend en wuift met zijn hand door de lucht. 'En dat is?'

'Geen voorschot. Maar u zorgt ervoor dat ik binnen en buiten Rusland kan reizen. Onbeperkt.'

'Een soort van vrijbrief?'

'Een onbeperkte reisvergunning.'

'Waarom zou ik u die geven?'

'Omdat de juwelen zich in Zwitserland bevinden.'

'Ah!' Andrej doet alsof hij nadenkt, maar zijn ogen vallen voortdurend toe. 'Brengt u het dan meteen mee? Dat juweel, bedoel ik.'

'Ja.'

'Hmm. Goed.'

Nikita grijnst en dankt God dat Andrej zo'n simpele ziel is, want hij is niet van plan het juweel naar Moskou te brengen. Het dient gewoon als lokaas. Zodra hij heeft wat hij wil, zal hij Andrej een alternatief aanbieden en hem andere kostbaarheden in het vooruitzicht stellen. In ruil profiteert hij van diens relaties in de politiek. Als je je zoals Nikita tussen die werelden beweegt, is het creëren van zo'n afhankelijkheidsverhouding een absolute noodzaak.

Op dit moment heeft hij reisdocumenten nodig om min of meer veilig door Europa te kunnen reizen omdat hij zijn activiteiten wil uitbreiden. Steeds meer aristocraten gaan in ballingschap en deze golf van emigraties gaat gepaard met kostbare bezittingen die moeten worden gered, verkocht of verstopt, afhankelijk van de plannen van de eigenaren. Sommigen verlaten Rusland definitief, anderen overwegen terug te keren. Voor Nikita opent zich hier een gigantisch en lucratief speelveld.

Het verhaal met de juwelen is ook niet uit de lucht gegrepen, maar draait om een belangrijke opdracht: hij is op zoek naar het verloren collier dat deel is van de befaamde Pavlova-sieraden. Er is hem een exorbitant honorarium in het vooruitzicht gesteld mocht hij daarin slagen. De afgelopen weken heeft Nikita al zijn mogelijkheden en contacten aangewend, maar er is geen spoor van het juweel. Aangezien zijn opdrachtgever zelf in Zwitserland in ballingschap zit, is het niet uitgesloten dat het niet meer in Rusland is. De man, een Russische vorst, heeft vermoedelijk de andere stukken van de diamanten en smaragden set in zijn bezit. Nikita heeft besloten hem op te zoeken om zich te vergewissen van de authenticiteit van de tiara en oorbellen en wat meer te weten te komen over de familiegeschiedenis van de Pavlova's. Zulk soort achtergrondinformatie levert soms nieuwe aanwijzingen op.

Hij kijkt naar Andrej wiens hoofd inmiddels op het tafelblad rust. 'En? Hebt u al een besluit genomen, Andrej?'

Andrej schrikt en komt moeizaam overeind. 'Ehm...'

Nikita kijkt hem indringend aan.

'Ach, ja, wel...' Andrej grijpt naar de fles en probeert nog een wodka in te schenken, maar de heldere brandewijn vindt de weg naar zijn glas niet meer. De drank vormt een plas op de tafel en loopt in meerdere straaltjes op de grond. 'Dan, ehm, ja. Ik ga akkoord.'

'Binnen twee dagen haal ik de documenten op.'

'Twee dagen?' Andrej wrijft in zijn ogen. 'Ik weet niet of me dat lukt.'

'Natuurlijk lukt u dat.' Nikita staat op. 'Denk maar aan wat uw revolutionaire vrienden zullen zeggen als u ze de juwelen aanbiedt. Die leveren veel deviezen op en als ik me niet vergis hebben ze die hard nodig. Dat zal u een mooie post opleveren.'

Het duurt even voor de woorden van Nikita tot Andrej doordringen. Dan grijnst hij. 'Buitenlandse valuta, ja. Zodat het communisme kan gedijen. Afgesproken. Overmorgen.'

'Het is me een genoegen.' Nikita loopt op Andrej af en klopt hem welwillend op zijn schouder.

'Ik vind het wel. U hoeft me niet naar de deur te vergezellen.'

Het hoofd van Andrej zakt terug op de tafel.

Glimlachend zet Nikita zijn hoed op. Met dit soort mannen zullen de bolsjewieken het niet lang volhouden.

Hij loopt door de nacht naar huis en fluit de Marseillaise.

23

Meersburg, begin juni 1918

De simpele vreugde bij de aanblik van de eerste rode vruchten tussen de groene bladeren is precies zoals ze het zich herinnert uit haar jeugd. Helena proeft de delicate zoetheid nog voor ze de eerste aardbei in haar mond heeft gestopt. Hoe vaak heeft ze dit genoegen niet gedeeld met haar zussen op prachtige lentedagen zoals deze wanneer pioenrozen, margrieten, hortensia's en de eerste rozen en alle andere bloeiende bloemen elkaar een geurig rendez-vous geven.

Vandaag is ze echter in het gezelschap van broeder Fidelis. De monnik werkt elke dag in het hospitaal en verwaarloost zijn opdrachten voor het klooster in Birnau. Dat is Helena niet ontgaan, maar als ze ernaar informeert, antwoordt hij geheid dat zijn abt in Bregenz goedkeurt dat hij zich nu inzet voor mensen en niet voor stenen.

Haar zussen daarentegen staan nu voor hun eigen uitdagingen. Katharina is slechts heel onregelmatig thuis – haar leven speelt zich af in het ziekenhuis. En Lilly is een paar dagen geleden met hun vader naar Stuttgart afgereisd. Gustav Lindner heeft in zijn werkplaats een nieuwe houten prothese gemaakt en is nu bijna net zo mobiel en energiek als vroeger. Hij gaat Lilly helpen met de overname van het huishouden van de industrieel. Bovendien wil hij met Arno's oom overleggen over de verwoeste fabriek. Iedereen gaat ervan uit dat Lilly's echtgenoot binnenkort verlof krijgt en wacht op nieuws. Lilly zelf voelt zich weer beter. De misselijkheid is weg, wat de oorzaak ook moge zijn geweest. De arts in het ziekenhuis had het over overspannenheid gehad.

'Aardbeien,' legt broeder Fidelis uit terwijl Helena al op haar hurken gaat zitten om de vruchten te plukken, 'behoren tot de rozenfamilie.'

'Rozen?' vraagt Helena. 'Dat wist ik niet.' Ze is blij dat ze vandaag de tijd heeft om ze te plukken. De afgelopen dagen zijn veel patiënten ontslagen en de nieuwe opnames zijn pas voor vanavond gepland. De voorbereidingen zijn zo goed als afgerond.

'Dat dacht ik al.' Broeder Fidelis grijnst en wijst naar de lage struiken. 'Wat daar hangt is een tuinaardbei. De *Fragaria ananassa.*'

Helena onderdrukt een glimlach als hij de botanische namen net zo langzaam en duidelijk uitspreekt als zijn Latijnse spreuken.

'Ik ken ze alleen als aardbeien, broeder Fidelis.' Helena vult geleidelijk aan haar mand. 'En zo teel ik ze al jaren.'

'En goed ook, juffrouw Helena,' antwoordt broeder Fidelis goedig. Hij bekijkt de planten. 'Ik zou je graag helpen, maar als ik ga zitten, kom ik nooit meer overeind.'

Nu moet Helena lachen. 'Dat geeft niets. Vertel me nog wat over de tuinaardbei terwijl ik verder pluk.' Broeder Fidelis' buik is ondanks de schaarste niet kleiner geworden. Hij werkt hard in het noodhospitaal, maar toch lukt het met zijn omvang niet om te hurken.

'Wel: de tuinaardbei is dus een noot. Maar dat weet je vast al, juffrouw Helena.'

'Ik dacht dat het een roos was?'

'O, nee, dat heb je niet goed begrepen. De plant behoort tot de rozenfamilie en is dus verwant met de roos, maar ook met een appel en een peer.'

'Ook dat zijn naar mijn weten geen noten.' Helena zet haar mand wat verder en begint aan de volgende struik. 'Maar fruit met pitjes. Of zie ik dat verkeerd?'

Broeder Fidelis schuddebuikt. 'De aardbei is dus een noot. Geef mij er 'ns eentje.'

Helena reikt hem een aardbei aan.

'Kijk, juffrouw Helena.' Broeder Fidelis leunt naar voren en wijst op de vele kleine groenige stippen op de aardbei. 'Dat zijn de vruchten. Als je goed kijkt, zie je dat het nootjes zijn. Hele kleine.'

Helena plukt nog een aardbei en bekijkt die van dichtbij. Ze heeft nooit echt gelet op die kleine pitjes op het vruchtvlees. Maar dat een aardbei daarom een noot is?

'Gelooft u me niet?' Broeder Fidelis is in zijn element. 'Juffrouw Helena, 't is natuurlijk een beetje anders. Strikt genomen is de aardbei een schijnvrucht. En zo komen we weer bij de rozen. Want sommige rozenplanten hebben noten.'

Helena begrijpt er helemaal niets meer van, maar blijft braaf luisteren terwijl ze de laatste rijpe aardbeien plukt.

'Die kleine noten, dat zijn de vruchten. Maar omdat ze op het rode vruchtvlees zitten, vreten de dieren ze op en daarna poepen ze die ergens anders weer uit. En daar groeit dan een nieuwe aardbeiplant.'

Helena staat op. 'Dank u, broeder Fidelis. Nu weet ik eindelijk hoe de aardbei zich voortplant.' Ze kan haar lachen nauwelijks inhouden.

'O, graag gedaan! Zal ik de mand van u overnemen, juffrouw Helena?'

'Dank u.' Helena geeft hem de volle mand. 'Maar zorg ervoor dat de aardbeien-noten er niet uit vallen, broeder Fidelis. Anders krijgt u vanavond geen eten van Käthe.'

Helena en broeder Fidelis lopen terug naar het huis en daar ziet Helena een slanke gestalte op het halfronde grindplein voor de Lindenhof. Eenmaal dichterbij herkent ze Kasia von Szadurska die net een schildersezel opstelt.

'Vindt u het erg om al naar binnen te gaan en de aardbeien aan Käthe te bezorgen, broeder Fidelis?' Helena wil graag een paar woorden wisselen met de kunstenares. 'Zeg haar dat ik er over tien minuten ben.'

'Natuurlijk, met plezier!' Broeder Fidelis zwaait in de richting van de ingang waardoor de mand met de aardbeien gevaarlijk kantelt.

Helena houdt werktuigelijk haar adem in en ademt opgelucht uit zodra broeder Fidelis met de aardbeien door de deur is verdwenen. Daarna draait ze zich om naar Kasia die net een krukje openklapt. Als ze Helena in de gaten krijgt, kijkt ze op. 'Juffrouw Lindner! Wat fijn u te zien.'

'Mevrouw von Szadurska!' Helena geeft Kasia een hand. 'Het genoegen is geheel aan mijn kant!'

Kasia wijst naar de ezel. 'Ik ben zo vrij geweest in te gaan op uw uitnodiging de Lindenhof te schilderen. Ik hoop dat ik u niet overval met mijn idee!'

'O, nee! U overvalt me helemaal niet en mocht dat al zo zijn dan is het in de beste zin van het woord! Ik vind het geweldig dat u de weg naar ons hebt gevonden!'

'Het is al een tijd geleden dat we elkaar boven bij het ziekenhuis hebben ontmoet.' Kasia glimlacht. 'En vandaag beloofde de dag al vroeg het ideale licht om hier te schilderen.'

Helena knikt en wijst naar het kistje met verf op het gras. 'Schildert u met olieverf?'

'Vandaag niet. Ik wil met gouache werken. Maar in principe werk ik natuurlijk ook met olieverf.'

'Ik zou graag eens over uw schouder meekijken,' bekent Helena. 'Ik heb zelf ooit graag geschilderd.'

'Echt waar? Kom dan gewoon mee, dan schilderen we samen.'

'Dat klinkt heel verleidelijk, maar momenteel heb ik geen verf of doeken. En vooral geen tijd.' Helena zucht. 'Helaas.'

'Ik zorg voor het materiaal. En de tijd, die moet u vrijmaken.'

'Ik weet het, maar we hebben nu het hospitaal hier en sindsdien ben ik allang blij als ik aan slapen toekom.'

Kasia zet haar hoed af en legt die op de kruk. 'Allereerst wil ik dat u me Kasia noemt. Mijn achternaam is te lang en te ingewikkeld.'

'Graag, Kasia. Ik heet Helena.'

'En nog iets. Ik wil iets nuttigs doen in deze onzinnige tijden.'

'Maar dat doet u toch. U schenkt de mensen vreugde met uw schilderijen.'

'Dat kan goed zijn, maar ik bedoel iets wat daadwerkelijk nood lenigt. Wat als ik u nu eens in het hospitaal kom helpen. Als u me kunt gebruiken natuurlijk.'

'Alle hulp is welkom, maar we kunnen het werk niet betalen. En dus –'

'... Kunt u me niet aannemen, bedoelt u?' Kasia wuift het bezwaar weg. 'Het gaat me niet om het geld. Ik ben voorzien. Ik wil me gewoon nuttig maken.'

'Maar als ik ook nog doek van u krijg en verf.'

'En een beetje les?' Kasia glimlacht. 'Luister, Helena. We hebben de gewoonte wat we krijgen en wat we geven tegen elkaar af te wegen. We willen niets verschuldigd zijn. Dat is een grote fout. Als ik iets geef, hoef ik daar niets voor in de plaats. Mijn beloning is dat ik iemand gelukkig heb gemaakt. En als je voortredeneert, weet ik zeker dat je altijd iets terugkrijgt en wel op een moment dat je het totaal niet verwacht.' Ze zwijgt even. 'Dus, wat zeg je?'

Helena beantwoordt Kasia's glimlach. 'Ik ben overweldigd. Dat is heel genereus van u, Kasia.'

'Wanneer kan ik beginnen?'

'Wanneer het u past.' Helena wrijft over de schort van haar uniform. 'Ik kan u een gastenkamer aanbieden. Maar misschien neemt u liever uw intrek bij uw man.'

'Mijn man en ik wonen sowieso niet samen, dat weet u kennelijk.' Kasia geeft Helena een knipoog. 'Ik neem graag de gastenkamer. Af en toe zal ik wel naar huis moeten, maar Konstanz ligt niet ver.'

'Dan laat ik de kamer klaarmaken en nodig ik u uit voor het middagmaal.'

'Dank u.' Kasia knikt haar toe. 'En voor het schilderen spreken we vaste tijdstippen af. Als je voor anderen zorgt, moet je ook voor jezelf zorgen. Niet gewoon voor je lichaam, maar ook voor je geest.'

'Ja,' antwoordt Helena en ze denkt aan Katharina. 'Ik weet het.'

Als Helena even later de keuken in loopt, staat de mand met verse aardbeien op de houten tafel. Käthe is net de inhoud aan het inspecteren.

'Prachtig, juffrouw Helena! Daar kunnen we wel iets mee.'

'Ja, ik stond er ook van te kijken dat er al zo veel rijpe vruchten waren.' Helena stopt er nog gauw een in haar mond. 'En ze zijn heerlijk zoet!'

Käthe glimlacht. 'Ik heb de afgelopen weken af en toe wat dingen voor onze Meersburger schlosstorte opzijgelegd.'

'Geweldig. Dat zal niet gemakkelijk zijn geweest.'

'Nee, maar wat is er tegenwoordig wel gemakkelijk. Ik haal de ingrediënten.'

'Ik loop met je mee!' Helena volgt Käthe naar de voorraadkamer.

Daar ruikt het zoals altijd naar granenkoffie, aardappelen, wortelen, uien en kruiden, in combinatie met de zoete aroma's van gedroogde vruchten en broodproducten en de harsachtige geur van de houten planken.

'Hier heb ik alles in verzameld,' Käthe wijst op een paar porseleinen potten met een blauwe rand.

'Goed, dan brengen we alles naar de keuken.'

Een voor een vinden de ingrediënten een plek op de tafel naast de mand met aardbeien: suiker, vanille- en inmaaksuiker, honing, eieren, bloem, zetmeel, boter, zout en cacaopoeder. Nog een paar walnoten uit de herfst. Als laatste pakt Käthe ook melk en kwark uit de koeling.

Helena pikt nog een aardbei.

'We kunnen maar beter meteen beginnen.' Käthe kijkt Helena met een veelzeggende blik aan. 'Anders zijn er straks geen aardbeien meer over. Ik ga driekwart ervan pureren.'

'Goed,' antwoordt Helena.

Samen gaan ze aan de slag. Ze koken een deel van de vruchten in; ze verwerken bloem, suiker, boter en eieren tot een dunne, ronde zandbodem en eieren, suiker, bloem en cacao tot een paar lagen donkere biscuit. Käthe heeft werkelijk aan alles gedacht en zo maken de vaardige handen van de twee vrouwen gekaramelliseerde walnoten, gekonfijte plakjes aardbei en een fijne, met vanillesuiker gearomatiseerde en met zetmeel verstevigde kwarkcrème. De helft daarvan vermengen ze met de afgekoelde aardbeienjam.

'Voilà. Nu kunnen we de taart monteren,' zegt Käthe uiteindelijk tevreden terwijl ze de garde weglegt.

Helena legt de bodem van zanddeeg op een taartschaal en bestrijkt die met aardbeienjam waar ze eerder een beetje brandewijn door heeft geroerd. Käthe legt er voorzichtig de eerste biscuitlaag op.

'En dan nu eerst de witte crème.' Helena verdeelt de crème vakkundig over de donkere biscuit en legt er de gekonfijte aardbeien op.

Daarna volgen een tweede biscuitlaag en de roze aardbeiencrème. Als de derde laag biscuit erop ligt, strijken ze de hele taart in met de resterende vanillecrème.

Terwijl Helena wat frisse blaadjes munt wast en droogt, spuit Käthe met een spuitzak een rand van mooie toefjes die ze decoreert met een halve aardbei en een walnoot. Helena stopt bij elk toefje een blaadje munt en de buitenste rand versieren ze met gekaramelliseerde walnoten.

Opeens krijgt Helena een ongewoon idee. 'Wacht, even!' Ze wast snel haar handen en rent naar buiten. In de tuin plukt ze een paar lichtroze en witte rozenknoppen.

'Juffrouw Helena,' reageert Käthe geschrokken als Helena de nog half gesloten bloemknoppen midden op de taart begint te schikken. 'Die kun je toch niet eten!'

'Broeder Fidelis heeft me verteld dat je rozen wel degelijk kunt eten. En wie dat niet wil, legt ze maar opzij.'

Käthe schudt het hoofd, maar Helena is verrukt over het resultaat met de verse rozen. Misschien is het een idee om de rozen net als de aardbeien te konfijten. Dat wil ze de volgende keer proberen.

Als ze klaar zijn en Käthe begint op te ruimen, komt Erna, die in de ziekenzaal heeft geholpen, binnen. 'We hebben –' Haar ogen worden groot als ze de taart ziet. 'Wat mooi!' Ze komt dichterbij en bekijkt de taart.

'Dit is onze allereerste Meersburger schlosstorte, lieve Erna,' zegt Käthe en Helena hoort hoe trots ze is.

'Een Meersburger schlosstorte,' echoot Erna. Haar ogen glijden verlangend over de indrukwekkende taart. 'Is die voor de patiënten?'

'Nee,' antwoordt Helena. 'Deze taart is voor ons, voor iedereen die hier elke dag hard werkt.'

'O!' Erna glimlacht van oor tot oor.

'Pak jij bordjes en vorkjes? En een grote deken?' Erna knikt enthousiast.

'Buiten voor de Lindenhof is een kunstenares aan het werk,' zegt Helena. 'Je kunt haar niet missen. Ze heeft knalrood haar.'

'Weet ik, we hebben haar al gezien.' Erna plukt verlegen aan haar schort.

'Fijn. We zien elkaar om vier uur bij haar en zoeken dan een mooi plekje voor een picknick.'

24

Diezelfde middag in de werkkamer van de Lindenhof

'Nu gaan we eens kijken hoe het echt is gesteld met de Lindenhof,' zegt de baas van Hotel Ochsen terwijl hij het zich gemakkelijk maakt in de stoel achter het bureau van Gustav Lindner. 'Heb je de sleutel van de kast?'

Elisabeth knikt en legt het gevraagde in zijn uitgestoken hand. Otto gooit de sleutel vrolijk in de lucht, maar bij het opvangen glipt die uit zijn vingers en klettert op de vloer.

'Raap dat ding eens op!' beveelt Otto.

Elisabeth houdt niet van die gebiedende toon, maar hurkt toch neer en reikt hem de sleutel aan. Het heeft haar het nodige geluk en een list gekost om die te pakken te krijgen.

Want voordat Gustav met Lilly naar Stuttgart vertrok, had hij de sleutel voor Helena achtergelaten in de bovenste lade van zijn bureau. Dat was Elisabeth, die al een paar dagen alles nauwlettend in de gaten hield, niet ontgaan en ze had daarom een paar patiënten bijtijds wonderzout toegediend. Rond de tijd dat Lilly en Gustav naar Unteruhldingen moesten vertrekken om hun trein te halen, was het chaos in de ziekenzaal en moest Helena de patiënten met diarree helpen. Elisabeth had van het moment geprofiteerd om de sleutel van de kast in de werkkamer te pakken. Om te voorkomen dat Helena die zou missen had Elisabeth haar verteld dat Gustav de sleutel per ongeluk had meegenomen.

Helena had raar opgekeken, maar in alle hectiek had ze geen verdere vragen gesteld.

'Hij... klemt,' gromt Otto die is opgestaan om de dossierkast te openen.

Elisabeth snelt naar hem toe, draait de sleutel voorzichtig om en opent het smalle deurtje. 'Alsjeblieft.'

Otto antwoordt niet, maar doorzoekt meteen de ene plank na de andere.

'Ik denk dat we alleen de gegevens van dit jaar nodig hebben,' zegt Elisabeth. Ze is bang dat Otto in zijn gretigheid een warboel zal achterlaten en Gustav dat na zijn terugkomst meteen in de gaten zal hebben. Elisabeth is niet meer vertrouwd met de manier van administreren omdat haar man haar niet meer bij de boekhouding betrekt.

Otto zet zwijgend een stap naar achteren en laat haar zoeken. Uiteindelijk legt ze drie boeken op het bureau.

Terwijl de eigenaar van de Ochsen met de boeken aan de slag gaat, loopt Elisabeth naar het raam om zich ervan te vergewissen dat Helena en haar picknickgezelschap er nog niet aankomen. Maar voorlopig zijn zij, het personeel én die dwaze schilderes in geen velden of wegen te bekennen. Elisabeth vraagt zich af waarom Helena die Szadurska toestemming heeft gegeven om zich op het terrein van de Lindenhof aan haar kunst te wijden. Ze heeft er echter met geen woord over gerept. Het is en blijft natuurlijk de vrouw van Ehinger; ze had haar meteen aan het rode haar herkend. Een vreemd type dat gescheiden van haar man in Konstanz woont. Maar wie weet wil Ehinger haar ook niet in Meersburg hebben, weet zij veel. In elk geval gaat de dame vrolijk over de tong in het stadje.

'Wat is er zo interessant daarbuiten?' wil Otto weten. 'Ik heb potlood en papier nodig.'

'Ik kijk gewoon of er niemand aankomt.' Elisabeth verlaat haar plekje aan het raam en pakt wat hij hebben wil.

'Je kunt weer naar buiten kijken.' Otto begint aantekeningen te maken. 'Houd alles maar scherp in de gaten.'

De tijd verstrijkt.

Meermaals vraagt Elisabeth of hij hulp nodig heeft, maar hij slaat haar aanbod elke keer af. Ze blijft nog een hele tijd bij het raam staan, maar omdat er buiten niets gebeurt, gaat ze op een stoel naast Otto zitten en kijkt ze over zijn schouder mee.

Uiteindelijk leunt hij achterover en legt zijn handen in zijn nek. 'Wel. Jouw echtgenoot verkeert in zwaar weer. Als het zo doorgaat, zal hij me op zijn knieën smeken deze bouwval van hem te kopen.'

Elisabeth knikt.

‘We laten hem nog een tijdje ziekenhuisdirecteur spelen.’ Hij klapt de boeken dicht, vouwt het papier met zijn aantekeningen op en stopt het in de binnenzak van zijn jas. ‘Het zal een wonder zijn als hij de kerst haalt. Uiterlijk volgend jaar zal hij eraan moeten geloven.’

‘Wat houdt dat precies in?’ Elisabeth pakt de boeken van het bureau en legt ze terug in de kast.

‘Ik zal de komende maanden gebruiken om mijn plannen voor de Lindenhof uit te werk–’

Ze horen voetstappen op de trap, onregelmatig en zwaar.

Elisabeth schrikt, sluit snel de kast en legt de sleutel in de lade van het bureau. ‘Sta op!’ roept ze tegen Otto, maar die blijft gewoon zitten waar hij zit.

Krakend gaat de deur open.

Gustav beseft dat er iemand in zijn werkkamer is en verstijft. En als hij de eigenaar van Hotel Ochsen in zijn stoel achter het bureau ziet zitten en de man totaal geen aanstalten maakt op te staan, ontsteekt hij in blinde woede.

‘Wat doe jij hier, Otto?’ vraagt hij bars.

‘Ik zal het je uitleggen, Gustav,’ reageert Elisabeth meteen. Ze staat een paar meter achter Otto met de handen op haar rug. Gustav heeft de indruk dat ze zich betrapt voelt.

‘Jij hoeft me niet uit te leggen wat de baas van de Ochsen achter mijn bureau uitspookt, Elisabeth. Dat wil ik van hem zelf horen.’

‘Ach, patron,’ antwoordt Otto. ‘Je vrouw heeft zich bij mij in de schulden gewerkt en beweert nu dat ze niet kan betalen. Ik ben hier om te kijken of er iets is waarmee ze die schuld kan aflossen.’

‘Schulden, het zal wel.’ Gustav gelooft er geen woord van. Vorig jaar had Otto de Lindenhof willen kopen en nu zit hij hier in zijn stoel alsof de plek al van hem is. Gustav gaat voor het bureau staan en plaatst zijn handen op het werkblad. ‘Waarom zou ik je vertrouwen, Otto?’

‘Omdat het waar is, Gustav,’ zegt Elisabeth ter verdediging van de hotelhouder. ‘We staan bij hem in het krijt.’

‘Dat geeft hem nog niet het recht om in mijn werkkamer te zitten!’ Gustav weet al een hele tijd dat Elisabeth zaken doet met Otto en heeft dat geaccepteerd, ook al weet iedereen dat de man sjoemelt en absoluut niet vies is van oneerlijke praktijken. 'En als we hem echt iets schuldig zijn, betalen we dat.'

'Gustav –'

Gustav kapt haar nors af. 'Bemoei je er niet mee, Elisabeth!' Hij concentreert zich weer op Otto.

'Maak dat je mijn huis uit komt, kastelein.'

'Kom op, Lindner, we zitten allemaal in hetzelfde schuitje.' Otto staat nu toch op en wijst op de stoel. 'Alsjeblieft, jouw plek. Je zult wel moe zijn als je net terugkomt van Stuttgart. En ik moet weer eens verder. Neem me niet kwalijk!'

'Hoe komt het eigenlijk dat je alweer terug bent?' vraagt Elisabeth verwijtend.

Gustav vindt de vraag net zo aanmatigend als de spottende uitlatingen van de baas van Hotel Ochsen en geeft geen antwoord. Met vaste tred loopt hij om het bureau heen en laat zijn blik over het tafelblad glijden. Daar ligt niets verdachts.

'Papa?' Gustav kijkt op.

Helena staat in de deuropening en lijkt net zo verbouwereerd over de situatie als hij net was.

'Wat is hier aan de hand?' vraagt ze.

'We hadden een zakelijke bespreking,' antwoordt Elisabeth. 'De eigenaar van de Ochsen wil net vertrekken.'

Ze loopt langs Helena naar het trappenhuis.

Otto volgt haar, maar blijft even stilstaan naast Helena. 'Als u zo'n heerlijke taart serveert, juffrouw Lindner, kunt u er maar beter voor zorgen dat er geen pottenkijkers zijn. Ik denk niet dat de autoriteiten blij zullen zijn als schaarse basisproducten op deze manier verspild worden en aan mensen worden ontzegd.' In zijn blik ligt een duidelijke waarschuwing het niet met hem aan de stok te krijgen.

Helena laat zich niet door hem intimideren. 'Ik ben het volledig met u eens. Het geeft geen pas etenswaren achter te houden.'

'Niet zo brutaal, juffrouw Lindner. Ik geef u gewoon maar een goedbedoeld advies.' Met deze woorden verlaat hij de werkkamer.

25

Genève, eind juni 1918

Nikita knoopt behendig zijn das en inspecteert tevreden zijn beeltenis in de grote spiegel met gouden lijst. De compositie lijkt op een portret in een deftige zaal met familieportretten. De gedachte zich op deze manier te laten vereeuwigen wekt spontaan een gevoel van welbehagen bij hem op. Misschien moet hij zich ooit zo laten afbeelden.

Nikita trekt de knoop recht, plooit de boord van zijn witte hemd om, pakt zijn colbertje van de kleerhanger, trekt het aan en bekijkt nog een keer zijn spiegelbeeld. Alles zit perfect.

Nikita weet dat hij er veel ouder uitziet dan hij in werkelijkheid is. Zoals bijna al zijn mannelijke voorouders was hij al rond zijn twintigste volledig kaal en heeft hij nauwelijks baardgroei. Ook wenkbrauwen en wimpers heeft hij nagenoeg niet.

Hij is ook klein van stuk en werd daarmee als kind zo vaak gepest en afgerost dat hij op zijn twaalfde rigoureus was beginnen trainen. Hij was door wakken de bitterkoude Wolga in gedoken, had boomstammen en rotsblokken opgetild, was gaan jagen en legde daarbij kilometers te voet af. In de loop der jaren had hij zijn lichaam gestaald. Nu, hij is inmiddels drieëndertig, weet hij dat zijn vuistslag fataal kan zijn.

Het blauw van het Meer van Genève begroet Nikita als hij het Hotel de la Paix verlaat. Hij ademt de zomerse lucht in en probeert zijn zenuwen in bedwang te krijgen. Hij is toch wat nerveus voor zijn eerste ontmoeting met vorst Pronski, de vermoedelijke eigenaar van de Pavlova-sieraden, die na wat vertraging nu eindelijk zal plaatsvinden. Nikita zelf is er de oorzaak van dat de afspraak wekenlang is uitgesteld, maar de zoekopdracht die hij vlak voor zijn vertrek uit Moskou had gekregen, had hij niet kunnen weigeren: een zestiende-eeuwse icoon van de Moeder Gods. Hij had het sacrale, met goud, edelstenen en parels versierde kunstwerk gemakkelijk gevonden, maar het had hem veel moeite gekost het aan de nieuwe – onrechtmatige – eigenaar te ontfutselen en het land uit te krijgen.

Dat Pronski boos was over het uitstel, heeft Nikita op de koop toe genomen. Hij weet dat hij ongeëvenaard is in de rangen van kunstmakelaars, zeker als het om opdrachten gaat die kennis van zaken, discretie en tegelijkertijd de inzet van onconventionele middelen vereisen.

Het Beau Rivage, waar de vorst met zijn echtgenote verblijft, ligt op slechts een paar minuten lopen. Nikita strijkt over zijn revers en gaat naar links. Het ritmische klikklakken van zijn hakken en de punt van zijn wandelstok begeleidt hem op zijn weg.

Zorgvuldig heeft Vera de tiara en bijpassende oorbellen op twee donkergroene fluwelen kussens uitgestald. Met een laatste kritische blik bekijkt ze het resultaat. Tevreden stelt ze vast dat de juwelen zich in hun volledige glinsterende bekoorlijkheid laten zien. Igor zet wodka en glazen klaar, maar nog voordat hij klaar is, wordt er al aangeklopt.

Vera kijkt op het gouden uurwerk met exotische dieren dat zacht tikt op de schoorsteenmantel. De Russische makelaar is stipt op tijd.

'Ik voer het woord, duidelijk?' waarschuwt Igor haar nog.

Als Vera knikt, loopt hij naar de deur om open te doen. Nerveus wacht ze tot hij de bezoeker de kamer in loodst.

'Waarde mevrouw!' De gedrongen, gespierde gestalte maakt een brute indruk, maar geeft haar, met zijn wandelstok onder de arm, een elegante handkus. 'Sta mij toe: Nikita.'

'Vera Pronskaja. Aangename kennismaking.'

De grijze ogen van de man die niet langer dan de beleefdheid toestaat op haar blijven rusten, dwalen nieuwsgierig door de kamer.

'Wees welkom!' Igor loopt naar de tafel, schenkt de kristalheldere wodka in en reikt een eerste glas aan. 'Op Rusland!'

'Op Rusland,' antwoordt de vreemdeling. Hij gaat zitten op de hem aangewezen plaats en wijst naar het ensemble op de tafel. 'De Pavlova-juwelen, veronderstel ik.' Zijn wandelstok houdt hij in de hand.

'Inderdaad,' antwoordt Igor.

Vera drukt zenuwachtig haar handpalmen tegen elkaar.

Nikita bekijkt de tiara en oorbellen een paar minuten lang. 'Op geen enkele van de plaatsen die u mij hebt genoemd heb ik aanwijzingen gevonden die naar de ontbrekende ketting kunnen leiden,' zegt hij uiteindelijk en leunt achterover in zijn stoel. 'En daarom wil ik van u horen waar de sieraden precies vandaan komen. U schreef dat ze deel uitmaken van de erfenis van uw vrouw, toch?' Hij reageert wel heel gevoelloos, denkt Vera. Is hij dan niet onder de indruk van de juwelen?

'Dat klopt.' Igor nipt aan zijn wodka. 'De Pavlova-sieraden worden via de vrouwelijke lijn van de familie doorgegeven. Mijn vrouw Vera is de dochter van de laatste eigenares.'

'Zijn er nog andere erfgerechtigden? Dochters, kleindochters misschien? Tantes van uw vrouw?'

'De moeder van mijn vrouw had geen broers of zussen,' antwoordt Igor, 'er zijn dus ook geen tantes.'

'En uw vrouw zelf?' Nikita kijkt Vera aan, maar nog voordat ze kan antwoorden, steekt Igor zijn hand op. 'De oudste zuster van mijn vrouw is overleden. En haar dochter Lidia en haar gezin zijn vermoord bij een overval door revolutionair gespuis.'

'Feit is dat de Roden dergelijke objecten snel te gelde proberen te maken. Als ze het sieraad in handen hebben gekregen, zou mijn onderzoek toch minstens aanwijzingen hebben moeten opleveren over de verblijfplaats ervan,' stelt Nikita vast. 'Laten we het daarom bij de familie houden: zijn er nog meer zussen?'

'Ja. Olga.' Vera is haar man te snel af. 'Ze is al meer dan twintig jaar spoorloos verdwenen.'

'Ah!' Nikita trekt opmerkzaam de wenkbrauwen op. 'Dat hebt u me niet verteld.' Hij wendt zich tot Igor: 'Als u wilt dat ik in mijn missie slaag, vorst Pronski, mag u niets voor mij achterhouden.'

Igor fronst het voorhoofd. 'Vertel het hem, Vera,' zegt hij bars.

'Mijn zuster is door een ongepaste zwangerschap in ongenade gevallen.' Vera kijkt haar man onzeker aan. 'Ze is naar Genève gebracht voor de bevalling. Ze kreeg het kind, maar in plaats van terug naar huis te komen, is ze verdwenen. Sindsdien hebben we niets meer van haar gehoord.'

'En het kind? Een meisje of een jongen?'

'Een meisje. Jelena,' antwoordt Vera. Het stoort haar dat Igor afwezig in zijn glas wodka zit te staren. 'Naar verluidt is ze overleden,' gaat ze aarzelend verder. 'We hebben het aan de priester van de orthodoxe gemeenschap hier in Genève gevraagd. Toch, Igor?'

Igor schraapt zijn keel. 'Ja, dat klopt.'

'Dan zou de ketting in het bezit kunnen zijn van de genoemde Olga,' besluit Nikita. 'Maar nog even over die overval waar uw nicht het slachtoffer van was.'

'Ja. Lidia Baranova,' antwoordt Vera.

'Zijn er overlevenden?' Nikita plukt peinzend aan zijn kin. 'En hoe zit het met het personeel?'

'Het valt niet uit te sluiten dat iemand het heeft overleefd,' antwoordt Igor. 'En natuurlijk waren er bedienden, maar die zouden zo'n buit natuurlijk allang in geld hebben omgezet.'

Nikita knikt. 'Daar mogen we wel van uitgaan. Laten we ons daarom concentreren op de vermiste Olga. Hoelang is ze toen in Genève geweest?'

'Ongeveer een jaar,' zegt Vera. 'Voor zover we weten toch.'

'Is er iemand met wie Olga een bijzondere vertrouwensband had?'

Vera aarzelt. 'Onze njanja misschien,' antwoordt ze uiteindelijk. 'Olga was haar lievelingetje.'

'Interessant! En leeft deze vrouw nog?' wil Nikita weten.

'Voor zover ik weet wel. Ze woont in een datsja buiten Moskou.'

Nikita wrijft peinzend over de vergulde knop van zijn wandelstok. 'Ze kan een belangrijk spoor vormen. Met uw welnemen zou ik haar graag persoonlijk willen spreken.'

'Persoonlijk? Dan moet u terug naar Rusland.'

'Reizen hoort bij mijn beroep. Ik moet volgende week sowieso naar Moskou en Petrograd.'

De vorst knikt en staat op, maar Vera legt haar hand op Nikita's arm. 'Ik wil u nog iets laten zien.'

'Ga uw gang.'

Ze knikt en loopt naar de aanpalende slaapkamer. Ze komt terug met een miniatuurportret vast. 'Dit is mijn moeder, Maria Pavlova.' Ze legt het voor hem op de tafel. 'Zoals u kunt zien draagt ze hier de Pavlova-juwelen. Zo hebt u een idee van hoe de sieraden eruitzien.'

'Ah!' Nikita kijkt er aandachtig naar. 'Met de juwelen hier en dit portret kan ik me een goed beeld vormen van het ensemble. Dat vergemakkelijkt het zoeken natuurlijk.' Hij geeft de miniatuur terug aan Vera.

Intussen heeft haar man iets op een kalenderblaadje geschreven.

'Dit is het adres van de njanja. Ik hoop dat ze nog leeft.' Hij geeft Nikita het blaadje en een envelop. 'En het afgesproken deel van uw honorarium. We verwachten snel iets van u te horen.'

'Ik zal het vinden, vorst Pronski. Ik lever altijd.'

26

Stuttgart, huize Reichle, medio juli 1918

'Moet je kijken! Mijn buik ziet eruit alsof ik niets anders doe dan eten, maar ik heb helemaal geen trek,' zegt Lilly tegen Helena en gaat zijlings voor haar staan.

Helena kijkt naar haar zus die voor de spiegel in haar echtelijke slaapkamer staat. De kleine welving valt op het eerste gezicht niet op, maar als ze goed kijkt, ziet ze wat Lilly bedoelt.

'En verder,' Lilly legt een hand op haar onderbuik, 'heb ik het gevoel dat er een vogel een nest aan het bouwen is en voortdurend rondfladdert.'

Helena telt één en één bij elkaar op: de misselijkheid van Lilly in Meersburg en nu die welving waarin iets lijkt te bewegen.

'Denk je dat ik een kind krijg, Helena?' Lilly zegt luidop wat Helena denkt.

'Ik veronderstel dat je ook niet meer ongesteld bent geweest.' Helena pakt Lilly bij de arm.

Lilly schudt het hoofd. 'Nee. Maar ik dacht dat dat te maken had met wat er de afgelopen maanden allemaal is gebeurd. Ik was wel met Arno, ik bedoel, we hebben niet veel gelegenheid gehad voor deze echtelijke dingen.'

'Die echtelijke dingen heb je al voor jullie huwelijk uitgeprobeerd.'

Lilly slaat beschaamd haar ogen neer. 'Maar dat het zo snel gaat.'

'Hoe het ook zij, Lilly. En om antwoord te geven op je vraag: ja, ik denk dat je zwanger bent. Je kunt het beste zo snel mogelijk een arts raadplegen.'

'Die in Meersburg heeft zich vergist.'

'Dat zeker.' Hoewel ze boos is, kan Helena de arts die foute diagnose niet kwalijk nemen. Ze weet onder hoeveel druk de artsen in het ziekenhuis staan. En met al die gewonden die na de eerste opvang in de lazaretten in Meersburg belanden, lijken klachten van een jonge vrouw over wat misselijkheid gewoon triviaal.

'Arno zal in de wolken zijn!' Lilly's gezicht straalt onzekerheid, maar ook ingehouden vreugde uit.

Bij Helena roept Lilly's toestand daarentegen bezorgdheid op. Zelf kan ze niet al te lang in Stuttgart blijven – in de Lindenhof hebben ze iedereen nodig ook al valt Kasia voor haar in en heeft haar vader haar verzekerd dat ze het wel een paar dagen zonder haar redden.

'Wil je met me mee naar huis, Lilly?' vraagt ze daarom spontaan. Dat zou de gemakkelijkste oplossing zijn.

'Hmm, nee. Eigenlijk niet. Ik heb te veel te doen. En tot nu toe gaat het hier best goed met me. Bovendien heb ik eindelijk iets van Arno gehoord.'

'Echt? Heb je post van hem gekregen? O, godzijdank!'

'Ja. Zijn brief is net aangekomen.' Lilly maakt zich los uit Helena's omarming en gaat op het bed zitten. 'De eerste sinds lange tijd. Hij heeft verlof aangevraagd en ik wil hier zijn als hij naar huis komt.'

'Maar je weet nog niet of het wordt goedgekeurd.' Helena leunt tegen Lilly's kaptafel. Lilly schudt het hoofd. 'Nee. Maar ik hoop dat het snel zal zijn.'

'Dat is geweldig nieuws, Lilly. Dan kan Arno hier in huis en voor de zeepfabriek in Esslingen de belangrijkste dingen regelen.' Helena is opgelucht.

'Ik was zo bang dat er iets met hem was gebeurd. Wekenlang heb ik niets van hem gehoord, hoewel ik in mijn brieven verschillende keren over de luchtaanvallen heb geschreven.'

'Dat begrijp ik. Mag ik weten wat hij heeft geschreven?'

'Niet veel.' Lilly strijkt een lok weg die uit haar opgestoken vlecht is losgekomen. 'Hij is van streek door alles wat er is gebeurd en maakt zich zorgen over mij en het bedrijf.'

'Natuurlijk doet hij dat. Tot hij er is, is er gelukkig nog oom Fritz die zich over de dingen ontfermt.'

'Dat wel, maar Arno wil natuurlijk liever zelf de fabriek weer opbouwen.' Lilly houdt haar hoofd schuin. 'En hij wil mij daarbij betrekken.'

'Is hij een schoonheidsafdeling aan het plannen?' Helena knipoogt.

‘We willen beginnen met verzorgingsproducten,’ zegt Lilly glimlachend.

Helena werpt werktuigelijk een blik in de grote spiegel die een muur van de in kersenhout uitgevoerde slaapkamer siert. Voor haar bezoek aan Stuttgart heeft ze haar verpleegstersuniform verruild voor een donkerrode katoenen jurk, maar toch voelt ze zich onooglijk in deze omgeving vol waardevolle meubels, kostbare tapijten, decoratieve wandtapijten en prachtige kroonluchters. Overal staan Chinese vazen, andere snuisterijen uit het fijnste porselein en palmen in grote potten. Het contrast met de wereld aan de Bodensee kan niet groter zijn.

Er wordt zacht geklopt.

‘Binnen!’ Lilly draait zich om.

‘Het is tijd voor het avondeten, mevrouw!’ In de deuropening staat een kamermeisje. Lilly pakt Helena bij de arm. ‘Vandaag heb ik echt grote honger, Helena! Dat komt vast omdat jij er bent!’

De kokkin van de familie Reichle doet Helena een beetje aan Käthe denken. Omdat het personeel van het enorme landgoed door de oorlog drastisch is verminderd, helpt Helena het dienstmeisje met opdienen. De maaltijd, die op met bloemen versierde en goud omrande porseleinen borden wordt geserveerd, is vanwege de beschikbare ingrediënten eenvoudig, maar uitstekend bereid: wortelsoep als voorgerecht, gevolgd door koolrolletjes gevuld met een beetje vlees en veel aardappelen en overgoten met een gebonden saus.

Helena neemt de tijd om te eten, een luxe die ze zich met de drukte van het hospitaal nauwelijks meer kan veroorloven. Ze praat rustig met Lilly die wil weten hoe het met vader en moeder gaat en vooral of Katharina nog altijd zo hard werkt.

‘Ja, dat doet ze,’ antwoordt Helena eerlijk. ‘En ze wil heel graag geneeskunde studeren.’

‘Goh, die kleine zus van ons,’ zucht Lilly. ‘Ze zal een goede arts zijn, denk ik. Hopelijk gaat haar droom in vervulling.’

Eindelijk staat het toetje voor hen. Vanille-ijs met verse aardbeien.

‘Ik begrijp dat je nu liever niet mee naar huis komt, Lilly.’ Helena doopt de zilveren lepel in het crèmekleurige ijs. ‘Maar je zou erover kunnen nadenken in Meersburg te bevallen.’

Lilly antwoordt niet meteen. Ze lepelt haar nagerecht op en lijkt na te denken. ‘Dat zou ik kunnen doen,’ antwoordt ze uiteindelijk. ‘Erover nadenken, bedoel ik. Maar ik kom alleen als Arno op dat moment niet in Stuttgart is. Het duurt nog een tijd voor het kindje er is. Ergens in november, denk ik.' Ze bijt genietend in een van de rode vruchten.

'Weet je nog, Helena, hoe we altijd van jouw aardbeien in de tuin snoepten?'

'Daar denk ik altijd aan als ik naar de kas ga. Dit jaar hebben we een geweldige oogst. Mei was zo zonnig en warm dat de eerste vruchten er een week vroeger waren dan in andere jaren. Käthe heeft de meeste ingemaakt of er jam van gemaakt. En we hebben er een taart mee gebakken!'

'O, lekker!' Lilly schraapt het laatste beetje room van haar bord. 'Zouden aardbeien ook goed voor de huid zijn?'

'Houd toch op!' Helena schudt lachend het hoofd. 'Doodzonde zou ik het vinden als een aardbei op mijn gezicht zou belanden in plaats van in mijn maag. Maar wie weet, misschien heeft broeder Fidelis een goed recept.'

'Ik zal hem schrijven en het hem vragen. Als ik mijn eerste crème lanceer, moet het wel iets bijzonders zijn.'

'Op dit moment is hij druk bezig, Lilly. Ik stel voor dat je je eerst nog wat meer verdiept in de basisprincipes van het maken van crèmes en andere lichaamsverzorgingsproducten. En kijk je dan welke speciale dingen je zou kunnen ontwikkelen.'

'Ach, Helena.' Lilly kijkt Helena liefdevol en een beetje betweterig aan. 'Je bent altijd zo verstandig! Voordat je me mijn ideeën uit het hoofd praat zou ik, als ik jou was, eerst eens wat beginnen te dromen, want zonder dromen weten we toch helemaal niet waar het leven ons zal brengen.'

Helena voelt zich gekwetst. Wat Lilly daar zegt, klopt immers helemaal niet. Ze koestert zo veel dromen; misschien zelfs te veel om na te jagen. Ze zingt graag en zou een instrument willen leren bespelen, het liefst piano. Dankzij Kasia is ze weer aan het schilderen. En aan haar grote droom van een eigen hotel werkt ze elke dag. En soms... ja, soms droomt ze ervan verliefd te worden. Zoals Lilly, hals over kop, zonder er lang over na te denken. Ze is gewoon niet zo naïef als Lilly, of misschien is ze die liefde gewoon nog niet tegengekomen.

'Heb je zin, Helena?' vraagt Lilly op dat moment.

'Ehm, waarin?' Helena knippert met haar ogen.

'Ik vroeg of je een potje wilt dammen.'
'Ehm... Ja, leuk!'
Lilly kijkt haar lachend aan. 'Was je aan het dromen, Helena?'

27

Meersburg, de volgende dag, medio juli 1918

Gustav Lindners werkplaats bevindt zich, en dat is altijd zo geweest, in een van de kelderruimtes van de Lindenhof. In de eerste weken na zijn thuiskomst was hij te zwak geweest om de trap af te kunnen, laat staan er te werken. Nu zoekt hij voortdurend naar manieren om zijn prothese te verbeteren en van het ruw gefabriceerde houten been waarmee hij een half jaar geleden naar huis is gekomen, heeft hij inmiddels een comfortabelere vervanging gemaakt voor het onderbeen dat hij is kwijtgeraakt. Tegelijkertijd heeft hij met oefeningen zijn spieren en pezen verstevigd en kan hij zich veel vrijer bewegen. En met de kracht is ook zijn levenslust teruggekeerd.

Vanavond is hij niet aan zijn prothese aan het sleutelen, maar werkt hij aan een ander project. Hij wil weer gaan vissen op het meer, maar moet dan eerst de oude houten boot opknappen die sinds het uitbreken van de oorlog in een grote schuur achter het huis ligt opgeslagen. Hij werkt nu aan de stukken waarmee hij een paar rotte planken wil vervangen. En terwijl hij bezig is, denkt hij na over het laatste nieuws: de Russische tsaar is vermoord. Sowieso lijkt het behoorlijk onrustig te zijn in Rusland ook al is het land uit de oorlog gestapt. Bezorgd dwalen zijn gedachten af naar Olga. Zou ze nog leven? En zo ja, waar?

Hij schrikt op van een stevige roffel op de deur.

'Dag!'

'Ah, broeder Fidelis!' Gustav legt zijn gereedschap opzij. 'Wat verschaft mij de eer van een bezoek hier beneden?'

'Laat de eer maar aan de Here God,' lacht broeder Fidelis. 'Die is daar beter af dan bij mij.'

'Ere, wie ere toekomt. Hoe zit het met onze kloosterkerk? U was vandaag toch in Birnau?'

Broeder Fidelis knikt. 'Dat wordt een verhaal van lange adem, maar we komen er wel uit met de markgraaf van Baden. Met Max.'

Gustav knikt. 'Hij zal jullie dat heilige bouwwerk zeker verkopen. Gaan daar ook weer monniken wonen?'

'Jazeker! Ik in elk geval!'

'Dat mag ik aannemen!' Nu moet ook Gustav lachen. 'En dan help ik met restaureren. De Birnau kan een juweel worden als men het goed aanpakt. Bovendien staat de kerk op een unieke plek.'

'Het wordt mooi! Wacht maar! De Birnau wordt de schoonste basiliek van heel Zuid-Duitsland!' Broeder Fidelis kijkt hem stralend aan. 'Zoals ze daar staat te midden van de wijngaarden, hoog boven het meer! Dat plekje heeft God onze Heer persoonlijk uitgekozen!'

'Dat ben ik helemaal met je eens, broeder Fidelis. Daar voel je je dicht bij de hemel.'

'Precies. En het wordt ook weer een pelgrimsoord!'

'Is jullie abt dat van plan?'

'Ja, natuurlijk.'

'Hoelang is het al geleden dat er voor het laatst pelgrims zijn geweest?'

'O!' Broeder Fidelis maakt een brede beweging naar het plafond. 'Meer dan honderd jaar!'

'Hoog tijd dus.' Gustav Lindner knikt.

Broeder Fidelis moet niezen en diept een zakdoek op uit zijn witte pij. 'Maar vandaag heb ik een ander verzoek,' zegt hij nadat hij luid zijn neus heeft gesnoten.

'En wat mag dat zijn?'

'Boven in het hospitaal ligt een jongeman. Net als u, meneer Lindner, is hij zijn onderbeen kwijt. En omdat hij u elke dag zo druk in de weer ziet heeft hij gevraagd of hij ook zo'n prothese kan krijgen.'

'Tja, ik ben natuurlijk geen vakman,' antwoordt Gustav, maar we kunnen het proberen. Hoelang blijft hij nog?'

'Hij is nog maar vier dagen hier, dus nog minstens twee weken.'

'Weet je wat, broeder Fidelis? Ik ga gelijk naar hem toe.'

'Geweldig, meneer Lindner. Dan ontferm ik me intussen over de twee nieuwkomers. Een van hen staat me niet aan. Het verbaast me dat ze hem überhaupt al uit het ziekenhuis naar ons hebben gestuurd.'

‘Wat aardig van u dat u dit wilt doen, meneer Lindner,’ zegt de jongeman die broeder Fidelis heeft aangewezen, als Gustav een half uur later zijn geamputeerde been bekijkt. Zuster Hedwig heeft het medisch dossier van de knaap vast en legt de aard van de verwonding uit.

‘Is dat uw huidige prothese?’ Gustav wijst naar het houten been dat aan het voeteneinde van het bed ligt.

‘Ja,’ antwoordt de patiënt. ‘Maar ik kan er niet mee lopen. U hebt alle tere plekken gezien. Zodra ik mijn been erin duw, doet het gruwelijk pijn.’

Gustav knikt. ‘Eerst moeten die wonden genezen, dat is een vereiste. Als u het goed vindt, meet ik alles precies op en pas ik uw prothese aan. Dan kunt u snel weer proberen te lopen.’

‘Kan ik geen nieuwe krijgen?’

‘Als u weer thuis bent, kunt u een passende prothese laten maken door iemand die er echt verstand van heeft. Ik heb tot nu toe ook die van mij aangepast om er beter mee overweg te kunnen.’

‘Ik begrijp het.’

‘Ik hoop dat broeder Fidelis u geen verkeerd beeld van mij heeft gegeven.’ Gustav haalt verontschuldigend zijn schouders op.

‘Hij sprak heel lovend over u.’

Gustav trekt de deken terug over de stomp. ‘Kijk, ik heb zelf het een en ander meegemaakt en naar mogelijkheden gezocht om mijn lot draaglijker te maken. Ik beloof u dat ik voor u alles zal doen wat ik kan.’

‘Fijn, dat is in elk geval iets.’

Gustav kijkt de jongen ernstig aan. ‘Het is niet alleen een kwestie van de kwaliteit van de prothese, maar ook van flink oefenen. En, als u bereid bent die inspanning te doen, kunt u daar nu meteen al mee beginnen.’

‘Natuurlijk wil ik dat!’

‘Goed. In dat geval laat ik u meteen zien wat u kunt doen als u ligt, zit, en uiteindelijk ook staat. Als u consequent oefent, zult u snel resultaat zien.’

De jongeman knikt. ‘Morgen dan maar meteen beginnen?’

‘Als u wilt, graag. Dan wens ik u nu nog een rustige nacht!’

Gustav Lindner verlaat de ziekenzaal en loopt broeder Fidelis tegen het lijf die net verse thee uit de keuken heeft gehaald.

‘Ik wil u nog wat zeggen.’ De monnik aarzelt even. ‘Dat meisje van u, juffrouw Helena, is een heel bijzondere meid. Als je ziet wat ze hier allemaal doet en bereikt. Mijn complimenten!’

'Dank u, broeder Fidelis.'

Gustav loopt peinzend terug naar zijn werkplaats. Helena is echt een bijzondere vrouw. Slim en toegewijd, muzikaal en artistiek begaafd en ze heeft verantwoordelijkheidszin, overtuigingskracht en doorzettingsvermogen. En toch weet hij dat er in haar een gevoelige, kwetsbare ziel huist die ze van haar Russische moeder heeft geërfd.

Terwijl hij zich weer over zijn project buigt, krimpt zijn hart pijnlijk ineen. Helena. Morgen komt ze terug uit Stuttgart.

Ze is volwassen geworden en met elk jaar dat voorbijgaat voelt hij de druk toenemen om haar de waarheid te vertellen. Een waarheid die haar wereld op zijn grondvesten zal doen schudden, maar waarop ze hoe dan ook recht heeft.

Zijn vingers glijden zoekend over het ruwe hout. Hij wikkelt schuurpapier om een blok hout en begint de onregelmatigheden glad te schuren.

En terwijl hij nadenkt over hoe hij het haar zal vertellen – voorzichtig, maar helder – hoopt hij dat haar liefde voor hem sterk genoeg is om de waarheid te verdragen.

28

Genève, rond dezelfde tijd, medio juli 1918

Zijn vriend Kandinsky heeft hem uitgelegd dat hij kleuren ziet als toetsen van een piano die de kunstenaar beroert als hij schildert. En daarom meent Wassily muziek te horen als hij naar kleuren kijkt en beweert hij zelfs de kleuren te voelen als koele zijde of zacht fluweel. Hij kent ze vormen toe of geuren.

Maksim kan zich daarin niet inleven. Voor hem is een kleur een mengeling van pigmenten die hij met een penseel op een doek aanbrengt, maar de werken uit de getalenteerde handen van Kandinsky zijn prachtig. Of hij het nu voelt, hoort of op een andere manier ervaart, hij slaagt erin unieke composities te creëren.

Maksim heeft tijdens zijn verblijf in Moskou kennisgemaakt met de technieken van Wassily en werkt met groeiend enthousiasme aan eenvoudige abstracte schilderijen. Hij heeft al een paar studies gemaakt en wil nu een eerste motief uitproberen: de Russisch-orthodoxe kerk van Genève.

Op de ezel voor hem staat een doek met een ruwe schets. Hij vindt het moeilijk om het concrete karakter in vormen te vertalen, zijn onderwerp toch recht te doen en de vele aanwijzingen van Wassily over de samenstelling van beeldvlakken toe te passen.

Na een half uur goed te hebben nagedacht, opent hij de schilderdoos met de gouache, die hij net heeft gekocht, pakt het houten palet dat erop ligt en knijpt een paar tinten blauw, wat zwart en wit uit de tubes. Met voorzichtige penseelstreken lazuurt hij de grondlaag, wordt dan wat moediger en brengt er de verf dik op. Hij bekijkt de veelheid aan tubes en voegt geel, oranje en violet toe. Al snel is zijn palet bedekt met een kleurrijk verftapijt. Het lukt Maksim ook steeds beter uit de losse pols te werken.

Hij gaat helemaal in zijn werk op totdat er plots een stoel met een klap omvalt en iemand luid vloekt. Geschrokken draait Maksim zich om.

'Boris!' roept hij als hij zijn vriend herkent. 'Wat doe jij hier?'

'Driemaal raden.'

'Uit je kamer gezet?'

'Fout.' Boris wrijft over zijn kuit en zet de stoel weer overeind.

'Het zou handig zijn geweest als je mijn kloppen had beantwoord. Nu was ik gedwongen me zwaar zorgen over je te maken en letterlijk met de deur in huis te vallen.'

Maksim lacht, legt zijn palet weg en staat op. 'Waarom was je zo bezorgd dat je dacht meteen te moeten inbreken?'

Boris rolt met zijn ogen. 'Mijn beste kerel, nog niet zo lang geleden ben je bijna bezweken aan de griep, of ben je dat al vergeten.'

'Das was in mei. Nu is het juli.'

'Je bent nog steeds zwak.'

'Dat was ik, Boris. Maar sinds een week of twee voel ik me elke dag beter. Die vreselijke vermoeidheid is weg, dat heb ik je toch verteld. Ik voel me weer net zo goed als in april.' Hij grijnst.

'Bijna.' Boris schudt het hoofd.

'Een deel van het beter worden is ook het besluit niet meer ziek te zijn. Althans, zo gaat dat bij mij,' legt Maksim uit.

'Gelukkig maar.' Boris lijkt nog niet helemaal overtuigd. Hij wijst op het werk waaraan Maksim is begonnen. 'In elk geval is dat een interessant beeld.'

'Dank je.' Maksim kijkt naar het doek en dan weer naar Boris. 'Maar je bent hier niet om me dat te vertellen.'

'Nee. Ik ben misschien iemand op het spoor gekomen die ons kan helpen Jelena te vinden.'

'Op de school voor vroedvrouwen?'

Boris knikt.

Maxims hart gaat sneller slaan. Ze tasten al zo lang in het duister dat hij de hoop nog ergens iets te weten te komen over de dochter van Olga bijna heeft opgegeven.

'Ik dacht dat we daar samen heen zouden gaan.' Maksim trekt zijn schilderskiel uit. 'En nu ben je zelf al geweest.'

'Het spijt me, Maksim, het was niet mijn bedoeling je te passeren, maar ik stond vandaag voor het gebouw toen een vrouw van de juiste leeftijd naar binnen wilde gaan en ik heb haar gewoon aangesproken.'

'Zo. En heeft ze toevallig ook Jelena Pavlova op de wereld gezet?' Maksim kan het sarcasme niet onderdrukken. De afgelopen weken is hun zoektocht in ziekenhuizen, bij artsen en vroedvrouwen en zelfs bij priesters van verschillende denominaties immers net zo vruchteloos geweest als hun navraag in de pensions en hotels van de stad.

'Nee, maar ze kent drie vrouwen die net voor de eeuwwisseling als vroedvrouw werkten en bij, hoe zal ik het zeggen, bij "delicate" bevallingen werden ingeschakeld.'

'Bijvoorbeeld als een dochter uit een rijke familie moest bevallen van een bastaard?'

'Onder andere,' antwoordt Boris.

Maksim knikt peinzend en trekt een schoon hemd aan. 'Vertel verder!'

'Ze vertelde me dat ze geen van drieën nog werken, en dat is eigenlijk vreemd. Twee van hen zijn naar het buitenland gegaan. De laatste woont nog in de buurt. Ze moet bij een nare aangelegenheid betrokken zijn geweest en mag haar beroep niet meer uitoefenen.'

'En hoe kunnen we die vrouwen contacteren?' Maksim voelt zijn hoop alweer verdampen. Twee vrouwen zitten in het buitenland en dat is in oorlogstijd ongeveer even ver als Moskou van de maan. Blijft nog de derde vrouw over. Zou zij de sleutel kunnen zijn?

'Ik heb een adres,' zegt Boris.

Verbaasd zwijgt hij een moment. 'Echt?'

Boris knikt.

Maksim kijkt op zijn zakhorloge. 'Het is vier uur. Wat denk je, kunnen we vandaag nog bij haar langsgaan?'

Een kwartier later verlaten ze hun hotel in de Rue Verdaine en gaan ze op weg naar Choulex, een plaatsje net buiten Genève. Niet veel later komen ze op het opgegeven adres aan, een kleine boerderij. Een witharige, oude vrouw opent de deur op hun kloppen.

'We hebben gehoord dat we hier aardappelen en melk kunnen kopen,' zegt Maksim vriendelijk in het Frans. Hij weet dat de littekens in zijn gezicht vaak afkeer oproepen en reikt haar wat munten aan om te laten zien dat ze te goeder trouw zijn.

Ze kijkt even naar zijn hand en kruist haar armen voor haar borst. 'Hoeveel heb je nodig?'

'Twee kilo aardappelen en drie liter melk.'

'Moment.'

Ze sluit de deur.

'Denk je dat ze nog terugkomt?' vraagt Boris sceptisch.

'Absoluut.' Maksim knikt. 'Misschien kun je intussen al even rondneuzen.'

'Daar zat ik net aan te denken.' Boris vertrekt voor een kleine verkennende wandeling rond het huis.

Maksim wacht.

Het duurt lang voor de deur weer opengaat. 'Waar is uw melkkan?' vraagt de vrouw en ze geeft Maksim een zakje aardappelen. 'U kunt rechtstreeks naar de stal gaan voor de melk.'

'Ehm... die heb ik niet bij me.'

De vrouw schudt niet-begrijpend het hoofd. 'Hoe wilt u de melk dan meenemen?'

Maksim probeert een berouwvol gezicht op te zetten. 'Normaal gesproken zorgt mijn vrouw voor deze dingen. Maar ze voelt zich niet goed.'

'Geen probleem. Ik leen u er wel een.'

'Kan ik die niet van u kopen?' Maksim wil niemand iets verschuldigd zijn.

'Ga maar al naar de stal. Ik zoek een kan, maar dat gaat u wel wat kosten.'

In de stal wordt Maksim begroet door een paar nieuwsgierige koeien. Hij staat nog om zich heen te kijken, wanneer er een andere vrouw binnenkomt. Hij schat haar op ongeveer vijftig jaar, maar haar afgetobde gezicht maakt dat ze er ouder uitziet. Ze heeft een gedeukte kan in haar handen. 'U wilde melk?'

Maksim knikt. 'Ja, alstublieft.'

'Kom maar mee.' Ze loopt naar een aangrenzend vertrek en begint melk te scheppen uit de enorme bussen die daar staan.

Maksim schraapt zijn keel. 'Mijn vrouw staat op het punt te bevallen.'

De vrouw huivert even.

'Haar familie heeft haar verstoten en de geboorte is aanstaande. Kunt u ons helpen?'

De vrouw schept zwijgend verder. Uiteindelijk legt ze de scheplepel weg en sluit ze de melkbus met het riempje. 'Ik werk al tien jaar niet meer. Hoe durft u mij zoiets te vragen?'

'U bent me aanbevolen.'

Ze wrijft met de rug van haar hand over haar voorhoofd en kijkt hem aan. 'Wie zou me nu nog aanbevelen?' Ze is op haar hoede, maar niet nerveus en Maksim waagt het erop.

'Eerlijk gezegd gaat het om iets anders.'

Nu verschijnt er een argwanende uitdrukking op haar gezicht.

'Het gaat om een bevalling van zo'n twintig jaar geleden.'

'Ik wil niet praten over mijn verleden.'

'Alstublieft, laat mij het u uitleggen. Het gaat om een zeer jonge Russin die Olga Pavlova heet. Zij is in juli 1896 bevallen van een meisje dat ze Jelena zou hebben genoemd. De zwangerschap en ook de geboorte moesten geheim blijven. Olga Pavlova was de tante van mijn vrouw.'

'Die zwanger is?'

'Nee,' antwoordt Maksim toonloos. 'Mijn vrouw is niet zwanger. Ze is dood.'

'Ik dacht dat u iemand nodig had om te helpen bij de bevalling?' Ze knijpt haar ogen tot spleetjes. 'Wie bent u en wat wilt u van mij?'

'Mijn naam is baron Baranov. Ik kom, net als Olga Pavlova, uit Petrograd.' Hij houdt haar blik vast. 'Mijn vraag over de bevalling was om zeker te zijn dat u werkelijk degene bent die mij werd aanbevolen. Neemt u mij deze leugen alstublieft niet kwalijk.'

Ze knikt, maar blijft op haar hoede.

'Mijn vrouw leeft niet meer,' gaat Maksim verder. 'Ze is vermoord, net als mijn drie kleine kinderen. Nu ben ik op zoek naar de verantwoordelijken.'

Ze kijkt hem onderzoekend aan. 'Het spijt me dat te horen.'

Maksim wrijft over zijn voorhoofd. 'Het leven overkomt je.'

'Zeg dat wel.' Met een vermoeid gebaar legt ze haar hand in haar nek. 'En deze Olga Pavlova heeft iets te maken met uw overleden vrouw?'

'Zij is haar tante.'

'Ah.' Ze sluit even haar ogen, lijkt na te denken. 'Ik heb een aantal kinderen op de wereld gebracht die niet gewenst waren,' zegt ze vervolgens. 'Meestal werden de baby's meteen ergens ondergebracht en keerde de moeder na het kraambed terug naar haar familie.'

'Olga Pavlova niet.'

Het blijft weer even stil. 'Ik wil alleen informatie geven op voorwaarde dat u me nooit hebt gezien.'

'Ik beloof u dat deze ontmoeting onder ons blijft.'

Ze wrijft peinzend over de gesloten melkkan en lijkt daarna te besluiten hem te vertrouwen. 'Eén bevalling is me altijd bijgebleven. Het was in de zomer van '96.'

'Dat zou kunnen kloppen. Waar is het kind geboren? Hier in Genève?'

De vrouw knikt. 'In een klein pension, net buiten de stad. De vrouw die moest bevallen was van Russische adel en had een bediende bij zich die al wat ouder was en zich als een soort bewaakster gedroeg. Ik begreep dat de jonge vrouw per se met mij alleen wilde zijn. Omdat de bevalling op zich liet wachten, verliet de bediende op een gegeven moment de kamer, dat was aan het begin van de avond. En voor ze vertrok drukte ze me op het hart het kind meteen na de geboorte aan de min te geven die in een andere kamer zat te wachten. Zelf zou ze de volgende ochtend terugkomen.'

'Olga mocht het kind dus niet zien?'

'Nee, maar dat is gebruikelijk bij dit soort bevallingen. Toen het kind er eindelijk was, deed de moeder zo wanhopig een beroep op me dat ik het niet over mijn hart kreeg de baby weg te nemen. Ik vertelde de voedster dat het kind het niet zou overleven en stuurde haar naar huis.'

'Dat was heel moedig van u.'

Ze haalt haar schouders op. 'Misschien, maar voor mij was het gewoon de juiste beslissing.'

'En het kind heeft het overleefd.'

'Het was zelfs heel levendig. De moeder legde het aan de borst en smeekte me haar bediende te vertellen dat het kind het niet had gehaald, precies zoals we het aan de min hadden voorspeld.'

'Wat hebt u daarop geantwoord?'

'Ik heb haar gezegd dat we moesten doen wat het beste was voor het kind. En haar antwoord was dat een kind het best bij de moeder kan blijven. Ik heb haar niet tegengesproken.'

'Nee.' Maksim voelt als het ware de wanhoop van Olga.

'Midden in de nacht verscheen er opeens een jongeman in de kamer, kennelijk de vader van het kind. De moeder sliep, maar toen hij haar voorzichtig wakker maakte, straalde ze en gaf ze hem het kind. Ik herinner me nog goed dat het meisje haar ogen opende en hem lang aankeek. Daarna neuriede hij een slaapliedje. De liefde tussen die drie was tastbaar.' Ze zucht. 'Ik ben op een stoel in de hoek van de kamer gaan zitten en heb mijn ogen dichtgedaan, maar sliep niet. Zo hoorde ik haar tegen hem zeggen dat ze het kind Jelena wilde noemen. Hij moest het laten dopen en naar Duitsland brengen. Zelf zou ze hem zo snel mogelijk volgen. Daar schrok ik natuurlijk van.'

'Hebt u hem toen weggestuurd?'

'Nee. Ik dacht dat als ze een plan hadden en het kind bij haar ouders zou kunnen opgroeien, dat voor alle partijen het beste zou zijn. Anders zou het meisje bij vreemden terechtkomen. Ik ben dus blijven zitten en heb gewacht. Ze praatten rustig over waar en hoe ze wilden gaan wonen. Op dat moment besloot ik hen te helpen.'

'Sprak ze de jongen met een naam aan?'

'Ze noemde hem meerdere keren Gustave.'

De naam is Maksim niet bekend. Het klinkt Frans, niet Russisch. Had Olga een Franse minnaar gehad en hem uiteindelijk mee naar Genève genomen? Of had hij haar naar Zwitserland gehaald? Hier zijn toch een paar dingen die niet met elkaar lijken te rijmen. 'Kunt u zich de naam herinneren van de plaats waar ze zich wilden vestigen?'

'Het was aan de Bodensee. Merbourg of zoiets. Ik vond het een mooie naam, meer en burcht, daarom weet ik het nog.' Ze zucht. 'Eigenlijk mag ik u dit niet vertellen, maar voor mij is toch alles om zeep. En ik ben altijd aan dat gezinnetje blijven denken. Tot op de dag van vandaag. Ik hoop dat ze samen gelukkig zijn geworden.'

Maksim pakt de verweerde hand van de voormalige vroedvrouw en drukt er een kus op.

'Als iedereen in zijn uur van nood een engel aan zijn zijde zou hebben, zou de wereld een betere plek zijn.'

Ze glimlacht. Een warme, mooie lach die haar gezicht verzacht en iets teders geeft. Ze pakt de melkkan en reikt hem die aan. 'Alstublieft, uw melk.'

'Wat ben ik u verschuldigd?'

'Niets.'

Ze lopen naar buiten.

Bij het afscheid drukt Maksim haar een briefje van honderd frank in de hand. Ze wil protesteren, maar Maksim schudt het hoofd. 'Dat hebt u meer dan verdiend.'

Daarna loopt hij over het smalle pad terug naar het woonhuis waar Boris op hem staat te wachten. 'Ik zie aan je gezicht dat we een spoor hebben, Maksim.'

'Ja. Ik vertel het je op de terugweg.'

29

Konstanz, begin augustus 1918

Een broeierige warmte en een wirwar van stemmen omsluiten Maksim wanneer hij in Konstanz uit de trein stapt. Hij wil even stoppen om zich te oriënteren, maar wordt door de menigte op het perron vooruitgeduwd. Een groot bord met een rand van altijdgroene takken begroet de mensen die net uit de trein zijn gestapt: WELKOM THUIS!

Maksim loopt naar de uitgang. Om hem heen spelen zich schrijnende taferelen af en elk daarvan vertelt een eigen verhaal: het pijnlijke afscheid van een jong stel, de moeder die haar jonge zoon in uniform nog gauw een pakje proviand toestopt, de vader die vrouw en kind nog een laatste keer omhelst voordat de trein de mannen weer naar het front brengt.

Niemand weet of ze ooit zullen terugkeren.

Degenen voor wie de welkomstgroet is bedoeld, hebben hun bijdrage geleverd. Met hun verwondingen, zichtbaar en onzichtbaar, verlaten ze de wagons.

En toch is er ook blijdschap. Maksim passeert een groepje mensen dat duidelijk de terugkeer van een soldaat viert. De man draagt een krans van verse bloemen om de hals en aan zijn ene arm hangt een jonge vrouw, aan de andere een oude man die tegen zijn tranen vecht. De angst die hij heeft doorstaan staat op zijn gezicht geschreven. De jongeman zelf lacht onzeker, alsof hij niet kan geloven dat hij weer thuis is. Verpleegsters in witte uniformen hebben zich om hem en zijn familie heen verzameld. Een fotograaf legt het moment vast. De soldaat lijkt uiterlijk ongedeerd, maar hopelijk vormen deze foto's straks een waarschuwing voor volgende generaties: oorlogen doden en verminken. Ze verscheuren gezinnen en traumatiseren een hele generatie. Geen enkel militair of politiek doel kan dat rechtvaardigen.

Maksim verlaat het station: stram en stijf na de urenlange treinreis in een overvolle trein, maar opgelucht dat hij ongehinderd het land is binnengeraakt. Boris en hij hadden de verschillende opties bekeken om vanuit Genève in Meersburg te komen en de route via Konstanz had hen uiteindelijk het veiligst geleken. De Duitse garnizoensstad ligt dicht bij de Zwitserse grens. Hier worden krijgsgevangenen en gewonden uitgewisseld en verder vervoerd. Maar zoals overal is de grens tussen de Zwitserse confederatie en het Duitse Rijk nagenoeg hermetisch afgesloten, behalve voor deze transporten. Voor veel geld had hij bij een plek kunnen regelen op een trein van het Zwitserse Rode Kruis. Zijn verminkte gezicht had nu eens in zijn voordeel gewerkt: niemand twijfelde eraan dat hij oorlogsinvalide was.

Boris zit voorlopig nog in Genève. Ze willen afwachten hoe het Maksim in Meersburg vergaat. Pas dan zal ook hij komen.

Het is maar een paar minuten lopen naar de haven van Konstanz. Van op het meer komt een lauw briesje aangewaaid dat het water doet rimpelen. Aan een lange steiger liggen twee stoomboten. Op zijn vraag of een daarvan vandaag Meersburg nog zal aandoen, krijgt hij een hoofdschudden. De ene boot vaart naar Friedrichshafen, de andere naar Bregenz. Een havenarbeider raadt hem aan zijn geluk te proberen in de vissershaven, misschien wil een visser hem wel naar Meersburg brengen.

Maksim loopt terug langs de steiger naar een groot gebouw met een schilddak waar een hospitaal is ingericht. Hier heerst dezelfde drukte als eerder op het station. Overal soldaten, oorlogsinvaliden en verpleegsters en tussen hen in uitgeputte en uitgehongerde kinderen die bij de voorbijgangers bedelen om een aalmoes. Maksim deelt een paar munten uit en loopt dan snel verder naar de aanlegplaatsen van de vissersboten.

De visser die hem uiteindelijk voor een niet onbeduidend bedrag Zwitserse franken naar Meersburg wil brengen, is een pezige man van rond de zestig met een intelligente oogopslag en een sluwe glimlach. Zijn boot is iets groter dan de andere schuiten die er liggen en glijdt dankzij de buitenboordmotor rustig en snel langs de havendam het meer op.

De frisse lucht doet Maksim goed en verdrijft de stank van zweet en ellende die hem sinds zijn vertrek uit Genève twee dagen geleden heeft vergezeld. En de kleur van het water, gaande van turquoise bij de oevers tot het donkerblauw van de diepe wateren, creëert een fascinerende aanblik. Maksim voelt zich opeens monter. De zon zorgt voor een speelse schittering in het fijne schuim rond de boot en zet de oever in de verte in een betoverende gloed. Hij ademt diep in.

'Ja, het is mooi hier,' zegt de visser in het dialect van de streek. 'Ik vaar hier al jaren, maar elke keer is het weer even indrukwekkend.'

Maksim knikt. 'Van Konstanz naar Meersburg is blijkbaar niet ver.'

'Met de boot maar een paar minuten. Het meer is niet zo breed, wel lang.' De man tilt zijn hand op en wijst in de richting van waar het blauw van het water in de verte verdwijnt: 'Dat grote bassin is de Obersee. Aan het einde daarvan ligt Bregenz. Om daar te komen ben je wel een paar uur onderweg.'

'Ik heb de Bodensee op de kaart bekeken. De vorm doet me denken aan een uitgerekte salamander,' zegt Maksim.

'Die vergelijking heb ik nog nooit gehoord, maar interessant.' De visser kijkt Maksim aan. 'U klinkt niet alsof u hier uit de omgeving komt.'

'Nee.'

'Maar u spreekt Duits. Waar komt u vandaan?'

'Van ver weg.' Maksim wil niets prijsgeven.

De visser begrijpt het en concentreert zich volledig op zijn roer terwijl een paar meeuwen rond de boot cirkelen. Hun geschreeuw vermengt zich met het zachte tuffen van de motor.

Maksim geniet van de zon en de warme wind op zijn huid en sluit even zijn ogen. Als hij ze weer opent, zijn ze al bijna bij de overkant. In het zachte licht van de late namiddag tekent zich de pittoreske omtrek van een stadje af: voor hem ligt Meersburg.

Huizen staan langs straatjes die vanaf de kustlijn de steile helling opkronkelen, mooi geaccentueerd door het spel van licht en schaduw. Een middeleeuwse burcht en een barok kasteel bekronen het silhouet. Eensgezind kijken de bouwwerken majesteitelijk neer op het meer. Met wijnranken begroeide hellingen vatten alles in een weelderig beeld dat Maksim, gezien de beperkte omvang van het plaatsje, niet had verwacht.

De visser manoeuvreert zijn boot behendig naar de ingang van de haven. In tegenstelling tot Konstanz biedt Meersburg een rustige en vredige aanblik. Een kar hotst over de door huizen omzoomde weg langs de oever, spelende kinderen verdrijven de tijd, vrouwen met manden of boerenkarren snellen voorbij. Een paar oudere mannen staan in kleine groepjes te kletsen en slaan de bedrijvigheid in de haven gade.

Ze bereiken een van de houten steigers. 'Konrad!' roept de visser en werpt een havenarbeider de dikke tros toe die aan de boeg van de boot is bevestigd.

De kleine, al wat oudere man met donker, grijzend haar helpt de boot vastleggen. 'Eddi! Goed dat je er bent. Ik heb een nieuwe opdracht voor je.'

'Ik zou morgen sowieso gekomen zijn.' Eddi knipoogt naar Konrad. 'Laten we eerst dit heerschap aan land zetten. Daarna kun je me vertellen wat je wilt dat ik doe.'

Maksim heeft net het uniformjasje en de pet die Boris hem voor de reis heeft bezorgd, in zijn rugzak gestoken en wil een donker vest over zijn witte overhemd aantrekken als hij merkt dat Eddi naar hem kijkt.

'Mocht u ooit hulp nodig hebben,' zegt de visser zachtjes, 'zeg het dan tegen Konrad. Wij vissers zijn altijd in voor speciale klussen.' Hij ziet hoe Maksim een verfrommelde strohoed uit de rugzak trekt. 'Het is niet kwaad bedoeld, maar ik meen het wel. We zetten wel meer mensen het meer over die niet herkend willen worden.'

Maksim, die zich op de een of andere manier betrapt voelt, trekt de banden van zijn rugzak strakker en hijst het ding op zijn rug. 'Ik ben op zoek naar een gezin dat ongeveer twintig jaar geleden naar Meersburg is verhuisd. Woont hier een man die Gustave of Gustav heet? Met een vrouw Olga en een dochter Jelena?'

Eddi kijkt naar Konrad. 'Jij kent de mensen hier toch allemaal.'

Konrad denkt na en schudt ten langen leste het hoofd. 'Ene Olga hebben we hier zeker niet. Maar Gustav, daar hebben we er veel van.'

'En Jelena?'

'Nee, Jelena ook niet.'

'Denk nog eens goed na, Konrad!' beveelt Eddi.

'Ehm, 'ns kijken.' Konrad krabt zich aan het hoofd, waarbij zijn muts van zijn hoofd glijdt. 'We hebben de Helena van Lindner. Een mooie meid, maar da's geen Jelena.'

Maksim spitst de oren. 'Waar woont deze Helena?'

'Wel, in de Lindenhof. Dat is van haar vader. En hij... Hij heet Gustav, geloof ik. Gustav Lindner.' Konrad knikt alsof hij de juistheid van zijn informatie wil benadrukken.

‘Waar ligt die Lindenhof?’ vraagt Maksim.

‘De Lindenhof ligt hier vlakbij. Ik breng u er wel heen als u wilt. Het is eigenlijk een herberg.’

‘Breng hem maar, Konrad.’ Eddi steekt een sigaret op. ‘Ik wacht wel. Meer dan tien minuten heb je niet nodig.’

‘Ja, laat ik dat maar doen.’ Konrad steekt zijn hand uit en Maksim stopt er een paar munten in waarna Konrad hem teken geeft hem te volgen.

Het is inderdaad maar een paar minuten lopen voordat er een deftig aandoend gebouw opdoemt omgeven door een paar oude bomen op een onverzorgd grasveld. Een met linden omzoomde oprijlaan vertakt zich van de weg langs de oever en leidt via een halfrond plein en een stenen trap naar de ingang.

‘Daar is het.’ Konrad trekt zijn muts recht. ‘Wat ik nog wilde zeggen, de Lindenhof doet nu dienst als hospitaal.’ Hij knikt Maksim toe. ‘En als u iets nodigt hebt, u kunt me altijd in de haven vinden. Of in Hotel Wilden Mann.’ Hij steekt bij wijze van groet zijn hand op en vangt de terugweg aan.

Maksim blijft even staan om te bekomen. Zijn blik dwaalt over het meer dat slechts op een paar passen afstand ligt en blijft rusten op de wazige bergen in de verte.

Hierheen heeft zijn leven hem dus gevoerd: van de heldere, met vrolijkheid en drukte gevulde muren van zijn paleis in Petrograd naar dit vredige dorp in het midden van een wereld in beroering, ver weg van alles wat zijn thuis en geluk was geweest. Hij heeft de laatste maanden geleerd om ondanks bitterheid en verdriet zijn weg te vervolgen, maar toch zijn er momenten waarop een beklemmende weemoed hem overmant. Dan probeert hij zich de gezichten van zijn kinderen voor de geest te halen en zich te herinneren hoe Lidia vlak voor het slapen altijd haar hoofd tegen zijn schouder aan had genesteld.

Hij sluit zijn ogen en wacht tot zijn gedachten weer wat rustiger zijn geworden. Hij moet accepteren dat het leven niet te voorspellen is.

Uiteindelijk trekt hij zijn strohoed wat lager over zijn gezicht in de hoop dat zijn littekens niet meteen zullen opvallen, en loopt het grindpad naar het huis op.

Dichter bij het huis ziet hij op het pleintje een paar banken staan waar onmiskenbaar patiënten zitten. Een eindje verderop werkt een jonge soldaat met een houten been een hindernisparcours af. Maksim vermoedt dat hij zijn behendigheid traint. Een dikke man in monnikspij geeft hem instructies.

Op dat moment krijgt de groep voor het huis hem in de gaten. Een paar mannen leggen een hand boven hun ogen om tegen de avondzon in naar hem te kijken.

Maksim probeert een passende begroeting te bedenken als een zachte, heldere lach zijn oor bereikt. Werktuigelijk blijft hij roerloos staan en kijkt hij naar de plek waar het geluid vandaan komt.

Op een grasveld links van hem staan twee vrouwen. Ze hebben hun ezels opgezet, maken grapjes en genieten blijkbaar niet alleen van het schilderen maar ook van elkaars gezelschap. De langste van hen beiden is heel slank en heeft vuurrood haar.

Ze schildert met energieke bewegingen terwijl haar metgezel de kleuren met zelfverzekerde, maar meer behoedzame penseelstreken aanbrengt. Haar donkerbruine haar is gevlochten en opgestoken; een paar lokken hebben zich losgemaakt en krullen speels langs haar wangen en slapen. Haar prachtige figuur is gehuld in een oudroze jurk met kanten randjes. Ze heeft een schort voorgebonden om de japon tegen verfvlekken te beschermen. Op dat moment lacht ze weer en kantelt daarbij haar hoofd een beetje naar achteren. Maxims blik valt op haar slanke hals.

Hoewel de aanblik van de twee vrouwen een vrolijke aantrekkingskracht op hem uitoefent zet hij een pas in de richting van het huis om niet opdringerig over te komen. Maar op dat moment krijgt de vrouw met het donkere haar hem in te gaten. Ze zegt iets tegen haar metgezel, legt haar penseel naar en komt naar hem toe.

Als ze dichterbij komt en hun blikken elkaar treffen, heeft Maksim het gevoel dat hij zijn eigen verleden ontmoet. De ogen waarin hij zich plotseling verliest zijn zo helderblauw en roepen zijn meest pijnlijke herinnering op: Lidia.

30

Helena heeft de man, die midden op het grindpad is blijven staan en duidelijk niet goed weet waar hij heen moet, nooit eerder gezien. Een gewonde die opgenomen wil worden? Nee, het ziekenhuis heeft voor vandaag geen nieuwe opnames aangekondigd. En hij lijkt geenszins op de uitgemergelde mannen en soldaten uit de oorlog die ze het afgelopen jaar heeft ontmoet. Hij is lang en imposant, zijn schouders onder de lichtgekleurde stof van zijn linnen overhemd zijn stevig, zijn houding zelfverzekerd. Hij draagt een uniformbroek terwijl de rest van zijn kleding eerder aan een toerist doet denken. Een gast misschien?

Helena blijft op een beleefde afstand van hem staan en wrijft met haar handen over haar schort. 'Kan ik u helpen?'

'Juffrouw Helena Lindner?' vraagt hij voorzichtig. Zijn stem klinkt diep, donker en warm.

'Dat ben ik.'

'Mijn naam is Maksim Baranov.' Hij neemt zijn hoed af.

Helena schrikt als ze zijn gezicht ziet. Het is opvallend knap en tegelijkertijd getekend door vreselijke littekens. Wat heeft deze man allemaal meegemaakt?

Hij schijnt gewend te zijn aan deze reactie: de blik in zijn zwartbruine ogen blijft vriendelijk en innemend. 'Ik ben op zoek naar onderdak,' gaat hij verder zonder haar het gevoel te geven dat ze hem heeft gekwetst. 'En werk.'

'Wel...' Helena kruist nerveus haar handen. 'Kamers verhuren we momenteel niet. Ons huis doet dienst als hospitaal.'

'Dat is mij verteld en daarom wil ik graag mijn hulp aanbieden tegen kost en inwoning.'

Zijn uitgesproken gecultiveerde houding én het nauwelijks waarneembare accent waarmee hij Duits praat, verwart haar. Zou hij Russisch zijn?

Ze onderdrukt haar eerste impuls om hem weg te sturen, maar denkt in plaats daarvan even na. 'Kom,' zegt ze uiteindelijk. 'We kunnen dit het best aan mijn vader voorleggen.'

'Graag.' Hij zet zijn hoed weer op.

Helena knikt hem toe en samen lopen ze naar het huis. Op de trap draait ze zich om naar Kasia, maar haar vriendin gaat alweer volledig op in haar werk.

Ze brengt de vreemdeling naar de werkkamer van haar vader die tot haar opluchting achter zijn bureau zit en niet ergens door het huis zwerft.

'Helena!' roept hij verrast als ze de kamer binnenkomt. Zijn blik gaat naar haar metgezel. 'Wie heb je daar bij je?'

'Dit is meneer Baranov, papa. Hij zoekt werk.'

Maksim Baranov neemt zijn hoed af. 'Dat klopt. Ik zoek onderdak en een inkomen.'

De vreemdeling die op respectabele afstand achter Helena staat, roept bij Gustav Lindner een vreemd gevoel op. Een man die over zijn volledige fysieke capaciteiten beschikt en niet aan het front zit, en dan die lichte, Russische tongval. Verontrustend.

'Van het slagveld komt u niet,' stelt hij vast.

Baranov kijkt hem eerlijk aan. 'Nee. Vreselijke omstandigheden hebben me gedwongen mijn vaderland te verlaten en nu zoek ik een plek waar ik opnieuw kan beginnen.'

Gustav kan de man niet goed inschatten. Baranov ziet er integer uit, maar dat kan maar schijn zijn. 'Moeilijke omstandigheden.' Hij gaat wat rechter in zijn stoel zitten. 'En nu hebt u voor Meersburg gekozen?'

'Ik zal eerlijk tegen u zijn, meneer Lindner. U hebt natuurlijk gehoord dat ik van Russische origine ben. Ik ben afkomstig uit Petrograd, maar sinds de bolsjewieken de macht hebben gegrepen, ben ik opgejaagd wild in mijn vaderland.'

'Hm-hm.' Gustav weet niet hoe hij moet reageren. Een Rus in versleten plunje die keurig Duits praat en uitgerekend in Meersburg zijn toevlucht zoekt voor de communisten? Het lijkt hem zo vergezocht dat hij overweegt Baranov eruit te smijten.

'Meneer Lindner.' Baranov lijkt zijn twijfels te hebben verwacht. 'Laat mij enige tijd bij u wonen. U zult er geen spijt van krijgen. Voor een slaapplek en wat brood wil ik helpen in het hospitaal.'

Gustav kijkt naar Helena die onopvallend knikt.

'Dat is een ongewoon verzoek, meneer Baranov,' zegt ze.

'Daar ben ik me van bewust.'

'Maar we kunnen elke helpende hand dringend gebruiken. U mag blijven,' zegt Gustav Lindner.

'Hartelijk dank, meneer Lindner.' De Rus lijkt opgelucht.

Gustav wendt zich tot zijn dochter. 'Geef meneer Baranov kamer 210, Helena.'

Dat is hun beste kamer, bestaande uit twee door een badkamer met elkaar verbonden vertrekken. Helena en hij noemen kamer 210 daarom ook een suite. Bovendien ligt de kamer recht tegenover zijn eigen kamers op de tweede verdieping waar hij een paar weken geleden zijn intrek heeft genomen. Zo kan hij de vreemdeling misschien een beetje in de gaten houden.

'Natuurlijk.' Helena loopt naar de deur. 'Ik breng de kamer meteen in orde. Ik heb ongeveer een uur nodig.'

'Dank je, Helena.' Gustav knikt en wacht tot ze de deur achter zich heeft dichtgetrokken.

'Over welke vaardigheden beschikt u, meneer Baranov?'

'Ik was actief in de staalhandel en heb een landgoed beheerd. Ondanks de littekens ben ik gezond en fysiek goed in vorm. Wat ik nog niet kan, kan ik leren. U kunt me dus alles opdragen wat gedaan moet worden.'

Gustav merkt dat zijn bedenkingen wijken. Baranov ziet er intelligent en handig uit. Dat hij vanuit Rusland uitgerekend in Meersburg is beland, is natuurlijk vreemd, maar deze tijden hebben Europa zo op zijn kop gezet dat de meest vreemde levenspaden ontstaan.

'Hebt u nog meer bagage, meneer Baranov?' vraagt hij en wijst op de rugzak van de vreemdeling.

'Nee.'

'Goed. Tot uw kamer klaar is, kunt u die hier of beneden in de hal achterlaten.'

'Ik houd hem bij me. Dank u.'

'Wat u wilt. U kunt het komende uur in de tuin of bij het meer doorbrengen en dan terugkomen. We eten vanavond samen. Uw taken bespreek ik vandaag nog met mijn dochter.'

'Hartelijk dank, meneer Lindner.'

Intussen heeft Helena poetsdoeken, zeep en linnengoed uit een met bloemenslingers beschilderde kast gehaald en zich naar de kleine 'suite' met het nummer 210 begeven. Zoals overal in de Lindenhof eist ook hier de tand des tijds zijn tol, maar de kamers bieden een prachtig uitzicht op het meer.

Helena legt het linnengoed op de tafel en loopt naar het raam. Ze opent de twee vensters en geniet een ogenblik van het schilderachtige panorama, leunt vervolgens een stukje naar buiten en ziet de vreemdeling met lange passen over het gras lopen waar ze eerder met Kasia heeft staan schilderen. Hij beschikt over een natuurlijke elegantie en de littekens die elk ander gezicht zouden hebben verminkt, benadrukken als het ware zijn ongebruikelijke uitstraling.

Omdat ze niet wil dat hij haar ziet, draait ze zich om, pakt het witte linnengoed en begint het bed op te dekken. Terwijl ze met kussens en lakens in de weer is, afstoft en de handdoeken controleert, dwalen haar gedachten voortdurend naar hem af. Ze kan hem ook niet uit haar hoofd zetten terwijl ze de vloer dweilt en bij Käthe een bordje met haverkoekjes haalt om als een kleine traktatie voor hem op de tafel te zetten.

Zodra ze klaar is en de deur achter zich dichttrekt, besluit ze nog even bij haar vader langs te gaan.

31

Ze zou het kunnen zijn. Helena is aanzienlijk kleiner dan Lidia, maar de gelijkenis is frappant: hetzelfde donkere, zware haar; de hoge jukbeenderen, maar vooral de spectaculaire kleur van haar ogen.

Toch beseft Maksim dat hij niet overhaast te werk moet gaan omdat hij nog niet weet of Helena wel op de hoogte is van haar afkomst. Bovendien heeft hij het wantrouwen van haar vader duidelijk gevoeld en dat kan hij de man niet kwalijk nemen.

Maksim slentert over het grindpleintje voor het huis. De patiënten die bij zijn aankomst in het zonnetje hadden gezeten, zijn verdwenen. De roodharige schilderes staat nog wel op dezelfde plek in de tuin, al is ze net haar spullen aan het inpakken.

Resoluut loopt Maksim over het gras naar de extravagante vrouw.

'Genoeg voor vandaag?' vraagt hij.

Ze kijkt verrast op. 'Goedenavond, meneer –?'

'Wat lomp van me. Ik heb me nog niet eens voorgesteld. Mijn naam is Maksim Baranov. Meneer Lindner heeft me vandaag aangenomen voor het hospitaal.'

'O, maar dat is geweldig! We kunnen alle hulp goed gebruiken!' Ze steekt haar hand uit. 'Ik ben Kasia von Szadurska.'

'Werkt u ook in het hospitaal, mevrouw Von Szadurska?'

'Wanneer ik tijd heb. Ik ben schilderes van beroep.'

Maksim wijst op de doeken die nog op de ezels staan. 'Een prachtig onderwerp!'

'Er staan hier veel mooie huizen, maar dit oude gebouw heeft iets speciaals. Je ziet de tand des tijds om het met Shakespeare te zeggen, maar toch staat het hier in perfecte harmonie met het meer. Zulke tegenstellingen zorgen voor een bepaalde spanning.'

'Ik houd van uw stijl,' zegt Maksim. 'Modern, grote vlakken en krachtige, volle kleurlagen.'

'U hebt er verstand van,' stelt Kasia von Szadurska verrast vast. 'Schildert u ook?'

Maksim knikt. 'Ja. Ook al heb ik er niet mijn beroep van gemaakt.' Hij bekijkt de schilderijen van dichterbij. 'Dat tweede doek is van Helena Lindner, niet?'

'Ja. Ze heeft veel talent.'

'Haar penseelstreek is zacht en heel harmonieus, maar ze legt duidelijke accenten,' merkt Maksim op.

'Interessant.'

'Ze schildert met veel gevoel.' Kasia klapt haar schilderkist dicht. 'Zo. Bijna tijd voor het avondeten. Ik moet opschieten.'

'Zal ik u even helpen met opruimen?' biedt hij aan.

'O, graag! De ezels met de doeken moeten naar de hal. Zo kunnen Helena en ik morgen meteen verder werken.'

'Goed.' Maksim pakt voorzichtig het doek van Helena van de ezel, Kasia het hare. Samen dragen ze alles naar het huis.

'Zou u misschien zo vriendelijk willen zijn mij aan een ezel en doek te helpen, mevrouw Von Szadurska?'

Kasia von Szadurska trekt aangenaam verrast haar wenkbrauwen op. 'Inspireren we u?'

'Het is niet moeilijk een kunstenaar te inspireren.'

Ze kijkt hem veelzeggend aan. 'Dat is waar. Bij wie bent u in de leer geweest?'

'Als kind heb ik schilderles gehad, maar het belangrijkste heb ik geleerd van een vriend. Hij heet Wassily Kandinsky. Misschien hebt u al van hem gehoord.'

Kasia stopt abrupt. 'Kandinsky? Wassily Kandinsky? Van Der Blauen Reiter?'

'Ja, hij.'

'O, maar wat een ongelooflijk toeval! Ik vind het werk van Kandinsky heel bezielend. We zaten tegelijkertijd in München, maar ik heb hem niet persoonlijk ontmoet. Dat betreur ik nu ten zeerste.'

'U was in München? Toen Wassily daar ook zat?' Maksim kan het nauwelijks geloven. 'Jammer dat u hem niet hebt leren kennen. Hij is niet alleen een uitzonderlijk schilder. Hij woont nu trouwens weer in Moskou.'

'Ja, dat heb ik gehoord. En u, meneer Baranov, komt u ook uit Rusland?'

'Inderdaad. Ik ben een paar weken geleden naar Zwitserland gereisd.'

'Ik ben in Moskou geboren.'

'Echt waar?' Maksim is opgetogen zo onverwacht een stukje thuis te ontmoeten in een vreemd land.

'Ja. Maar ik heb maar vier jaar in Moskou gewoond en ben toen geadopteerd en door een Duits echtpaar in Dresden opgevoed.' Ze lijkt even in gedachten verzonken. 'Ach, het is vast heel moeilijk in Rusland. Je hoort veel en hoewel ik al lang in Duitsland woon, grijpen de gebeurtenissen daar me erg aan. In het begin hoopte ik dat de revolutie de situatie daar zou verbeteren, maar alles wijst op het tegendeel.'

Maksim schudt het hoofd. 'Het hangt er natuurlijk vanaf vanuit welk perspectief je het bekijkt, maar voor de meesten is het leven drastisch verslechterd. Ook al is het idee van Lenin fundamenteel niet verkeerd, de omwenteling is één grote ramp.'

Ze lopen verder en bereiken de ingang.

'Ik ben benieuwd wat er in Duitsland gaat gebeuren na de oorlog. Ook hier zijn de communisten actief.' Kasia duwt het linkse deel van de deur open.

Maksim loopt achter haar naar binnen. 'Bid maar dat het niet tot een communistische revolutie komt. De boodschap klinkt misschien aanlokkelijk – iedereen is gelijk, er zijn geen klassenverschillen meer – maar net als al hun voorgangers misbruiken degenen die het nu voor het zeggen hebben die macht.'

'Laten we hopen dat zoiets ons bespaard blijft.' Kasia zet haar ezel neer. 'In elk geval kan ik me ook niet voorstellen dat alles weer wordt zoals voorheen.'

'Er zijn zeker andere manieren om een samenleving te reorganiseren. Het idee van democratie bevalt mij wel.' Hij zet de ezel van Helena naast die van Kasia.

'Mij ook! Zeker voor ons, vrouwen. Ook wij moeten de kans krijgen te leven zoals we willen.'

'Ja, zo zou het moeten zijn.'

'Dankzij mijn opvoeding heb ik de moed te doen wat ik doe. Mijn ouders lieten me mijn eigen gang gaan. Dat voorrecht hebben maar weinig vrouwen.'

'Daar ben ik het mee eens.' Haar woorden raken Maksim. Hij heeft er nooit bij stilgestaan dat vrouwen moeten strijden voor wat vanzelfsprekend is voor mannen.

'Wie weet hoe mijn leven er zou uitzien als ik niet was geadopteerd,' zegt Kasia zacht. 'Mijn biologische vader was een Poolse aristocraat. Ik vermoed dat ik me dan braaf had moeten aanpassen.'

'Uw naam hebt u dus van uw Poolse vader?'

Ze knikt. 'Ach, en nu we het toch over namen hebben, noem me alstublieft Kasia.'

'Met plezier. Ik ben Maksim.' Ze heeft een open en empathische manier van doen, denkt Maksim, met een hang naar ongekunstelde excentriciteit. Hij pakt het doek van Helena en zet het op de ezel.

Kasia volgt zijn voorbeeld. 'Ik hoop dat Helena morgenmiddag de tijd neemt om aan haar schilderij verder te werken.'

'Dat moet ze zeker doen. Ze heeft talent.'

'Ze is getalenteerd, maar ook heel plichtsbewust.' Kasia bekijkt de twee werken. 'Daarom zorg ik ervoor dat ze bij zichzelf blijft.'

'U moedigt haar aan te schilderen.' Maksim kijkt haar aan. 'En haar eigen weg te gaan.'

'Inderdaad.' Kasia glimlacht. 'U hebt goed geluisterd, Maksim.'

'Dat spreekt toch voor zich.'

'Helaas is dat niet zo. Veel mensen doen dat niet.' Ze schudt met haar rode haardos. 'Ik breng mijn verf naar mijn kamer en ga daarna helpen met het uitdelen van het eten van de patiënten. Wilt u me verontschuldigen? We zien elkaar zeker bij het avondeten.'

'Ik kijk ernaar uit. En tot die tijd ga ik nog even profiteren van mijn vrije uurtje en een wandeling maken naar het meer.'

32

Een goed uur later heeft Maksim zijn kamer betrokken en zich opgefrist. Nu wijst een heerlijke geur hem de weg naar het avondmaal.

Maksim vindt alles zoals het hem beschreven is en begeeft zich naar het souterrain. De deur naar de keuken staat open. Twee vrouwen zijn daar aan het werk en Maksim beseft opeens hoeveel honger hij heeft. Sinds vanochtend heeft hij niets meer gegeten. Hij blijft even staan om zich te oriënteren, voelt een zachte duw en draait zich om.

'O, excuses, duizendmaal!' roept de in het wit met zwart geklede geestelijke die Maksim al bij zijn aankomst heeft gezien. 'U moet de nieuwe helper zijn!'

Maksim knikt. 'Ja. Maksim Baranov.' Gustav Lindner lijkt het hele huis al te hebben ingelicht over zijn aanwezigheid.

'Mij mag u broeder Fidelis noemen. Blij dat u er bent, meneer Maksim.' Hij legt amicaal een hand op de schouder van Maksim en duwt hem in de richting van een klein vertrek naast de keuken.

Een lange tafel met een rood-wit geblokt tafellaken domineert de ruimte en is mooi gedekt met eenvoudig bestek en lichtgekleurde aardewerken borden die evenwel duidelijk sporen van slijtage te zien geven. Twee vazen met verse wilde bloemen vervolledigen het geheel dat er ondanks, of misschien juist vanwege, de eenvoud heel uitnodigend uitziet.

Terwijl Maksim nog om zich heen kijkt, komt Helena binnen. In plaats van de roze jurk van vanmiddag draagt ze nu een grijs-wit verpleegstersuniform. Haar gezicht ziet er fris en zuiver uit met die grote ogen en volle, licht gewelfde mond.

'U hebt onze eetzaal gevonden,' zegt ze met een glimlach.
'Dat was niet zo moeilijk. Uw vader had het me haarfijn uitgelegd.'
'Vroeger aten de bedienden hier.'
'Dat maakt me helemaal niet uit, juffrouw Lindner.' Even kruisen hun blikken elkaar, daarna wijst ze naar een stoel. 'In de loop der weken is er een beetje een vaste tafelschikking ontstaan. Ik hoop dat u het niet erg vindt om naast broeder Fidelis te zitten?'
De monnik zit al en propt net zijn servet in zijn kraag.
'Als broeder Fidelis het goed vindt.' Maksim gaat achter de stoel die hem is aangewezen staan.
'Natuurlijk.' broeder Fidelis strijkt het servet voor zijn borst glad. 'Maar vanavond neem ik geen biecht meer van u af, meneer Maksim.'
Maksim moet lachen. 'Ik denk dat we daar langer voor nodig hebben dan één avond, eerwaarde broeder.'
Langzaam vult de ruimte zich. Kasia kent hij al. Zij schenkt hem een brede glimlach en zet zich aan de andere zijde van Fidelis. Dan volgt Gustav Lindner, die, en dat ziet Maksim nu pas, een onderbeenprothese draagt. Hij geeft Maksim een knikje. Terwijl iedereen zijn plek zoekt en rustig aan het keuvelen is, komt er nog een vrouw binnen die Maksim nog niet heeft gezien. Bij haar binnenkomst verandert de sfeer even. Afwijzend en kil kijkt ze de aanwezigen aan. Ze gaat naast Gustav Lindner zitten, maar keert zich ostentatief van hem af.
'Dat is mevrouw Lindner,' fluistert broeder Fidelis hem in het oor.
'Ah!' antwoordt Maksim zacht. Er is dus een echtgenote al lijkt de relatie tussen de twee echtelieden gespannen.
Op dat moment draagt de oudere vrouw uit de keuken een grote pan soep binnen en plaatst die midden op de tafel. Ze wordt op de voet gevolgd door een jong, schuchter schepsel dat twee mandjes met brood op tafel zet.
'Zuster Hedwig eet straks wanneer broeder Fidelis aan de nachtdienst begint,' zegt Helena.
Mevrouw Lindner werpt Helena een afstandelijke blik toe. Haar man spreekt een kort dankgebed uit waarbij iedereen gaat staan. Vervolgens kijkt hij naar Maksim: 'En nu heet ik meneer Maksim Baranov hartelijk welkom aan onze tafel. Hij zal ons vanaf heden helpen bij het dagelijkse werk. Help hem alstublieft om zich snel thuis te voelen bij ons.'
'Dank u, meneer Lindner.' Maksim knikt iedereen toe, waarna ze allemaal weer gaan zitten.

'We kunnen beginnen, Käthe,' zegt Helena en de kokkin schept de hete, dampende soep op.

Maksim neemt een hap. De soep smaakt heerlijk naar wortelen, kruiden en gerookt vlees en er zitten zelfs wat aardappelen in. Het brood is versgebakken en heeft een knapperige korst.

Tijdens het eten valt het Maksim op dat Gustav en Helena Lindner heel innig en liefdevol met elkaar omgaan en dat ook de andere gasten elkaar respectvol bejegenen en ontspannen zijn. Alleen Gustav Lindners echtgenote lijkt er niet bij te willen horen. Ze eet met nerveuze bewegingen, de blik strak op haar bord gericht. Als ze al iets zegt is het meestal een bitse opmerking tegen de kokkin.

'Maksim,' zegt Kasia opeens tegen hem. 'Voor u als schilder is het misschien interessant te weten dat Carl Spitzweg in Meersburg is geweest en hier ook heeft geschilderd.'

'Carl Spitzweg?' vraagt Maksim. 'Is hij niet beroemd geworden met *De arme dichter*?' Hij merkt dat Helena hem verrast aankijkt.

Kasia knikt. 'Ja, *De arme dichter*, maar ook veel andere schilderijen. Ik houd van de spot, de subtiele ironie die hij in zijn werken legt.'

'Hebt u interesse voor de schilderkunst, meneer Baranov?' vraagt Helena.

'Ja, moet je weten.' Kasia is Maksim net voor. 'Hij schildert zelf ook!'

'Echt waar?' vraagt Helena duidelijk verbaasd. 'Dan zult u in Meersburg veel inspiratie vinden, meneer Baranov.'

'Daar ga ik graag naar op zoek.' Maksim kijkt naar Gustav Lindner, die hun gesprek aandachtig volgt. 'Als ik daar tijd voor heb natuurlijk.'

Helena knikt. 'De dagen zijn kort en het werk eist ons behoorlijk op. Ik heb ook maar zelden een uurtje om te schilderen.'

'Je moet er gewoon tijd voor maken,' merkt Kasia op.

'Jij hebt gemakkelijk praten,' antwoordt Helena.

'Wel, nu we meneer Baranov hebben om te helpen, moeten we toch geregeld een schildersessie kunnen inlassen.'

'Het is de moeite waard, juffrouw Lindner.' Maksim zoekt Helena's blik. 'U bent een uitstekende schilderes.'

'Dat is je reinste tijdverlies!' valt haar moeder uit.

Maksim ziet hoe Helena in elkaar krimpt en vervolgens haar rug recht om zich tegen een volgende uitval te wapenen.

'Houd je mond, Elisabeth,' zegt Gustav Lindner nors. 'Helena mag gerust de tijd nemen om te schilderen.'

Elisabeth Lindners wangen kleuren rood. Ze staat abrupt op en verlaat zonder een woord te zeggen de eetzaal.

'Ach,' onderbreekt broeder Fidelis de ongemakkelijke stilte, '*non omnibus unum est quod placet*!'

Maksim is het met hem eens. Er is werkelijk niets op deze wereld wat iedereen bevalt.

Het meisje Erna ruimt de soepborden af en de kokkin draagt de pan weg en komt terug met een schotel met schnitzels en een schaal aardappelen.

Maksim verheugt zich als er twee gepaneerde stukken op zijn bord worden gelegd, maar als hij ervan proeft beseft hij dat het helemaal geen vlees is.

Helena moet hem vanuit haar ooghoeken in de gaten hebben gehouden. 'Het is knolselderij,' legt ze uit. 'We paneren en bakken het en dan smaakt het als een schnitzel. Een beetje toch.'

'Het smaakt voortreffelijk,' zegt Maksim en hij meent het oprecht. De licht pittige knolselderij past perfect bij de aardappelen en de met tuinkruiden gemengde kwark die erbij worden geserveerd.

'We hebben al een tijd geen mannen met de schijterij meer gehad,' flapt broeder Fidelis er zo onverwacht uit dat Helena zich bijna verslikt in een stukje aardappel.

'Dat is vast te danken aan uw gebeden, broeder,' zegt Gustav Lindner droogweg.

Broeder Fidelis grijnst breed, Kasia lacht hardop en zelfs de kokkin en het meisje zitten zachtjes te grinniken.

'Zo is het maar net! Ik heb de Here voor de keuze gesteld: of hij laat het hospitaal eindelijk met rust, of ik kom naar boven.' Broeder Fidelis heeft zijn bord al leeg en klopt tevreden op zijn buik. 'En het werd rustig.'

'Gelukkig dat we op u kunnen rekenen om een goed woordje voor ons te doen!' Gustav Lindner knikt naar Maksim.

'*Ergo bibamus!*' Broeder Fidelis zet zijn waterglas aan zijn mond. Maar voordat hij een slok neemt, lijkt hem iets te binnen te schieten. 'Waar blijft de wijn? Ik kan meer dingen bedenken om voor te bidden met een beetje wijn!'

'In dit specifieke geval zal ik eens kijken wat ik voor u kan doen,' zegt Gustav Lindner en hij staat op.

Nadat Gustav Lindner daadwerkelijk wijn tevoorschijn heeft getoverd en de fles onder luide toejuichingen uitschenkt, serveren Käthe en Erna tot Maxims verbazing nog een dessert: pannenkoekjes met daarbij verschillende schaaltjes jam.

'Juffrouw Helena en ik hebben een paar speciale jams gemaakt,' legt de kokkin uit. 'Jullie mogen die nu allemaal proeven.'

'En ons vertellen welke jullie heel lekker vinden,' voegt Helena er nog aan toe.

'Kom maar op!' roept broeder Fidelis. 'Ik probeer ze allemaal!'

'Willen jullie misschien een confituurhandeltje opzetten?' vraagt Gustav Lindner.

Helena lacht terwijl Käthe de pannenkoeken uitdeelt. 'Weet je, papa, we hebben zo veel fruit en dat allemaal gewoon inmaken vinden Käthe en ik zonde. En daarom hebben we een paar verschillende recepten voor jam uitgeprobeerd.'

De pannenkoekjes zijn heerlijk luchtig en de delicaat op smaak gebrachte jams passen er perfect bij. Dat wordt moeilijk kiezen, denkt Maksim.

'We hebben aardbeien met rode bessen en een beetje peper, bramen met kersen, maar ook nog andere combinaties zoals pruimen met kaneel en kruidnagel of abrikozen met munt, de schaaltjes die nu bij broeder Fidelis staan.'

'U vergeet de kruisbessen, juffrouw Helena,' zegt Käthe.

'Je hebt gelijk. De kruisbessen hebben we op smaak gebracht met perziken en wat perenbrandewijn.'

'Nou!' Broeder Fidelis veegt zijn mond af met zijn servet. 'Doe mij maar de pruimenjam.'

'Ik vind ze allemaal lekker,' zegt Kasia. 'Helena, je hebt zulke goede ideeën in de keuken voor taarten, gebak en jam, je zou de verkoop moeten uitbreiden. Wacht maar, straks word je nog tot de suikerprinses van Meersburg gekroond!'

33

De datsja van de njanja bij Moskou, medio augustus 1918

'Wat aardig dat u helemaal hierheen bent gekomen om me de groeten van Olga over te brengen!' De tranen stromen over de wangen van de oude vrouw bij wie hij aan tafel zit en Nikita complimenteert zichzelf met zijn geweldige idee.

Nadat hij de juwelen in het Beau Rivage had bekeken, had hij de hele nacht liggen piekeren over een manier om de Russische njanja uit te kunnen horen over Olga en de Pavlova-juwelen. De volgende dag had hij het echtpaar Pronski opnieuw opgezocht om te informeren naar de relatie van de gouvernante met de drie meisjes. Het was hem snel duidelijk geworden dat de vermiste Olga haar favoriet was geweest en Vera Pronskaja tot op de dag van vandaag jaloers is op haar zussen.

De oudste, Irina Pavlova, is al overleden en Nikita kan Olga dus gewoon gebruiken om de njanja een verhaal op de mouw te spelden. Onderweg van Genève naar Moskou heeft hij een verhaal verzonnen met de beschikbare details, maar vaag genoeg om tegenstrijdigheden te vermijden. Hij is begonnen met een eenvoudige groet van Olga en dat was meteen een schot in de roos.

'Gaat het goed met haar?' vraagt de njanja, als ze weer wat is gekalmeerd. 'Waar woont ze dan? Is ze getrouwd?'

Nikita is voorbereid op de stortvloed aan vragen en beantwoordt ze heel rustig.

Het gaat helaas niet zo goed met Olga. Hij heeft contact met haar gehad in de gevangenis van Moskou en zij heeft hem gevraagd een paar laatste woorden over te brengen aan haar njanja omdat ze is veroordeeld tot een paar jaren werkkamp.

‘Mijn Olga? In de gevangenis?’ De onderlip van de oude vrouw trilt.

Die schok heeft hij ook voorzien. ‘Ja, vanwege haar adellijke afkomst.’

De njanja schudt het hoofd. ‘Nee, waarom Olga, die heeft toch niemand iets misdaan?’

‘Ik had u echt beter nieuws willen brengen.’

‘Kan ik haar bezoeken? In de gevangenis?’

Nikita schudt het hoofd.

‘En, en ze was...’ de stem van de bejaarde vrouw trilt. ‘Woonde Olga in Moskou? Al die jaren?’ Ze kijkt hem aan. ‘En ze heeft me niet bezocht?’

Nikita legt haar uit dat Olga teruggetrokken en in grote armoede in Perm had gewoond, een stad in het Oeralgebergte, en pas onlangs vanwege de onlusten naar Moskou was getrokken omdat iemand haar als lid van de adel had verklikt.

Hij zwijgt even en kijkt naar de reactie van de oude vrouw. Als die niets zegt en peinzend naar het bont geborduurde tafellaken blijft staren voegt hij er nog aan toe dat Olga getrouwd is geweest, maar dat haar man een paar weken geleden door de bolsjewieken is doodgeschoten. Hij gaat zo op in het verhaal dat hij het bijna zelf gelooft.

‘Mijn arme meisje! Mijn Olga!’

Nikita vindt het bijna zielig dat ze lijdt, maar hoe meer van streek ze raakt, des te gemakkelijker ze hem dingen zal toevertrouwen die ze anders misschien voor zich zou houden. Uiteindelijk is hij toch een wildvreemde voor haar. Als ze gaat doorvragen, kan hij niet bewijzen dat hij Olga Pavlova persoonlijk heeft ontmoet.

De njanja tilt haar hoofd op en kijkt hem met rode ogen van het huilen aan. ‘Heeft ze kinderen? Ik zou voor hen kunnen zorgen als ze nu alleen zijn, zonder vader of moeder!’

‘Nee,’ antwoordt Nikita. ‘Olga heeft geen kinderen buiten de dochter die in Genève is geboren en van wie het lot onzeker is.’

De vrouw verzinkt weer in stilzwijgen. Uit haar reactie kan hij afleiden dat ze niets weet over Olga’s huidige verblijfplaats. Nu is het zaak te zoeken naar kleine aanwijzingen die hem misschien verder kunnen leiden.

‘De meisjes Pavlova waren mooie kinderen, niet?’ Hij probeert haar weer aan het praten te krijgen.

Ze reageert onmiddellijk. ‘O, ja, zeker. Ze hadden allemaal prachtige ogen, Olga al helemaal.’

Nikita denkt verbaasd aan Vera's kleurloze verschijning, maar bevestigt dat hij een bleek blauwgrijs ook een bijzonder mooie kleur vindt.

'Blauwgrijs?' vraagt de njanja en haar achterdochtige ondertoon waarschuwt Nikita dat hij een verkeerde conclusie heeft getrokken.

'Nu ja, in de gevangenis heb je slecht licht en de ogen van de meeste gevangenen zijn veranderd. Ze hebben geen ziel meer en veel ellende meegemaakt.'

'Wat hebben ze mijn meisje allemaal aangedaan,' zucht de oude vrouw. 'Ze had zulke prachtige blauwe ogen, Olga. Het Pavlova-blauw.'

'Ja, het beroemde Pavlova-blauw,' bevestigt Nikita. 'Zo zonde dat ze hun glans zijn verloren.'

Hij is opgelucht dat hij deze faux pas elegant heeft kunnen pareren en concludeert dat Vera dat Pavlova-blauw niet heeft geërfd. Sowieso is zij geen mooie vrouw.

De njanja heeft een zakdoek uit de zak van haar schort opgediept, veegt haar ogen droog en snuit haar neus. 'Een schande, zeg dat wel.'

'Olga heeft me over de juwelen van de familie Pavlova verteld,' tast hij voorzichtig verder.

'Juwelen?' vraagt ze meteen geïrriteerd. 'Natuurlijk waren er juwelen. De familie was heel rijk.'

'Ik bedoel de Pavlova-set.'

Er verschijnt een weemoedige glans in haar ogen. 'Dat ensemble was prachtig, vooral als de moeder van de meisjes het droeg. Daarmee liet ze de hele balzaal oplichten.'

'Is het niet meer in het bezit van de familie?'

'Maria Pavlova heeft de stukken onder haar dochters verdeeld. Vera kreeg de oorbellen, Irina de tiara. En de ketting was bedoeld voor Olga, maar na alles wat er is gebeurd, denk ik niet dat ze die nog gekregen heeft. Het zou me niet verbazen dat het halssnoer naar Maria's kleindochter Lidia is gegaan. Ook al was dat nog maar een kind toen haar oma stierf. En nu is Lidia ook dood. Ach, er lijkt wel een vloek op die familie te rusten.'

'Dat is geen vloek,' troost Nikita haar. 'Zo gaat het nu eenmaal in het leven.'

'Ik kan me daar niet bij neerleggen.' De njanja zucht. 'Kan ik dan niets doen voor mijn Olga?'

Op die vraag zat hij te wachten. 'Ja. Dat kunt u zeker. Ze wil, en daarom heeft ze me naar u gestuurd, een paar herinneringen meenemen om haar troost te bieden als ze van de gevangenis in Moskou naar het kamp in Siberië wordt gebracht. Bij haar arrestatie mocht ze niets meenemen.'

'Wat een onmensen!' roept de njanja.

'Ik beschik over goede contacten die ik graag gebruik om onschuldige mensen zoals Olga te helpen,' liegt Nikita. 'Zijn er foto's of een matroesjka, iets –'

De njanja denkt even na en pakt dan iets uit de la van haar nachtkastje en legt het voor Nikita neer. 'Ik geef u mijn icoon van Onze-Lieve-Vrouw mee. Ik heb het ooit van haar moeder gekregen als bedankje. En dat,' ze wijst naar een beduimelde foto, 'dat is een oude familiefoto die ik op een dom moment heb meegenomen. Dat was verkeerd, dat weet ik, maar het is de enige herinnering aan die vele jaren bij de familie Pavlova. En nu moet ik die als boete teruggeven. De foto zal Olga zeker troost bieden.'

Nikita bekijkt het gezin dat feestelijk gekleed poseert voor de foto. Hij gaat met zijn vinger langs de verschillende leden, zonder iemand concreet aan te wijzen. 'De familie –'

'Het is de familie van Irina,' zegt de njanja en ze wijst op een jonge vrouw. 'Dat is Irina's dochter Lidia, de nicht van Olga. Op haar arm draagt ze haar eigen dochtertje. Hier vooraan, in de matrozenpakjes, staan haar twee zonen, ook nog klein. En dat is de man van Lidia, baron Maksim Baranov.'

Nikita bestudeert zorgvuldig alle familieleden. Lidia en haar man zitten in twee elegante stoelen en de kinderen hebben zich rond hen geschaard. Een donkere bontjas ligt over een van de leuningen. Lidia, gekleed in een witte japon met kant en kunstig opgestoken haar, is buitengewoon knap. Het valt hem op dat ze de Pavlova-tiara draagt. Die moet Irina dus aan haar dochter hebben gegeven. En als Olga als erfgename daadwerkelijk is overgeslagen door haar moeder Maria, en daar ziet het wel naar uit, is het vermiste collier misschien wel ergens bij Lidia terechtgekomen. Vera heeft geen kinderen en Lidia en haar dochter waren dus de enige vrouwelijke erfgenamen van de Pavlova-juwelen.

De njanja zucht. 'Lidia en de kinderen leven niet meer.'

'Ik heb gehoord van hun tragische lot. De revolutie heeft veel slachtoffers gemaakt.' Nikita legt spijt in zijn stem. 'Leeft haar man eigenlijk nog?'

Het gezicht van de oude vrouw klaart op. 'Ja! Stel je voor! De baron heeft het gelukkig overleefd. Hij is zelfs hier geweest, bij mij en heeft naar Olga geïnformeerd. En nu is hij naar haar op zoek in Genève!' De njanja schudt spijtig het hoofd. 'En nu hoor ik van u dat ze hier in Moskou zit. Ik kan het allemaal niet bevatten. O, was u nu maar een paar weken eerder gekomen.'

Nikita wrijft haar troostend over haar arm. Hij beseft dat hij niet gewoon een spoor heeft gevonden, maar dat er achter die vermiste ketting veel meer schuilgaat dan hij eerst dacht. Hij verheugt er zich al op alles uit te pluizen en er misschien wel dubbel zoveel aan te verdienen.

34

Meersburg, derde week van augustus 1918

Helena weet niet hoe Kasia Maksim heeft kunnen overhalen op deze vroege zondagochtend met hen te gaan schilderen in de wijngaarden. Want sinds hij bijna drie weken geleden is begonnen in het hospitaal, is hij onvermoeibaar in de weer geweest. Hij verlicht het werk voor hen enorm, zeker omdat hij vrijwillig de meeste nachtdiensten op zich neemt.

Hij heeft snel de nodige kennis over het behandelen van wonden en letsels verworven en inmiddels verzorgt hij vooral de patiënten die een amputatie hebben ondergaan. Hij helpt Helena's vader met het aanmeten van de prothesen en probeert het zelfvertrouwen van de mannen op te vijzelen. Voor de gewonden is hij een zegen en niet alleen omdat hij sterk is en hen fysiek beter kan ondersteunen dan Helena of zuster Hedwig, maar ook omdat hij precies weet hoe hij met de getraumatiseerde mannen moet praten.

Helena's vader stelt zich nog steeds terughoudend op en heeft ook haar aangeraden afstand te houden tot Maksim Baranov. Maar zelfs als Helena dat advies zou willen opvolgen, in het hospitaal werken ze nu eenmaal nauw samen. Bovendien bestaat er al van meet af aan een zekere band omdat Kasia Baranov in haar hart heeft gesloten en amicaal met hem omgaat. Het idee om samen te schilderen komt ook van Kasia. En Helena kijkt er al dagen enorm naar uit, ook al kan ze het gevoel dat ze haar plichten verzuimt toch niet helemaal van zich afschudden.

Meteen nadat de eerste zonnestralen boven de daken van Meersburg verschenen, zijn ze gedrieën op pad gegaan. Ze willen profiteren van het eerste ochtendlicht en de relatieve koelte voordat de hitte weer op het land neerdaalt. Helena is gekleed in een eenvoudige, lichtblauwe zomerjurk met een schort. Haar haar heeft ze losjes samengebonden en ze draagt een breedgerande zonnehoed. Straks zal de zon ongenadig branden, niet alleen op de wijnstokken waarvan de vruchten met de dag zoeter worden, maar ook op hun hoofden.

Kasia heeft gekozen voor een tuniek in felle oranje en blauwe tinten die contrasteren met haar rode haar, maar haar toch uitstekend staan. Ook Maksim Baranov ziet er goed uit in zijn eenvoudige, lichtgekleurde kleren; zijn hoed heeft hij zoals altijd wat lager over zijn gezicht getrokken.

Ze lopen in de richting van Unteruhldingen, maar slaan al snel rechts af de weg in naar het Glaserhäusle, boven in de wijngaarden. Kasia en Helena lopen voorop, Maksim volgt met de kar waarop ze hun schilderspullen hebben geladen.

Onderweg beseft Helena opnieuw hoe mooi haar geboortestreek is. Het meer, het licht, de zachte kleuren. En ondanks alle moeilijkheden die het leven voortdurend voor haar in petto heeft, is ze dankbaar dat dit haar thuis is. Zelfs de oorlog lijkt verder weg te zijn dan elders in Duitsland. Dat blijkt wel uit de brieven van Lilly uit Stuttgart of uit de gesprekken met haar vader. In de grote steden heerst vaak bittere armoede.

Kasia blijft staan en maakt een uitnodigende beweging. 'Wat denken jullie van deze plek?'

Helena kent het uitzicht goed. Donkergroene wijnranken staan voor de burcht met de benedenstad, rechts liggen de Obersee en de Zwitserse Alpen. 'Een schitterende plek, Kasia. Laten we hier blijven.'

'Geweldig!' Kasia straalt.

'Dit is vast een uitstekende wijnstreek.' Maksim Baranov heeft hen ingehaald en zet de kar weg.

'O, zeker,' antwoordt Helena. 'Hier wordt al eeuwen wijn verbouwd.' Ze grinnikt naar Kasia. 'Maar we hebben hier ook bier!'

'Mijn echtgenoot is de eigenaar van de plaatselijke brouwerij,' verduidelijkt Kasia aan Maksim. 'Maar geef mij toch maar een goed glas wijn uit Meersburg.'

Maksim laadt voorzichtig de ezels uit. 'Elk stukje land lijkt hier beplant te zijn met wijnstokken. Dat viel me al op toen ik met de boot uit Konstanz kwam.'

'Het stadje ligt verzonken tussen de wijnranken,' bevestigt Kasia.

'Wacht maar, Maksim! In de herfst zorgt het loof voor een prachtig kleurenspel!'

Helena zet haar ezel voor zich neer en plaatst er een doek op, Maksim installeert zich vlak naast haar. Kasia bespreekt nog even de compositie met Helena en zoekt daarna iets verderop een plekje.

Nadat ze haar fragment heeft geschetst, brengt Helena snel de onderlaag aan. Kasia heeft voor gouache gezorgd en Helena vindt het heerlijk om uit de vele tinten te kunnen kiezen, haar penseel in de plasjes verf te dopen en met tonen en mengsels te experimenteren. Haar palet vormt al snel een kleurrijk spel van vlekken en strepen.

Het eerste uur werken ze in stilte en diep geconcentreerd naast elkaar. Helena schildert de achtergrond in lichtgeel en lichtblauw, voegt er de witte sneeuwvelden van de Alpentoppen aan toe en brengt met donkerblauwe schaduwen diepte in het werk. Uiteindelijk maakt ze links op het doek de aanzet voor de markante contouren van de burcht.

Ze gaat zo op in haar werk dat ze opschrikt als Maksim plots naast haar staat. 'Je hebt een geweldig kleurgevoel,' zegt hij goedkeurend.

Helena is blij met zijn lof. Met haar penseel wijst ze naar Kasia. 'Ik heb een goede leermeester.'

'Inderdaad. Ze denkt en ziet ver. Dat zie je aan haar schilderijen.' Hij haalt zijn hand door zijn donkere, licht krullende haar dat bijna tot in zijn nek hangt.

'In Meersburg is ze niet overal graag gezien,' zegt Helena. 'Vooral omdat ze getrouwd is maar niet samenwoont met haar man.'

'Vrouwen zoals zij zijn te sterk voor de meeste mensen,' antwoordt Maksim. 'En die reageren afkeurend omdat ze zich anders moeten bezighouden met opvattingen waartegen ze zich niet opgewassen voelen.'

Helena brengt een paar bruinzwarte accenten aan. 'Ik vermoed zelfs dat veel vrouwen jaloers zijn omdat ze durft te leven zoals zij het wil.' Ze zwijgt even. 'En de mannen zijn dan weer bang dat ze hun vrouwen op ideeën zal brengen en hun geordende leventje zal verstoren. Niet iedereen gaat daar zo goed mee om als doctor Ehinger.'

'Alleen een zelfbewuste man waardeert wat een zelfbewuste vrouw aan een relatie bijdraagt.' Hij kijkt haar aan. 'Maar zo'n huwelijk geeft veel meer voldoening –' Zijn stem stokt en even lijkt hij in gedachten verzonken. 'Zou u het erg vinden als we elkaar bij de voornaam noemen?' vraagt hij uiteindelijk.

Helena beantwoordt zijn blik. 'Ja... ehm... ik bedoel, nee, dat vind ik niet erg.' Ze voelt haar hart bonzen.

'Dan ben ik Maksim.' Zijn donkere ogen omvangen haar als een fluwelen mantel.

'Ja.' Ze glimlacht schuchter. 'En ik, Helena.'

'Helena. Een prachtige naam. In het Russisch zegt men Jelena, zij die straalt.'

Een vreemd gevoel loopt over haar rug.

'Mijn moeder kwam uit Rusland,' antwoordt ze snel.

'Kwam?' Maksim laat haar blik niet los.

'Ik ken haar niet.' Helena kan zich niet losmaken uit de intieme sfeer die hij creëert.

'Mag ik u iets vragen, Helena?'

'Ja, natuurlijk.'

'Zegt de naam Olga Pavlova u iets?'

'Nee.'

'Weet u het zeker?'

'Die naam heb ik nog nooit gehoord.' Weer valt het Helena op hoe indringend hij haar aankijkt.

Er dringt zich een vreemde gedachte aan haar op. 'Is dat, is dat mijn moeder?'

'Ik denk het wel.' Hij praat nu heel zacht.

'Bent u daarom hier, Maksim? Komt u uit mijn verleden?'

'In zekere zin wel.' Hij ademt diep in en Helena beseft dat hij het moeilijk heeft met dit gesprek. 'Het is een lang verhaal dat ik u graag in alle rust wil vertellen.'

Ze kijkt van hem weg en laat haar blik over het meer dwalen. 'Wanneer?'

'Zodra u tijd hebt.'

'Dan heb ik nú tijd.'

Hij schraapt zijn keel. 'Dan wordt het nu. Zullen we gaan zitten?'

Helena kijkt snel naar Kasia. De schilderes staat met haar rug naar hen toe en gaat volledig in haar werk op.

Maksim heeft haar blik gevolgd en glimlacht. 'Ze is in een andere wereld.' Hij diept een envelop uit zijn jasje op, haalt er een papier uit en vouwt het open. 'Hier. Dit is de stamboom van de vrouwen uit de familie Pavlova.'

Helena legt haar palet weg en haar ogen dwalen over het schema met namen en lijnen. Kijkt ze nu echt naar haar eigen verleden? Tegelijkertijd is ze ook teleurgesteld. 'Ik kan het niet lezen.'

'Het is cyrillisch. Bovenaan staat de naam van uw grootmoeder, Maria Pavlova. Ze had drie dochters: Irina, Olga en Vera.' Met zijn vingers gaat hij langs de verschillende namen met daaronder data. Bij een bepaald punt houdt hij halt. 'Ziet u dit?'

'Daar is een naam onherkenbaar gemaakt.'

'Tussen Irina en Vera stond de naam van uw moeder. Olga.'

Het duizelt Helena. 'U denkt echt dat Olga mijn moeder was, niet?'

'Ja,' geeft hij toe. 'Ik ben er vrij zeker van, maar dat leg ik straks verder uit.'

'Waarom is haar naam doorgehaald?'

'Dat probeer ik te achterhalen.'

Helena kijkt hem aan. 'Hoe kent u de Pavlova's, Maksim?'

Ze ziet zijn gezicht betrekken. Hij wijst op een andere naam.

'Lidia Pavlova was mijn vrouw. En als Olga Pavlova uw moeder is, was Lidia uw nicht.'

'Uw vrouw was mijn nicht?' vraagt Helena verward. 'Leeft ze niet meer?'

Hij schudt het hoofd. 'Ze is meer dan een jaar geleden vermoord. Zij en onze drie kinderen.' Een paar tellen hangt er een pijnlijke stilte tussen hen. 'Ik ben hier op zoek naar antwoorden, Helena. Antwoorden die u ook zoekt.'

Helena knikt. Haar hart klopt in haar keel. Maksim is de man van haar overleden nicht. Haar moeder heeft eindelijk een naam en Helena maakt opeens deel uit van een onbekende Russische familie. Wat dat betekent kan ze nog niet bevatten.

Maksim stopt de stamboom weer in zijn zak en staart naar het doek van Helena. 'U hebt gekozen voor de techniek van Monet,' merkt hij uiteindelijk op en hij pakt haar palet en reikt het haar aan.

Helena schraapt haar keel. Ze is dankbaar dat hij van onderwerp verandert. 'Ik houd van de manier waarop hij met licht en schaduw speelt. Al probeer ik wel de kleuren meer in vlakken te plaatsen.'

Maksim knikt. 'Ja, en dat werkt.'

'Ik mis het gevoel voor abstractie. Bij Kasia klopt het altijd. Ikzelf vind het bijzonder lastig.' Ze kijkt naar zijn werk. 'En u beheerst die techniek ook.'

'Ook ik had een goede leraar.'

'Ja? Bij wie hebt u leren schilderen?'

'Kandinsky.'

'Echt?! Kandinsky?' Helena weet even niet wat te zeggen.

Maksim heeft het in de gaten. 'Wassily Kandinsky is een vriend van mij,' legt hij uit. Inmiddels razen de gedachten door Helena's hoofd. 'Wie bent u werkelijk, Maksim?'

'Mijn volledige naam is baron Maksim Baranov.' Helena kijkt hem verrast aan. 'U bent van adel?'

Hij knikt. 'Maar, Helena, mag ik vragen om voorlopig niet met anderen te praten over wat we net hebben besproken? Uw vader maakt zich al genoeg zorgen over mijn aanwezigheid en ik wil hem niet nog ongeruster maken. Ik vind het belangrijk hem op het gepaste moment zelf in te lichten over mijn identiteit.'

'Ja, natuurlijk.' Ze bekijkt haar palet waar de verf langzaam begint op te drogen. 'Mijn vader heeft me tot op heden zo goed als niets over mijn moeder of haar afkomst verteld.'

'Daar zal hij zijn redenen voor hebben.'

'Denkt u dat hij bewust vermijdt daar met mij over te praten?'

'Ik kan het me wel voorstellen. Olga Pavlova's geschiedenis is in raadselen gehuld. Misschien heeft hij nog niets verteld omdat hij bang is dat het te veel voor u zou zijn.'

Helena zucht. 'Ik ben een volwassen vrouw. Hij hoeft me niet te blijven ontzien.'

Een vogel doorbreekt met zijn getsjilp de stilte die tussen hen is gevallen.

'En om op mijn vriend Kandinsky terug te komen,' Maksim brengt het onderwerp abrupt weer op het schilderen, 'zal ik u zijn schildertechniek laten zien, Helena?'

'Wat bedoelt u met "laten zien"?' Helena is in de war.

Maksim raakt haar elleboog aan. Het voelt alsof ze door een waterval naar beneden glijdt.

'Mag ik?' vraagt hij. Helena knikt.

Hij gaat achter haar staan, leidt haar arm en wijst met lichte bewegingen aan hoe hij tot de vlakken en vormen komt die zijn manier van schilderen kenmerken.

In het begin is Helena nerveus, maar geleidelijk aan begint ze plezier te scheppen in deze manier van lesgeven en in zijn nabijheid.

'Wat een heerlijke ochtend,' horen ze Kasia opeens zeggen. Helena schrikt, ze was haar vriendin helemaal vergeten.

'Jammer,' zegt Maksim zachtjes en hij laat haar arm zakken. Vervolgens draait hij zich om naar Kasia. 'Ik vrees dat ik met schilderen ver op jullie achterloop, dames.'

'Dat verbaast me niets.' Kasia grijnst veelzeggend en kijkt naar het doek van Helena. 'Het schilderij van Helena heeft zich op een interessante manier ontwikkeld.'

Helena is blij dat Kasia het gênante uit de situatie haalt. 'Maksim heeft me Kandinsky's schildertechniek uitgelegd.'

'En met succes,' antwoordt Kasia met een knipoog. 'Ik denk dat hij je nog veel meer kan leren.'

35

Meersburg, de zolderkamer van de zussen,
een paar dagen later

Helena zit aan Lilly's kaptafel op de zolderkamer en borstelt haar haar. Met lange, stevige halen gaat ze door de donkere lokken die ze vervolgens samenbindt en opsteekt. Ze kijkt in de spiegel naar haar vermoeide gezicht.

Sinds Kasia en zij samen met Maksim in de wijngaard hebben geschilderd, slaapt ze slecht. Het piekeren maakt dat ze moeilijk inslaapt en als ze eenmaal rust vindt, wordt ze veel te vroeg wakker. Dat het leven van Maksim misschien onlosmakelijk met haar eigen familiegeschiedenis is verbonden windt haar op, maar tegelijkertijd vreest ze voor wat haar moeder mogelijk is overkomen. Wie weet is ook zij het slachtoffer geworden van de bolsjewieken.

'Helena?' Katharina onderbreekt haar gedachten.

'Goedemorgen, Katharina!' Glimlachend draait Helena zich om naar haar zuster die net rechtop in bed gaat zitten.

'Je bent al op. Heb ik me verslapen?' Katharina wrijft de slaap uit haar ogen.

'Nee hoor! Je hebt eindelijk wat slaap ingehaald.'

'Je weet dat ik dat niet erg vindt. De patiënten hebben me nodig.'

'Natuurlijk weet ik dat. Maar toch, je lichaam heeft zich gewoon het recht verschaft. Wees dankbaar.'

Katharina schuift geeuwend haar voeten over de rand van het bed. 'Wanneer beginnen we met het plukken van de pruimen?'

'Zodra we klaarwakker zijn!' plaagt Helena.

Katharina grimast, staat op en giet wat water in de waskom.

Terwijl haar zus zich opfrist, ruimt Helena de kaptafel op. Ze pakt een bruinrode werkjurk van de haak en trekt die aan. Als ze een lichtgekleurde schort voorbindt, betrapt ze zichzelf op een verstolen glimlach. Ze verheugt zich er nu al op Maksim vanavond in de ziekenzaal te zien. Sterker nog, ze voelt vlinders in haar buik als ze aan hem denkt. En steeds weer moet ze denken aan het moment waarop hij haar arm had gepakt en de techniek van Kandinsky had uitgelegd. Hij had zo dicht tegen haar aan gestaan dat ze hem kon ruiken. Fris, kruidig, mannelijk.

'Heb je trouwens de brief van Lilly gelezen?' vraagt Katharina.

'Ja.' Helena schudt haar kussen op.

'Vind je ook niet dat ze gek schrijft?'

'Ik ben allang blij dat ze überhaupt iets van zich laat horen. Vaak heb ik het gevoel dat ze mentaal afscheid van ons heeft genomen.'

'Ik maak me zorgen om haar,' zucht Katharina. 'Lilly is altijd zo dromerig geweest. En nu moet ze het in een vreemde omgeving in haar eentje rooien. Na die bommen, zonder man en ook nog eens zwanger. Dat is een beetje te veel van het goede.'

Helena trekt de deken recht en recht haar rug. 'Dat klopt. Maar het personeel doet er alles aan om haar leven en vooral de zwangerschap zo comfortabel mogelijk te maken. En die oom Fritz, die zich om de fabriek bekommert, is ook een enorme hulp.'

Katharina knoopt haar donkergrijze jurk dicht. 'Weet je, Helena, over ons beiden maak ik me geen zorgen. We zijn sterk genoeg om voor onszelf op te komen. Bij Lilly ben ik daar niet zo zeker van.'

'Vaak groeien mensen door zulke uitdagingen,' antwoordt Helena. 'En wie weet wil ze ons iets bewijzen. Laten zien dat ze haar eigen boontjes kan doppen en onze hulp niet nodig heeft.'

Katharina trekt haar schouders op. 'Het zou kunnen, maar het past niet echt bij haar.' Ook zij is klaar en trekt haar rok recht. 'Zullen we dan maar, lieve zus van me? Ik heb ontzettend veel zin in mirabellen!'

'Ik ook, Katharina. Maar eerst moet ik wat eten.'

Ongeveer een uur later

De pruimenboom in de tuin kreunt onder het gewicht van de gigantische hoeveelheid geeloranje bollen. 'Ik ben dol op augustus!' roept Katharina uitgelaten. Ze plukt een rijpe vrucht en bijt erin. 'Zo smaakt de zomer!'

Helena lacht. Ook zij voelt zich wat monterder nu Käthe haar in de keuken een beker koffie en twee knapperige versgebakken stukken brood met jam heeft voorgezet. Het ontbijt heeft haar nieuwe energie gegeven.

Ze zet de mand die ze onder haar arm meezeult neer en haalt er een paar grote, linnen doeken uit.

Katharina schiet haar meteen te hulp en al snel gaat het gras onder de boom volledig schuil onder witte lappen stof.

Samen pruimen plukken is een traditie voor de zussen Lindner en Helena is blij dat Katharina, ondanks haar werk in het ziekenhuis, tijd heeft vrijgemaakt en ze nog eens een paar uur met elkaar kunnen doorbrengen. Bovendien is er zoveel tegelijkertijd rijp in de tuin en betekent dat veel extra werk. Elke helpende hand is dus meer dan welkom.

'Daar gaan we!' Katharina pakt een lange houten stok, gaat onder een tak met bijzonder veel fruit staan en schudt er krachtig aan. Al snel ligt het laken vol mirabellen.

Helena begint de vruchten te verzamelen.

'Het doet me altijd aan vroeger denken.' Katharina schudt nog eens flink.

'Pas op voor mijn hoofd!' Helena steek speels haar wijsvinger op naar haar zus. 'Anders geen taart voor jou straks!'

Katharina lacht. Het is lang geleden dat ze Helena nog zo vrolijk heeft gezien.

Ze zijn goed op elkaar ingespeeld en werken geconcentreerd. Katharina schudt aan de takken en helpt Helena vervolgens met oprapen. In de kortste keren zit de mand boordevol.

'Wat ga je met al die mirabellen doen? Buiten de taart natuurlijk. Jam?' wil Katharina weten als ze even pauzeren.

'Wat denk je van een jam met rozemarijn.' Helena pakt een paar pruimen en gaat op het gras zitten.

'Weer een nieuwe combinatie. Hoe verzin je het toch!' Katharina bindt haar hoofddoek weer om.

Helena stopt een mirabel in haar mond en proeft de perfecte balans tussen zoet en zuur. Zo moet haar jam smaken. Ze wil de zon, de tuin en de lichtheid van deze zomerdag in een potje stoppen en bewaren voor de donkere, koude wintermaanden.

Katharina gaat naast haar zitten en pakt haar arm. 'Ik wil iets met je bespreken, Helena.'

'Wat dan?'

'Mijn toekomst.'

'De geneeskunde.' Het verbaast Helena niets.

'Ja. Ik wil eindexamen doen.'

Helena knikt. 'Dat heb je inderdaad nodig, alleen is het nu onmogelijk.'

'Weet ik, maar de soldaten hebben het er voortdurend over dat de oorlog bijna voorbij is.'

Die geruchten heeft Helena ook opgevangen. Het westelijke front zou ineengestort zijn. Zou het dan echt gaan gebeuren?

'Er wordt naar verluidt al onderhandeld.' Katharina speelt met het puntje van haar schort.

'Over vrede?'

'Zo heb ik het toch begrepen.'

'Nu ja, als je gewoon al kijkt naar al die soldaten hier die niet meer kunnen vechten, moet er gewoon een moment komen waarop Duitsland zal capituleren.'

Katharina knikt. 'Hoog tijd dat er een einde komt aan deze zinloze oorlog.'

'Hopelijk denkt de legerleiding er net zo over.' Helena kijkt haar zuster aan. 'Heb je er al over nagedacht waar je eindexamen zou willen doen?'

Katharina knikt. 'In München.'

'In München? Waarom niet aan de meisjesschool in Lindau?'

Katharina schudt het hoofd. 'Nee. Ik heb hier met een patiënt over gesproken en hij beweert dat in München voor mij de mogelijkheden voor het grijpen liggen.'

'Met dokter Von Bogen?'

Katharina kijkt Helena verbaasd aan. 'Waarom denk je aan hem? Heb jij iets met hem te maken?'

'Helemaal niet. Hij was hier voordat hij ontslagen werd. En omdat hij arts is, dacht ik dat –'

'Nee. Niet met hem.' Katharina klinkt afwijzend. 'In elk geval is München een interessante stad. Met een goede universiteit.'

'Dan heeft deze patiënt je al heel wat verteld.'

'Ja. Hij wil zelf arts worden.' Katharina gaat op het gras liggen.

‘Maar dat is een man,’ merkt Helena op. ‘Voor vrouwen is het niet zo gemakkelijk.’

‘De Ludwig-Maximilians-Universität heeft een medische faculteit waar ook vrouwen worden toegelaten.’

‘Echt?’ Helena gaat ook liggen en vouwt haar armen onder haar hoofd.

Samen staren ze een tijdje zwijgend naar de blauwe hemel waarin flarden witte wolken drijven.

‘Je hebt gelijk, Katharina,’ zegt Helena uiteindelijk. ‘Grijp je kans en volg je droom. En als die je naar München leidt, dan hoor je daar thuis.’ Ze draait haar hoofd opzij en kijkt haar zuster aan. ‘Ik sta achter je en papa ook, dat weet ik zeker.’

‘Maar het is duur.’

‘Dat geld krijgen we wel bij elkaar. Voordat het zover is, is de oorlog voorbij en zullen er zich nieuwe mogelijkheden voordoen en zullen we ook meer kunnen verdienen.’ Dat hoopt ze althans.

Katharina glimlacht gelukkig. ‘Je bent de beste grote zuster die ik heb.’

‘En jij en Lilly zijn de beste jongere zussen die ik heb.’

‘Zullen we jullie mand al meenemen? We hebben een nieuwe bij ons!’

Helena schrikt als ze de welbekende stem van broeder Fidelis herkent. Snel steunt ze op haar onderarmen. ‘Broeder Fidelis! O, Maksim!’

Achter de monnik slentert Maksim over het gras naar de pruimenboom. Hij draagt een lichtbruine broek en een eenvoudig witlinnen hemd waarvan hij de mouwen heeft opgestroopt. Helena voelt dat ze bloost, ze schaamt zich dat hij haar bij het soezen heeft betrapt.

‘Wat is er aan de hand, Helena?’ Katharina wrijft slaperig in haar ogen.

‘Blijf toch lekker liggen.’ Broeder Fidelis zet zijn lege mand naast de volle van Helena. ‘Jullie werken had genoeg. Eens uitrusten mag ook wel!’

Zijn goed bedoelde opmerking maakt het voor Helena alleen maar erger, maar nog voordat ze kan opstaan, staat Maksim naast haar en reikt hij haar de hand. ‘Sta me toe, Helena.’

De glimlach die zijn attente gebaar begeleidt, brengt Helena in beroering en het gevoel wordt nog sterker als hij haar even vasthoudt, weliswaar niet opdringerig, maar alsof hij wil voorkomen dat ze struikelt op de oneffen bodem.

Intussen is Katharina opgesprongen en laat ze het weer pruimen regenen.

'Kom op, broeder Fidelis!' roept ze brutaal. 'U hebt me wakker gemaakt, dan mag u me nu ook helpen!' De lach van broeder Fidelis werkt aanstekelijk. 'Nou, vooruit dan maar!'

Als de sterke monnik aan de boom schudt, vliegen de mirabellen hun om de oren. Maksim trekt Helena opzij om te zorgen dat ze niet wordt geraakt.

'Voilà! Ik heb mijn schuld vereffend!' Broeder Fidelis kijkt tevreden naar de overvloed aan fruit. 'Oprapen mogen jullie doen!' Hier en daar valt er nog een enkele pruim op de grond.

Maksim kijkt Helena uitnodigend aan. 'Zullen wij dan maar?'

Met z'n drieën gaan ze aan de slag terwijl broeder Fidelis uitgeput tegen de boomstam leunt en al snel in een gebed verzonken lijkt te zijn.

Maksim wijkt niet van Helena's zijde. Af en toe raken hun zoekende handen elkaar, zo toevallig dat Helena twijfelt of het niet opzettelijk is.

Nu is ook de tweede mand vol.

'*Nisi Dominus frustra*,' reciteert broeder Fidelis, die precies op dit moment klaar is met zijn bespiegeling. 'De Here God heeft het goed met ons voor!' Hij plukt nog een paar achtergebleven pruimen en legt ze met een gul gebaar boven op de rest. Ze staan met z'n allen bij de manden.

'Dat is een flinke oogst,' stelt Katharina tevreden vast. 'Daar kun je wel wat potten jam van maken.'

'Wanneer heb je weer dienst, Katharina?' vraagt Helena.

'Vanavond pas. Tot die tijd zal ik zuster Hedwig wat helpen.'

'O, fijn,' antwoordt Helena. 'Dan kan ik met Erna de pruimen verwerken.'

'Hemeltje lief, dit weegt lood,' horen ze broeder Fidelis kreunen die al met een van de twee manden aan het worstelen is.

'Ik help u wel, broeder Fidelis!' roept Katharina met een knipoog naar Helena en Maksim. 'Tot straks, jullie!'

Ze pakken de mand op en lopen in de richting van het huis. Helena kijkt hen na.

'Dan is deze voor ons,' hoort ze Maksim zeggen. Hij pakt de mand al op.

'Die hoeft u niet in uw eentje te dragen,' protesteert Helena. 'Kom, ik help u!'

'Geen sprake van! Laat me nu toch even de gentleman spelen.'

'Vooruit dan.' Helena glimlacht.

De pruimenboom staat beneden in de tuin van de Lindenhof. Om het tuinhek te bereiken moeten ze langs de plek met de perenbomen en de boomstronk waar Helena een paar weken geleden Elisabeth en, zoals inmiddels is gebleken, de eigenaar van Hotel Ochsen heeft gezien. Er bekruipt haar een ongemakkelijk gevoel. Sinds die twee stiekem in de boeken van de Lindenhof hebben zitten neuzen, koestert Helena een diep wantrouwen jegens Elisabeth.

Ze kijkt naar Maksim die voor haar uit loopt. Het liefst zou ze hem in vertrouwen nemen.

Precies op dat moment stopt hij en draait hij zich om, kennelijk om te kijken of ze nog volgt. 'Heb ik iets verkeerds gedaan?' vraagt hij als hij haar ernstige gezicht ziet.

'O, nee. Helemaal niet. Ik dacht net aan mijn zus Lilly in Stuttgart.'

'Hebt u naast Katharina nog een zus?'

Helena knikt. 'Lilly is dit jaar getrouwd en vertrokken.'

'Dan is ze ouder dan u.'

'Nee, Lilly is de middelste. Ik ben de oudste, Katharina de jongste. Maar we schelen niet zoveel in leeftijd. En u, Maksim? Hebt u broers of zussen?'

'Helaas niet.'

'Hebt u in Rusland nog iemand die bij jou hoort?'

Maksim schudt het hoofd en zet de mand neer. 'Laten we even een stukje wandelen.'

36

Maksim neemt Helena voorzichtig bij de hand en loopt langzaam het pad naar boven op. 'Is er een plek waar we ongestoord kunnen praten?' vraagt hij.

Helena wordt wat onrustig als hij het paadje naar de kas inslaat. Wil ze nu al haar toevluchtsoord met hem delen? Onbewust gaat ze wat langzamer lopen.

Hij lijkt haar aarzeling te hebben opgemerkt. 'Ik heb niets onbetamelijks in de zin, Helena. Je vertrouwen in mij is belangrijk voor me.'

'Ik ben niet bang, hoor. Het is gewoon dat de kas daar,' ze wijst naar het gebouwtje bovenaan de heuvel, 'een bijzondere plek is voor mij.'

'Neem me niet kwalijk. Dat wist ik niet.' Hij kijkt om zich heen. 'We kunnen ook hierbeneden een rustig plekje zoeken.'

Helena aarzelt. Ze beseft dat ze hem graag de kas wil laten zien, maar wie ze binnen laat, geeft ze toegang tot haar ziel.

Maksim wacht geduldig tot ze haar innerlijke strijd heeft gestreden. 'We gaan naar boven,' besluit ze uiteindelijk.

'Zeker weten?' Ze knikt.

Hij knijpt even in haar hand en laat die vervolgens los. Helena loopt voor hem het smalle pad op. Samen gaan ze de kas binnen.

Een tijdlang staan ze zwijgend naast elkaar. Daarna kijkt Maksim haar aan. 'Het is zo bijzonder, jij hierbinnen. Het is prachtig.'

Onder zijn blik voelt Helena opeens een heftig verlangen. Misschien kunnen ze toch maar beter teruggaan, maar op een bepaalde manier voelt zijn aanwezigheid hier goed.

'Wil je gaan zitten?' vraagt ze.

'Graag, als dat mag.'

'Ja,' zegt Helena zacht. 'Hier.' Ze pakt een paar boeken van een oude stoel die naast de plank staat. Met een hand veegt ze het stof weg dat zich erop heeft verzameld.

'Alstublieft!'

Terwijl Maksim gaat zitten, pakt ze zelf een krukje, doet haar hoofddoek af en steekt een lok vast die uit haar knotje is losgekomen.

Ze kijkt naar Maksim en ziet dat hij haar bewegingen met zijn ogen volgt. 'Je bent mooi, Helena,' zegt hij.

Die eenvoudige opmerking maakt dat Helena het warm krijgt. En het wordt nog erger naarmate hun blikken zich intenser met elkaar verstrengelen. *Hoe houd ik mijn ziel zo in toom dat hij de jouwe niet beroert?* Het vers van Rainer Maria Rilke schiet door haar hoofd en verwoordt wat ze zelf niet kan benoemen. Hier gebeurt iets wat haar wil en verstand overstijgt.

Hij schraapt zijn keel. 'We hebben veel dat ons met elkaar verbindt, Helena. Daarom wil ik je meer over mezelf vertellen.'

Helena knikt.

'Je hebt je natuurlijk al afgevraagd waar mijn littekens vandaan komen. Dat is normaal.'

'Wel –' Helena knippert verlegen met haar haar ogen. Ze wil niet rechtstreeks naar de wonden kijken en zoekt daarom zijn ogen.

Hij tuurt echter in de verte. 'Ze kwamen met sabels en bajonetten. Ik heb het overleefd, maar voor Lidia en de kinderen waren de houwen fataal.'

Helena weet dat hij zijn gezin op gruwelijke wijze is kwijtgeraakt, maar toch gaan zijn woorden door merg en been. De littekens op zijn gezicht zijn slechts de gevolgen die aan de buitenkant zichtbaar zijn. Wat doet het met een mens om hulpeloos te moeten toekijken hoe je dierbaren worden afgeslacht? En je hen niet kan helpen? De pijn die om hem heen hangt, grijpt haar diep aan.

Hoe houd ik mijn ziel zo in toom dat hij de jouwe niet beroert?

'Ik zal geen rust vinden voordat ik weet wat er is gebeurd.' Zijn stem klinkt schor.

'Dat begrijp ik,' fluistert Helena.

Maksim wrijft in zijn nek en schudt het hoofd. Helena durft zich niet te bewegen en wacht tot hij weer verder kan praten.

'Mijn ouders heb ik ook niet meer. Mijn moeder was van Duitse origine, daarom spreek ik de taal.' Hij steunt met zijn onderarmen op zijn dijen. 'Op mijn zoektocht naar de verantwoordelijken voor deze gruweldaden, ben ik op de stamboom gestuit die ik je in de wijngaard heb laten zien.'

Helena krijgt een onbehaaglijk gevoel. 'Zoek je de schuldigen hier bij ons?'

Maksim schudt het hoofd. 'Nee, Helena. Ik druk me verkeerd uit. Ik heb het gevoel dat de moord op mijn gezin en het lot van jouw moeder verband houden met elkaar.'

Helena knikt. 'Ik weet niet eens of ze nog leeft. Of waarom ze mij bij mijn vader heeft achtergelaten.'

Maksim kijkt haar peinzend aan. 'Misschien moeten we dit samen met je vader bespreken.'

'Nee!' roept Helena.

'Nee?' Maksim kijkt verbaasd. 'Ik respecteer natuurlijk je mening, maar heb je daar een bepaalde reden voor? Ik had de indruk dat jij een goede band met je vader hebt.'

'Dat zeker, maar dit onderwerp is op een of andere manier taboe. Dat heb ik je al te verstaan gegeven.' Ze ademt diep in. 'Als jij dingen weet die hij voor me achterhoudt, wil ik graag dat je ze aan mij vertelt.'

Maksim drukt zijn handpalmen tegen elkaar.

'Jouw familie stamt net als de mijne uit oude Russische adel. Ze leefden allemaal een bevoorrecht leven en toch waren er geheimen.' Hij wrijft teder over de hand van Helena. 'Je hebt gezien dat de naam van Olga uit de stamboom van de familie is geschrapt.' Helena knikt.

'Olga Pavlova is na jouw geboorte verdwenen. Niemand heeft ooit nog iets van haar gehoord. Jijzelf bent een tijd later doodverklaard.' Helena houdt ontzet haar adem in. 'Wat zeg je nu?'

'Er staat een aantekening over je overlijden in het register van de Russisch-orthodoxe kerk in Genève. Niemand kan verklaren waarom.' Maksim grijpt haar hand. 'Wat ik je nu vertel is moeilijk voor je, niet?'

Helena schudt het hoofd. Even zitten ze heel stil en verbijten ze samen de pijn die in hen woedt. 'Ik ben blij dat ik eindelijk iets weet,' zegt ze ten slotte. 'Ook al is het vreselijk verwarrend.'

'Er hangt inderdaad een groot geheim rond jouw geboorte, Helena. En om je moeder.'

'En dat je hier op zoek bent naar Olga, betekent dat je nog geen antwoorden hebt.'

'Inderdaad.'

'Maar hoe heb je míj gevonden terwijl ik zogenaamd niet meer leef?'

'Ik heb de vroedvrouw gevonden die je ter wereld heeft gebracht.' Maksim glimlacht en verstrengelt zijn vingers met de hare.

'Echt waar?' Er gaat een rilling van vreugde door Helena. 'Wat heeft ze je verteld?'

'Alles wijst erop dat Olga ongewenst zwanger was. Om de reputatie van de familie niet te beschadigen, heeft men haar naar Genève gestuurd. Daar moest ze bevallen van het kind en vervolgens terugkeren naar Rusland. Wanneer ben je jarig, Helena?'

'Ik ben op 17 juli 1896 geboren.'

Maksim knikt. 'Dat klopt met mijn bevindingen. En ik heb ook ontdekt dat je gedoopt bent als Jelena.'

'Russisch voor Helena, zoals je me al hebt uitgelegd.'

'Precies. Je heet dus Jelena Pavlova.'

'En niet Helena Lindner.'

'Ik denk dat je beide namen in je draagt.'

'Het klinkt misschien vreemd, maar eigenlijk voelt het juister. Weet je, soms is het net alsof ik die Russische kant voel. En nu ik mijn naam ken, ben ik een beetje completer.' Ze zwijgt even. 'Ik wil je iets laten zien.'

'Wat dan?' Hij kijkt haar verwachtingsvol aan.

'Ik heb het niet bij me, het ligt in mijn kamer. Een sieraad van mijn moeder.'

'Dat is interessant. Misschien leidt het ons verder.' Maksim maakt zijn vingers los. 'We gaan uitzoeken wat er met je moeder is gebeurd. En met mijn familie.' Hij wrijft een lok uit haar gezicht en staat op. 'Het is al laat. Zullen we teruggaan?'

37

Meersburg, de volgende avond

Helena zoekt Maksim op in zijn kamer nadat het stil is geworden in huis en broeder Fidelis de nachtdienst heeft overgenomen. Maksim aarzelt even, overweegt of het wel betamelijk is haar binnen te laten, maar voelt dat het belangrijk is.

Nog steeds in uniform zit ze aan zijn tafeltje: peinzend, moe en betoverend. Het kapje heeft ze afgezet en haar haar draagt ze in een eenvoudige vlecht die over haar schouders en borst tot aan haar middel reikt.

'Ik heb je gisteren gezegd dat ik je iets wilde laten zien.' Ze pakt zijn hand en legt er voorzichtig het medaillon in. 'Dit is het.'

'Dank je.' Maksim bekijk het hart en wrijft over het glanzende email. 'Een waardevol iets.'

'Doe het maar open,' zegt Helena.

'Bedankt voor je vertrouwen, Helena, maar het is iets heel persoonlijks.' Hij reikt het haar aan. 'Doe jij het maar open. Toch zeker deze keer.'

Helena pakt het medaillon, klikt het open en laat hem de twee portretten zien.

Maksim herkent ze meteen. 'Dat is je grootmoeder. Maria Pavlova, als jonge vrouw.'

Helena knikt. 'Dat vermoedde ik al.'

Hij bekijkt het geschilderde portret dat Maria Pavlova afbeeldt in een laag uitgesneden avondjurk van lichte zijde. De gelijkenis met Lidia en Helena is werkelijk frappant: de delicate huid, blauwe ogen, het donkere haar.

‘Ze draagt de Pavlova-juwelen,’ merkt hij op.

‘Op de juwelen heb ik eigenlijk nooit gelet.’ Helena draait de binnenkant van het medaillon naar zich toe. ‘Ik heb altijd mezelf gezocht in dit portret.’ Ze glimlacht onzeker. ‘Dat klinkt vreemd, niet?’

‘Nee, dat is helemaal niet vreemd. Je wilt gewoon weten wie je bent.’

Helena knikt. ‘Droeg ze de juwelen altijd bij feestelijke aangelegenheden?’

‘Ik denk het wel, maar ik heb haar nooit persoonlijk ontmoet. Ze was al overleden toen ik in de familie kwam.’

‘O! Dan moet ze jong gestorven zijn.’

Maksim knikt. ‘De tiara in haar haar heeft Lidia, mijn vrouw, geërfd. De oorbellen moeten naar Vera zijn gegaan, de jongste zuster.’

‘Ze hebben de juwelen dus verdeeld.’ Helena legt een vinger op haar onderlip. ‘Jammer, ze horen eigenlijk samen.’

‘De Pavlova-juwelen zijn altijd in vrouwelijke lijn doorgegeven. Maria heeft haar drie dochters bedacht.’

‘Dat is natuurlijk ook eerlijk.’ Helena denkt even na. ‘Dan moet Olga, mijn moeder dus, de ketting hebben gekregen,’ besluit ze.

Maksim moet Helena gelijk geven. In zijn zoektocht naar Olga hebben de Pavlova-sieraden tot op heden geen rol gespeeld, maar wie weet brengen ze hem op een nieuw spoor.

Van Boris weet hij dat de tiara van Lidia net als alle andere juwelen bij de overval zijn gestolen. Dat één specifiek juweel de reden voor de roofmoord kan zijn geweest, is tot op heden niet bij Maksim opgekomen. Een fout kennelijk, want plotseling dringt zich de vraag op of iemand er belang bij heeft de Pavlova-set weer bij elkaar te krijgen.

Maar wie zou daarbij over lijken gaan? Zou dit spoor uiteindelijk naar Olga leiden en heeft zij de ketting? En waar zijn de oorbellen van Vera?

Maksim besluit dit met Boris te bespreken. In Rusland is tegenwoordig alles mogelijk. Veel edelen die hun geld zijn verloren in de revolutie, verkopen de familiejuwelen voor een beetje eten. Louche handelaren proberen daar munt uit te slaan en de met smaragden en diamanten bezette Pavlova-juwelen zijn bijzonder waardevol.

Een klikje haalt hem uit zijn overpeinzingen. Helena heeft het zwarte, hartvormige medaillon dichtgeklapt. ‘Mijn moeder heeft het mij als baby meegegeven,’ zegt ze weemoedig. ‘Opdat ik een herinnering aan haar zou hebben. Dat is althans wat mijn vader me heeft verteld.’

Maksim kijkt haar aan. 'Ik weet dat je het niet fijn vindt, Helena, maar ik denk dat het tijd is om je vader erbij te betrekken. Als we echt een spoor naar je moeder willen vinden, is hij een van de belangrijkste getuigen. Ze moet hem hebben vertrouwd aangezien hij de nacht van jouw geboorte bij haar was.'

'Echt waar? Was hij erbij toen ik geboren werd?'

'Niet meteen, maar wel kort daarna.'

'Hoe weet je dat?'

'Dat heeft de vroedvrouw me verteld.'

Helena staart hem verbouwereerd aan.

'Waarom heeft hij me niets verteld?' Haar stem is nauwelijks hoorbaar. 'Ik bedoel, ik heb hem altijd vertrouwd. En, ik heb toch alleen maar hem.' Maksim ziet de tranen in haar ogen.

Hij legt zijn hand op de hare. 'Helena –'

Ze reageert niet.

Maksim streelt zacht haar vinger, wil er zijn voor haar, haar steunen, maar zij sluit haar ogen.

'Geef me even de tijd, Maksim, alsjeblieft. Ik moet eerst nadenken over wat ik heb gehoord.'

38

Twee dagen later in de werkkamer van de Lindenhof

Gustav Lindner is nog laat op. Steeds weer opnieuw berekent hij de inkomsten en uitgaven en almaar komt hij tot dezelfde conclusie: als er geen wonder geschiedt, zullen ze het begin volgend jaar moeten opgeven. Een dezer dagen wil hij nog een keer naar het ziekenhuis om te onderhandelen over het tarief dat ze per patiënt krijgen, maar in de verste verte niet toereikend is.

Gustav wrijft over zijn slapen die al de hele dag pijnlijk kloppen. De twijfels knagen aan hem. Heeft Elisabeth dan toch gelijk en is het aan hem te wijten dat het niet vordert met de Lindenhof?

Het raam staat open en in de verte hoort hij de donder. Boven het meer zijn de eerste bliksemschichten al te zien. Het naderende onweer en de broeierige warmte van de afgelopen dagen beginnen hun tol van hem te eisen.

Hij klapt het boek dicht, legt het weg en ruimt zijn bureau op als er wordt geklopt.

'Ja, binnen.' Wie kan dat nu nog zijn zo laat op de avond?

Helena en Maksim Baranov komen binnen en meteen valt hem de gespannen uitdrukking op het gezicht van zijn oudste dochter op.

'Is er iets gebeurd, Helena?'

Helena schudt het hoofd. 'Ik, wij willen iets moet jou bespreken.'

Gustav schrikt. Het is hem niet ontgaan dat die twee het heel goed met elkaar kunnen vinden, maar anders dan bij Lilly kan hij zich niet voorstellen dat Helena zich halsoverkop in een huwelijk zou storten.

'Kom dan maar even zitten,' biedt hij aan.

Terwijl ze op de stoelen voor zijn bureau plaatsnemen, haalt Gustav een fles silvaner uit Meersburg en drie wijnglazen uit de kast en schenkt hun allen een glas in.

'Zo.' Hij heft het glas. 'Gezondheid!'

'Op uw gezondheid, mijnheer Lindner,' antwoordt Baranov vriendelijk.

Helena zegt niets, klinkt afwezig hun glazen en kijkt geen van beiden aan.

Gustav zet zijn glas neer en gaat ook zitten. 'Vertel. Wat is er zo belangrijk?'

Als Helena eindelijk haar hoofd optilt, gaan Gustavs nekharen overeind staan. Het gerommel van de donder wordt luider.

'Het is tijd, papa.' Ze haalt iets uit de zak van haar rok en legt het met een kletterend geluid op het bureau: het medaillon van Olga. 'Ik wil weten wat je over mijn moeder weet. Nu. Daar heb ik recht op!'

Gustav ziet hoe gespannen ze is en zijn hart klopt als een bezetene achter zijn slapen. Dit gesprek kan hij niet zomaar voeren. Hij heeft tijd nodig om de juiste woorden en uitleg te bedenken. 'Ik heb al tweeëntwintig jaar niets meer van haar gehoord,' antwoordt hij daarom ontwijkend. 'En als je hierover met mij wil praten, Helena, kunnen we dat beter onder vier ogen doen.'

'Nee, papa. Je hebt tijd genoeg gehad om hier rustig met mij over te praten. Inmiddels is er veel veranderd.' Helena kijkt snel naar Baranov die haar geruststellend toeknikt. Gustav krijgt een vervelend voorgevoel. 'U bent hier niet toevallig verzeild geraakt, Baranov.'

'Nee, meneer Lindner. Dat klopt.' Baranov haalt een papier uit de binnenzak van zijn jas en legt het naast het medaillon. 'Mijn volledige naam is Maksim baron Baranov. Ik was getrouwd met Lidia Pavlova, de nicht van Helena. Olga Pavlova was de tante van mijn vrouw.'

Gustav kijkt naar de stamboom. Hij herkent de namen die Baranov met zachte stem voorleest. Olga had het met hem over haar moeder Maria gehad en vaak over haar zussen gesproken. En dan ziet hij dat op de plek tussen Irina en Vera een naam is uitgewist.

De kamer begint te draaien. Gustavs geest en hart worden overspoeld door herinneringen terwijl de bliksemschichten boven de Lindenhof flitsen. 'Is Olga... dood?'

'Ik weet het niet,' antwoordt Baranov. 'Ik ben zelf naar haar op zoek en hoop eigenlijk via u iets over haar te weten te komen.'

Gustav schudt het hoofd. 'Ik weet werkelijk niets van haar. Maar hier,' hij legt zijn hand op de stamboom, 'zie ik dat ze overleden moet zijn! Haar naam ontbreekt'

'Ik denk dat er een andere reden is waarom haar naam is weggehaald,' zegt Baranov. 'Irina leeft ook niet meer, maar haar naam staat er nog gewoon.'

'Nu je het zegt.'

'Tot nu toe heb ik niet kunnen achterhalen wat er werkelijk met Olga is gebeurd. Of waarom ze uit de stamboom van haar familie is gewist.'

Gustav wordt overvallen door weemoed en verlangen, gevoelens die hij jarenlang heeft verdrongen. Olga.

Ze was zo wanhopig geweest en tegelijkertijd zo sterk en zo vol zorg voor haar ongeboren kind. Dat ze zijn gevoelens had beantwoord, had Gustav indertijd een wonder geleken.

Hij vermant zich. 'Meneer Baranov. Misschien moet u zich nader verklaren. Ik bedoel, u komt naar mijn huis, zorgt dat u een baan krijgt, zoekt toenadering tot mijn dochter –'

'Papa!'

'Laat me uitpraten, Helena.' Gustav Lindner beseft dat het zweet op zijn voorhoofd parelt. 'Hoe weet ik of u eervolle bedoelingen hebt?'

'Ik geef u mijn woord. Ook al biedt dat misschien niet de zekerheid die u verlangt.' Baranov wijst naar het papier. 'Naast deze stamboom kan ik u ook mijn eigen stamboom laten zien. Het geslacht Baranov gaat terug tot de achttiende eeuw.'

Als Gustav niet meteen antwoordt, mengt Helena zich in het gesprek: 'Waarom moet hij met bewijzen komen, papa? Jij bent toch degene die niet oprecht is geweest.'

Haar scherpe toon raakt Gustav.

'Kijk naar zijn littekens!' vervolgt ze met trillende stem. 'Lidia en zijn kinderen zijn voor zijn ogen vermoord. Dat was ook míjn familie. Het is een wonder dat hij het zelf heeft overleefd. En ik vermoed dat jij, net zo goed als ik, weet dat hij de waarheid spreekt, papa.'

Er valt een stilte. Buiten woedt het onweer.

'Ik begrijp uw bezorgdheid, meneer Lindner,' zegt Baranov uiteindelijk. 'En als u wilt, vertel ik u de komende dagen mijn hele verhaal.'

'Dat is aan u. Ik weet hoe moeilijk het is om over zulke dingen te praten.'

'Als we elkaar willen vertrouwen, moet u het weten.' Baranov kijkt hem aan. 'Wat Olga Pavlova betreft, denk ik dat haar lot mogelijk een puzzelstuk is in de zoektocht naar degenen die mijn gezin hebben gedood. De omstandigheden rond de geboorte van Helena kunnen misschien aanwijzingen opleveren of ze nog leeft en waar. En dat Helena zelf vurig hoopt alles over haar moeder te weten, lijkt me niet meer dan normaal.'

'Dat weet ik toch!' vaart Gustav uit.

Helena kijkt hem geschrokken aan.

Hij maant zichzelf tot kalmte en pakt zijn glas. 'Als jongeman met grote ambities in het hotelwezen heb ik een aantal jaren in het buitenland doorgebracht. In die tijd had ik een goede baan in een groot hotel in Genève, het Beau Rivage.' Hij leegt zijn glas en staart in gedachten verzonken naar het bodempje. 'Op een dag nam een jonge vrouw uit Rusland daar haar intrek. Ze was in het gezelschap van een oudere bediende en huurde voor langere tijd een kamer.'

'Mijn moeder.'

'Olga Pavlova.' Gustav knikt en zet zijn glas weer neer. 'Ze was verlegen en erg op zichzelf. Maar af en toe kwamen we elkaar tegen. Ze sprak heel goed Duits en na verloop van tijd groeiden we steeds meer naar elkaar toe. Het spreekt voor zich dat niemand dat mocht weten en daarom combineerden we onze ontmoetingen met verzoeken van haar: ik moest haar naar de stad begeleiden of haar naar de kerk brengen.'

'En toen werd ze zwanger.' Helena kijkt hem indringend aan.

Gustavs stem stokt. 'Nee, Helena.' Hij duwt zijn handpalmen tegen elkaar. 'Olga was al zwanger toen ze in Genève aankwam.' Het hoge woord is er eindelijk uit.

'Jij bent...' Helena hapt naar adem. 'Jij bent dus niet mijn vader?'

De ontzetting op haar gezicht raakt hem diep. Dat is ook precies de reden waarom hij haar al die jaren niets heeft verteld.

'Ik ben jouw biologische dochter niet?' De tranen stromen over Helena's wangen. 'Zeg dat het niet waar is!'

Gustav schudt het hoofd. 'Dat kan ik niet. Ik kan niet eens zeggen dat ik wou dat het waar was, want in dat geval zou jij jij niet zijn.'

Helena slikt. Als ze wat is gekalmeerd, reikt Baranov haar een zakdoek aan. Ze veegt haar tranen weg. 'Waarom heb je dit voor me verzwegen?'

Gustav schenkt de glazen bij. De alcohol maakt het hem wat gemakkelijker. 'Lieve Helena, sommige beslissingen neem je uit liefde, en misschien ook uit angst.'

'Toch –'

Gustav kijkt haar smekend aan. 'Gun me de kans je alles te vertellen.'

Helena knikt.

'Olga vertrouwde me al snel toe dat ze zwanger was en vertelde me ook dat ze bang was dat ze het kind na de geboorte zouden afnemen. Dat wilde ze helemaal niet. Ik ging op zoek naar een mogelijkheid om in ons levensonderhoud te voorzien. Want hoewel we elkaar nog niet lang kenden, was ik vastbesloten met haar en het kind een gezin te stichten. Ik had je dus nog voor je geboorte in mijn hart gesloten, Helena.' Hij kijkt zijn dochter liefdevol aan. 'Rond die tijd stierf mijn oudoom hier in Meersburg en liet hij mij de Lindenhof na. Zelf had hij geen nakomelingen en hij was erg gesteld op mijn idee er een pension van te maken. Voor mij was het een geschenk uit de hemel. Opeens had ik een basis voor het gezinnetje dat we zouden gaan vormen. En dus heb ik jou als pasgeborene in mijn armen gesloten en niet meer losgelaten.'

'Papa –'

'Om je buiten het bereik van je Russische familie te brengen, ben ik met jou van Genève naar Meersburg gereisd in de veronderstelling dat je moeder ons zo snel mogelijk zou volgen. Maar ze is nooit gekomen.' Gustav is van droefheid vervuld.

Hij had gewacht. Dag na dag. Week na week. Jaar na jaar. Hij was blijven hopen, had zich zorgen gemaakt en het uiteindelijk opgegeven.

Helena fronst het voorhoofd. 'Waarom heb je me dood laten verklaren?'

'Toen ik niets meer van je moeder hoorde, wilde ik het risico niet lopen dat iemand je zou komen zoeken.' Hij wrijft met duim en wijsvinger over zijn neusbrug.

'Wat is er met haar gebeurd?' vraagt Helena zacht.

'Dat probeer ik je net uit te leggen. Ik weet het niet, Helena.'

'Je hebt nooit meer iets van haar gehoord?'

Gustav schudt het hoofd. Een laatste bliksemschicht verlicht de nachtelijke hemel, het gedonder sterft weg.

'Weet je...' Helena slikt. 'Weet je dan misschien wie mijn...' Het woord 'vader' krijgt ze niet over haar lippen.

'Nee. Ik weet alleen dat ik jouw papa ben en altijd zal zijn. Als je me dat toestaat tenminste, Helena.' Hij staat op en gaat achter haar stoel staan.

Begripvol staat Baranov op en loopt naar het raam terwijl Gustav naast zijn dochter gaat zitten en haar in zijn armen neemt. Als Helena na enig aarzelen haar hoofd op zijn schouder legt zoals ze dat als kind zo vaak heeft gedaan, begint hij te huilen. Om zijn dochter en om zijn verloren liefde.

DEEL 3
HOOP EN WANHOOP

Oktober tot december 1918

39

Meersburg, medio oktober 1918

Helena helpt Käthe met de voorbereidingen voor het avondeten. Erna had over hoofdpijn en misselijkheid geklaagd en een kwartier geleden hebben ze haar naar huis gestuurd. De afgelopen dagen zijn er wat geïsoleerde gevallen van patiënten met koorts geweest. Vermoedelijk heeft Erna via deze weg iets opgelopen. Ook Kasia is op dit moment afwezig, niet wegens ziekte maar omdat ze een belangrijke opdracht moet voltooien en thuis in Konstanz aan het werk is.

Gelukkig is Maksim er en neemt hij heel wat taken in het hospitaal voor zijn rekening. Hij voelt zich ook niet te goed om naast het verzorgen van de patiënten ook vermoeiende schoonmaakklussen op zich te nemen. Ze besteden ontzettend veel aandacht aan hygiëne en niemand heeft nog maag- en darmklachten gehad, maar de nieuwe gevallen van koorts baren Helena toch zorgen.

Maksim. Terwijl ze wortelen, selderij en uien in blokjes snijdt, beseft ze hoezeer hij deel is gaan uitmaken van haar familie en hoe dat de aantrekkingskracht tussen hen beiden ver overstijgt. Ze hebben immers een gemeenschappelijk verleden.

Hij heeft haar met lange verhalen ingewijd in zijn vroegere leven. Een zorgeloze jeugd, opgegroeid volgens de tradities en waarden van een oude aristocratische familie met zomers op het landgoed van de familie en winters in het stadspaleis.

Ze hebben gepraat over het Rusland dat gevallen is, over de Socialistische Sovjetrepubliek die ervoor in de plaats is gekomen en over de verschrikkelijke gevolgen voor de adel. Die verhalen wisselde hij af met anekdotes over Lidia en de kinderen, en zo deelt Helena zijn herinneringen én zijn verdriet. Tegelijkertijd raakt ze zich meer bewust van haar Russische afkomst.

Op zijn beurt helpt Maksim haar de relatie met haar vader te herstellen. Na hun gesprek in die onweersnacht, heeft Helena lang geworsteld met het feit dat Gustav Lindner haar biologische vader niet is, maar ook met het feit dat hij dat zo lang voor haar heeft verzwegen. Hij heeft herhaaldelijk geprobeerd haar uit te leggen waarom: eerst was Helena te jong geweest, vervolgens had hij Elisabeth leren kennen en het gevoel gehad dat het in die situatie beter was geen twijfels over de afkomst van Helena te zaaien. Bovendien is Meersburg klein en wilde hij geen aanleiding geven tot roddelpraatjes.

Op een bepaald moment was hij bang geworden dat hij het juiste moment had gemist en had hij, uit angst voor haar afwijzing, het onderwerp steeds voor zich uit geschoven.

'Ergens begrijp ik het, papa,' had Helena gezegd. 'Maar het is raar als je een deel van jezelf niet kent. Je bent voortdurend op zoek naar dat ontbrekende stuk, maar je kunt jezelf niet compleet maken als je helemaal niets weet.'

Nu weet ze meer, maar de vragen zijn er niet minder om geworden, integendeel zelfs: ze is dichter bij haar moeder gekomen, maar tegelijkertijd is ze haar vader kwijtgeraakt. 'Eigenlijk is er niets veranderd, Helena,' had Maksim geantwoord nadat ze haar gevoelens aan hem had beschreven. 'Het enige wat er is veranderd, zijn je gedachten. Probeer het te accepteren en ga nieuwsgierig op zoek.'

Helena doet de gesneden groenten in de grote pan met gezouten water op het fornuis en pakt een bos prei. Terwijl ze de stengels in ringetjes snijdt vult de keuken zich met de geur van een perentaart die Käthe in de oven heeft geschoven en straks als dessert wil serveren.

Ondanks de drukte in de keuken hoort Helena de deurbel. Vermoedelijk de postbode. Korte tijd later komt Elisabeth binnen met een brief in haar hand.

Ze geeft die aan Helena. 'Van Lilly. Kijk jij maar.'

Helena droogt haar handen af aan een theedoek en opent de envelop.

Lieve Helena,
Het spijt me verschrikkelijk dat ik lang niets van me heb laten horden. Ik weet dat je op nieuws van me wacht en daarom schrijf ik je nu snel nog deze brief.

Met mij gaat het goed en met de baby ook. Althans zo voelt het als hij me 's nachts met stevige schoppen uit mijn slaap houdt. Die kleine wil me zeker voorbereiden op wat me te wachten staat als hij eenmaal geboren is.
De huishoudster heeft geregeld dat de vroedvrouw op gezette tijden langskomt en me onderzoekt. Volgens de verloskundige gaat alles voorspoedig en mag ik een normale bevalling verwachten. Het is grappig als zij de hoorbuis op mijn dikke buik drukt om naar de hartslag van het kind te luisteren.
Arno is nog niet thuis, maar het zal nu niet lang meer duren. Daarom blijf ik liever in Stuttgart en kom ik niet naar Meersburg om te bevallen. Hier wordt voor alles gezorgd.
Natuurlijk laat ik jullie meteen iets weten als de baby er is.
Dikke knuffels,
Lilly

Helena vouwt de brief dicht en stopt die in de zak van haar schort.

'Alles goed met Lilly?' vraagt Elisabeth die sneden brood over de borden verdeelt.

'Ja, het gaat goed met haar.'

'En de baby?'

'Ook. Het is een levendig kind. Wil je haar brief lezen?'

Elisabeth schudt het hoofd. 'Laat maar, ik hoor het wel als ze iets van me verwacht.'

'Kom op, zeg. Jij bent haar moeder.'

'Ik moet voor de thee van de patiënten zorgen.'

Helena is niet anders gewend van haar stiefmoeder, maar ze vindt het toch triest hoe weinig interesse ze toont voor haar dochter en haar ongeboren kleinkind.

Op het moment dat de soep klaar is om op te dienen, komt zuster Hedwig de keuken binnen.

'Juffrouw Helena, u moet een dokter laten komen. Het gaat heel slecht met twee van onze patiënten.'

'Ik loop snel naar boven, naar het ziekenhuis!' Elisabeth doet haar schort af en gaat meteen op pad.

'Wat is er aan de hand?' vraagt Helena, als ze zich met zuster Hedwig naar de ziekenzaal rept. 'Opnieuw diarree en overgeven?'

'Nee,' antwoordt zuster Hedwig. 'Het zit blijkbaar op de longen. Er heerst al een paar dagen griep, maar wat hier gebeurt heb ik nog nooit gezien.'

Een paar minuten later staan ze naast het bed van de eerste patiënt.

'Zie je die huid?'

'Die is helemaal blauw.' Helena schudt het hoofd. De patiënt ademt oppervlakkig en ziet er apathisch uit.

'Zuster Hedwig!' Het is broeder Fidelis die aan de andere kant van de zaal naast een bed zit. 'D'r komt bloed uit z'n neus!'

'Ik weet niet waarom de symptomen zo ernstig zijn.' Zuster Hedwig trekt de deken weer over de man. 'Maar als het zo verdergaat, hebben we vannacht nog de eerste dode.'

Helena probeert de grauwheid die door haar aderen kruipt te verdringen. Als zuster Hedwig gelijk krijgt, dan... Ze durft er niet verder over na te denken.

Zuster Hedwig haast zich naar broeder Fidelis en op dat moment komt Helena's vader binnen, op de voet gevolgd door Maksim.

'Wat gebeurt hier?' vraagt Gustav Lindner.

'Goed dat je er bent, papa. Moet je dit zien!' Helena tilt voorzichtig de deken weer op van de zieke naast wiens bed ze nog steeds staat.

Haar vader ademt hoorbaar uit als hij de verkleurde huid ziet. 'Hij heeft geen zuurstof meer in zijn bloed. Dat heb ik in de oorlog een paar keer gezien.' Hij laat zijn blik over de zaal dwalen. 'Hoeveel zieken hebben we?'

'Gisteren waren er vijf patiënten met koorts en pijn.'

'Vandaag zijn twee van hen kritiek.' Zuster Hedwig, die net broeder Fidelis heeft geholpen, voegt zich weer bij hen. 'Die bloedneuzen zijn ook abnormaal.'

'Mijnheer Lindner?' Er klinkt een diepe stem door de zaal.

Gustav draait zich om. 'Dokter Zimmermann!' Hij haast zich naar de arts.

'Godzijdank dat u er zo snel bent!' zegt zuster Hedwig opgelucht.

Dokter Zimmermann laat zich meteen naar de patiënten leiden. Samen lopen ze van bed naar bed.

'Boven in het ziekenhuis zien we precies hetzelfde,' zegt hij. 'In een paar uur tijd ontwikkelen patiënten meer dan veertig graden koorts.'

'En die blauwe huid,' voegt zuster Hedwig eraan toe.

Dokter Zimmermann knikt. 'Velen geven ook bloed over. Het lijkt wel longpest, maar die ziekte komt in dit deel van de wereld allang niet meer voor. Ik neem daarom aan dat het griep is. Die slaat ook vaak op de longen.'

'Wat kunnen we doen?' vraagt Helena. Hulpeloos laat ze haar blik over de bedden gaan.

'Ik beluister de patiënten met koorts en de zware gevallen injecteer ik met kinine. Bij de patiënten met koorts kunt u proberen de temperatuur omlaag te brengen met kuitkompressen. Als ze het koud hebben, houdt u hen warm. In geen geval mogen ze oververhit raken, daar moet u goed op letten.'

Helena knikt en de arts haalt zijn stethoscoop tevoorschijn.

'Hebt u bonenkoffie?'

'Heel weinig.'

'Maak zo veel koffie als u kunt en geef dat aan de mannen met een slechte bloedcirculatie.' Hij zet een glas met witte pillen op een nachtkastje. 'Ik heb wat aspirine meegebracht. Zuster Hedwig kan zorgen voor de dosering en verdeling. Zij kent haar vak.'

Hij maakt zich op om samen met zuster Hedwig de patiënten te verzorgen. Maksim komt naast Helena staan.

'Dat ziet er ernstig uit,' zegt hij.

'Ja. Zeer ernstig.'

40

Meersburg, een week later

Verbijsterd staat Helena tussen de lege bedden in de ziekenzaal. Broeder Fidelis haalt de laatste lakens van de matrassen. Hij ziet bleek, de afschuw heeft zijn zorgeloze humor verdreven. Zuster Hedwig heeft de Lindenhof met de laatste patiënten verlaten en werkt nu weer in het ziekenhuis, Kasia is in Konstanz gebleven. Elisabeth hebben ze al twee dagen niet meer gezien. Maksim daarentegen is samen met de wasvrouw onafgebroken bezig met het wassen van de enorme hoeveelheden was die zich hebben opgehoopt – de met bloed bevlekte, bezwete getuigen van hun hopeloze strijd.

Hoe heeft het in een paar dagen zover kunnen komen?

Meer dan tien patiënten zijn jammerlijk gestikt, de anderen waren allemaal zo ziek en zwak dat men hen terug naar het ziekenhuis heeft gebracht. Ten slotte liet dokter Zimmermann hun weten dat alle verplaatsingen van Konstanz naar Meersburg waren opgeschort en er binnen afzienbare tijd geen patiënten meer naar de Lindenhof zouden worden doorverwezen. 'Het gaat om een pandemie van Bijbelse proporties,' heeft hij aan Helena uitgelegd. 'De ziekte is niet alleen zeer besmettelijk, maar ook dodelijk! Neem alle hygiënische maatregelen in acht, ook als u straks geen patiënten meer hebt, en bind een doek of een ander masker voor uw gezicht zodra u het huis verlaat.' Daarbij had hij naar zijn eigen mondmasker gewezen en was hij met haar naar de deur gelopen. 'Blijf gezond, juffrouw Lindner!'

Helena wrijft met de rug van haar hand over haar voorhoofd, draait zich om en loopt naar de werkkamer. Zij en haar vader moeten bespreken hoe het nu verder moet met de Lindenhof. Na jaren van onzekerheid en oorlog, woedt er nu ook een akelige epidemie in het land. Hoe kunnen ze het hoofd boven water houden nu ook de samenwerking met het ziekenhuis is weggevallen en ze geen vast inkomen meer hebben? De verkoop van taarten en jam zal bij lange na niet volstaan om van te leven. Op betalende gasten hoeven ze op dit moment niet te rekenen en daarnaast leveren de hamstertochten van Elisabeth ook nauwelijks nog iets op. En de dood ligt overal op de loer. Wat als er iemand van hen ernstig ziek wordt en sterft?

Het is Helena zwaar te moede als ze de trap naar de eerste verdieping oploopt. Met elke trede die ze neemt, wordt het duidelijker dat het leven aan een zijden draadje hangt. Zal de toekomst met al haar dromen en verwachtingen uiteenspatten zoals het schuim van de golven die in een storm tegen de havenmuur beuken?

'Helena!' Haar vader komt meteen na haar binnenkomst van achter zijn bureau. 'Het is een ramp!'

'Ja, papa, een vreselijke catastrofe. Ik kan het maar moeilijk bevatten. De griep krijgen we toch elk jaar. Waarom is het deze keer zo erg?'

'De kiem die de ziekte veroorzaakt, moet veranderd zijn.' Gustav wrijft met zijn hand over zijn nek en loopt naar het raam. 'Ik heb erover gelezen. Ze noemen het de Spaanse griep.'

Helena gaat naast hem staan en kijkt naar de mist die boven het meer hangt. Dicht en grijs. Het lijkt alsof samen met de zon ook het geluk deze contreien heeft verlaten.

Gustav ademt diep in. 'Ik moet je iets vertellen, Helena.'

De behoedzaamheid in zijn stem verontrust haar. 'Papa, het wordt heel moeilijk, maar we slaan ons er wel doorheen.'

'De situatie is meer dan ernstig, Helena.' Hij kijkt haar aan. 'Het was de laatste maanden al precair, maar nu is het onhoudbaar geworden.'

'Wat bedoel je precies?'

'Ik weet dat je het niet eens zult zijn met deze beslissing, maar ik heb geen andere keuze.' Hij schraapt zijn keel. 'Ik heb vanochtend de Lindenhof verkocht.'

Voor Helena voelt het alsof ze door de bliksem is getroffen en in een zwarte, eenzame leegte achterblijft. De machteloosheid die het definitieve van deze uitspraak bij haar oproept, dreigt haar te verstikken.

Ze draait zich om en rent de kamer uit, hoort hoe haar vader nog iets roept, maar ze moet weg. Ze vlucht de trappen af, struikelt, maar kan zich nog net op tijd vasthouden en haast zich door de hal naar buiten, de duistere middag in.

Ze kiest haar pad niet bewust. Haar voeten voeren haar als vanzelf naar de plek waar ze alleen kan zijn. Maar als ze de deur van de kas opent, daalt ook het besef in dat deze schuilplaats binnenkort voor altijd verloren zal zijn.

Ze ziet hem niet. Volkomen ontredderd rent ze hem voorbij, haar blik zoals die van een pop recht vooruit gericht. Maksim schrikt: dit is niet de Helena die hij kent. Zelfs de dramatische toestanden van de afgelopen dagen hebben haar niet in zo'n toestand gebracht. Wat is er in hemelsnaam gebeurd?

Hij legt het fris gedroogde beddengoed neer dat hij naar de strijkkamer had willen brengen en volgt haar naar buiten. Een paar meter verder weet hij al waar ze heen wil en daarom volgt hij haar op ruime afstand. Als hij bij de kas komt, flikkert er binnen al kaarslicht.

Hij klopt voorzichtig aan, maar krijgt geen gehoor.

Hij maakt zijn aanwezigheid opnieuw kenbaar, nu iets luider. 'Helena?' Als er weer geen reactie volgt, begint hij zich zorgen te maken.

'Helena,' roept hij met gedempte stem. 'Kan ik iets voor je doen?'

Hij legt zijn hand op het verrotte hout en luistert gespannen. 'Alsjeblieft, Helena. Laat me weten dat het goed met je gaat.'

Er gaat nog meer tijd voorbij. Maksim vraagt zich af of hij moet blijven of gaan, maar op dat moment gaat de deur krakend open.

Ze heeft niet gehuild, maar de apathische toestand waarin ze verkeert, verontrust Maksim ernstig.

'Mag ik binnenkomen?'

Ze knikt.

Een tijdlang zitten ze bijna roerloos naast elkaar op de krukken. Dan legt ze een hand op zijn onderarm. 'Papa heeft de Lindenhof verkocht.'

Maksim begrijpt het.

Hij legt zijn hand op de hare, laat haar voelen dat ze niet alleen is, maar zegt niets en wacht tot ze verdergaat: 'Je moet weten dat de concurrentie in dit oord groot is. De Lindenhof heeft nooit veel opgeleverd. Sommige jaren ging het goed, andere slechter.'

'Het hospitaal moest jullie van de ondergang redden, niet?'

Helena knikt. 'Ik ging ervan uit dat we het zouden uitzingen tot er betere tijden zouden aanbreken en dan...'

'En dan?'

Ze antwoordt niet meteen, maar lijkt na te denken en komt daarna opeens weer tot leven. 'Ik koester een droom, Maksim. Het klinkt misschien aanmatigend en kennelijk is het allesbehalve realistisch, maar ik zou zo graag een grand hôtel maken van de Lindenhof. Het belangrijkste etablissement in Meersburg, luxueus en bijzonder. Helemaal anders dan de andere hotels hier.'

Opgelucht ziet Maksim de verandering in haar. 'Hoe zie je het voor je?'

Helena doet hem haar ideeën uit de doeken voor een grote verbouwing die de statige architectuur van de Lindenhof moet voorzien van modern comfort, en natuurlijk de prachtige tuin en de heerlijke ligging aan het meer moet benadrukken. Ze beschrijft de diverse activiteiten die ze haar gasten wil aanbieden, van schildervakanties tot sportcursussen, van uitstapjes naar Zwitserland of Oostenrijk tot vuurwerkshows op het meer die ze vanop een speciaal om die reden gehuurde boot kunnen bekijken.

'Maar bovenal,' ze windt een donkere lok die uit haar knotje is ontsnapt rond haar vinger, 'moeten onze gasten met plezier kunnen terugkijken op hun verblijf. We zullen een exquise keuken aanbieden en heerlijk gebak, met ook iets exclusiefs: de Meersburger schlosstorte.'

'De Meersburger schlosstorte? Dat klinkt heel verleidelijk.'

Ze knikt. 'Een taart die in Meersburg is bedacht en naar de burcht verwijst. En naar de zomer smaakt.'

Hij strekt zijn benen uit en zucht genietend. 'Die taart wil ik graag proeven.'

'Ik zal hem voor je bakken.' Helena staart in de verte. 'Zolang we nog in de Lindenhof wonen.'

'Niet stoppen met dromen, Helena! Ook al lijkt het nu alsof je wereld in elkaar stort. Het leven gaat verder. Ik kan het weten.'

'Het is gewoon zo moeilijk dat te geloven.'

'Je mag niet opgeven. Kijk me aan. Alles is van mij afgenomen. Ik heb een pikzwarte tijd gekend.' Zijn stem breekt.

Helena draait zich naar hem toe en hij voelt hoe de onzichtbare band – geweven uit vertrouwen en verlangen en gedeeld verdriet – tussen hen hechter wordt.

'Maksim,' zegt ze toonloos.

Niemand heeft haar ooit zo aangekeken. Innig en verwachtingsvol, en tegelijkertijd vol vragen. Onder die blik gaat het hart van Helena snel en onregelmatig kloppen.

Ze voelt zijn hand. Met ingehouden tederheid drukt hij de hare, streelt hij haar vingers.

'Ik maak me geen illusies, Helena,' zegt hij zacht. 'Mijn gezicht is verminkt en er zitten ook lelijke littekens op mijn ziel.'

Helena draait haar handpalm naar boven en omklemt zijn vingers. 'Die littekens horen bij je. Ze vertellen je leven.' Ze tilt haar andere hand op en wrijft voorzichtig over de groeven in zijn gezicht. 'Je bent mooi.'

'Helena.'

Hij slaat zijn gespierde armen beschermend om haar heen. Zijn mond, die hij teder op de hare drukt, wekt ongekende gevoelens in haar op.

Voorzichtig verkent hij haar lippen, ervaren en zacht, en als ze uiteindelijk het puntje van zijn tong voelt, verleidelijk maar vastbesloten, opent ze zich voor hem met een vanzelfsprekende hartstocht. Hij legt een hand op haar achterhoofd en kust haar inniger en dieper, maakt behendig haar haar los tot de donkere lokken over haar rug dansen.

'Hier droom ik al weken van, Helena,' fluistert hij tegen haar mond, 'je haar zo los te maken, zo dicht bij jou te mogen zijn.'

Met een zachte, kalme beweging trekt hij haar op de vloer van de kas. Helena voelt het verlangen door zich heen stromen. Intuïtief slaat ze haar armen om hem heen en zoekt ze de nabijheid van zijn lichaam terwijl hij met zijn lippen haar hals verkent en zijn vingertoppen langs de halslijn van haar jurk gaan. Daarna streelt hij de stof die haar borst bedekt. En Helena wil meer, wil zijn handen op haar huid voelen om de zachte gloed te versterken en te laten ontvlammen

Met een zachte kreun maakt hij zich van haar los. 'Ik zou je zo graag meer geven.' Hij gaat zitten. 'Maar dat mag ik niet.'

Helena had hem het liefst vastgehouden. 'Nee. Je hebt gelijk.' Ze moeten hun verstand gebruiken, maar toch voelt ze zich beroofd van zijn nabijheid en ze realiseert zich opeens hoe ongelooflijk veel kracht passie uitoefent.

Terwijl Maksim zijn kleren goed trekt, verzamelt Helena haar haarspelden en steekt ze haar haar op in een los knotje. Schuchter kijkt ze naar hem op.

Hij moet de teleurstelling en verwarring op haar gezicht hebben gezien, want hij stopt waar hij mee bezig is, knielt naast heer neer en pakt haar bij de armen. 'Ik verlang naar je, Helena. Met elke vezel van mijn lichaam.'

Hij helpt haar recht en legt een hand op haar wang. 'Dit is het begin, Helena. Als de tijd rijp is zullen we ten volle genieten van wat er tussen twee mensen mogelijk is. Ik kan niet beschrijven wat het voor mij betekent om nader tot jou te zijn gekomen. Jij bent zó veel voor mij.'

41

Genève, het Beau Rivage, rond dezelfde tijd

'We dachten al dat u ons bedrogen had,' maakt vorst Igor Pronski duidelijk als Nikita in de foyer van het Beau Rivage een diepe buiging voor hem maakt. 'En we twijfelen ernstig aan uw betrouwbaarheid.'

Nikita verwachtte een dergelijke beschuldiging. 'Dat begrijp ik volledig, maar ik wil u niet vermoeien met alles wat mij de laatste twee maanden allemaal is overkomen. Toch heeft het allemaal te maken met mijn opdracht.' Hij hoest. 'Excuses. Ik vrees dat ik een verkoudheid heb opgelopen.'

'Ik hoop dat u beseft, Nikita, dat u ons een geloofwaardige verklaring schuldig bent. Zo niet, dan beschouw ik onze samenwerking als beëindigd.'

'We kunnen dit beter in uw vertrekken en niet hier in het openbaar bespreken, vorst Pronski.'

'Waarom?'

'Ik heb interessante bewijsstukken meegebracht.' Met de knop van zijn wandelstok wijst hij naar de leren tas onder zijn arm.

Pronski trekt zijn wenkbrauwen op.

Nikita kan de gedachten van zijn gesprekspartner aflezen van zijn gezicht en gaat daarom rustig verder. 'In Rusland woedt een burgeroorlog, vorst Pronski, dat maakt reizen gevaarlijk. Ik ben in een hinderlaag van Don-Kozakken gelopen en het heeft me veel tijd en geld gekost me vrij te kopen.' De Kozakken vechten net als de eenheden van het Witte Leger tegen het Rode Leger van de bolsjewieken. Dat heeft het vrijgeleide die Andrej hem had bezorgd, niet alleen waardeloos, maar ook gevaarlijk gemaakt.

Pronski kijkt hem twijfelend aan. 'Volg me,' zegt hij uiteindelijk.

Even later toont Nikita het echtpaar Pronski de voorwerpen die hij de njanja heeft afgetroggeld en ondanks alle gevaren veilig naar Genève heeft gebracht.

Vera Pronskaja grijpt meteen naar de icoon van de Moeder Gods. 'O, ze is weer terug! Ik wist niet waar ze gebleven was.' Ze kust de met bladgoud en diamanten versierde beeltenis van Maria. 'Ik kan me niet voostellen dat moeder zo stom is geweest zo'n kostbaar stuk aan een bediende te schenken.' Ze slaat opeens een neerbuigende toon aan. 'Die weten zoiets toch niet te waarderen.' Ze drukt de icoon tegen haar borst, kijkt vervolgens naar de foto en verstijft.

Nikita houdt haar reactie zorgvuldig in de gaten.

'Dat, dat is Lidia, mijn nicht, en haar gezin. Waarom hebt u deze foto meegebracht?' Het klinkt bijna als een verwijt.

'Naast de icoon is dat het tweede bewijs dat ik daadwerkelijk met de njanja heb gesproken.'

Vorst Pronski pakt de familiefoto. 'Laat ons alsjeblieft alleen, Vera.'

Vera aarzelt even, loopt dan naar de slaapkamer en sluit de deur.

'Zullen we een eindje wandelen?' De vorst wijst naar de deur. 'De details zijn misschien te aangrijpend voor Vera. Ik kijk achteraf wel wat ze kan hebben.'

'Geen probleem.' Nikita pakt zijn wandelstok en aktetas.

Al wandelend langs het meer bespreken ze eerst de politieke situatie in Rusland.

De vorst is vooral geïnteresseerd in de interventie van de Entente-mogendheden in het Noorden van Rusland en de vooruitgang van de gevechten tussen het monarchistische Witte Leger en het Rode Leger van de bolsjewieken. 'Hebt u hier nieuws over, Nikita? U bent toch net tussen de fronten beland?'

'Zo zou u het kunnen noemen.' Nikita lacht. 'Als u mijn mening wilt: de Witten ontbreekt het aan de juiste boodschap en daardoor ook aan steun van de bevolking. En dat is dan weer het gevolg van bevelhebbers met uiteenlopende belangen die er niet in slagen de mensen achter zich te scharen.'

'Maar ze krijgen toch steun van Frankrijk, de Verenigde Staten en andere landen,' antwoordt Pronski.

'En daarom boeken ze ook nog altijd successen. We zullen zien wie de strijd wint. Voor mij is het allerminst zeker dat het de Witten zullen zijn.'

'Rusland richt zichzelf te gronde,' stelt vorst Pronski somber vast. 'En wij kunnen niets doen. Zelfs als de Witten winnen, is het land geruineerd.'

'Dat ben ik met u eens.'

'Daarom is het belangrijk dat we onze toekomst niet laten afhangen van het lot van ons vaderland.' Pronski kucht. 'Vertelt u me nu alstublieft over uw bezoek aan de njanja van Vera.'

'Ik heb haar in een voor haar leeftijd goede mentale en fysieke conditie aangetroffen. Haar verklaringen acht ik betrouwbaar.'

'Goed, goed. Ga verder.'

'Ze weet echter niet of Olga Pavlova nog leeft of waar ze woont.'

'Dat is dan weer geen goed nieuws.'

'Dat klopt, maar haar verhalen hebben me toch op een interessant spoor gezet.'

'Echt waar?'

'U hebt de familiefoto gezien, vorst Pronski.' Nikita kijkt naar twee zwanen die majestueus over het water glijden. 'Op die foto draagt de nicht van uw echtgenote de Pavlova-tiara.'

De vorst blijft abrupt staan. 'Probeert u iets te insinueren?'

'Waarom zou ik dat doen?'

'Lidia heeft die tiara op een eerder tijdstip aan Vera gegeven,' legt Pronski uit.

Nikita betwijfelt of de vorst de waarheid spreekt. Waarom zou Lidia Baranova de tiara, een erfstuk dat in vrouwelijke lijn wordt doorgegeven, aan haar kinderloze tante geven terwijl ze zelf een dochtertje heeft?

'De echtgenoot van die nicht, baron Baranov,' gaat Nikita verder, 'heeft het bloedbad in zijn huis ogenschijnlijk overleefd.'

'Weet u dat zeker?'

'De njanja heeft me verteld dat hij bij haar is geweest.'

'Is Baranov ook op zoek naar de ketting?'

'Wie weet. In elk geval is hij net zoals wij op zoek naar Olga. Hij zou trouwens hier in Genève zijn.'

'Is hij hier?' De stem van de vorst trilt. Daarna drukt hij hoestend zijn wandelstok stevig in de grond en begint weer te stappen. 'Zoek uit waar baron Baranov is!' Het klinkt als een bevel. 'Als we geluk hebben, heeft hij het halssnoer. En geen woord hierover aan mijn vrouw.'

Op datzelfde moment stapt Boris in het station van Genève op een gewondentransport in de richting van de Duitse grens. In zijn bagage zitten al zijn bezittingen plus wat Maksim bij zijn vertrek heeft achtergelaten. Hun hotelkamers heeft hij opgezegd. Maxims telegram liet er geen twijfel over bestaan dat hij Jelena heeft gevonden en Meersburg voorlopig de belangrijkste plek in zijn leven is. Boris is benieuwd wat hem daar te wachten staat.

42

Meersburg, eind oktober 1918

Helena heeft het gevoel alsof er lood in haar schoenen zit. Al sinds vanochtend sleept ze zichzelf heen en weer tussen de voormalige ziekenzaal en de hal van de Lindenhof. Vandaag worden de spullen die het ziekenhuis ter beschikking had gesteld – beddengoed en bedden, nachtkastjes, matrassen en nog veel meer – opgehaald. Twee karren rijden af en aan en Maksim en broeder Fidelis helpen bij het laden.

Helena heeft het koud hoewel de inspanning haar doet transpireren en het zweet langs haar voorhoofd en nek loopt. Haar hoofd doet pijn, net als haar armen en benen. Zodra ze klaar is, wil ze Käthe om een kop thee vragen en in bed kruipen. Wekenlang heeft ze de signalen van haar lichaam genegeerd en het de rust ontzegd die het nodig had en nu voelt ze de gevolgen.

Als ze een van de karretjes naar buiten duwt zodat Maksim het van haar kan overnemen, begint de kamer te draaien. Krampachtig klampt ze zich vast aan de kar, maar het gewicht van haar lichaam dwingt haar op haar knieën. Ze gaat op de vloer zitten, slaat haar armen om haar opgetrokken benen en laat haar hoofd zakken. Even voelt ze zich wat beter.

'Helena?' De stem van Maksim klinkt ver weg. 'Wat is er aan de hand? Voel je je niet goed?' Ze schudt het hoofd.

'Kom.' Armen omhelzen haar en pakken haar op. Ze wordt voorzichtig tegen een borst gedrukt en weggedragen. Waarheen, dat merkt ze niet meer.

Maksim ziet hoe Helena zich op de grond laat zakken en beseft meteen wat er aan de hand is. Als hij haar in zijn armen neemt, mompelt ze iets onverstaanbaars. Haar ogen zijn glazig, haar lichaam nat van het zweet. Ze rilt.

'Heb je pijn?' vraagt hij terwijl hij haar de trap op draagt naar zijn kamer.

Ze antwoordt niet en als hij haar op het bed legt, slaapt ze al.

Hij hoopt vurig dat ze gewoon uitgeput is, maar vreest het ergste. Hij kijkt even naar haar, trekt haar schoenen uit en dekt haar voorzichtig toe. Zijn bezorgdheid groeit, vooral omdat ook haar zus Katharina ziek in bed ligt.

Maksim loopt naar de keuken en vraagt om thee, haalt een thermometer en wat handdoeken. Vervolgens keert hij terug naar Helena's ziekbed.

In plaats van rustig te slapen, ligt ze te woelen en onrustig te draaien. Af en toe mompelt ze wat voor zich uit, maar er is geen touw aan vast te knopen.

Maksim legt net de spullen die hij bij zich heeft op het nachtkastje als ze probeert overeind te komen.

'Helena?'

'Ik ben misselijk.'

Snel pakt Maksim de kom van zijn wastafel. Hij is net bij haar als ze begint over te geven. Maksim houdt haar vast tot het kokhalzen ophoudt. Daarna veegt hij zachtjes haar gezicht schoon met een vochtige doek en maakt hij de kom schoon.

Vervolgens haalt hij de thermometer uit de metalen huls. 'Ik wil je temperatuur meten, Helena, mag ik?'

'Heb ik koorts?'

'Ik denk het wel.'

Hij helpt haar uit haar verpleegstersuniform tot ze alleen haar mouwloze onderjurk nog aanheeft. Vervolgens stopt hij de thermometer onder haar oksel en wacht. Een paar minuten later wordt zijn vrees bewaarheid: ze heeft bijna veertig graden koorts.

'Maksim?'

'Ja?' Hij legt de thermometer weg en schenkt wat thee in.

'Ga ik dood?'

'Nee, mijn liefste. Je gaat niet dood.' Het koosnaampje is hem ontglipt, maar de flauwe glimlach om haar mondhoeken laat zien dat ze het fijn vindt.

Ze draait zich op haar zij en zakt weer weg in een onrustige slaap. Maksim maakt een doek nat en dept het zweet van haar gezicht.

Hij waakt naast haar bed. Als ze wakker wordt geeft hij haar wat thee, maakt het haar comfortabel, koelt haar voorhoofd en nek en streelt haar over haar haar.

Later op de avond komt Gustav. Ook hij maakt een uitgeputte indruk. Maksim vraagt om twee schone nachtjaponnen voor Helena en verlaat de kamer wanneer Gustav zijn dochter omkleedt.

'Als ze weer helemaal bezweet is, kunt u gerust haar nachthemd wisselen,' zegt hij na afloop tegen Maksim. 'Dit is niet het moment voor valse schaamte. Trouwens, ik ben Gustav.' Hij steekt zijn hand uit en Maksim pakt die aan. 'Maksim.'

'Morgen stuur ik Katharina naar boven. Zij voelt zich al veel beter. Dan kun jij wat uitrusten.'

'Ik red het wel,' antwoordt Maksim. 'De komende uren zijn cruciaal.'

'Dat weet ik.' Gustav loopt naar de deur. 'Ik denk dat ik het ook onder de leden heb.'

'Ik zorg voor haar, Gustav.'

'Dat weet ik. Dank je. Een goede nacht zal het niet worden, maar ik wens het je toch.'

43

De volgende ochtend schrikt Maksim wakker van het onsamenhangende gebrabbel van Helena. Hij had een stoel naast het bed geschoven en was ingedommeld. Nu voelt hij zich stijf en gebroken. Zijn linkerhand slaapt en hij beweegt zijn vingers om het gevoel erin terug te krijgen. Daarna staat hij op en frist zich snel op met wat water.

Hij kijkt even naar Helena, maar ze slaapt weer wat rustiger en hij besluit het moment aan te grijpen om naar de keuken te gaan. Daar is Käthe al bouillon aan het koken.

'Hoe voelt u zich, meneer Baranov?' vraagt ze.

'Ik heb eerder dit jaar al griep gehad, ik denk niet dat ik het nogmaals zal krijgen. En u?'

'Ik merk niets, maar ik ben dan ook zelden ziek. Hopelijk gaat deze beker aan mij voorbij.' Ze maakt wat surrogaatkoffie en geeft die aan Maksim. 'Zorg maar dat u op krachten blijft. Meneer Lindner is ook ziek, maar zit toch in zijn werkkamer.'

'Ik ga straks wel even bij hem kijken.' De warme koffie met moutsmaak doet hem goed, ook al had hij na deze nacht wel echte bonenkoffie kunnen gebruiken.

'Hopelijk knapt juffrouw Helena weer op.' Käthe klinkt bedrukt. 'Ik moet er niet aan denken.'

'Het komt wel weer goed. Ze is jong en sterk.'

'Ik heb gehoord dat deze griep vooral jonge mensen treft.'

'Ik laat Helena niet gaan. Maakt u zich maar geen zorgen.'

Als hij terugkomt in zijn kamer met bouillon en thee, is Helena wakker. Afgemat ligt ze in de kussens, haar gezicht is bleek en ze heeft donkere wallen onder haar ogen, het donkere haar zit in de war.

Haar aanblik vertedert Maksim. 'Hoe gaat het, liefste?'

'Ik heb griep, niet?'

Maksim knikt.

'Als ik doodga, dan –'

'Je gaat niet dood. Daar gaan we het niet over hebben.' Hij gaat naast haar zitten en pakt haar hand. 'We hebben nog zoveel te doen.'

Ze glimlacht zwakjes. 'Op dit moment kan ik me niet voorstellen ooit nog iets te doen te hebben.'

Maksim grinnikt. 'Wacht maar af.'

Met zijn hulp eet ze een paar lepels bouillon en daarna meet hij nogmaals haar temperatuur. Die lijkt iets te zijn gedaald. 'Zie je wel, het gaat de goede kant op.'

'Dat komt doordat jij bij me bent.'

Er wordt geklopt en Katharina komt binnen. 'Maksim, er is een bezoeker voor je.' Zij tutoyeren elkaar al langer. 'Hij wacht beneden in de hal. Ik blijf wel bij Helena, dan kun jij naar hem toe.'

'Bezoek? Dat kan alleen Boris zijn!' Hij staat op. 'Dank je, Katharina!'

Even later omhelst hij in de hal zijn vriend. 'Het is je gelukt! Ondanks de pandemie!'

'Gemakkelijk was het niet,' antwoordt Boris. 'Doodsbenauwd zijn ze voor de Spaanse griep en je mag alleen met een mondkapje in de trein. Ook aan de grens zijn ze heel waakzaam.'

'Maar je bent er en je hebt alles bij je.' Maksim wijst naar de twee grote rugzakken die Boris naast zich heeft neergezet.

'Al jouw spullen zitten in de grootste.'

'Dank je!' Maksim geeft hem een knipoog. 'Ik breng je naar je kamer.'

'Werk je hier?'

'Bij wijze van spreken. Bijna iedereen hier in huis is ziek. En ik weet inmiddels goed de weg. Zelfs naar de strijkkamer.' Hij grijnst. 'Kom, we gaan naar boven. Jouw kamer ligt pal naast de mijne.'

Maksim haalt beddengoed en leidt Boris naar de tweede verdieping. 'Het bed kun je zelf wel opmaken,' zegt hij terwijl hij de kamer laat zien.

'Ik zal mijn best doen. En daarna kijk ik waar ik kan helpen.'

'Werk genoeg! Ik ga nog snel even bij Helena langs, daarna laat ik je het huis zien en stel ik je voor aan haar vader.'

'Helena?'
'Ja. Zo heet Jelena nu.'

Helena slaapt als Maksim de kamer in loopt. Katharina zit aan het voeteneinde van het bed te lezen. 'Ik blijf bij haar,' belooft ze. 'Het lijkt op dit moment wat beter met haar te gaan.'

'Dank je.' Maksim wrijft Helena over het voorhoofd en voegt zich weer bij Boris. Samen lopen ze naar de werkkamer van Gustav Lindner.

Een paar meter voor de deur horen ze luide stemmen en dat verbaast Maksim. Hij blijft staan en gebaart naar Boris. Ze zwijgen en luisteren.

'Je hebt de overeengekomen som niet volledig betaald, Otto, en hebt dus geen recht ons uit ons huis te zetten.'

'Dit huis is geen cent meer waard, Gustav. Het is rijp voor de sloop en dat weet je. Ik heb je precies betaald wat de grond waard is. Eigenlijk had ik daar nog de sloopkosten van moeten aftrekken, maar dat heb ik niet gedaan.'

'Laat me niet lachen! Dit huis is aan renovatie toe, dat zeker,' antwoordt Gustav Lindner, 'maar geenszins rijp voor de sloop!'

'Bij twijfel zal ik een expertiserapport vragen, Gustav.'

'Je speelt een bedrieglijk spel. Dat is laag.'

'Ik hou me bij de feiten. Samengevat: ik geef jullie vier weken en dan moet het gebouw leeg zijn. Alles wat er op dat moment nog staat, is dan van mij, de nieuwe rechtmatige eigenaar.'

'Nogmaals: je hebt de volledige koopprijs niet betaald. Zolang die niet is voldaan, valt er niets te eisen.'

'Ik win het altijd als je er een rechtszaak van maakt, maar zover hoeft het niet te komen. Je vrouw is me veel geld schuldig.'

'Schuldig? Waarvoor? We hebben alles betaald wat je ons hebt geleverd.'

'Daar zijn nog kosten bovenop gekomen.'

'Ik zeg het je nog een keer: je speelt vals, patron. Ik weiger me te verlagen tot jouw niveau.'

'Waar denk je dat die enorme hoeveelheden etenswaren vandaan kwamen waarmee jij je zieken hebt gevoed?'

'Die heeft Elisabeth geruild.'

De eigenaar van Hotel Ochsen buldert van het lachen. 'Ach Lindner, het verbaast me niets dat het met de Lindenhof zover is gekomen. Je bent gewoon te goedgelovig. Jouw Elisabeth heeft die dingen bij mij op de pof gekocht. Een deel heeft ze betaald en de rest zouden we verrekenen.'

'Beweer je nu dat jouw aardappelen en preien een aanbetaling op het huis waren?' Er klinkt ongeloof in Lindners woorden. 'Dat is nooit onderdeel geweest van onze overeenkomst. En aangezien je dikke maatjes bent met mijn vrouw, weet je maar al te goed dat Elisabeth al lang geen toegang meer tot de boeken heeft. En ook geen bevoegdheid te handelen of zaken te doen in naam of voor rekening van de Lindenhof. Wat je hier zegt, slaat dus nergens op.'

De stilte die volgt kan Maksim niet inschatten. Hij gebaart naar Boris hem te volgen. Ze lopen stilletjes de trap af en verbergen zich in een nis in de hal vanwaaruit ze kunnen zien wie de trap afkomt, maar zelf blijven ze uit zicht.

'Zie je, er is meteen werk voor je,' zegt Maksim zachtjes. 'We volgen de baas van Hotel Ochsen en zorgen ervoor dat hij de Lindenhof voor eens en altijd met rust laat.'

'Normaal zou ik zeggen dat dit je niets aangaat, maar ik veronderstel dat je je redenen hebt. En wat mij betreft, ik heb wel zin in een beetje werk. Zonder jou was het in Genève maar een saaie boel.'

Maksim grijnst naar zijn vriend en boven horen ze een deur dichtslaan. Even later snelt de stevige gestalte van de hotelhouder voorbij. Maksim en Boris volgen hem op veilige afstand.

44

De hotelhouder neemt de kortste weg naar zijn hotel. Op de Steigstrasse loopt Elisabeth opeens op hem af. Ze wil een gesprek aanknopen, maar de man negeert haar straal en loopt gewoon door. Elisabeth probeert hem bij te houden.

'Dat is de vrouw van Gustav Lindner,' legt Maksim uit aan zijn vriend. 'Elisabeth. Helena's stiefmoeder. Ze is al een tijd niet meer thuis geweest en iedereen vroeg zich af of ze bij een van haar hamstertochten was betrapt en opgepakt. Dat lijkt dus niet zo te zijn.'

'Zou ze hebben geholpen om de verkoop van de Lindenhof op touw te zetten?'

'Daar lijkt het wel op. Helena was er al bang voor. En om eerlijk te zijn, deze vrouw is puur vergif. Kennelijk hebben we haar allemaal onderschat.'

Ze bereiken Hotel Ochsen. Elisabeth en de eigenaar blijven even staan, wisselen een paar woorden en verdwijnen daarna door de deur van het hotel.

Boris kijkt naar Maksim: 'Meteen naar binnen dan maar?'

'Natuurlijk gaan we meteen naar binnen en daarna bereiden we hun een mooie verrassing.'

Ze lopen een rondje om het hotel om de boel te verkennen. Vervolgens verschaffen ze zich via de tuin en een niet afgesloten zijdeur toegang tot het huis. Ze komen in een lange gang terecht.

'Heb je die schaduw gezien?' vraagt Maksim.

Boris knikt. 'Iemand is de trap afgelopen.' Hij wijst naar een trap die naar de kelder leidt.

Maksim knikt en gaat Boris voor in het halfduister.

'Hier komen veel deuren op uit,' mompelt Boris terwijl ze door de muf ruikende gang lopen.

'Aha! Kijk!' Hij blijft staan.

Ook Maksim heeft het zwakke schijnsel gezien door een brede spleet onder een deur. Ze horen ook geluiden die ze niet meteen thuis kunnen brengen.

'Wat doen we? Wachten?' vraagt Boris.

'Nee, we –'

Op dat moment vliegt de deur open. De eigenaar stormt naar buiten met Elisabeth op zijn hielen. Maksim en Boris hebben geen tijd meer zich te verbergen. Otto ziet de twee onbekende mannen in zijn kelder en houdt abrupt de pas in waardoor Elisabeth tegen hem aan botst. Met een zachte vloek draait hij zich naar haar om.

Maksim maakt gebruik van dit moment van onvoorzichtigheid en geeft de man die maar een paar centimeter langer is dan hij een verpletterende vuistslag op zijn kaak. Hij ziet nog net de verbazing in diens ogen voordat de kerel tegen de vlakte gaat. Maksim zit meteen boven op hem en pint hem vast.

'Wat hebt u gedaan!' schreeuwt Elisabeth en klauwt met haar vingers in de rug van Maksim.

Boris grijpt haar vast en duwt haar terug de ruimte in die ze net heeft verlaten.

'Hoe durft u?' hoort Maksim haar nog roepen. 'Hiervoor gaat u de gevangenis in!'

'Rustig aan,' bromt Boris, voordat hij de deur achter zichzelf en Elisabeth dichttrekt. Maksim weet dat Elisabeth geen haar zal worden gekrenkt.

De hotelhouder komt kreunend weer bij. Als hij beseft dat hij in bedwang wordt gehouden, probeert hij zich los te wrikken.

'U staat pas op als ik dat goed vind,' zegt Maksim gedecideerd.

'Verdomme toch. U bent die Rus die de Lindners heeft ingepalmd!'

'Baron Maksim Baranov.'

'Laat mij onmiddellijk los! U weet niet met wie u te maken hebt. Ik ken de juiste mensen!'

'En ik ken de juiste handgrepen!'

'Wat wilt u van mij?'

'U gaat me het koopcontract van de Lindenhof geven.'

'Wat?' Weer probeert de man zich los te wurmen.

Maksim verstevigt zijn greep. 'Ik kan je de adem afsnijden,' waarschuwt hij. 'En ik zal er niet voor terugdeinzen.'

'U wordt opgehangen als u het waagt.'

Maksim pakt hem nog steviger vast. 'Geef mij de koopovereenkomst en ik laat u gaan.'

'Er... is geen... koopovereenkomst.'

'Die is er wel. U hebt misbruik gemaakt van de hachelijke situatie waarin Gustav Lindner verkeert en hem gedwongen de Lindenhof te verkopen.'

'Helemaal niet. Ik heb –'

'Waar is het contract?'

Als hij nog geen antwoord krijgt begint Maksim de keel van de man dicht te drukken. Zijn slachtoffer verzet zich uit alle macht en Maksim kan hem met zijn schokkerige bewegingen maar amper in zijn greep houden. Ze worstelen tot Maksim beseft dat zijn tegenstander geen lucht meer krijgt en de druk verlicht.

De hotelier hapt naar adem. 'Verdomme. Mijn jas,' perst hij er uiteindelijk uit.

Op dat moment komt Boris de ruimte achter hen uit. 'Dat mens zal ons voorlopig niet storen. Ik heb haar tussen al dat heerlijke eten vastgebonden,' legt hij tevreden uit terwijl hij het tafereel aanschouwt. 'Respect, Maksim. Je bent het vechten niet verleerd!'

'Kijk eens in de binnenzak van zijn jas.'

Boris doorzoekt meteen het kledingstuk. 'Niets,' zegt hij ten slotte.

'Waar is de overeenkomst?' herhaalt Maksim en zijn woorden vormen een duidelijke waarschuwing. Tegelijkertijd knijpt hij nog een paar seconden de keel van de waard dicht. 'Denk goed na!' Hij laat de man los. 'De volgende keer dat ik moet drukken, weet ik niet of u nog bij zult komen.'

'Het ligt,' hijgt de man, 'in de voorraadkamer. In de kluis.'

'En de sleutel daarvan?'

'Aan mijn sleutelbos.'

Terwijl Maksim de man vastgeklemd houdt, tast Boris naar de sleutelbos en haalt die met zacht gerinkel onder het zware lichaam vandaan. Daarna knikt hij naar Maksim en haast zich terug naar de plek waar hij Elisabeth Lindner heeft achtergelaten.

Even later komt hij terug en houdt hij een document omhoog. 'Ik heb wat je zoekt, Maksim!'

‘We binden hem vast en sluiten hem op bij zijn geliefde,’ zegt Maksim. ‘Zelf checken we bij Gustav Lindner of dit inderdaad de overeenkomst is en er geen andere exemplaren zijn die hij heeft ondertekend.’

‘En gooien we het papier in het vuur.’

‘Hier komt u niet mee weg, baron Baranov,’ gromt de baas. ‘Ik zorg dat u achter de tralies belandt.’

‘In uw kluis lagen nog een paar andere interessante documenten.’ Boris kijkt de waard strak aan. ‘Uit voorzorg heb ik die ook maar meegenomen. Ik zag iets over desertie en diverse smokkelactiviteiten. Als de autoriteiten dat te weten komen, mag u de cel met baron Baranov delen.’

‘Verdomd Russisch gebroed!’

Het kost Maksim en Boris nog behoorlijk wat moeite om de zich heftig verzettende man met doek en touw zo stevig vast te binden dat hij zich niet meer kan bewegen. Vervolgens slepen ze hem naar de voorraadkamer waar Elisabeth ligt.

‘Hoelang zullen ze nodig hebben om zichzelf te bevrijden?’ vraagt Boris als ze het hotel verlaten en de weg naar de Lindenhof inslaan.

‘Een uur, meer niet,’ antwoordt Maksim.

‘Ik gok dat het wat langer zal duren.’ Boris grijnst. ‘Die vrouw geeft hem er natuurlijk eerst flink van langs omdat hij zich de koopovereenkomst afhandig heeft laten maken.’

‘Dat zou goed kunnen.’

‘Maar jouw optreden was indrukwekkend, Maksim. Ik zou ook bang zijn geweest.’

‘Ik vind het niet leuk om iemand zo te behandelen, maar hij liet me geen keuze.’

‘Hopelijk is de waarschuwing aangekomen en laat hij de Lindners voortaan met rust.’

‘Laten we het hopen, maar ik heb zo mijn twijfels.’

45

De Lindenhof, de volgende nacht, begin november 1918

Dakpannen komen los van de Lindenhof en slaan luid kletterend op de grond. Daarna volgen de eerste stenen van de gevel. Helena staat als verstijfd op het grindplein voor de trap. Ze kan geen stap verzetten. De aarde begint te beven. Scheuren vreten zich een weg door de geliefde muren en worden steeds breder. Meer en meer stenen raken los en storten op de grond. Opeens opent zich een kloof tussen haar en het huis die haar dreigt op te slokken. 'Help!' roept Helena. 'Help!'

Iets raakt haar wang aan. 'Nee!' Ze slaat om zich heen.

'Ssst. Rustig maar, liefje.' De stem van Maksim dringt tot haar door, zacht en warm. 'Je hebt gewoon een nare droom.'

Helena opent moeizaam haar ogen.

'Je trilt helemaal!' Maksim heeft een kaars aangestoken en kijkt haar bezorgd aan.

'Ik heb het zo vreselijk koud.'

'Heb je ook pijn?'

Helena knikt. Haar hoofd, ledematen en rug doen pijn. Ze voelt zich ellendig.

'Het is misschien het beste als we je eerst een andere nachtjapon aandoen. Daarna neem ik ook je temperatuur nog eens op. Is dat goed?'

Helena knikt en sluit haar ogen. Terwijl Maksim haar omkleedt en het dunne glazen buisje onder haar oksel schuift, wrijft hij voortdurend geruststellend over haar arm.

Helena zucht. Vanochtend had ze zich beter gevoeld en in de loop van de dag had ze zelfs wat bouillon en appelmoes gegeten. Toen Maksim met het goede nieuws kwam dat de verkoop van de Lindenhof niet doorgaat en ze kunnen blijven, was ze zelfs rechtop in bed gaan zitten en had ze een slok bier gedronken. Op het moment dat ze ging slapen was ze echter opnieuw totaal uitgeput geweest. En nu...

Een paar verwarde droombeelden maken zich weer van haar meester totdat Maxims stem haar eruit bevrijd. 'Je hebt koorts.'

'Ja?' Helena's tanden klapperen. Ze heeft het nog altijd ijskoud. 'Hoog?'

'Zeer hoog. Ik haal Katharina.'

Helena glijdt weer weg in bizarre werelden. Wanneer ze haar ogen weer opent zit Katharina naast haar. In haar hand houdt ze een glas met een troebele vloeistof. 'Neem dit, Helena,' zegt ze.

Met moeite drinkt Helena het bittere en zoute geneesmiddel op. Aspirine. Ze krijgt het maar niet warm.

'We moeten zorgen dat je het lekker warm hebt. Deze deken is helemaal doorweekt. Ik haal een nieuwe.' Katharina staat op.

Ook Maksim is opeens weg. Of droomt ze weer?

Maksim heeft de bontjas gehaald die Lidia van haar grootmoeder heeft geërfd. Hij haalt het dekbed weg en spreidt de jas voorzichtig over Helena uit. Het voelt goed haar in die fijne pels te wikkelen die zo veel verhalen uit Helena's Russische verleden vertelt.

'Wil je de mantel echt laten liggen?' Katharina's vraag onderbreekt zijn gedachten.

'Hier. Ik heb twee schone dekens bij me.'

'De bontjas was van Helena's grootmoeder en later van haar nicht,' antwoordt Maksim. 'Ik ben zeker niet bijgelovig, maar ik denk dat het haar na alles wat ze de laatste tijd heeft meegemaakt, misschien goed zal doen. De nabijheid van de familie van haar moeder, ook al is het maar onbewust.'

Katharina knikt en legt voorzichtig een deken over de jas. 'Käthe is ook op en zet thee. We moeten haar laten zweten, maar haar temperatuur mag niet te hoog oplopen. Let je daarop?'

'Ja, natuurlijk.' Maksim gaat op de stoel naast het bed zitten.

'De recente gebeurtenissen hebben haar echt geraakt.' Katharina kiest weer voor het voeteneind van het bed. 'Ze was ontdaan omdat ze dacht dat we de Lindenhof moesten verlaten. En die zaak met papa speelt natuurlijk ook nog, al laat ze dat niet merken.'

'Dat ben ik met je eens.' Maksim legt een hand in zijn nek. 'Haar wereld is veranderd en het kost tijd dat te verwerken. Bovendien kent ze noch haar biologische moeder, noch haar vader. Dat is moeilijk.'

'Zeker, ja.' Katharina zucht. 'Maar een moeder die je wel kent, maar die niet echt van je houdt, is ook niet niks.'

Maksim krabt verlegen aan zijn achterhoofd. 'Ik wilde je niet kwetsen met mijn opmerking, Katharina.'

'Dat heb je ook niet gedaan. Maar dat verandert niets aan de feiten.' Katharina geeuwt.

'Wil je niet terug naar bed, Katharina? Daar slaap je beter. En ik zou het fijn vinden als je morgen bij haar kunt blijven. Ik moet nog een paar dingen doen.'

'Ja. Laat ik dat maar doen.' Ze staat op en kijkt nog even naar haar zus. 'Dank je, Maksim. Goed dat jij hier bent. Welterusten.'

Op het moment dat Katharina de kamer uit loopt, komt Käthe aan met de thee. Ze draagt een enkellang wit nachthemd en heeft een wollen sjaal om haar schouders geslagen. Op haar hoofd draagt ze een slaapmuts. 'Meneer Lindner is ook nog wakker en zit aan de keukentafel, hoewel het beter voor hem zou zijn om in bed te kruipen,' zegt ze als ze het blad met de kan en koppen neerzet. 'Hij is aan het rekenen. Hebt u nog iets nodig, meneer Baranov? Zo niet, dan ga ik weer naar bed.'

'Natuurlijk, Käthe, ga maar weer slapen. Met de thee komen we de nacht wel door.'

Nadat Helena in de tweede helft van de nacht is beginnen zweten, maar nu toch redelijk goed slaapt, komt Maksim ook wat tot rust.

Hij gaat in een stoel zitten en sluit zijn ogen. Het maalt in zijn hoofd: het verdriet om de zijnen dat nooit helemaal weggaat; de donkere afgronden die in zijn ziel huizen en waarvan hij niet weet wat ze nog bij hem kunnen aanrichten; en uiteindelijk zijn gevoelens voor Helena. Na alles wat er was gebeurd, had hij zich niet kunnen voorstellen ooit nog een vrouw in zijn hart toe te laten, toch zeker niet zo snel. En toch is ze zachtjes, maar resoluut binnengeslopen. Ze geeft kleur aan zijn gedachten en brengt weer liefde in zijn leven, wekt zijn verlangen en geeft hem hoop. Het voelt alsof hij thuis is gekomen in een vreemd land. Maar juist daarom moet hij op zijn hoede blijven. Hij weet nog altijd niet wie verantwoordelijk is voor het afslachten van zijn gezin of hoe ver de tentakels van die persoon reiken. Dat prille, tedere geluk mag hij niet in gevaar brengen.

Uiteindelijk dommelt hij in en wordt hij pas wakker van een duwtje tegen zijn schouder. Katharina is teruggekeerd naar het ziekbed van haar zuster en Maksim kan naar de keuken. Daar vindt hij Gustav nog steeds aan de keukentafel. 'Goedemorgen, Gustav. Heb je de hele nacht zitten werken?'

Gustav gaat wat rechter zitten. 'Goedemorgen, Maksim. Ja, het is hier aangenaam warm en ik ben glad vergeten naar bed te gaan.'

'Hoe gaat het met je? Je voelde je gisteren toch ook ziek.'

'Het blijft blijkbaar bij wat lichte griepverschijnselen, godzijdank. Broeder Fidelis heeft het erger te pakken. Hij ligt sinds gisteren in bed.' Gustav legt het potlood waarmee hij rijen cijfers op een blad heeft genoteerd, weg. 'Hoe gaat het met Helena?'

'Ze is er nog niet, maar vecht dapper.'

'Ik ga zo even bij haar kijken.' Gustav wrijft met zijn hand over zijn gezicht.

Ook Käthe is al op en zet twee bekers met dampende granenkoffie en een bord met wat kaas en brood voor hen neer.

'Dank je!' Maksim gaat zitten.

Gustav pakt zijn beker een neemt een paar slokjes.

'Ik neem aan dat je je financiële situatie hebt bekeken nu de koop niet doorgaat.'

'Dat klopt.' Gustav knikt en staart naar zijn aantekeningen. 'Ik ben je natuurlijk dankbaar dat je de eigenaar van Hotel Ochsen het koopcontract hebt ontfutseld. Ik heb het verbrand, maar daarmee is de Lindenhof nog niet gered. Ik zal de boel toch gewoon moeten verkopen.'

'Je hoeft de herberg niet te verkopen. Helena heeft geweldige plannen voor dit huis.'

'Ze wil er een grand hôtel van maken. Maar hoe?'

'U hebt gewoon een lening nodig.'

Gustav glimlacht bitter. 'Wat je zegt. Gewoon.'

'Ik wil je een aanbod doen, Gustav.'

Gustav trekt verbaasd zijn wenkbrauwen op.

'Ik heb je verteld dat ik niet onbemiddeld was, en dat is niet gelogen.' Maksim neemt een slok koffie. 'Ik geef jou en Helena een lening die volstaat om de Lindenhof compleet te verbouwen. We spreken een correcte rente af en een afbetalingsplan dat haalbaar is voor jullie. Ik heb slechts een voorwaarde.'

'En dat is?' Gustav kijkt argwanend.

'Dat Helena er niet achter mag komen.'

'Hmm. En waarom niet?'

'Omdat ze niet van mij afhankelijk zal willen zijn.'

'Dat kan goed zijn. De vraag is of ík dat wel wil.'

'Je hebt de Lindenhof aan de baas van Hotel Ochsen verkocht, waarom zou je mijn aanbod van een lening dan niet aannemen? Ik ben niet uit op een deal, mij gaat het om het behoud van jullie thuis. En om Helena.'

'Laat me hier een dag over nadenken, Maksim.'

'Natuurlijk. Ik stel mijn voorwaarden op papier en daarna kunnen we op basis daarvan de kredietovereenkomst opstellen.'

Gustav schraapt zijn keel. 'Als we dit goed willen doen, wordt dat een hele onderneming. Alleen al de gesloten vleugel van de Lindenhof is zwaar vervallen.'

'Helena heeft me rondgeleid. Het zou goed zijn daar zo snel mogelijk met de renovatie te starten en ook de stabiliteit van het gebouw te laten inspecteren. Dan pas komt de inrichting aan de beurt.'

'Die we aan Helena overlaten.'

'Inderdaad. Het moet haar werk zijn.'

Er verschijnt een hoopvolle uitdrukking op het gezicht van Gustav. 'Dan laat ik haar in het nieuwe jaar inschrijven als mede-eigenaar van de Lindenhof.'

'Dat kan ik je alleen maar aanraden. Met het kapitaal dat je ter beschikking krijgt, kun je iets groots maken van de Lindenhof.'

'Je aanbod is meer dan genereus, Maksim. Bijna te royaal.' Hij wrijft over zijn kin. 'Je biedt ons een nieuwe toekomst. En op een dag zal Helena het toch moeten weten.'

'Misschien komt er ooit een geschikter moment.'

Gustav schraapt zijn keel. 'Ik kan het nog niet geloven. Mijn Lindenhof wordt een grand hôtel.'

'Het wordt Helena's hotel.' Maksim grinnikt. 'Maar wie weet mag je wel meedoen.'

'Dat mag ik hopen!'

'En wat mij betreft,' vervolgt Maksim, 'ik sta natuurlijk tot haar beschikking mocht ze mijn raad nodig hebben.'

‘Wat gebeurt er eigenlijk,’ vraagt Gustav peinzend, ‘als je op een bepaald moment Meersburg verlaat? Of Helena zich tot iemand anders wendt? Zul je dan aanspraak maken?’

‘Ben je bang dat ik Helena met deze lening aan me bindt?’

‘Tja, het is een afweging die een liefhebbende vader moet maken.’

‘Maak je maar geen zorgen. Het krediet is een overeenkomst tussen jou en mij. Ik geef je mijn woord dat het volledig losstaat van de vraag of Helena en ik, nou ja, of wij een toekomst samen hebben.’

Gustav knikt, pakt een stukje brood en doopt het in zijn koffie. ‘Is het je menens met haar?’

Zijn directe vraag verrast Maksim. ‘Absoluut. Er is echter iets wat ik nog moet doen voor ik me weer bind. Ik moet zorgen dat mijn toekomstige gezin veilig is.’

Er valt even een stilte.

Uiteindelijk schraapt Gustav zijn keel. ‘Ik weet dat je veel geluk hebt met Helena.’ Hij leunt achterover in zijn stoel. ‘O, en Elisabeth wilde vandaag bij me terugkomen. Ik heb haar gezegd dat ik me van haar laat scheiden zodra het kan.’

‘Ik dacht dat ze de voorkeur gaf aan de baas van Hotel Ochsen?’

Gustavs mondhoeken gaan geamuseerd omhoog. ‘Als ik het goed heb begrepen, kiest hij toch voor zijn eigen vrouw. Elisabeth mag wel in de keuken meewerken in ruil voor kost en inwoning.’

‘Dat is kennelijk niet waarop ze had gehoopt.’

Gustav haalt zijn schouders op. ‘Men moet zijn bed maken zoals men slapen wil.’

46

Meersburg, 5 november 1918, vroeg in de ochtend

Het eerste wat Helena opvalt als ze wakker wordt is het gewicht van het dekbed dat op haar ligt. Moeizaam tilt ze een arm op om uit te zoeken waarom het zo ongewoon zwaar aanvoelt. In plaats van het vertrouwde linnen, voelt ze iets pelsachtigs. Langzaam beweegt ze haar hand over de zachte vacht. Het voelt heerlijk aan, maar hoe komt het hier?

'Het is een sabelmarter,' hoort ze Maksim zeggen.

Ze knippert met haar ogen.

Het is nog donker in de kamer, alleen het olielampje op haar nachtkastje werpt een zwakke lichtkegel in de ruimte. Maksim zit op een stoel naast haar bed en kijkt haar aandachtig aan. Hij ziet er moe uit, de littekens steken fel af tegen zijn huid en zijn bruine ogen stralen waakzaamheid en liefde uit.

'Welkom in het leven.' Hij buigt zich over haar heen en neemt haar teder in zijn armen.

'Ik was toch niet dood, of wel?' Helena probeert een grapje te maken, maar beseft zelf hoe zwak ze klinkt.

Maksim schudt het hoofd. 'Gelukkig niet, maar we hebben ons heel erg zorgen om je gemaakt. Nadat het even wat beter met je ging, heb je opeens weer heel hoge koorts gekregen.'

'De Spaanse griep.'

'En een beginnende longontsteking. Katharina heeft dokter Zimmermann er zelfs bij gehaald.'

'Zo snel komen jullie niet van me af.' Helena glimlacht. Ze voelt zich weliswaar nog zwak, maar diep in haar binnenste herkent ze een vertrouwde kracht.

'We hadden je niet laten gaan,' antwoordt Maksim. 'Ík had je niet laten gaan.'

'Welke dag is het vandaag?' Helena probeert zich te oriënteren.

'Het is 5 november.'

'Wat, 5 november?' Helena realiseert zich dat ze een paar dagen van haar leven kwijt is. De periode is in nevelen gehuld: ze weet dat ze vreselijk veel pijn heeft gehad en een zware druk op haar borst heeft gevoeld. De stemmen van Maksim, Katharina en haar vader waren tot haar doorgedrongen terwijl ze het afwisselend ijskoud of bloedheet had. Ze herinnert zich vaag dat ze af en toe is verlegd en omgekleed en dat ze te drinken heeft gekregen. Maar ze is nooit volledig bij bewustzijn geweest.

'De koorts is gisteren gezakt en daarna heb je diep en rustig geslapen.' Hij strijkt het haar op haar voorhoofd weg. 'Je voelt weer aangenaam koel aan en je ogen staan weer helder.'

'Het voelt alsof ik drie keer in een onweersbui rond de wereld ben gelopen met een rugzak vol stenen.'

Maksim moet lachen. 'Dat geloof ik. Gun jezelf de tijd om weer helemaal beter te worden.' Zijn vingers volgen haar haarlijn.

Helena geniet van zijn liefdevolle aanraking. 'Waarom ligt die bontjas eigenlijk op mijn bed?'

'Dat is een lang verhaal.' Maksim helpt Helena overeind en stopt twee kussens in haar rug zodat ze comfortabel zit. 'Die mantel was van je grootmoeder, Maria Pavlova. Zij heeft de jas aan Lidia gegeven. Boris heeft hem gevonden toen hij ons verlaten paleis nog een laatste keer doorzocht. Lidia had de pels blijkbaar ingepakt. En nu is hij van jou.'

Helena trekt de mantel wat strakker om zich heen en nestelt zich erin. 'Dank dat je mij de jas toevertrouwt.'

'Ik weet zeker dat Maria en Lidia blij zouden zijn als ze zien dat jij hem draagt.'

'Ik had hen graag leren kennen.' Op dat moment voelt het voor Helena alsof het gat in haar ziel een beetje wordt gedicht.

Maksim staat op en schenkt haar een kop thee in en met haar vingers verkent Helena de dikke pels, denkend aan de onvoorspelbare paden die het leven soms inslaat. Opeens voelt ze iets.

'Maksim?'

'Ja?' Met de kop in zijn hand gaat hij weer naast haar zitten.

'Hier zit iets.'

'Wat bedoel je?' Hij zet de kop op het nachtkastje.

Ze duwt hem de mantel in de hand. 'Hier, onder de kraag zit iets oneffens.' Maksim voelt aan de plek.

'Merk je het ook?' vraagt Helena.

'Ja, je hebt gelijk.' Maksim pakt de mantel en onderzoekt die systematisch. 'We tornen de naad los,' beslist hij. 'Daar zit iets wat daar niet thuishoort.' Hij pakt een nagelschaartje uit de la van zijn nachtkastje en begint de naad van de kraag op te tornen.

Helena kijkt gespannen toe. Zou iemand er munten in hebben genaaid? Maksim trekt de naad open en vindt een halfronde stoffen zak die aan de voering is vastgenaaid.

'Wat het ook is, het zit daar niet zomaar.' Maksim maakt de zak los en legt die naast de bontjas op het bed van Helena.

'Geld?' vraagt Helena.

'We zullen het meteen zien.' Hij knipt de zak open en haalt een fijn leren etui met afgeronde hoeken tevoorschijn dat door meerdere riempjes wordt dichtgehouden

'Zoiets heb ik nog nooit gezien,' zegt Helena.

'Ik ook niet. Het lijkt speciaal voor de inhoud te zijn gemaakt.' Hij houdt Helena het etui voor. 'Wil jij het openmaken? Het komt van je grootmoeder en is dus van jou.'

Helena neemt het foedraal eerbiedig aan en maakt de sluitingen los. Het etui kan ze nu openklappen. En daar, op zacht donkerrood fluweel, ligt een prachtige halsketting van glinsterende diamanten en fonkelende smaragden.

Helena is met stomheid geslagen.

Ook Maksim staart verbijsterd naar het sieraad.

'Dat is... dit draagt mijn grootmoeder toch op het portret?' fluistert Helena uiteindelijk. Maksim knikt. 'Inderdaad. Die ketting hoort bij de Pavlova-set.'

'Een erfenis?'

'Dat zou best kunnen, maar ik heb geen idee waarom het in de bontjas is genaaid.'

'Ik vermoed dat iemand het wilde verstoppen.' Helena wrijft voorzichtig over de kostbare stenen. 'Zit er geen briefje bij of een andere aanwijzing?'

Maksim pakt de stoffen zak weer op en voelt nog eens. 'Inderdaad! Er zit nog iets in.' Hij haalt een vergeelde, gekreukte foto tevoorschijn, kijkt er snel even naar en geeft die dan zwijgend aan Helena.

Helena begint te beven. 'Dat is, dat is toch –'

Maksim knikt.

Helena staart naar het gezicht totdat het voor haar ogen vervloeit en draait de foto dan om: *1894* staat er in potlood en al een beetje vervaagd. Helena gaat met haar vinger langs de cijfers, draait de foto weer om en bekijkt die nogmaals uitvoerig.

Ze neemt het donkere, kunstig opgestoken haar in zich op, het ovale gezicht met de grote, stralende ogen en de fijn gebogen neus. En het hartvormige medaillon dat het met fijn kant afgewerkte decolleté siert.

'Dat moet mijn moeder zijn,' zegt Helena toonloos.

47

De zolderkamer van de zussen, 12 november 1918

Helena heeft de afgelopen nacht heel goed geslapen, ook al is het vroeg in de ochtend beginnen regenen en kletteren de druppels luid op het dak van de Lindenhof.

Ze komt overeind en doet een paar keer haar ogen open en dicht om te wennen aan de duisternis. Als ze de contouren van de meubels kan onderscheiden, staat ze op.

Met de dag voelt ze zich sterker en ze popelt om zich eindelijk weer nuttig te kunnen maken. Ook zonder patiënten valt er nog genoeg te doen in de Lindenhof. Gelukkig heeft ook broeder Fidelis de griep overleefd. Zijn buikomvang is flink geslonken, maar verder is hij weer helemaal de oude.

Helena is alleen op de zolderkamer. Katharina werkt weer in het ziekenhuis en zelf is ze met een bezwaard gemoed van de kamer van Maksim naar haar eigen bed teruggekeerd zodra de kritieke fase van de ziekte voorbij was. Ze begrijpt dat hij het vertrouwen van haar vader niet op het spel wil zetten, maar mist zijn aanwezigheid 's nachts.

Ze steekt een kaars aan en gaat aan de kaptafel zitten. Behendig maakt ze de vlecht los waarin ze haar haar 's nachts draagt en borstelt de lange lokken. Terwijl ze die opsteekt, dwaalt haar blik naar de ingelijste foto van haar moeder op haar nachtkastje.

Ze kan het nog altijd niet bevatten dat ze nu een foto van haar heeft en weet hoe ze eruitzag. Ze voelt een vreemde band met de jonge vrouw die haar op de wereld heeft gezet. Tegelijkertijd heeft ze veel vragen. Leeft Olga Pavlova nog? En zo ja, zou ze dan af en tot ook denken aan het kind dat ze had moeten achterlaten?

Helena worstelt ook met de tegenstrijdige gevoelens die de foto bij haar oproept. Verlangen en hoop strijden met onzekerheid en een sluimerende boosheid dat het lot haar van haar moeder heeft beroofd. Op andere momenten is ze gewoon vervuld van verwondering en geluk.

Ze is net klaar met haar ochtendtoilet als er wordt geklopt.

'Maksim?'

Helena hoort het klikken van de deurklink en draait zich om.

'Goedemorgen, liefste.' Hij glimlacht en sluit de deur. Vervolgens gaat hij achter haar staan en legt hij zijn handen op haar schouders. Even vinden hun blikken elkaar in de driedelige spiegel van de kaptafel.

'Ik heb een verrassing voor je.' Hij glimlacht veelbetekenend en drukt een tedere kus op haar voorhoofd.

'Sinds jij er bent, val ik van de ene verrassing in de andere,' zegt Helena plagerig. 'Ik wilde vandaag Käthe in de keuken helpen.'

'Käthe zal nog wat geduld moeten hebben.'

'Je maakt me nieuwsgierig.'

'Ik wacht buiten tot je bent aangekleed.'

'Je hoeft niet naar buiten. Toen ik ziek was heb je me toch ook zo gezien.'

'Dat was anders, maar als je aandringt, blijf ik natuurlijk.' Maksim grijnst breed.

'Je omdraaien volstaat.'

Maksim grijnst nog breder en draait zijn gezicht een beetje weg, maar Helena weet dat hij vanuit zijn ooghoeken volgt hoe ze haar nachtjapon uittrekt, kousen, onderhemd en rok aandoet en daaroverheen een donkerbruine rok en een blouse met een bruin-wit patroon.

'Ik ben klaar.'

Hij staat meteen naast haar en biedt haar zijn arm aan. 'Je ziet er prachtig uit. Mag ik?'

'Gaan we naar een bal?'

'Nee, maar je zult zo wel zin krijgen om te dansen.'

Vijf minuten later staan ze in de tot dan toe afgesloten vleugel van de Lindenhof. Helena kan haar ogen niet geloven als ze overal ladders en emmers ziet en arbeiders die de muur van de grote zaal onder handen nemen. Het regent binnen langs de slecht sluitende ramen en Erna is druk bezig met dweilen.

Boris duikt naast hen op. 'We schieten goed op!'

'Dat hoor ik graag,' antwoordt Maksim.

'Wat, wat gebeurt hier allemaal?' Helena begrijpt er niets van.

'Broeder Fidelis zou het "verlossing" noemen.'

'Hoe –?' Helena fronst vragend het voorhoofd.

'Je vader en ik hebben het ons veroorloofd een begin te maken met de nieuwe Lindenhof.'

Helena moet zijn antwoord even verwerken. 'Daar hebben we het geld toch niet voor,' zegt ze uiteindelijk.

'Toch. Het geld is er. Je vader zou anders nooit zulke omvangrijke werkzaamheden zijn gestart.'

Ze kijkt hem argwanend aan. 'Waar haalt hij zo veel geld vandaan?'

'Hij heeft een investeerder gevonden die een lening heeft verstrekt voor de uitbreiding van de Lindenhof. Het gebouw heeft voor hem een persoonlijke betekenis.'

'Maar dan wil die weldoener er toch zeker iets voor terug. Niemand in deze wereld deelt op deze schaal geld uit.'

'Je vader heeft hem over jouw dromen van een grand hôtel verteld. Dat heeft indruk op hem gemaakt.'

'O.' Helena is nog altijd niet overtuigd.

'Natuurlijk hebben je vader en ik uitgebreid navraag gedaan naar de geldschieter om niet voor onaangename verrassingen te komen staan, Helena. In elk geval moet je stevig aan de bak.' Maksim wenkt een van de oudere heren met een papieren rol onder de arm. 'Ik wil je graag voorstellen aan meneer Horn, een architect uit Überlingen die de verbouwingen naar jouw wensen zal plannen.'

'Mag ik even storen?' Boris legt een hand op de schouder van Maksim. 'Ik wil je iets laten zien, Maksim.'

'Verontschuldigen jullie me even?' Maksim kijkt van Helena naar Horn.

De architect knikt. Als Maksim en Boris weg zijn, maakt hij een lichte buiging. 'Ik verheug me zeer op onze samenwerking, juffrouw Lindner.'

Helena schudt vol ongeloof het hoofd.

Een week geleden was ze nog ernstig ziek en nu staat ze hier op het punt haar droom voor de toekomst te realiseren.

'Ik beschik over een enorme expertise, juffrouw Lindner,' gaat de architect verder als Helena niet antwoordt. 'We zullen zeker goede oplossingen vinden. De indeling van het gebouw biedt geweldige mogelijkheden.'

'Neem me niet kwalijk, meneer Horn.' Helena geeft de architect een hand. 'Dit alles overvalt me een beetje.'

'Ik heb al een ruw ontwerp voor het huis gemaakt.' De architect ziet eruit als iemand die van aanpakken weet. 'Hebt u tijd om dit te bespreken?'

Geleidelijk wordt ze meegesleept door de bedrijvigheid. 'Dat is kennelijk het beste.'

'In dat geval stel ik een rondleiding door het gebouw voor. Daarbij kan ik wat details uitleggen en eerste ideeën noteren.'

'Ja, dat klinkt goed.' Ze staat nog wat wankel op haar benen, maar haar scheppingsdrang wordt geprikkeld. Ze gebaart naar Maksim die met Boris en een arbeider staat te praten.

Hij kijkt haar over de schouder van Boris aan, knikt, zegt iets tegen zijn gesprekspartners en loopt naar haar toe. 'En? Hoe willen jullie dit aanpakken?'

'Meneer Horn stelt een inventarisatie voor aangevuld met mijn ideeën.'

'Op basis daarvan kunnen we dan een gedetailleerd ontwerp en de sterkteberekeningen maken,' voegt Horn eraan toe.

'Loop je met ons mee, Maksim? Jij kunt beter inschatten welke voorstellen haalbaar zijn. Ik neem aan dat vader je heeft verteld over welk budget we beschikken.'

Maksim knikt. 'Met plezier. Zullen we dan maar meteen hier beginnen, meneer Horn?'

De architect stemt hiermee in en de volgende twee uur besteden ze aan het verkennen van de mogelijkheden om de Lindenhof te verbouwen.

In de tot op heden afgesloten zijvleugel wil Helena op de begane grond een balzaal, op de eerste verdieping kantoren en op de bovenverdieping twee luxueuze suites. Op de zolder, die voorlopig dienstdoet als opslagruimte voor oude meubels, moeten de kamers van het personeel komen.

Helena hecht enorm veel belang aan een grote en uitnodigende ontvangstruimte. De hal en de huidige receptie zullen moeten wijken en ook de toegang naar de keuken en de voorraadkamers in de kelder zal moeten worden verplaatst. De eetzaal in de andere vleugel waar het hospitaal was ondergebracht moet dichter bij de keuken komen en worden uitgebreid met een paar extravagante elementen zoals een glazen uitbouw met uitzicht op het meer. Helena wil er ook een tearoom inrichten met speciale taarten en gebakjes. Op de verdieping daarboven moeten comfortabele gastenkamers komen en de zolder moet worden omgebouwd tot een prachtige bruidssuite.

Horn noteert alles zorgvuldig. Ondanks het slechte weer lopen ze ook nog de tuin in. Helena speelt al lang met de gedachte de woonvertrekken van de familie elders onder te brengen als ze het hotelbedrijf zouden uitbreiden. Horn gaat meteen op dit voorstel in. Op de plek van de kas is plaats voor een woonhuis in de stijl van de Lindenhof en groot genoeg voor de familie, maar dat is iets voor na de verbouwing en opening van het grand hôtel.

Het onderste stuk van de tuin zal worden aangelegd naar een ontwerp van Helena en betrokken worden bij het hotelbedrijf.

Als ze uiteindelijk naar het huis terugkeren, is Helena vol van de vele mogelijkheden die ze hebben besproken, maar tegelijkertijd beseft ze dat de ver- en nieuwbouwwerkzaamheden kapitalen zullen kosten, zeker omdat er op het vlak van loodgieterij en elektriciteit grote aanpassingen nodig zijn om het huis van alle moderne gemakken te voorzien.

Maksim neemt afscheid van de architect met het verzoek een precieze kostenraming te maken en, belangrijk, een tijdschema waarbinnen het project te realiseren is.

'Ben je blij?' vraagt Maksim, wanneer Horn de deur uit is en ze door de gang naar de keuken lopen om een kleinigheid te eten.

'Zeker, maar we zullen toch wat compromissen moeten sluiten.'

'Hoezo?'

'Heb je er al bij stilgestaan hoeveel dit allemaal gaat kosten?'

'Zeker. Ik heb je vader daarin ook geadviseerd.'

Helena blijft staan. 'Ik wil geen ruzie met je, Maksim, maar ik wil niet dat we ons tot aan onze nek in de schulden steken. Vooralsnog weten we nauwelijks hoe we morgen aan eten moeten komen en toch plannen we hier een paleis. Ik heb dromen, zeker, maar niet tegen elke prijs.'

Maksim legt een arm om haar schouders. 'Ik weet dat het moeilijk voor je is, maar heb vertrouwen in ons en vooral in jouw toekomstdroom! En mocht het je geruststellen, jouw medaillon is op zich al een fortuin waard. Je bent dus zeker niet onbemiddeld.'

'Dat sieraad is niet beschikbaar!' Helena beseft hoe pijnlijk dit voor haar is. 'Dat zou ik nooit kunnen verko–'

‘Helena! Maksim!’ De stem van Gustav Lindner onderbreekt hun gesprek. Helena draait zich verbaasd om. Haar vader straalt over zijn hele gezicht.

‘Wat is er, papa?’

Gustav Lindner legt zijn ene arm om Helena, de andere om Maksim.

‘Goed nieuws. Nee, fantastisch nieuws! Je zus Lilly heeft een gezonde baby op de wereld gezet en het Duitse Rijk heeft gisteren een wapenstilstand getekend. De oorlog is voorbij!’

48

Genève, het Ritz-Carlton, twee dagen later

Gefrustreerd zit Nikita in de foyer van zijn hotel champagne te drinken in afwachting van de komst van vorst Pronski. Ook vandaag heeft hij geen concrete resultaten voor zijn opdrachtgever. Hij is al weken op zoek, maar alle sporen lopen dood: baron Maksim Baranov, die in Genève zou zijn, blijkt onvindbaar.

Dat Baranov niet toevallig in de stad was, weet Nikita inmiddels wel. Navraag in ziekenhuizen en bij artsen en vroedvrouwen in Genève hebben de makelaar geen nieuwe informatie opgeleverd, maar een paar mensen wisten wel te vertellen dat een paar maanden geleden al iemand naar Olga Pavlova en haar dochter op zoek was geweest. Nikita had al victorie gekraaid omdat uit de persoonsbeschrijving bleek dat het om Baranov ging en het had hem weinig moeite gekost het hotel te vinden waar de baron met zijn vriend had gelogeerd, maar daar hield het op: ze hadden hun kamers verlaten.

Nu is Nikita nerveus. De gedachte dat Baranov ook op zoek is naar het collier en hem misschien wel een neuslengte voor zou kunnen zijn, is voor hem onverdraaglijk.

Opgeven is echter geen optie. Nikita wordt immers niet alleen gedreven door het vooruitzicht van een exorbitant honorarium, maar ook door zijn persoonlijke eerzucht: hij wil onder geen beding falen.

Hij heeft inmiddels ook een nieuwe contactpersoon in Moskou omdat Andrej naar Siberië is overgeplaatst. Die ontwikkeling komt Nikita goed uit omdat Andrej hem voortdurend op de huid zat om de juwelen nu eens eindelijk bijeen te krijgen. Het contact is dus verbroken en Nikita hoeft hem niet langer aan het lijntje te houden. Met

Oleg, die ook in kunst en juwelen handelt en bovendien goede contacten onderhoudt in de kringen rond Lenin, heeft hij een ideale opvolger gevonden.

Net als Nikita op zijn horloge kijkt, komt de vorst binnen. 'U hebt me ontboden?' Pronski begroet hem niet.

'Dank voor uw komst, vorst Pronski.'

'Ik hoop dat u nieuws voor me hebt, Nikita!' Ongeduld en ongenoegen staan op het gezicht van de edelman geschreven.

'Champagne?' vraagt Nikita rustig.

Dit verrast de vorst, maar hij knikt en gaat tegenover Nikita zitten.

'Wat vindt u van de gebeurtenissen in Compiègne, vorst Pronski?' Nikita leidt het gesprek naar een onschuldig onderwerp terwijl de kelner de champagnefluiten vult.

Pronski fronst het voorhoofd. 'Het zal Rusland niet helpen dat in de rest van Europa vrede heerst.'

'Dat kan zijn, maar het opent wel nieuwe mogelijkheden voor iedereen die in ballingschap leeft.' Nikita heft het glas. 'Op vrede in de wereld!' Hij verslikt zich. 'Neemt u me niet kwalijk.'

'Lenin heeft de steunpilaren van het land verraden en vernietigd. Zonder de aristocratie is Rusland van zijn ziel beroofd,' zegt Pronski somber. 'Dat is onvergeeflijk.'

Nikita haat het beeld dat de adel van zichzelf koestert net zo erg als de verheerlijking van het communisme.

'Ruslands ziel is enorm groot,' antwoordt hij cryptisch.

'Was groot. Lenin heeft zich die ziel toegeëigend. En in ruil daarvoor Rusland aan zijn vijanden overgeleverd.'

'De Duitsers en hun bondgenoten?'

'Precies. Brest-Litovsk was een nagel aan de doodskist van het Rusland dat we kenden.'

'Het nietig verklaren van de vrede van Brest-Litovsk maakt deel uit van de Duitse wapenstilstandsovereenkomst,' legt Nikita uit. 'Bovendien moeten de Duitsers alle bezette gebieden in Rusland en aan het oostfront ontruimen.'

'Zo effenen zo het terrein helemaal voor de communisten. Er is geen redding voor Rusland.'

'Ik ben het met u eens, vorst. En hoe zwaar Duitsland voor deze vrede moet bloeden biedt dan maar weinig troost.'

'Ze verliezen Elzas-Lotharingen,' merkt Pronski op. 'Dat is een amputatie, maar het is niets in vergelijking met wat Rusland zichzelf aandoet.'

Nikita haalt de schouders op. 'De linkeroever van de Rijn wordt bezet. Maar de Duitsers moeten herstelbetalingen verrichten, dat zal hen economisch sterk verzwakken.'

Ook Pronski antwoordt met een schouderophalen. 'Ik heb geen medelijden. Zij hebben Lenin uiteindelijk beschermd. Bovendien ligt mijn toekomst niet in Duitsland noch in Zwitserland.'

'Frankrijk?'

'Het lijkt me het beste dit noodlottige Europa maar volledig te verlaten.'

'Blijkbaar is het goed toeven in de Verenigde Staten,' merkt Nikita op.

Pronski laat zich nog wat champagne inschenken. Hij knijpt zijn ogen tot spleetjes en kijkt Nikita aan: 'Het maakt niet uit waar ik me vestig, wel dat ik daar voldoende middelen voor nodig heb. Hoever staat u met uw onderzoek?'

'Ik ga ervan uit dat baron Baranov niet meer in Genève is.' Nikita biedt Pronski een sigaar aan.

'Dank u.' Pronski bedient zich. 'Dat is geen baanbrekend resultaat.' Hij knipt het puntje van zijn sigaar af.

Nikita wacht totdat de vorst zijn sigaar heeft opgestoken en de rook in de lucht blaast. Pas dan neemt hij zelf ook een Villiger. 'Mijn contact in Rusland heeft me laten weten dat Baranov zijn staalhandel vanuit Londen voortzet. En blijkbaar met succes.'

Pronski neemt een trekje van zijn sigaar.

'Ik zou daarom willen voorstellen onmiddellijk onderzoek te doen in Londen,' aldus Nikita.

'Denkt u echt dat hij zich in het Verenigd Koninkrijk ophoudt?'

'Niet per se, maar hij zal wel contact houden met zijn medewerkers daar. Zij kunnen misschien aanwijzingen geven over zijn verblijfplaats.'

'Ik moet nog één ding toegeven,' zegt Pronski peinzend. 'Ik weet uit goede bron dat Olga Pavlova in de herfst van 1896 naar Rusland is teruggekeerd.'

Nikita kijkt hem verrast aan. 'En dat zegt u me nu pas?'

'Tientallen jaren geleden is men het spoor bijster geraakt. Op een gegeven moment ging het gerucht dat ze nog een keer naar Genève is teruggekeerd om haar dochter te zoeken, maar of dat waar is, weet ik niet.'

Nikita kan niet bevatten dat Pronski deze belangrijke informatie heeft achtergehouden.

'Als Olga Pavlova naar Rusland is teruggekeerd, had ik dat moeten weten! Ze kan de ketting daar aan iemand hebben doorgegeven.'

'Die gedachte is ook bij mij opgekomen, maar het schijnt niet zo te zijn.'

'Hebt u ernaar gezocht?'

'Natuurlijk! In de hele familie en daarbuiten.'

Nikita neemt een trek van zijn sigaar om zijn boosheid te beteugelen. 'Als de ketting ergens is aangeboden, had ik er vrijwel zeker van gehoord. Niettemin zal ik verder onderzoek laten doen in Rusland.'

'Gaat u zelf niet?'

'Ik wil eerst naar Londen. In Rusland heb ik een betrouwbare contactpersoon die ik deze zaak zal toevertrouwen. Als dat niets oplevert, zal ik persoonlijk op zoek moeten in Rusland.'

'Ik wou dat ik dit zelf kon regelen.' Pronski kijkt somber.

'U loopt het gevaar onmiddellijk in de Taganka-gevangenis te belanden.'

'Dat weet ik maar al te goed, Nikita.' Pronski legt zijn sigaar in de porseleinen asbak op de tafel en staat op. 'Ga volgende week naar Londen. En zorg dat je nu eindelijk iets over Baranov te weten komt!' Hij zet zijn hoed op. 'U beseft toch dat dit mijn vrouw behoorlijk van slag brengt.'

Nikita knikt. 'Ik ben niet van plan de zenuwen van uw echtgenote op de proef te stellen. Daar kunt u van op aan, vorst Pronski.'

49

Meersburg, begin december 1918

'Ik stel voor de foyer in verschillende zones te verdelen.' De architect legt Helena een ontwerp voor van de nieuwe hal van de Lindenhof. 'Hier,' hij wijst met een potlood naar de ruimte meteen achter de ingang, 'creëren groene planten in kuipen en een paar eenvoudige zuilen een aangename ontvangstruimte en tegelijkertijd vormen ze een gang naar de receptie. De receptie staat centraal op het punt waar de gang naar de ingang en de gangen die naar de twee vleugels van het gebouw voeren bijeenkomen.' Hij volgt zijn uitleg met zijn potlood. 'Edele houtsoorten voor het meubilair en Gauinger travertijn voor de aankleding van de ruimte benadrukken het landelijke karakter van de Lindenhof en ogen tegelijkertijd zeer modern.' Hij reikt achter zich naar een plank en pakt twee steenstalen ter grootte van een baksteen. 'Alstublieft, juffrouw Lindner. Kijk eens naar dit monster. Men noemt het ook weleens Gauinger marmer.'

Helena gaat met haar vingers over het ruwe oppervlak. 'Dat is echt een heel mooie steen!'

'Als alternatief denk ik aan Rorschacher zandsteen.' Hij legt de tweede steen ernaast. 'Het mooie aan deze steen is dat die uit de Zwitserse regio aan de Bodensee komt, al kan het groenige grijs binnen misschien wat somber ogen.'

Helena knikt en bekijkt de twee stalen. 'Mijn voorkeur gaat uit naar de travertijn. Is dit alleen voor de vloer of ook voor de zuilen?'

'Ook de zuilen. De steen en de planten zullen een harmonieus geheel vormen qua kleur, maar ook qua materiaal. De travertijn wordt trouwens gewonnen in Württemberg, ongeveer negentig kilometer hiervandaan.'

Helena pakt de lichtbeige steen in beide handen en bekijkt die wat aandachtiger. Er valt haar iets op. 'Dat is interessant. Is dat een stukje van een mossel?' Ze wijst naar een plek in de steen.

'Ja,' antwoordt Horn. 'De travertijn uit Gauinger is een zoetwaterkalksteen en bevat fossiele resten: mosselen, slakken, planten.'

'Hoe bijzonder!' Helena legt de steen weer op tafel. 'Ik zou die ook voor de zalen willen gebruiken.'

'Dat kan zeker. Ik zal ervoor zorgen dat we een steen met een zo licht mogelijke kleur kopen.'

Helena weet nog steeds niet zeker of ze zich zo'n dure renovatie kunnen veroorloven. 'Wat kost deze steen eigenlijk?' vraagt ze voorzichtig.

'Ik heb voor alle werken een kostenraming gemaakt. Een ogenblik geduld alstublieft.' Hij verlaat het vertrek en komt even later weer binnen met een dikke map. 'Bekijkt u alle posten rustig met uw vader, juffrouw Lindner. Ik heb geprobeerd aan al uw wensen te voldoen en tegelijkertijd een gunstige prijs te bedingen. Mocht het boven budget zijn, dan kunnen we nadenken over eenvoudigere ontwerpopties.' Hij overhandigt Helena de documenten. 'Bouwmaterialen zijn op dit moment zeldzaam en duur en daarom zullen we de bestaande materialen in de Lindenhof waar mogelijk behouden of hergebruiken. Dat is niet gewoon goedkoper, maar ook absoluut noodzakelijk als we het ambitieuze tijdschema willen volgen.'

'Dank u, meneer Horn.'

'Ik wil u er wel nog op wijzen dat er momenteel een enorm gebrek aan werklui is. Door de oorlog zijn veel mannen in de bloei van hun leven gesneuveld, krijgsgevangen genomen of oorlogsinvalide geworden. Dat kan het werk aanzienlijk vertragen.'

'Daar is mijn vader ook bang voor. We proberen zo veel mogelijk hulp te zoeken en waar mogelijk zelf mee te werken. In elk geval hebben we de juiste expertise nodig. Iemand moet ons begeleiden en ondersteunen.'

Horn knikt. 'Ik heb een paar vakmensen achter de hand. Ze zijn weliswaar al wat ouder, maar zeer ervaren. Zodra we het eens zijn over de kostprijs, regel ik dat.'

'Heel goed.'

'Grand Hôtel Lindenhof staat symbool voor een betere toekomst, juffrouw Lindner. Ik ben blij dat ik er deel van mag uitmaken.'

Vol goede moed loopt Helena de Steigstrasse af. De oevers van de Bodensee zijn weer in een dikke mist gehuld, maar toch hangt er een opgeluchte, opgewekte sfeer in Meersburg. Het einde van de oorlog heeft de mensen bevrijd van een zware last, maar ook de griepepidemie loopt op zijn einde. De kinderen gaan weer naar school, de mensen begroeten elkaar zonder angst elkaar aan te steken. Volgens Katharina liggen er in het ziekenhuis nog maar een paar patiënten met de Spaanse griep en vrijwel niemand overlijdt nog aan de ziekte. Ook in de Lindenhof is iedereen weer gezond. En Lilly en haar baby zijn in Stuttgart gespaard gebleven.

Nu moeten ze vooruit kijken.

Helena loopt met een grote boog om een koeienvlaai op de straat. De hopen die de ossenkarren achterlaten zijn een stinkende bron van ergernis en niet alleen voor de inwoners. Meersburg moet zich voorbereiden op de toeristen en kuurgasten die de stad in het nieuwe jaar hopelijk zal lokken. Helena besluit met de gemeente te gaan praten en de verantwoordelijken duidelijk te maken dat hun stad zich keurig en netjes aan toekomstige gasten moet presenteren. Dat is ook uiterst belangrijk voor het nieuwe Grand Hôtel Lindenhof.

Ze zucht.

Sinds de plannen concrete vorm hebben gekregen schippert ze tussen hoop en vrees. Het gaat om een enorme investering en falen betekent decennialang bestaansonzekerheid voor haar familie. Maar zonder lef of de bereidheid risico's te nemen, kun je in deze wereld geen enkele droom realiseren. Dat heeft Maksim ook nog eens benadrukt en hij heeft gelijk.

Een kakelend stel kippen loopt haar voor de voeten, gevolgd door een grijs gestreepte kat die spinnend langs haar been strijkt. Een paar marktvrouwen staan te lachen en te kletsen bij de fontein met onder de arm de vrijwel lege manden waarin ze vandaag op de markt in de bovenstad de waren hebben uitgestald. Helena groet hen en neemt blij wat overgebleven aardappelen en uien van hen aan. De gevolgen van de oorlogsjaren zijn nog duidelijk voelbaar. Voedsel is nog steeds schaars en niet alles is verkrijgbaar, maar in de lente zal daar hopelijk verandering in komen.

Ze neemt de mooie trappen van de Burgweganlage, loopt de Unterstadtstrasse in, passeert de haven en volgt de promenade langs het meer. Als ze uiteindelijk het grindpad naar de Lindenhof bereikt ziet ze tot haar grote vreugde een bekende gestalte de trap naar het huis oplopen.

'Kasia!' Helena versnelt haar pas.

Kasia von Szadurska draait zich om en wacht tot Helena haar heeft ingehaald. 'Ik ben hier al veel te lang niet meer geweest,' zegt de schilderes als ze samen de hal betreden.

'Is mijn kamer nog beschikbaar?'

'Ja, voorlopig wel.' Helena glimlacht verontschuldigend. 'Binnenkort moeten de verbouwingswerken van start gaan.'

'Jullie wagen het er echt op? Wanneer beginnen ze?'

'Als alles goed gaat, in het nieuwe jaar.'

'Kasia!' Maksim komt de trap naar het kantoor af. 'Wat fijn je te zien!'

'Ik hoor net dat jullie grote plannen hebben, Maksim!'

'Inderdaad. Ik weet zeker dat Helena het niet erg vindt dat je meteen begint te schilderen!'

'Bereid je dan maar voor op een heel kleurrijk Lindenhof.'

'Ik wilde net wat thee voor mij en Gustav halen,' zegt Maksim. 'Kom mee naar de werkkamer. Ik ben benieuwd wat je over je bezoek aan Horn hebt te vertellen, Helena. En dan kunnen we Kasia een kijkje geven in de toekomst van de Lindenhof.'

50

Een kwartier later zitten ze allemaal samen in het kantoor: Maksim, Gustav, Helena en Kasia buigen ze zich over de voorstellen van Horn. Inmiddels staat er naast het bureau ook een grote houten tafel met twee stoelen. Gustav heeft die op de zolder van de afgesloten vleugel gevonden en opgeknapt.

'De travertijn is een geweldig idee,' zegt Kasia die zich op een van de stoelen met een hoge leuning laat zakken. 'Ik vind het een heel mooie steen. Daar kunnen jullie de binnenruimte prachtig mee inrichten.'

'Dat denk ik ook,' antwoordt Helena. 'Grand Hôtel Lindenhof moet uniek zijn. Door de ligging aan het meer, maar ook omdat het hotel het karakter van de regio zal weerspiegelen.'

'Je bedoelt de ziel van het huis.'

'Zo zou je het ook kunnen uitdrukken. In geen geval mag het op om het even welk ander luxehotel lijken.'

'Daar ben ik het volledig mee eens,' valt Maksim haar bij. 'We zullen nieuwe normen stellen.'

'Hier is de kostenraming, papa.' Helena geeft haar vader de map die de architect heeft meegegeven.

'Dank je. We zullen er straks samen naar kijken.' Gustav draait de map even om in zijn handen en legt die vervolgens naast de tekeningen neer. 'We zullen goed moeten boeren.'

'Ik heb er alle vertrouwen in dat dat gaat lukken,' is de reactie van Maksim. 'Jullie hebben een goede basis.'

'Ik hou van je optimisme, Maksim, dat weet je. Maar vergeef me als ik dat niet helemaal met je deel.' Gustav kijkt hen allen aan. 'Naast alle andere ongewisheden, maak ik me ook zorgen over de arbeiders- en soldatenraden die overal hun eisen stellen.'

'Denk je echt dat we daar bang voor moeten zijn?' vraagt Helena.

Gustav Lindner haalt zijn schouders op. 'We moeten de ontwikkelingen toch zeker in de gaten houden. Het rommelt niet alleen in Berlijn of München. Ook in Friedrichshafen en Lindau en andere plaatsen langs het meer is het onrustig. Als die onrust zich verspreidt, kan het weleens moeilijk worden.'

'Dat mag niet gebeuren.' Maksim wordt geplaagd door duistere herinneringen. Gustav heeft gelijk. De revolutionaire ideeën hebben ook Duitsland bereikt en er worden pogingen ondernomen om de Russische versie van een radendemocratie in te voeren. Er is nog geen sprake van een uitslaande brand, maar het gevaar valt niet te onderschatten.

'Ik sta wel achter het voorstel van een republiek,' doorbreekt Kasia de stilte die is gevallen. 'En wij vrouwen krijgen nu ook eindelijk stemrecht! Niet alles wat er na de oorlog is gebeurd is slecht.'

'Een republiek met inspraak, absoluut,' antwoordt Maksim. 'Maar je moet er wel voor zorgen dat extreme krachten het roer niet overnemen. Dat leidt alleen maar tot ellende, vervolging en ondergang.'

'In Konstanz hebben ze even de rode vlag boven het stadhuis gehesen,' vertelt Kasia. 'Maar uiteindelijk is alles bij het oude gebleven. De ambtenaren van de zittende gemeenteraad hebben de recent opgerichte arbeiders- en soldatenraad ervan overtuigd dat ze zelf onmisbaar zijn voor het handhaven van de openbare orde en de wederopbouw van het vaderland.' Kasia trekt een ondeugend gezicht. 'En de arbeiders- en soldatenraad heeft daarmee genoegen genomen.'

'Dat heeft de gemeenteraad slim aangepakt.' Gustav laat zich nu ook horen. 'Ik betwijfel of het overal zo gemakkelijk zal gaan. Maar er zijn ook daadwerkelijk positieve tendensen merkbaar. Op het nationale niveau heeft de meerderheid van de arbeiders- en soldatenraden gekozen voor een parlementaire democratie.'

'Laten we daarom vooruitkijken, Gustav,' zegt Maksim. 'Duitsland moet weer opstaan. Daar hebben we hoop voor nodig en mensen die initiatief nemen. Dat maakt de mensen minder vatbaar voor extreme praatjes.'

'Dat zou kunnen.' Gustav opent de map van Horn en neemt vluchtig de kostenraming van meerdere pagina's door. Maksim kijkt naar Helena die op haar beurt haar vader in de gaten houdt.

'De ontwerpen zijn prachtig,' merkt Kasia op voordat Gustav commentaar geeft op de kosten. 'Het wordt een groot feest als we de nieuwe Lindenhof inwijden.' Ze staat op en omhelst Helena. 'Maar nu laat ik jullie alleen. Mijn echtgenoot verwacht me.'

'Je kamer hier staat nog altijd ter beschikking!' verzekert Helena haar.

'Ik zal jullie zoveel mogelijk ondersteunen bij jullie inspanningen, maar hier wonen, dat niet.' Kasia schudt lachend het hoofd. 'Dan loop ik alleen maar in de weg. Bovendien vinden de mensen van Meersburg het fijn als ik af en toe mijn burgerlijke kant laat zien en de plaats inneem waar een rechtschapen vrouw volgens hen thuishoort.'

Nadat Kasia de werkkamer heeft verlaten bekijken Helena, Gustav en Maksim een voor een de kostenposten op de lijst van Horn.

'Op het eerste gezicht ziet het er allemaal heel redelijk uit,' concludeert Maksim. 'De man heeft een goede raming gemaakt.'

'Nou ja,' Gustav krabt zijn achterhoofd. 'En nu maar hopen dat het grand hôtel de bedragen daadwerkelijk gaat terugverdienen.'

'We plannen nu op een ander niveau, de Lindenhof is geen kleine, landelijke herberg meer. Geloof me op mijn woord dat alle investeringen binnen afzienbare tijd zullen renderen. De oorlog is voorbij, de mensen snakken naar nieuwe ervaringen. Deze zomer al zullen ze massaal naar dit stadje afzakken.' Hij geeft Helena een knipoog. 'In het nieuwe jaar moet ik naar Londen en daar zal ik veel reclame maken voor Meersburg.'

'Ga je weg?' Helena is geschrokken.

'Ja; ik moet wel. Ik heb deze reis al veel te lang voor me uit geschoven.' Maksim kijkt naar haar en vervolgens naar Gustav. 'Het afgelopen jaar hebben mijn partner en ik alles vrij goed kunnen regelen zonder dat we er fysiek bij moesten zijn. Nu komt er echter een reorganisatie waarbij mijn aanwezigheid vereist is.'

'Gelukkig maar dat je erin bent geslaagd je staalbedrijf te redden.' Gustav ordent de papieren op zijn bureau in een nette stapel. 'Natuurlijk moet je die zaken behartigen.'

Maksim knikt hem dankbaar toe. 'Het duurt nog even voor ik vertrek,' zegt hij nu tegen Helena. 'Ik ben hooguit drie weken weg en tegen die tijd zul je het zo druk hebben, dat je me niet eens zult missen.'

'Het is niet dat ik niet wil dat je gaat, maar het overvalt me wel.'

'Die plannen hebben pas de laatste dagen concreet vorm gekregen.'

'En wanneer ga je?' vraagt Helena.
'Vermoedelijk in februari.'
'Dat is inderdaad nog een tijd weg.' Helena ademt diep in en Maksim glimlacht bemoedigend.
'Goed, dan gaan we weer verder met de planning.' Gustav wijst naar de kostenraming voor zich. 'Eerlijk gezegd vind ik dit onvoorstelbare bedragen. Los van de politieke situatie weten mensen nog steeds niet waar ze hun volgende maaltijd of kolen voor de oven vandaan moeten halen. Zij zijn absoluut nog niet bezig met uitstapjes of zomervakanties!'
'Dat zullen ze wel, Gustav. Neem dat maar van me aan!' zegt Maksim vol overtuiging.
'Ik ben het met Maksim eens. We moeten optimistisch zijn.' Helena kijkt haar vader bemoedigend aan.
'We zijn al zover met onze plannen en ze zijn grandioos. Iedereen zal zijn steentje bijdragen. Zelfs broeder Fidelis staat te trappelen om te beginnen, ook al is hij nu weer volop met de Birnau bezig.'
'Onze broeder Fidelis.' Maksim grijnst. 'Hij gaat toch gewoon bidden voor een goede afloop, niet? Of wil je hem de ladder op sturen om de balken van het plafond te vervangen?'
Helena port hem in zijn zij.
'We hebben vakmensen nodig,' merkt Gustav op.
'Meneer Horn zal er een aantal aanbevelen,' antwoordt Helena. 'Daaraan zal het niet liggen.'
'Ik heb een idee.' Maksim gaat rechter zitten. 'Toen ik van Genève naar hier ben gekomen, heeft een visser uit Konstanz me naar Meersburg gebracht. Het klonk alsof hij niet gewoon de beste plekken om te vissen kent, maar ook uitstekende connecties heeft rondom het meer. Ik weet zeker dat hij een bekwame groep mannen bijeen kan krijgen. En vrouwen.'
'Mannen, ja.' Gustav leunt achterover. 'Maar dit is niets voor vrouwen.'
'Maar papa, natuurlijk is dit iets voor vrouwen!' repliceert Helena fel. 'Wie hebben er de afgelopen jaren het land draaiende gehouden? Wie hebben voor eten en kleren gezorgd, de kinderen grootgebracht en in de fabrieken munitie gemaakt?' Ze ademt diep in. 'Jullie mannen moeten ons nu eindelijk eens wat krediet geven.'
Maksim kijkt haar eerbiedig aan. 'Je hebt gelijk.'
'Feit is,' zegt Gustav met een glimlach, 'dat Helena bijna altijd gelijk heeft. Goed dan. We gaan ervoor!'

DEEL 4

EEN SCHITTERENDE GLANS

April tot augustus 1919

51

Meersburg, begin april 1919

Er is rijkelijk gedekt voor de avondmaaltijd. Käthe heeft vers brood gebakken, er is kaas en ham en er zijn ingelegde augurken, hardgekookte eieren en daarnaast nog boter, kwark met tuinkruiden en verfrissend bier.

Op een houten plank snijdt Gustav dunne plakken van een prachtig stuk, heerlijk ruikend gerookt vlees. 'Wie wil hier wat van?'

Broeder Fidelis zegt er geen nee tegen en Gustav geeft hem een flinke portie. 'En, broeder Fidelis? Hoe staat het met de onderhandelingen over de Birnau?'

'Zeventigduizend mark willen ze,' antwoordt broeder Fidelis met volle mond. Door de griep was hij enorm afgevallen, maar inmiddels is zijn middel alweer flink uitgezet.

'De orde moet zeventigduizend mark betalen voor de Birnau?' vraagt Gustav nog eens voor de zekerheid. Broeder Fidelis knikt.

'Wanneer zal de pelgrimskerk definitief aan Mehrerau toebehoren?'

'In de herfst, denk ik. Maar in de tussentijd zorg ik dat de kerk al een opknapbeurt krijgt. En kasteel Maurach. De Birnau moet een priorij worden.'

'Blijf je ons dan nog een tijd gezelschap houden, broeder Fidelis?' vraagt Helena.

'Ja, natuurlijk!' Broeder Fidelis neemt een paar slokken bier. 'Jullie hebben me nog nodig.'

Helena is blij dat de broeder voorlopig op de Lindenhof blijft en het hem niet had uitgemaakt te verhuizen naar een kamer naast die van Käthe in het souterrain. De verbouwingswerkzaamheden zijn in volle gang en de gastenkamers zijn leeggeruimd. Maksim heeft zijn intrek genomen op de zolder tegenover de meisjeskamer.

'Broeder Fidelis?' vraagt Erna schuchter.

'Ja, wat wil je weten, juffrouw Erna?' Broeder Fidelis wist met de rug van zijn hand het schuim van zijn mond.

'In de Birnau staat toch het honingmannetje?' Iedereen rond de tafel kijkt naar haar en er trekt een lichte blos over haar gezicht.

'De Honigschlecker bedoel je.'

Erna knikt. 'Die zou ik zo graag eens willen zien.'

'Ga dan zondag met me mee.'

'Meent u dat?'

'Natuurlijk! De Honigschlecker is een mooie putto met een bijenkorf. En omdat het ook een brutale engel is, snoept hij met zijn vinger de honing uit de bijenkorf.'

'O!' Erna glimlacht ondeugend. 'Er zijn vast een paar bijen uitgezwermd!'

'Ja, er zoemen er een paar rond.'

Erna giechelt. 'Maar,' peinst ze hardop, 'waarom uitgerekend honing? In een kerk?'

'De honing verwijst naar de heilige Bernardus,' legt broeder Fidelis uit. 'Volgens de legende zijn de woorden als honing uit zijn mond gevloeid.'

'Wie is die Bernardus?' vraagt Erna.

'Bernardus van Clairvaux. Hij heef de cisterciënzerorde groot gemaakt. Maar dat is lang geleden. Zevenhonderdvijftig jaar. Ongeveer toch.'

'Dank u, broeder Fidelis.' Erna bijt in haar boterham met ham.

'Zondag zul je het allemaal zien.'

'Ik kijk er al naar uit.' Erna kauwt tevreden.

'De Birnau heeft veel kunstschatten en heiligenbeelden.' Gustav pakt zijn beker met schuimend bier. 'Jullie hebben nog veel werk om alles weer te laten schitteren, broeder Fidelis.'

'Zeg dat wel. Het wordt aanpoten. Maar als er daarna weer pelgrims komen, is dat prima.'

'Vanaf wanneer denkt u dat er weer gelovigen naar de Birnau zullen komen?' Broeder Fidelis schenkt zich nog wat bier in. 'Als alles goed gaat, in de herfst.'

'Ook in de Russische kerk vereren ze veel heiligen,' vertelt Maksim.

'Als kind was ik vooral gefascineerd door de iconen waarop ze staan afgebeeld. Geeft u de voorkeur aan een bepaalde heiligenfiguur, broeder Fidelis?'

De monnik denkt na. 'Maria,' verkondigt hij uiteindelijk.

'Maria? Omdat ze zo mooi is?' Maksim grijnst.

Helena, die naast hem zit, geeft hem een flinke por.

'Nee. Niet omdat ze zo mooi was.' Broeder Fidelis lijkt niet onder de indruk. 'Omdat ze zo slim was.'

'Slim?' vraagt Gustav.

'Wel, Ons-Lieve-Vrouwken werd zwanger en niemand wist hoe en van wie.' Hij leunt samenzweerderig naar voren. 'En toen beweerde ze stomweg dat het van de Heilige Geest was. Als dat niet slim is!'

Even is het stil aan tafel. Dan barst het gelach los. Gustav Lindner houdt zijn buik vast, Helena veegt de tranen uit haar ogen, Erna proest in haar servet en zelfs de altijd zo beheerste Käthe lacht hartelijk.

'Pas maar op, broeder Fidelis,' adviseert Gustav Lindner nog steeds lachend, 'dat ze u niet van blasfemie betichten!'

'Maar het is toch waar! En daarom is onze meneer Jezus toch de zoon van God. Maar gewoon anders.' Hij leunt weer achterover. 'Ik denk dat als onze Here God zo groot en zo barmhartig is, het geen rol speelt hoe het kindje Jezus in de buik van Maria is gekomen. Voor mij is zijn boodschap belangrijk. En die is prachtig en telt vandaag de dag nog altijd.'

Maksim, die broeder Fidelis vooralsnog niet heel serieus heeft genomen, neemt in gedachten zijn hoed af voor de geestelijke. Verfrissend kritisch en eerlijk, zelfs als hij daarbij de gangbare leer van de kerk in twijfel trekt, maar desondanks onwankelbaar in zijn geloof. Maksim zou heel graag zelf nog die naïeve toewijding aan God hebben gehad, maar het leven heeft hem te veel getekend. Die goddelijke vanzelfsprekendheid bestaat niet meer voor hem.

Hij voelt Helena's hand, die ze onder tafel op zijn dij heeft gelegd. Tegelijkertijd kijkt ze hem zijdelings aan. Uit haar blik spreekt diep begrip en Maksim wordt overspoeld door een golf van genegenheid voor deze vrouw die hem helpt zijn verbrijzelde ik stukje bij beetje weer in elkaar te zetten.

Zou er dan toch een God zijn?

52

Meersburg, een week later

Helena rent de trap met de pas gekalkte muren af op zoek naar Kasia. Grand Hôtel Lindenhof begint zichtbaar vorm te krijgen. Het is bijna niet te geloven dat ze zo goed opschieten aangezien er nauwelijks werklui te vinden zijn en er ook een dramatisch tekort heerst aan bouwmaterialen. En toch gaat het vooruit. De oudere vakmannen die Horn heeft opgetrommeld zijn zeer ervaren en coördineren de werkzaamheden op een onverwacht zelfverzekerde en rustige manier. En ook de visser wiens hulp Maksim heeft ingeroepen, is een schot in de roos gebleken: Eddi heeft niet alleen aanzienlijke aantallen arbeiders uit de gebieden rond het meer geronseld, maar zorgt ook voor hout, stenen, gereedschap, verf, mortel, dakpannen en allerlei metalen die ze nodig hebben.

'Het is een smokkelaar,' had Maksim schouderophalend gezegd toen Helena haar verbazing had geuit over Eddi's onuitputtelijke bronnen. 'Het meeste haalt hij uit Zwitserland.'

Al weken lijkt de Lindenhof op een duiventil. Van het ochtendkrieken tot zonsondergang wordt er gewerkt. De muren staan in de steigers en voor elke vleugel is een bouwlift geïnstalleerd. De buitengevel is gerepareerd en opnieuw bepleisterd en zodra alles droog is moet een nieuwe verflaag het gebouw een voorname uitstraling geven. Helena weet zeker dat de zachte, bruinroze kleur prachtig zal contrasteren met het witte stucwerk.

Bij de doorbraak naar de keuken stuit Helena op Käthe.

'Ik heb vandaag al twee Meersburger schlosstorten gemaakt,' zegt de kokkin. 'Ze zijn allebei ook afgeleverd en het is nog niet eens tien uur!

Ik heb Erna om bloem en suiker gestuurd zodat ik de volgende bestellingen kan voorbereiden.'

Een paar weken geleden heeft Helena in een impuls de taart meegenomen naar een van de vergaderingen met de toeristische dienst en daar gepresenteerd. Sindsdien stijgt de vraag naar het gebak gestaag. Vooral de vorm van de nieuwe koningskroon – een suggestie van Erna – is in de smaak gevallen, ook al is kasteel Meersburg nooit de residentie van koningen, zij het wel van vorst-bisschoppen geweest.

'Zodra de nieuwe, grote keuken klaar is, krijg je versterking, Käthe. Tot die tijd zullen we helaas mensen moeten teleurstellen.'

'Het is inderdaad niet simpel, met al dat puin!' Käthe wringt haar handen.

De Lindenhof is binnen één grote bouwput en op dit moment nauwelijks nog te herkennen. Overal staan en liggen bouwmaterialen en gereedschap, bakken en emmers met cement en verf en nog veel meer. Bouwafval ligt te wachten om weggeruimd te worden.

Tegelijkertijd krijg je al vaag een idee van het toekomstige grand hôtel. Door een deel van de muren weg te halen zijn grote ruimtes ontstaan en waar nodig gestut door elegante travertijnen zuilen. De leidingen voor de elektriciteitskabels zijn gelegd en een centraal verwarmingssysteem moet het ook in koudere maanden behaaglijk warm maken in alle kamers, die ook beschikken over een eigen badkamer. Oude meubels worden opgeknapt om straks te hergebruiken voor de inrichting.

Het is nog lang niet klaar, maar toch verwachten ze binnen drie weken al de eerste gasten. De tijd dringt. Zeker nu Maksim heeft aangegeven nog voor de opening met haar naar Genève te willen reizen. Het zou maar voor twee dagen zijn, maar Helena heeft geen idee hoe ze dat in hemelsnaam ingepland moet krijgen.

Helena vindt Kasia in hal waar ze met kritische blik haar werk bekijkt: een fresco op de muur achter de toekomstige receptie.

'Het is prachtig!' Helena loopt op haar vriendin af. 'En bijna klaar, niet?'

Kasia – volledig opgaand in haar bezigheden – draait zich verrast om. 'Hé, Helena! Goedemorgen, lieve vriendin! Ik moet de komende dagen nog een paar details afwerken, maar verder is het af.'

'Dat fresco was een geweldig idee!'

'Ik wilde zoiets al langer proberen. In Konstanz zie je overal fresco's op of in herenhuizen. Die spreken mij enorm aan.'

‘Je hebt hier een meesterstuk afgeleverd.’ Helena wijst naar de grote muurschildering die het uitzicht vanaf het Fürstenhäusle over Meersburg en het meer tot de Alpen weergeeft in de unieke stijl van Kasia. ‘Zoiets vind je nergens anders in de regio.’

‘Dank je. Je moet eens een keertje met me meegaan naar het Fürstenhäusle. De Von Droste-Hülshoffs zijn aardige mensen. Ze hebben me zelfs koffie en koekjes aangeboden toen ik bij hen in de tuin zat te schetsen.’

‘Graag! Zodra ik er tijd voor heb.’

‘Ach ja, tijd.’ Kasia glimlacht en legt een arm om Helena. ‘Weet je, in het begin wist ik niet zeker of mijn manier van schilderen en de frescotechniek eigenlijk wel samen zouden gaan,’ geeft Kasia toe. ‘Nu ben ik echt heel blij met het resultaat.’

‘Het is een absoluut succes, Kasia!’

‘Dat vind ik ook!’ Maksim voegt zich bij de vrouwen. ‘Het heeft diepte en sfeer.’

‘Maksim! Charmant als altijd!’ Kasia lacht.

‘Kunnen we even samenzitten, dames? Ik wil een en ander met jullie bespreken.’ Maksim is in een opperbeste stemming.

‘De reclame?’ gist Kasia.

‘Eigenlijk hebben we geen reclame meer nodig, Maksim. In Meersburg is alles al volgeboekt voor de zomermaanden.’ Helena geniet van de vluchtige omhelzing van Maksim.

‘Jullie willen het belangrijkste hotel van de stad worden en zo moet je het ook in de markt zetten,’ werpt hij tegen. ‘Niet voor dit seizoen, maar voor de komende jaren en daarna.’

‘Je hebt gelijk,’ beaamt Kasia.

Samen lopen ze naar de keuken en gaan aan de nieuwe, grote keukentafel zitten. Ze zitten Käthe en Erna wel in de weg, maar op dit moment hebben ze nergens anders plek om te vergaderen. De kleine suite van Maksim en het kantoor van Gustav zijn leeggehaald. Gustav heeft nu op de zolder de kamer naast Maksim en alle dossiers en documenten zijn opgeslagen in de kelder.

Maksim heeft papier en potlood bij zich en schuift beide naar Helena toe. ‘Wil jij notities maken?’

Helena knikt en legt de blanco vellen voor zich klaar.

Käthe serveert heerlijk geurende bonenkoffie en een versgebakken vlechtbrood.

'Ik hoor dat je een kunstenaarscollectief hebt opgericht, Kasia.' Maksim pakt een stuk brood en geeft de helft daarvan aan Helena. 'Dat is echt interessant.'

'Ja, Breidablik.'

'Dat begrip ken ik uit de Noorse mythologie.'

Kasia knikt. 'Het is de naam van een van de hoofdpaleizen en betekent letterlijk "breedglans". Die verwijzing past goed bij ons. Momenteel is het nog een vrij los verband en zijn er nog niet veel kunstenaars enthousiast voor de zaak. Ik zie wel hoe de groep zich ontwikkelt.'

'Misschien moet ik dan maar lid worden?' Maksim geeft haar een vrolijke knipoog.

'Altijd welkom!' Kasia drinkt van haar koffie. 'Maar laten we nu eerst maar eens het nieuwe grand hôtel promoten.'

'Ik heb vrijwel geen ervaring met reclame,' bekent Helena. 'Tot op heden hebben we daar nauwelijks werk van gemaakt.' Ze neemt een hapje van Käthes heerlijke en luchtige baksel.

'Dat hoorde ik al van je vader,' merkt Maksim op. 'En misschien is dat ook wel een van de redenen dat de Lindenhof tot op heden zo weinig gasten trok.'

Helena knikt. 'Precies, en daarom heb ik me er de laatste tijd wat in verdiept en denk ik aan een brochure waarin we zowel de Bodensee als vakantiebestemming en Grand Hôtel Lindenhof als exclusieve accommodatie aanprijzen.'

'Wil je de naam Lindenhof behouden, Helena?' vraagt Kasia. 'Ik vind zoiets als Palace Hotel Bodensee ook goed klinken.'

'Ik heb uitgebreid nagedacht over de naam, dat weet jij Maksim.' Ze glimlacht naar Maksim. 'En elke keer kom ik tot de slotsom dat het voor mij de Lindenhof is en blijft. Alle andere namen passen op een of andere manier niet. Niet bij Meersburg en niet bij ons.'

'Aan jou de keuze,' antwoordt Kasia. 'Zodra de werken zijn voltooid, kan ik foto's maken. Van binnen en van buiten.'

Helena knikt. 'Dat zou geweldig zijn: foyer, eetzaal, balzaal en de verschillende kamers en suites. Omdat we alles uniek inrichten, is dat heel belangrijk.'

'Inderdaad,' bevestigt Maksim. 'En we moeten ook aangeven hoe mensen hier kunnen komen. Meersburg heeft geen station en dat kan voor gasten die hier nog nooit zijn geweest misschien vervelend lijken.'

'Klopt.' Helena noteert alles. 'Belangrijk is ook de uitstekende keuken en de exquise patisserie die we aanbieden te vermelden. Daarmee kunnen we dagjesmensen aantrekken die zichzelf op een beetje luxe willen trakteren.'

'Natuurlijk! Dat moet er zeker in! Ik zal ook foto's maken van de Meersburger schlosstorte!' Kasia plukt aan de bonte sjaal die ze om haar schouders heeft geslagen.

'Daarnaast is het ook zeker zinvol te vermelden wat de gasten allemaal kunnen doen,' gaat Helena verder. 'Schildercursussen, maar ook sportieve activiteiten. We zullen boottochten aanbieden naar de mooiste plekjes aan het meer in combinatie met een landelijke picknick en lezingen over de belangrijkste bezienswaardigheden onderweg.'

'We moet ook Meersburg in de kijker zetten. Het heeft zoveel te bieden,' merkt Maksim verder op.

'Precies! De vele magische uitzichten en alle kunstenaars die hier al zijn geweest.' Ook Kasia raakt serieus op dreef. 'Zoals Annette von Droste-Hülshoff, die lang bij haar zuster op kasteel Meersburg heeft gewoond, geschreven en zelfs gecomponeerd. Ik ben dol op het verhaal van de kanarie die haar daarbij gezelschap hield. Die at uit haar hand en zou voortdurend haar schrijfpennen hebben verstopt.'

'De historische setting, de vermakelijke anekdotes en natuurlijk de prachtige natuur.' Helena glimlacht. 'Dat is toch precies waar mensen naar op zoek zijn.'

'Voor mij is ook kasteel Meersburg een grote publiekstrekker.' Kasia's ogen glinsteren van enthousiasme. 'Het voelt alsof je opeens in de middeleeuwen en de riddertijd wordt gekatapulteerd. Ik hou vooral van die ruimtes waar je de koude rillingen krijgt zoals de martelkamer of de onderaardse kerkers.'

'Daar moeten we natuurlijk ook specifiek naar verwijzen.' Helena pakt een nieuw blad.

'Ook de stegen en alle hoekjes en oude huizen getuigen van vervlogen tijden.' Maksim laat Käthe nog een koffie inschenken. 'De molen, de vele bronnen, het park onder het kasteel. Allemaal plekken waar je je fantasie de vrije loop kunt laten.'

'Hopelijk herkennen we ons Meersburg nog als er straks zo veel vreemdelingen komen,' zegt de kokkin die ook de koppen van Kasia en Helena nog eens vult met verse koffie.

'Ach, Käthe.' Kasia giet wat melk in haar kop. 'Meersburg lag er tot op heden bij als een vergeten poppenhuis. Het wordt tijd dat de wereld het ontdekt. Het stadje zal nog mooier worden als het de middelen heeft om eindelijk alles echt op te knappen.'

'Dat heb je mooi verwoord, Kasia. En als grand hôtel bieden wij het passende vermaak.' Helena glimlacht naar Käthe die haar schouders ophaalt en zich aan de hoop aardappelen wijdt waar ze voor het avondmaal een maaltijdsalade van wil maken.

'Waar denk je zoal aan?' vraagt Maksim.

'In de balzaal zullen we concerten, liederavonden en theatervoorstellingen geven, misschien in combinatie met seizoensgebonden lokale gebruiken, zoals carnaval. En natuurlijk dansavonden en bals. Wat denk je van een Bodenseebal? Eén keer per jaar, het liefst in augustus, met om middernacht vuurwerk boven het meer?'

'Wat een geweldig idee!' Kasia klapt in haar handen. 'Ik verheug me er nu al op!'

'Ik informeer bij de drukkerijen in de omgeving of en hoe snel ze brochures voor ons kunnen maken,' biedt Maksim aan. 'Zodat we die snel kunnen verdelen en versturen.'

'Het is bijna niet te geloven.' Helena straalt. 'Een jaar geleden zaten we nog midden in de oorlog en nu staat ons een prachtige toekomst te wachten. Ik ben jullie zo dankbaar.'

Maksim knijpt in haar hand. 'Het is jouw kracht die alles hier in beweging zet. En dat zal zich uitbetalen! Wacht maar af!'

53

Parijs, medio april 1919

Nikita zit aan een klein tafeltje in Brasserie des Bords aan de Boulevard Saint-Germain te wachten op een klant die een paar waardevolle stukken zilver van de hand wil doen. In Moskou heeft Oleg er al een afnemer voor gevonden en Nikita kijkt uit naar een snelle en lucratieve deal.

Het restaurant loopt vol voor de lunch en ook al is Nikita het Frans niet machtig, de taal zorgt voor een ongedwongen sfeer die hij net zo aangenaam vindt als het koude bier dat voor hem staat. Het is precies wat hij nodig heeft. De laatste weken zijn namelijk allesbehalve prettig geweest.

Pronski heeft hem van zijn opdracht ontheven en niets meer betaald. Sinds zijn vertrek naar Londen heeft Nikita geen dollar meer gezien, ondanks zijn hoge onkosten en de vele aanmaningen die hij de vorst in Genève heeft gestuurd. Hij had op het punt van een doorbraak gestaan en het bedrijf van Baranov gevonden. Dat de firma een paar dagen voordien de zetel naar de Verenigde Staten had verplaatst, was vervelend geweest, maar het zou Nikita niet hebben tegengehouden. Met de steun van Pronski zou hij naar Amerika zijn doorgereisd.

Terwijl hij met talloze telegrammen en brieven de vorst probeerde over te halen zijn reiskosten te betalen, was hem nog meer ongeluk overkomen in de vorm van een zwarte taxi. Een dronken chauffeur was met dat voertuig van de weg af geraakt, had hem op zijn met messing afgewerkte motorkap geschept en onzacht weer gedumpt. Pas een paar dagen later was hij in het Great Northern Central Hospital bij bewustzijn gekomen in een zacht bed en met de beste zorgen omringd, maar niet in staat zich te bewegen. Een gebroken wervel en andere nare gevolgen hadden hem meer dan twee maanden aan het bed gekluisterd gehouden. Om weer op krachten te komen was hij naar een badplaats aan de Engelse zuidkust gereisd, maar het nietsdoen had hem al snel zo rusteloos gemaakt dat hij in stormweer het Kanaal naar Frankrijk was overgestoken.

Het contact met de vorst was op dat moment volledig verbroken. Nikita was weliswaar telegrammen naar Genève blijven sturen omdat Oleg in Moskou een spoor naar Olga Pavlova dacht te hebben gevonden, maar Pronski had niet gereageerd en het spoor was doodgelopen voordat het tastbare resultaten had opgeleverd.

De Pavlova-sieraden laten Nikita echter niet los, net zomin als het aanzienlijke bedrag dat hij nog van de vorst tegoed heeft. En dus zoekt hij verder. Voorlopig voor eigen rekening, maar hij weet zeker dat de vorst zelfs nog voor Nikita de ketting zal hebben gevonden weer aan boord zal komen. Nikita heeft de hebzucht in de ogen van de aristocraat gezien.

Om geld te verdienen, is Nikita in Frankrijk gebleven en heeft hij vooral in Parijs nieuwe opdrachten binnengehaald. Het feit dat de adellijke bannelingen meestal in grote, gesloten groepen samenklitten, vergemakkelijkt het werk voor Nikita enorm.

Een slanke, middelgrote en goedgeklede man komt de brasserie binnen, neemt zijn hoed af en kijkt zoekend om zich heen. Nikita steekt discreet zijn hand op om de aandacht op zich te vestigen.

De man ziet hem en komt naar zijn tafeltje. 'Nikita?' Nikita knikt.

'Ik ben Leonid.' De man gaat zitten. 'Hebt u al besteld?'

'Alleen een biertje. Met het eten wilde ik op u wachten.'

Leonid gebaart naar de garçon, legt zijn hoed op de tafel en wendt zich weer tot Nikita. 'Dit is een authentiek Frans eetcafé en het eten is echt buitengewoon. Dat zult u zo wel zien.'

'*Bonjour Messieurs.*' De ober staat naast hun tafel. '*Qu'est-ce que vous prenez?*'

'Voor mij ook een bier,' zegt Leonid terwijl hij het menu bekijkt. 'Wat wilt u eten, Nikita? Alles is lekker, maar ik raad je een klassieker aan: *cervelas rémoulade* als voorgerecht en een *choucroute garnie* als hoofdgerecht.'

'Dan volg ik uw suggestie, Leonid.'

Leonid bestelt voor hen beiden en buigt zich dan naar Nikita toe. 'Zei u nu dat u al een koper heeft?'

'Dat klopt. Mijn contact in Moskou heeft uitstekende connecties bij de bolsjewieken.'

Leonid fronst. 'U begrijpt dat het me tegenstaat het familiezilver te verkopen aan degenen die ons uit ons land hebben verdreven.'

'Als u hoort wat ze ervoor willen betalen, zult u me dankbaar zijn. Degenen die u alles hebben ontnomen, betalen nu een veelvoud van de waarde en met dat geld kunt u zich in Frankrijk een veel beter leven veroorloven dan momenteel waar ook in Rusland mogelijk is.'

'Dat kan goed zijn.' Leonid wrijft peinzend met zijn hand over zijn voorhoofd.

'Een betere prijs krijgt u niet.'

'Het gaat niet zuiver om het geld.'

'U moet uitmaken wat u wilt. Ik kan u alleen maar ten zeerste aanraden u niet door uw gevoelens te laten leiden.'

Leonid schudt nauwelijks merkbaar het hoofd. 'Was het maar zo gemakkelijk. Maar goed, sluit de deal maar, Nikita.'

Nikita knikt tevreden. Hij heeft soortgelijke tegenwerpingen al tig keren gehoord en zijn argumenten zijn even eenvoudig als effectief.

De garçon brengt Leonids bier en de voorgerechten.

Ze klinken. Nikita wijdt zich aan de salade met gekookte worst. 'Het smaakt uitstekend!' merkt hij op.

'Ja, toch?' antwoordt Leonid. 'Een openbaring. Hier krijg je tenminste fatsoenlijk te eten.'

Ze buigen zich een paar minuten genietend over hun entree en vervolgens veegt Leonid zijn mond af met zijn servet. 'Nikita, ik heb nog iets voor u.'

'Vertel.'

'Een paar schilderijen uit ons herenhuis in Moskou zijn in Rusland achtergebleven. Het zijn vooral portretten van voorouders en een paar afbeeldingen van ons landgoed. Zoals u misschien wel kunt vermoeden, hebben deze werken vooral een sentimentele waarde voor ons. Zou u ze kunnen opsporen en naar Frankrijk brengen?'

'In principe wel.' Nikita heeft zijn bord leeg en legt zijn bestek neer. 'Ik heb zo gedetailleerd mogelijke beschrijvingen van de werken nodig. Vooral het jaar waarin de schilderijen zijn gemaakt en door wie.'

'Dat is geen probleem. Ik maak een lijst voor u.'

'Hoe sneller, hoe beter. Met elke maand die verstrijkt, wordt het moeilijker te achterhalen waar de schilderijen zich bevinden.'

'Ik moet morgen voor een paar dagen naar Londen. Zodra ik terug ben in Parijs bezorg ik u een overzicht.'

'Londen? Daar ben ik net nog geweest. Een bruisende stad. Doet u daar zaken?'

'Onder meer. Mijn partner en ik zijn actief in de staalhandel.'

Dat antwoord doet Nikita de oren spitsen. Een Rus in de staalhandel en een connectie met Londen? 'Komt uw partner ook uit Rusland?' vraagt hij.

'Ja. Al voor de eerste grote onlusten hebben we delen van onze onderneming naar het buitenland verplaatst. En dat was maar goed ook.'

'Slim om uit te wijken met uw onderneming. Uitsluitend Londen?'

'En Parijs. Maar we zitten niet stil. We breiden momenteel uit in de Verenigde Staten en hebben onze hoofdzetel onlangs naar Amerika verhuisd. De vestiging in Londen bouwen we af en die zal in de toekomst dienstdoen als as tussen Europa en de States. Voor mij en mijn gezin betekent dit dat we binnenkort naar New York vertrekken.'

Nikita merkt dat zijn zintuigen op scherp staan. Zou hij onverwacht weer op het juiste spoor zitten? 'Verhuist uw partner ook naar de VS?' vraagt hij.

'Dat is niet de bedoeling. Een van ons moet in Europa blijven.'

'Ik begrijp het.' Nikita drinkt zijn glas leeg. 'Zouden mijn contacten in Rusland mogelijk ook nuttig kunnen zijn voor uw zakenpartner?'

'Waarom niet?'

'In dat geval zou ik het op prijs stellen als u mij bij hem zou willen aanbevelen.'

'Ik heb baron Baranov in februari voor het laatst persoonlijk ontmoet.'

Nikita voelt zich als een roofdier dat op het punt staat zijn prooi te bespringen. 'Dat lijkt mij een ingewikkelde samenwerking.'

'Integendeel. We zijn goed op elkaar ingespeeld. Wij kennen elkaars sterke punten en dat is de basis van ons succes.'

Nikita knikt bedachtzaam. 'Wij ballingen moeten bij elkaar blijven. Hebt u misschien een adres voor mij? Ik wil hem graag contacteren.'

'Momenteel verblijft hij in een Zuid-Duits stadje: Meersburg aan de Bodensee. Dat kent u denk ik niet.'

'Nee, maar dat maakt niet uit,' antwoordt Nikita. 'Blijft hij daar nog lang?'

'Daar ziet het wel naar uit. Wat hem precies daar houdt, kan ik u niet zeggen. Vermoedelijk een vrouw.' Leonid grijnst. 'En weet u, ik gun het hem ook van harte na alles wat hij heeft meegemaakt.'

'Zoals zovelen.' Nikita veinst sympathie. 'We mogen ons gelukkig prijzen dat we in ballingschap konden gaan.'

De garçon brengt het hoofdgerecht.

'Zeg dat wel. We zijn nu hier en kijken vooruit.' Leonid bestelt nog twee biertjes. 'En met een goedgevulde maag is het leven in ballingschap natuurlijk ook veel gemakkelijker te verdragen.' Hij heft het glas.

De worst op een bed van zuurkool is stevig en lekker. Nikita en Leonid drinken er de nodige glazen bier bij en schakelen daarna over op wodka, zodat de aarde aan beetje draait als ze afscheid nemen en Nikita naar zijn hotel loopt.

Maar dat doet er niet toe.

Zodra hij weer nuchter is, zal hij zich op zijn volgende doel richten: Meersburg aan de Bodensee.

54

Genève, eind april 1919

'Dit hadden we beter niet kunnen doen.' Helena zucht zacht. 'Er valt thuis nog zoveel te doen.'

'Wanneer volgende week Grand Hôtel Lindenhof de deuren opent, lukt het al helemaal niet meer.' Maksim biedt haar lachend een arm aan. 'Dit is belangrijk voor óns.'

Samen slenteren ze langs de Quai du Mont-Blanc.

'Dat zeg je wel heel luchtig.' Helena is moe en voelt zich ongewoon kribbig. Twee uur geleden zijn ze in Genève aangekomen, hebben ze hun intrek genomen in het hotel en nu maken ze zich op voor een korte wandeling. Na de lange treinreis wil Maksim per se de benen even strekken.

'Het is een reis naar jouw verleden en onze toekomst, Helena.' Maksim kijkt haar zijdelings aan. 'Laten we het ervan nemen.'

Helena knijpt in zijn arm. 'Ik ben je ook ontzettend dankbaar, maar het is allemaal een beetje veel. De verbouwingen thuis en dan het gedoe met mijn moeder hier.'

'Laat het gewoon over je heen komen. Aan de feiten zal het niets veranderen, alleen zul je er anders naar kijken. Vollediger.'

'Ja.' Helena ontspant zich wat en wordt zich bewust van de prachtige omgeving.

De avondzon hult de elegante gebouwen van de stad in een warme gloed en weerspiegelt op de kleine golven in dit laatste stuk van het meer. Er glijden nog wat zeilboten door het water en in de haven meert net een stoomboot aan. De wegen zijn omzoomd met bomen en er zijn veel mensen op de been.

'Het is mooi hier, vind je niet?' vraagt Maksim.

'Prachtig!'

'Daar ligt de Pont du Mont-Blanc.' Hij wijst naar een vrij vlakke brug over het meer. 'Die verbindt de linker- met de rechteroever.'

'Het lijkt een beetje op de Bodensee, en toch is het helemaal anders.'

'Inderdaad. Ik vind de Bodensee gezelliger. Het Meer van Genève heeft iets mondains.'

Ze gaan op een bankje bij de aanlegsteiger zitten. Diverse met bloemenperken omrande gazons vormen een geometrisch patroon.

'Het is moeilijk voor te stellen dat zo'n vijftienhonderd jaar geleden een enorme vloedgolf de stad heeft overspoeld,' vertelt Maksim. 'Naar verluidt sloeg de acht meter hoge golf over de stadsmuren.'

'Echt waar?' Helena kan dit nauwelijks geloven. 'Hoe kan er nu zo'n hoge golf in een meer ontstaan?'

'Er zou aan de oostkant een enorme aardverschuiving hebben plaatsgehad die hele dorpen langs de kust heeft weggevaagd.'

'Wat een gruwelijk verhaal.'

'En ik heb er nog een.'

'O, nee!' Helena geeft hem een por. 'Ik dacht dat we hier waren om ons te amuseren. Met zulke gruwelijke verhalen wordt dat moeilijk.'

'Dit is het laatste, beloofd. Maar nu we toch hier bij de aanlegsteiger zitten: hier werd meer dan twintig jaar geleden de keizerin van Oostenrijk-Hongarije vermoord.'

'Precies op deze plek?'

Maksim knikt. 'Ze was op weg naar de boot toen ze werd aangevallen. Daarna is ze gestorven in het Beau Rivage.' Hij wijst in de richting van hun hotel.

'En daar gaan wij nu twee onvergetelijke nachten doorbrengen,' zegt Helena droogjes.

Maksim grijnst. 'Precies.' Hij pakt haar hand.

Helena leunt tegen hem aan. Zo blijven ze nog een tijd over het meer uitkijken totdat de zon ondergaat.

'Heb je honger?' vraagt Maksim uiteindelijk.

'O, ja! Ik rammel gewoon!'

'Mag ik u dan voor het avondmaal uitnodigen, juffrouw Lindner?' Hij maakt zich van haar los, staat op en biedt haar met een brede glimlach zijn arm aan.

'Maar wat graag, meneer Baranov!' Ze haakt haar arm in de zijne.

Het is maar even lopen naar Hotel Beau Rivage. Terwijl Maksim de kamersleutels haalt, neemt Helena de foyer van het luxehotel in zich op. Stucwerk, zuilen en planten in kuipen, een beetje zoals de nieuwe Lindenhof, maar nog groter en nog mooier. Haar blik dwaalt omhoog in het atrium, naar de verschillende met ijzeren leuningen afgezette verdiepingen waar de kamers op uit komen. Het cassetteplafond benadrukt de weelde. Overdag valt het licht door een glazen koepel in de hal, maar omdat het buiten al schemert, branden er overal elektrische lampen.

Hier heeft meer dan tweeëntwintig jaar geleden haar moeder gestaan. Hoe moet zij zich hebben gevoeld toen ze hier aangekomen was? Zwanger en eenzaam met alleen een oudere bediende om voor haar te zorgen? Helena voelt een lichte huivering over haar rug lopen en werktuigelijk wrijft ze over haar armen.

'Zo. Ik heb de sleutels.' Maksim staat naast haar en wijst in de richting van de lift.

'Kom, we gaan naar boven.'

Helena is verrukt van de lift met een ingebouwd raampje en een bankje. 'Weet je hoelang deze luxelift al bestaat?'

'Sinds de vorige eeuw. Je moeder heeft er vermoedelijk gebruik van gemaakt.'

'Echt?' Helena vindt het moeilijk om de brug naar het verleden te slaan. 'Ach, Maksim.' Ze schudt het hoofd. 'Het voelt allemaal zo onwerkelijk.'

'Gun jezelf de tijd, Helena.' Maksim kijkt door het raampje naar de hal. 'Probeer je liever de Lindenhof voor te stellen met zo'n lift.'

'Dat zou sensationeel zijn, maar niet te betalen.'

'Jullie lening kan gemakkelijk worden verhoogd.'

'Verhoogd? Zomaar?' Helena kijkt verbaasd op en ze begint iets te vermoeden. 'Maksim?'

'Ja, mijn liefste?'

'Die lening, daar zit jij achter, niet?'

'Helena –' Hij haalt een hand door zijn haar, zoals hij altijd doet in lastige situaties.

Ze legt een hand op zijn schouder. 'Waarom heb je het mij niet verteld?'

'Ik –' Ze hebben hun verdieping bereikt en de lift komt met een schok tot stilstand.

'Je kunt gewoon openlijk met me praten, Maksim,' zegt Helena wanneer ze de kooi verlaten. 'Ik ben niet boos.'

'Ik wilde niet dat je je op een of andere manier verplicht zou voelen tegenover mij.' Maksim ademt hoorbaar uit.

'Hoe heb je papa overtuigd?'

'Ik heb hem duidelijk gemaakt dat ik mijn geld enkel in veilige ondernemingen investeer.'

Helena lacht zachtjes. 'En hij geloofde je toen je zei dat je mijn grand hôtel een betrouwbare onderneming vond?'

'Ja. Waarom niet?'

Ze staan voor de deur van Helena's kamer.

Maksim legt de sleutel in haar hand. 'Mag ik binnenkomen?' vraagt hij aarzelend.

Ze houdt haar hoofd schuin. 'Voor een welkomstdrankje?'

'Bijvoorbeeld.'

'Ik wilde me eigenlijk eerst omkleden.'

'Alsjeblieft, heel even maar.'

Helena doet de deur open en loopt voor hem uit de prachtig ingerichte kamer in waar in het midden haar koffer staat. 'En ik moet ook nog uitpakken.'

'Dat loopt toch niet weg.'

'Vooruit dan. Bestel jij iets te drinken?' Ze gaat voor de spiegel in het halletje staan, knoopt haar zomerjas los en ziet dat Maksim haar koffer pakt. Ze draait zich om.

'Wat doe je?'

'Ik breng je bagage naar mijn kamer.'

'Waarom?' Helena laat haar armen zakken.

Om zijn lippen speelt een ondeugend lachje. 'Dat vertel ik je na het eten.'

55

Maksim heeft zich in het zitgedeelte van zijn suite teruggetrokken en haar de slaapkamer gegeven zodat ze zich in alle rust kan opfrissen. Praktisch als ze is, maakt Helena zich opeens zorgen uit de toon te vallen bij de adellijke gasten van het Beau Rivage. Met gemengde gevoelens haalt ze een jurk van lichtblauwe kunstzijde uit haar koffer. De moeder van Erna heeft de jurk – met twee lagen en smal getailleerd – gemaakt van stof die Lilly haar heeft gestuurd. Helena stapt erin en maakt de knoopjes vast. Voor de spiegel naast het bed bekijkt ze zichzelf kritisch.

Het is een eenvoudige jurk die misschien niet zo geschikt is voor deze plek, maar haar als gegoten zit. De kleur staat haar goed, weerspiegelt het blauw van haar ogen en benadrukt het contrast met haar donkere haar dat ze wat kunstiger heeft opgestoken dan gewoonlijk. Opeens beseft ze hoe fijn het is om zich voor de verandering eens bezig te houden met zoiets banaals als een passende garderobe. De afgelopen jaren was er geen gelegenheid geweest voor ijdelheid.

In haar koffer zit het etui met het medaillon. Ze aarzelt even, maar haalt dan het sieraad tevoorschijn, trekt een paar zwarte bandschoenen met een kleine blokhak aan en loopt de andere kamer in.

'Helena!' Maksim kijkt zijn ogen uit. 'Je ziet er fantastisch uit! Zo mooi!'

'Dank je.' Een beetje verlegen houdt Helena hem het sieraad voor. 'Wil je deze bij me omdoen?'

'Met plezier!' Zorgvuldig maakt hij de ketting vast.

Helena voelt aan het zwarte email. Het gladde en koele sieraad is zo vertrouwd en geeft haar zelfvertrouwen.

Hij wijst lachend naar de deur. 'Na u, juffrouw Lindner.'

Schilderijen van landschappen aan de muren, weelderig stucwerk, kostbare tapijten, hoge palmen en verse bloemen in dure vazen geven glans aan de grote, rechthoekige zaal waar stijlvol gedekte tafels uitnodigen om te dineren. Het sfeervolle licht van een ronde kroonluchter en talrijke lampen doet het servies glinsteren en de kristallen glazen fonkelen. Helena kan er niet genoeg van krijgen, zelfs niet nadat een vriendelijke ober hen naar hun tafel heeft begeleid.

'Zelfs het plafond is beschilderd,' zegt ze opgewonden. 'Bijna zoals in een kerk!'

'Ja, Hotel Beau Rivage is legendarisch. Stel je voor dat het in Meersburg zou staan!'

Helena lacht zachtjes. 'Het stadje zou helemaal in het niets verdwijnen achter dit hotel.'

'Inderdaad, en daarom staat het hier en hebben we in Meersburg jouw Grand Hôtel Lindenhof.'

'Ik denk dat we alles tot in de puntjes hebben uitgekiend,' zegt Helena. 'Het past in de omgeving en heeft toch onmiskenbaar een geheel eigen karakter.'

De ober schenkt de champagne in die ze hebben besteld.

'Op de Lindenhof!' Maksim heft het glas. 'En op ons,' laat hij er wat zachter op volgen.

'Op ons.' Helena geniet van de warme tinteling in haar buik. 'Het leven is zo mooi. Mede door jou. Dank je wel, Maksim.'

Het eten is voortreffelijk: paté uit Genève, zalm uit de Rijn, ossenhaas, aspic van kwartel, groenten als bijgerecht, ijs met vers fruit als dessert en een selectie kazen om af te sluiten. Fijne wijnen maken de geweldige ervaring compleet.

'Onze kaart zal wat eenvoudiger zijn.' Helena veegt haar mond af met een servet. 'Toch zeker in het begin. Zodra we weer wat gemakkelijker aan ingrediënten kunnen komen, wil ik een even hoge culinaire standaard ontwikkelen.' Ze denkt na. 'Natuurlijk wel met producten uit de streek. De regio van de Bodensee is een echte hof van Eden en daar moeten we gebruik van maken.'

'De keuken van de Lindenhof zal ook buiten Meersburg snel faam genieten.'

Helena moet opeens aan iets denken en grinnikt. 'Weet je dat ik als kind dacht dat onze tuin de Hof van Eden uit de Bijbel was? Ik was echt bang dat er een slang in onze appelboom zat.'

'Misschien moeten we de expertise van broeder Fidelis inroepen,' grapt Maksim. 'Ik houd wel van zijn interpretatie van de Bijbel. Benieuwd wat hij over de slang te zeggen heeft?'

Helena lacht. 'O, ja. Dat kan leuk worden.' Ze neemt nog een slokje wijn. 'Ik hoop dat Käthe het kan vinden met de tweede kokkin.'

'Je moet gewoon goed duidelijk maken wie de leiding heeft.'

'Dat zal ik doen.' Helena kijkt hem peinzend aan. 'Ik wil graag meer weten over je bedrijf.'

'Vraag op.' Maksim schenkt de glazen nog eens vol. 'Wat wil je allemaal weten?'

'Je hebt me verteld dat je in staal handelt.'

'Inderdaad. Mijn partner Leonid en ik hebben jaren geleden een handelsonderneming opgezet. We zijn actief in Europa en sinds kort ook in de Verenigde Staten.'

'In Amerika? Waarom?'

'Sinds het einde van de oorlog is de staalmarkt in Europa ingezakt. In Amerika is de vraag echter enorm. Daarom hebben we ons hoofdkantoor recent van Londen naar New York verplaatst.'

'Was je daarom in februari op reis?'

'Ja. En na de opening van de Lindenhof moet ik flink aan de slag. Ik heb mijn taken de laatste tijd wat verwaarloosd, maar gelukkig heb ik Leonid. Hij doet nog steeds het meeste werk, maar zodra hij met zijn gezin naar de vs verhuist, moet ik de activiteiten in Europa leiden.'

'Moet je weg?' polst Helena voorzichtig.

Maksim schudt het hoofd. 'Alleen als jij me wegstuurt.'

'Maar hoe wil je dan het werk in Londen regelen?'

'Dat kan ik ook vanuit Meersburg, maar dan moet ik eerst een goede zaakvoerder vinden, natuurlijk.'

'Of zaakvoerster.'

'Waarom niet? Dat sluit ik niet uit. Jouw familie is het beste bewijs dat vrouwen even geschikt zijn: jij gaat een grand hôtel leiden en jouw zuster Lilly is bezig met een zeepfabriek.'

'Inderdaad.' Helena zucht. 'Ach, Lilly. We horen bijna niets meer van haar.'

'Vermoedelijk heeft ze het veel te druk.'

'Dat kan zijn, maar toch begrijp ik haar houding niet. Ze weet toch dat we altijd achter haar zullen staan.'

'En ze weet ook dat jullie net zoveel te doen hebben.' Maksim snijdt een stukje gruyère af.

'Wie weet. Maar misschien komt ze volgende week voor de opening. Ik heb haar geschreven.' Ze proost met haar laatste slok wijn. 'Ik zou zo graag willen dat wij zussen op deze bijzondere dag samen kunnen zijn.'

'Wat een voortreffelijk diner.' Helena zet haar handtas neer en draait zich om naar Maksim die de deur van de suite achter zich dichttrekt.

'Het was inderdaad uitstekend!' Hij trekt zijn jasje uit en stroopt de mouwen van zijn witte hemd op. Daarna neemt hij Helena in zijn armen. 'Dankzij het geweldige gezelschap.' Hij streelt haar voorhoofd.

Helena laat haar hand over zijn bovenarm glijden.

'Je denkt zeker dat ik je maar met één gedachte in het hoofd naar mijn kamer heb gelokt?' vervolgt hij.

'Is dat dan niet zo?'

'Nee. Of liever: niet helemaal.'

'Je maakt me nieuwsgierig.'

'Deze suite hier was ook de suite van jouw moeder destijds, toen ze zwanger was van jou.'

Helena verstijft. 'Dat meen je niet.'

'Je vader heeft het me verteld. Daarom heb ik die voor ons gereserveerd en wil ik deze kamer, als jij dat ook wilt, met jou delen.'

'Het gaat allemaal een beetje snel.' Ze maakt zich los uit zijn armen, loopt naar het raam en staart over het meer uit. Het ligt er rustig bij met enkel een verlichte stoomboot die zijn koers vervolgt en wordt weerspiegeld in het water. Als ze bedenkt dat meer dan twintig jaar geleden haar ouders misschien voor dit raam hebben gestaan, met hetzelfde beeld voor ogen...

Haar blik dwaalt af naar de sterrenhemel. Waarom hangen er zo veel raadsels rond haar afkomst? Zal ze ooit alles te weten komen?

Maksim komt achter haar staan en legt zijn handen op haar schouders. 'Ik heb je overrompeld, Helena. Dat spijt me verschrikkelijk. Als je terug wilt naar jouw suite –'

'Nee.' Helena richt haar blik weer op de promenade en ademt diep in. 'Nee. Dat wil ik niet. Ik wil bij jou zijn, maar ik moet even verwerken dat mijn moeder precies hier, op deze plek is geweest.' Ze kijkt naar een paar late wandelaars die van de heldere voorjaarsnacht genieten.

'Dat begrijp ik.' Maksim streelt met gelijkmatige bewegingen over haar rug.

Helena sluit de ogen en leunt tegen hem aan. 'Mijn moeder is lang een abstract iemand voor me geweest. Iemand naar wie ik hevig heb verlangd, maar die tegelijkertijd onbereikbaar leek te zijn. Nu heb ik een foto van haar. Ik weet hoe ze eruitzag. Ik weet een beetje wat ze heeft meegemaakt. En hier, in deze omgeving, probeert mijn ziel alles samen te brengen.'

'Neem je tijd, liefje.' Hij slaat zijn armen om haar middel, drukt zijn lippen tegen haar slaap en trekt een spoor van zachte kussen van haar hals naar haar nek. 'Gun jezelf tijd.'

Helena voelt zichzelf tot rust komen, maar tegelijkertijd ontwaakt haar lichaam. Ze ruikt zijn zeep en zijn eigen, vertrouwde geur. Haar zintuigen richten zich verwachtingsvol op zijn aanrakingen, zijn minnekozende mond, zijn handen die over haar middel en buik dwalen en even aarzelen voor ze zich beschermend en verlangend op haar borst leggen. Zijn zachte strelingen veroorzaken een opwindende warmte in haar schoot.

Zwaar ademend laat hij zijn handen over haar heupen glijden en draait hij haar om. 'Als we nu verdergaan, is er geen weg meer terug.'

Ze legt een hand op zijn borst en kijkt hem aan. 'Dat weet ik.'

Hij neemt haar hoofd in zijn handen en laat zijn ogen over haar gezicht dwalen. 'Je bent uniek, weet je dat?' Hij drukt zijn mond op de hare en kust haar dringend en vol verlangen. Zijn handen zijn overal, wakkeren haar begeerte aan. Terwijl Helena zacht kreunt, opent hij behendig de sluiting van haar jurk die zacht ritselend op de grond valt.

Eén voor één trekt hij de haarspelden uit haar knotje en begraaft een hand in het donkere pak haar dat over haar rug tot aan haar middel valt. Dan tilt hij haar in zijn armen en draagt hij haar naar zijn bed.

In het zwakke schijnsel van de lamp op het nachtkastje bevrijdt hij haar van haar ondergoed, streelt haar met warme handen en verkent haar lichaam totdat haar wens zijn huid op de hare te voelen even dwingend lijkt als ademen. Maar als ze de eerste knopen van zijn hemd opent, houdt hij haar hand tegen. 'Schrik niet, Helena.'

Helena laat haar hand zakken, schudt het hoofd en gaat rechtop zitten. 'Niets aan jou zal mij ooit bang maken.' Ze trekt het hemd van zijn schouders.

De littekens zijn diep en lopen van zijn schouderblad over zijn borstkas tot aan zijn ribben. Ze maken hem, die altijd zo'n enorme kracht uitstraalt, onverwacht kwetsbaar. Stuk voor stuk vertellen ze zijn verhaal en wanneer Helena de littekens met haar lippen beroert, schieten de tranen hem in de ogen. Ze wil hem troosten, de pijn die hij heeft geleden een beetje verlichten. Daarbij verdwijnen de laatste kledingstukken.

Het is zalig om naar hem te kijken en in zijn ogen te lezen hoezeer hij naar haar verlangt. Uiteindelijk duwt hij haar zachtjes terug in de kussens.

Behoedzaam bedrijft hij met haar de liefde, neemt de tijd en neemt hij haar mee op de heerlijke reis van genot. En Helena geeft zich aan hem, vol verwachting en verwonderd, en uiteindelijk stormachtig en vrij totdat ze de vervulling vinden en uitgeput in elkaars armen liggen.

Nog nooit heeft Helena zich zo vol leven gevoeld.

Veel later die nacht leunt Maksim op zijn onderarm en streelt hij met zijn vingertoppen zachtjes over Helena's wenkbrauwen. De lamp op het nachtkastje werpt een warm licht op haar gezicht. 'Het eerste wat ik zag, waren je ogen. Nog voor ik de Lindenhof überhaupt binnen was gegaan.'

'In de tuin. Ik was daar met Kasia.'

'Inderdaad. Jullie waren aan het schilderen. En jouw opvallende blauwe ogen herinnerden me aan Lidia.'

'Aan Lidia?' Helena kijkt hem confuus aan.

'Dat was natuurlijk verwarrend, hoe kon het ook anders. Maar vanaf het eerste woord dat we hebben gewisseld, was je helemaal Helena. De herinnering aan Lidia maakte plaats, gaf me ruimte voor iets nieuws. Voor jou. Voor ons.' Hij volgt de lijn van haar wangen. 'In het begin moest ik eraan wennen opeens weer zo intens veel voor een vrouw te voelen, maar vervolgens besefte ik welk geschenk het leven me met jou had gegeven. Lidia heeft haar plek in mijn hart, en dat zal altijd zo blijven, net als mijn kinderen. Maar ze komen niet meer terug.' Hij slikt.

'Maksim –'

Hij sluit zijn ogen. 'In het begin was er alleen duisternis in mij. Buiten koude voelde ik niets meer. Een verlangen naar de dood. Daarna kwam de woede. Ik wilde weten wie ons dat had aangedaan. Zo kwam ik in Genève terecht en uiteindelijk bij jou.' Hij opent zijn ogen. 'Inmiddels zijn er meer dan twee jaar verstreken en is er in mij iets veranderd. Eerst was het een zwakke flikkering, daarna kwam het licht echt terug. Het werd sterker en verdreef de duisternis.'

Helena kijkt hem aandachtig aan. Haar ogen glimmen vochtig. Liefdevol streelt ze zijn arm.

Hij begraaft zijn gezicht in haar hals, ademt haar geur in, voelt haar zachte, tere huid. Daarna tilt hij zijn hoofd op. 'Ik was op zoek naar gerechtigheid en heb jou gevonden. Dat geeft me rust. Ik geef de zoektocht niet op, maar ik wil niet dat haat en woede mijn leven beheersen.'

'Woede wordt liefde.'

'Ja. Woede wordt liefde.' Hij streelt zacht over haar haar. 'En daarmee ook nieuw leven.'

'Denk je dat het zo snel gaat?' Lachend legt ze haar hand op haar onderbuik.

'Voor mij kan het niet snel genoeg gaan.' Hij streelt haar schouder met zijn lippen en gaat rechtop zitten. 'Is dit eigenlijk het juiste decor voor een belangrijke vraag?'

'Dat hangt af van de vraag.'

Hij grijpt naar een juwelendoosje dat hij op het nachtkastje heeft gezet, opent het en bekijkt de smalle gouden ring. 'Deze is van mijn moeder. Ik heb maar weinig aandenkens aan haar.' Hij ademt diep in, pakt de fonkelende ring en kijkt haar aan. 'Wil jij de plaats aan mijn zijde innemen, Helena?' Zijn ogen worden donker. 'Samen met mij het pad vervolgen? Als mijn vrouw?'

Helena komt ook overeind en slaat haar armen om hem heen. 'Altijd en overal zal mijn antwoord hetzelfde zijn: ja, ik wil aan je zijde staan. Je bent al lang een deel van mijn leven geworden en ik verheug me op elke dag met jou!' Ze kijkt hem ondeugend aan. 'En elke nacht!'

56

Genève, Hotel Beau Rivage, de volgende avond

Vorst Igor Sergejevitsj Pronski heeft een donker pak aangetrokken en is op weg van zijn suite op de eerste verdieping van Hotel Beau Rivage naar het avondmaal in het restaurant. Hij eet meestal in zijn vertrekken, maar vanavond heeft hij zin in gezelschap.

Hij wordt vriendelijk ontvangen en naar zijn tafel begeleid, bestelt soep en vis en een lichte witte wijn.

Het valt hem nog steeds zwaar hier alleen te zitten nu Vera er niet meer is. Vier weken heeft de Spaanse griep haar in zijn greep gehad. Hij herinnert zich de strijd, de hoge koorts, het snakken naar adem. Uiteindelijk was haar huid helemaal blauw geworden en een paar uur later was ze dood en had ze hem gewoon achtergelaten.

De wijn helpt hem door de moeilijkste uren heen. Dat haar dood hem zo zou raken, had hij niet verwacht. Misschien is dat normaal na meer dan twintig jaar huwelijk, misschien maakt zijn leeftijd hem sentimenteel. Binnenkort wordt hij eenenzestig. Hij heeft nooit van Vera gehouden, maar mist haar wel. Ze was een aangename gezellin geweest, statusbewust en hem onvoorwaardelijk toegedaan.

De ober serveert een tomatenconsommé, zo helder dat Pronski de bodem van het bord kan zien. Hij doopt zijn zilveren lepel erin.

Dat hij hier vanavond zit te eten is een klein wonder. Niet alleen Vera, maar ook hij heeft de griep gehad en heeft wekenlang op het randje van de dood gebalanceerd. Hij is nog niet helemaal hersteld, maar voelt zich met de dag beter.

Hoe moet het nu verder? Zijn middelen raken stilaan uitgeput. Lang zal hij zich het dure Beau Rivage niet meer kunnen veroorloven. Inmiddels speelt hij steeds vaker met de gedachte naar de Verenigde Staten te emigreren.

De consommé is uitstekend, goed gekruid en verfijnd. Terwijl hij over zijn soep gebogen zit komt er een jong paar binnen. Ze worden langs hem heen naar een tafel aan de andere kant van de zaal geleid.

Eerst is het een vaag herkennen dat Pronski doet stilhouden, maar als de man gaat zitten en zijn kant uit kijkt, daalt het besef in. De zilveren lepel glijdt uit zijn hand en landt zacht kletterend op de rand van zijn bord.

Baranov.

Maandenlang heeft hij naar de man laten zoeken. Niet alleen voor het halssnoer, maar ook om hem in de gaten te houden. Baranov vormt een risico.

Had die waardeloze makelaar nu maar wat beter gedeugd. Pronski had grote verwachtingen van Nikita gekoesterd, maar na het laatste debacle in Londen was zijn geduld op geweest. Nikita had veel gekost en nauwelijks iets opgeleverd en na de dood van Vera en zijn ziekbed had Pronski hun samenwerking uiteindelijk uitgeput opgegeven. Af en toe betreurt hij die beslissing. Een nieuwe agent vinden is allesbehalve gemakkelijk.

En nu duikt Maksim Baranov als uit het niets hier bij het diner op. Pronski schudt het hoofd.

Zijn blik valt op de jonge vrouw die Baranov bij zich heeft. Ook zij heeft plaatsgenomen en een ober schenkt hun champagne is. Ze is uitzonderlijk mooi met dat donkere haar en die lichtgekleurde avondjurk.

Pronski schrikt.

Niet haar gelijkmatige gezicht, maar de glinstering in haar decolleté trekt zijn aandacht. Hij leunt voorover en knijpt zijn ogen samen om het beter te kunnen zien, maar op dat moment buigt Baranov zich naar haar toe en onttrekt het juweel aan het zicht. Pronski kan zijn ogen eenvoudigweg niet van de vrouw afhouden.

Als ze kort daarna omkijkt naar de ober, herkent Pronski het meteen.

Om de hals van de mooie vrouw schittert de Pavlova-ketting.

De ober wil zijn vis opdienen, maar Pronski staat op en gooit zijn servet op de tafel.

'Is er iets niet naar wens?' vraagt de kelner verrast.

'Nee, nee. Alles is in orde. Laat u twee flessen Château Latour naar mijn kamer brengen. En een fles wodka.'

'Natuurlijk.'

Opgewonden verlaat Pronski de eetzaal. Op weg naar zijn kamer houdt een receptionist hem tegen.'Vorst Pronski?'

'Ja?'

'Een telegram voor u.'

Er wordt hem een verzegeld schrijven overhandigd. Pronski bedankt mompelend en haast zich verder. Op zijn kamer schenkt hij een glas rode wijn in, drinkt het in één teug leeg en vult het weer bij. Hij gaat in een fauteuil zitten, zet het glas op een bijzettafeltje en verbreekt het zegel.

TELEGRAMM – TÉLÉGRAMME – TELEGRAMMA

Pronski neemt nog een slok en leest de paar regels:

Baranov woont in Meersburg/Bodensee, volg spoor.
Aanwijzing Olga Pavlova. Graag antwoord. Nikita.

Pronski gaat met een ruk rechtop zitten en morst zijn wijn. Als waterig bloed loopt het over de tekst van het telegram. Hij zet zijn glas weg.

Woont Baranov in Meersburg? En zit hij nu hier in Genève met een jonge vrouw die de halsketting draagt? En die, dat dringt nu pas tot hem door, enorm op Olga Pavlova lijkt?

Pronski is met stomheid geslagen. Dit kan gewoon niet. Hij sluit de ogen, schudt het hoofd. Bevend schenkt hij nog wat wijn in, drinkt het glas leeg, zet het weg en legt kreunend zijn hoofd in zijn nek.

De gedachten razen onophoudelijk door zijn hoofd, dwingen hem tot de vraag of de vrouw in het gezelschap van Baranov Jelena is, de dochter van Olga?

Hij wrijft met beide handen over zijn gezicht, vermant zich en focust op wat voor hem belangrijk is: het Pavlova-juweel is binnen handbereik, evenals Baranov. En uiteindelijk misschien ook Olga?

Hij besluit Nikita nog een laatste kans te geven.

Pronski pakt de fles rode wijn en met grote teugen drinkt hij de rest op. Daarna laat hij de receptionist komen om een telegram voor hem te versturen.

57

Het ziekenhuis van Meersburg,
twee dagen later, begin mei 1919

Vanochtend hebben ze bericht gekregen van Lilly: ze zal niet bij de opening van Grand Hôtel Lindenhof aanwezig zijn. Haar vader heeft niet veel gezegd, maar Helena voelt dat hij even teleurgesteld is als zij. Katharina, die vandaag pas later moet beginnen werken en samen met hen heeft ontbeten, kwam met het voorstel in het ziekenhuis te vragen of Helena daar de telefoon mag gebruiken om naar Stuttgart te bellen.

Katharina heeft woord gehouden en dokter Zimmermann gevraagd of hij het apparaat ter beschikking wil stellen. Inmiddels is het kort na de middag. De arts heeft hen alleen gelaten en gevraagd het toestel binnen tien minuten weer vrij te maken.

Helena houdt de hoorn in de hand en wacht tot de verbinding tot stand komt. Maar buiten geruis op de lijn hoort ze vooralsnog niets.

'Hopelijk is het toestel niet kapot,' zegt ze zachtjes tegen Katharina. Katharina schudt het hoofd. 'Dat zou de dokter toch hebben geweten.' Ze wachten nog een minuut.

'Nog steeds niets? Zal ik dokter Zimmerman halen?' vraagt Katharina.

Helena haalt hulpeloos haar schouders op, maar hoort dan plots gekraak en gebaart naar Katharina.

'Hallo? Goedemiddag? Met wie spreek ik?' Het is de stem van Lilly.

'Ik ben het, Helena!'

Katharina houdt haar oor dicht bij de hoorn om mee te luisteren.

'Helena!?' roept Lilly verrast. 'Ik heb je toch getelegrafeerd!'

'Ik weet het, Lilly. Maar we willen gewoon weten of alles goed met je gaat. We maken ons zorgen.'

‘Dat is niet nodig. Ik was graag gekomen, maar ik heb het zo druk. En die kleine brult de hele nacht door waardoor ik nauwelijks aan slapen toekom.’

‘En hoe zit het met Arno?’

‘We hebben de laatste tijd niets meer van hem gehoord.’

‘Dat is geen goed nieuws.’

‘Wij zijn niet de enigen. Er zijn nog veel soldaten niet teruggekeerd.’

‘Moet je niet naar hem laten zoeken?’

‘Ehm, ja. Oom Fritz heeft al contact opgenomen met het Rode Kruis. Daar vermoedt men dat hij in krijgsgevangenschap zit. Zij zijn ermee bezig.’

‘Je lijkt je niet al te veel zorgen te maken.’

‘Natuurlijk maak ik me zorgen, maar ik moet de boel hier draaiende houden. Ik kan niet de hele dag denken aan wat er met Arno aan de hand is.’

‘Nu ja, hopelijk komt hij snel naar huis.’

‘Ja.’ Opeens klinkt er luid gehuil op de achtergrond.

‘Is dat Hans?’ vraagt Helena, vertederd nu ze haar neefje voor het eerst hoort.

‘Ja, dat is de kleine. Helena, ik moet ophangen. Hij heeft honger.’

‘Goed! Schrijf ons gauw, beloofd?’

‘Ja, doe ik.’ Het kind krijst nu zo hard, dat Helena haar bijna niet meer kan verstaan.

‘Hou je goed, Lilly,’ zegt ze.

Het antwoord van Lilly wordt overstemd door het gebrul van Hans en gekraak op de lijn.

Helena wacht nog een paar seconden en dan valt de verbinding weg. Ze hangt op en kijkt Katharina aan: ‘Heb je alles meegekregen?’

‘Ze heeft niets meer van Arno gehoord en het kind heeft honger,’ vat Katharina het gesprek samen. Helena zucht. ‘Ik hoop maar dat ze van zich laat horen als ze hulp nodig heeft.’

‘Jij moet je nu om je hotel bekommeren, Helena. Zij heeft haar leven, jij het jouwe.’

‘Je hebt gelijk. Ze is volwassen.’

Katharina loopt met haar zus mee naar de uitgang van het ziekenhuis.

‘Zo’n telefoon is echt praktisch,’ merkt ze nog op als ze afscheid neemt van Helena.

'Zodra alle techniek is geïnstalleerd, krijgen we er ook een in het hotel.'

'Echt waar?' Katharina glimlacht. 'Weet je dat ik ongelooflijk trots op je ben? Het is bijna niet te vatten wat je in zo'n korte tijd voor elkaar hebt gekregen.'

'Ik niet alleen. Maksim, vader... iedereen heeft geholpen. Anders was het nooit gelukt.'

Katharina kijkt haar plots peinzend aan. 'Onze werelden zijn nu zo anders. De jouwe vol luxe en genot, de mijne,' ze maakt een brede beweging, 'ruikt naar ontsmettingsmiddel.'

'Jouw werk hier in het ziekenhuis is belangrijker dan een hotel.'

'We helpen allebei mensen, Helena. Daar gaat het om.'

De zusters omhelzen elkaar en vervolgens loopt Helena via de Burgweganlage, het park, naar huis.

Ongeveer hetzelfde moment in de Steigstrasse in Meersburg

'Ik hoop dat uw plan nu wel resultaat oplevert, Nikita,' zegt de vorst terwijl ze samen de steile weg oplopen die van hun onderkomen, Hotel Wilden Mann, naar Hotel Ochsen leidt.

Nikita negeert de sarcastische ondertoon van Pronski. 'Het geheim van goed werk is niet opgeven, ook al lijkt het soms hopeloos.'

Want soms keren de kansen zich opeens, dat heeft Nikita al een paar keer aan den lijve ondervonden. In dit geval waren het zijn contact met Leonid en het toevallige treffen van Pronski en Maksim in Genève. Toch moet je dergelijk toeval relativeren: de Russische ballingengemeenschap is overzichtelijk, vooral onder de aristocraten. Het is bijna onvermijdelijk dat ze elkaar ergens tegenkomen.

'Is de persoon waar we nu naar op weg zijn betrouwbaar?' wil Pronski weten.

'Er is altijd een zeker risico aan verbonden,' antwoordt Nikita, 'maar ik heb de afgelopen dagen navraag gedaan en dat leverde zowat altijd dezelfde informatie op.'

'Goed.' De vorst schraapt zijn keel. 'Ben je niet bang dat je de aandacht hebt getrokken, Nikita? In dit kleine stadje?'

'De mensen hier zijn gewend aan vreemdelingen. Kuurgasten, vakantiegangers, maar ook kunstenaars en schrijvers. Daarom heb ik de tweede dag een schetsboek en een paar potloden gekocht en me voorgedaan als schilder. Iedereen was heel vriendelijk en gaf graag antwoord.'

'Hopelijk ruikt niemand onraad.'

'Luister, Pronski.' Nikita knipt met zijn vingers. 'Ik heb een plausibel verhaal verzonnen. Dat heb je altijd nodig als je een delicaat onderzoek voert. In dit geval verklaart dat verhaal waarom ik Duits met een Russisch accent spreek en uitgerekend een vrij onbeduidend stadje als Meersburg aandoe. Mijn verhaal past bij mijn veronderstelde identiteit en dus stelt niemand zich vragen.'

'Uiteindelijk maakt het me niet uit naar wie u zoekt en hoe u aan uw informatie komt.' Pronski tikt met zijn wandelstok op de kasseien. 'Zolang we deze keer maar succes boeken.'

'Ik bereik altijd mijn doel, vorst.' Ook Nikita zet zijn wandelstok met een energieke beweging op de weg. 'Vroeg of laat, op welke manier dan ook. Opgeven is voor mij geen optie.'

'Wat wilt u van mij?' vraagt de baas van Hotel Ochsen, als ze even later in de gelagkamer hebben plaatsgenomen. Ruw serveert hij hun beiden bier in een tinnen beker.

Nikita neemt rustig een slok. 'Mijn naam is Nikita. Ik ben speurder en dit,' hij wijst naar Pronski, 'is mijn cliënt, vorst Pronski.' Hij legt een dollarbiljet naast zijn kroes. 'Het gaat om Maksim Baranov die naar verluidt zijn intrek heeft genomen in de Lindenhof.'

'Ah! In het nieuwe grand hôtel van Meersburg,' sneert de man en met een blik op het geld gaat hij bij hen zitten. Vervolgens neemt hij een flinke greep tabak en bied ook Nikita en Pronski een snuif aan.

Nikita houdt er niet van en weigert. Ook Pronski slaat het aanbod af.

'We hebben gehoord dat het grand hôtel over een paar dagen opengaat.' Nikita speelt meteen in op de opmerking van de pensionhouder. 'Iedereen heeft het erover.'

De man fronst. 'De Lindenhof was vervallen en zo goed als failliet, maar de koppige eigenaar weigerde hulp. Dan opeens, sinds die Rus daar beneden zit, smijten ze met geld.' De hotelier niest. Een keer, twee keer, drie keer. Na de vierde keer haalt hij een zakdoek tevoorschijn en snuit hij krachtig zijn neus. 'Geen bank zou Lindner een lening hebben gegeven.'

Nikita bekijkt hem aandachtig. De jaloerse concurrent die een zekere gewetenloosheid laat vermoeden en in het beste geval om te kopen is: uit dit hout zijn handlangers gesneden. 'Baranov kan nog meer problemen veroorzaken.' Hij spreekt langzaam. 'We kennen zijn verleden en zijn hier om een einde te maken aan zijn praktijken. Als u ons helpt, zult u daar geen spijt van krijgen.' Bewust legt hij een tweede biljet op tafel. 'Ik heb gehoord dat hier een vrouw van de Lindenhof woont.' Nikita zijn de roddels over de eigenaren van de Lindenhof al ter ore gekomen.

De baas van Hotel Ochsen schraapt zijn keel, staat abrupt op en verlaat de gelagzaal.

'Elisabeth!' hoort Nikita hem brullen.

Hij komt terug, gevolgd door een lange, magere vrouw. Ze blijft achter de stoel staan waarop de man weer is gaan zitten.

'Wat kan ik voor u doen?' Haar stem is kleurloos, haar gezicht lang en mager en al vroeg verwelkt.

'Die vent daar,' hij wijst naar Nikita, 'is Rus en zoekt naar de minnaar van je dochter.'

'Mijn stiefdochter.'

'Het is toch allemaal één pot nat daarbeneden.' Hij maakt een uitnodigend gebaar naar Nikita. 'Vooruit, vraag maar. Elisabeth is getrouwd met de eigenaar van de Lindenhof!'

Nikita lacht in zijn binnenste. Zijn instinct heeft hem niet bedrogen.

'De minnaar van uw stiefdochter heeft een juweel in zijn bezit dat eigenlijk van de vorst is.' Nikita wijst naar Pronski. 'En de politie is er tot nu toe niet in geslaagd hem te vatten. Daarom heeft de vorst mij ingehuurd als privéspeurder.'

De vrouw, Elisabeth noemt de hotelier haar, volgt zijn gebaar met haar ogen. Haar blik blijft bij de vorst hangen.

'Als jullie ons kunnen helpen om de ketting te vinden,' gaat Nikita verder, 'zult u een passende beloning opstrijken.'

'Wat bedoelt u met "passend"?' wil ze weten.

Nikita legt nog meer biljetten naast de twee dollar die er al liggen.

'Honderd dollar.'

'Voor ieder van ons?' Ze bekijkt hem argwanend.

Nikita wijst naar het geld en knikt. 'Hier ligt al twintig dollar als aanbetaling. De rest betaal ik als we succes boeken.'

'Wat bent u van plan?' vraagt de hotelbaas.

'Eén mogelijkheid is het huis doorzoeken,' antwoordt Nikita, 'maar dat kan ik niet zonder een gedetailleerde plattegrond. Ik moet weten hoe het er aan de binnenkant uitziet en wat waar is. U hebt er gewoond, dus misschien kunt u ons dat vertellen.'

Elisabeth houdt het hoofd een beetje schuin en kijkt weer naar de vorst. Hij lijkt indruk op haar te maken.

'Helaas is de hele boel verbouwd en weet ik niet wat er behouden is en wat veranderd. Misschien kan ik het aan mijn dochter Katharina, die in het ziekenhuis werkt, vragen.'

'Geen sprake van,' onderbreekt de baas haar. 'Als je dat doet, vertelt ze het meteen aan Helena. Nee, Elisabeth, dit moeten we goed aanpakken.'

Elisabeth krimpt in elkaar.

'En dus? Wat stelt u voor?' vraagt Nikita.

'Een ontvoering,' zegt Pronski.

De hotelhouder kijkt verbaasd van Elisabeth naar Nikita en daarna weer naar Pronski. 'Een ontvoering?' Hij strijkt over zijn baard. 'Dan moet daar nog meer geld bovenop.'

'Honderdvijftig.'

Otto slaat met de vlakke hand op tafel. 'Denkt u dat ik een idioot ben? Vijfhonderd.'

Nikita barst in lachen uit. 'U bent niet bepaald bescheiden, patron.'

'Dat klopt. Vierhonderd. Honderd nu meteen. Voor elk van ons.'

Pronski haalt een portefeuille uit de zak van zijn jas en telt de dollarbiljetten op de tafel neer. 'We hebben een deal. Vierhonderd.'

Nikita krabt geërgerd aan zijn achterhoofd. Het gebeurt zelden dat een cliënt hem passeert en de onderhandelingen overneemt. 'Wilt u Baranov hebben, Pronski?'

'Nee, Jelena.' Nikita kijkt hem verrast aan. 'Jelena?'

Pronski knikt.

Nikita heeft het gevoel dat de vorst al van meet af aan deze mogelijkheid heeft overwogen.

'Waarom niet Baranov zelf?' vraagt hij.

Pronski schraapt zijn keel. 'Baranov is te ervaren in de strijd.'

'Als u dat maar weet,' bevestigt Otto. 'Hem overmeesteren zou een herculestaak zijn, maar toch. Als we alles goed plannen –'

Pronski onderbreekt hem met een snelle handbeweging. 'Ik denk dat Baranov gevoelens koestert voor deze Helena. In elk geval gedroeg hij zich als een verliefde jongeling toen ik hen in Genève heb gezien. En aangezien ik hem een beetje kan inschatten weet ik dat hij alles in het werk zal stellen om haar te helpen. En de ketting zal het losgeld zijn.'

Otto kijkt hem aan. 'Hoe komt het dat u hem zo goed kent?'

De ogen van de vorst flikkeren. 'Hij maakte deel uit van de familie van mijn overleden vrouw. We kwamen elkaar af en toe tegen op familieaangelegenheden.'

Nikita denkt een paar minuten na over het voorstel. Tot op heden heeft hij nog nooit zijn toevlucht genomen tot een ontvoering, maar in dit geval is het misschien wel de snelste manier om hun doel te bereiken, al is het wel riskanter. 'Met een ontvoering begeven we ons op gevaarlijk terrein,' zegt hij. 'Daar kunnen we ons geen fouten veroorloven. Dat moeten jullie goed voor ogen houden.'

Elisabeth wendt haar blik af, Pronski pakt zijn pul bier. Otto fronst zijn wenkbrauwen. 'Hoe zou u te werk gaan?'

'We moeten het stap voor stap plannen: de ontvoering zelf, een geschikte plek om de gijzelaar vast te houden en het overhandigen van de ketting.' Nikita verduidelijkt zijn plan door met de kant van zijn hand de tafel in denkbeeldige secties te verdelen. 'Zodra we de ketting in ons bezit hebben, moet de jonge vrouw veilig worden teruggebracht. Tegelijkertijd is het belangrijk alle sporen zorgvuldig te wissen. We moeten van tevoren ook onze verhalen op elkaar afstemmen, mochten we ondervraagd worden. Belangrijk is ook dat ieder van ons een eigen vluchtroute uitstippelt.'

'Wat gebeurt er als het niet volgens plan verloopt?' Elisabeth kijkt met haar hand op haar heup naar Pronski die met de ivoren knop van zijn wandelstok speelt.

'Voor elke afzonderlijke fase spreken we vooraf een plan B af.' Nikita leunt achterover in zijn stoel. 'En de mogelijkheid het plan af te blazen. Zo voorkomen we dat we bij problemen ons hoofd verliezen.'

'Dat klinkt verstandig.' Pronski knikt instemmend.

Nikita wendt zich tot de hotelhouder. 'Kent u een plek waar we haar heen kunnen brengen en tot het moment van de uitwisseling kunnen vasthouden? Een veilige plek?'

Otto neemt een paar slokken bier. 'We brengen haar naar de Kargegg. Dat is een ruïne in de buurt van de Marienschlucht, een kloof aan de overkant van het meer. Elisabeth zal Helena naar de haven lokken.'

‘Weet u zeker dat u dat zal lukken?’ vraagt Nikita. Voor het eerst kijkt Elisabeth hem recht in het gezicht aan. ‘Ik denk het wel.’

‘Ik regel een boot en twee mannen, en help zelf mee,’ biedt Otto aan.

‘Goed.’ Nikita kijkt hen allemaal aan. ‘Dan moeten we nu beslissen wanneer. Is er binnenkort een geschikt tijdstip?’

Het blijft even stil. ‘Volgende week is de opening van de nieuwe Lindenhof.’ Elisabeth gaat wat rechter staan. ‘Er zal veel bedrijvigheid zijn en dan valt het misschien niet zo snel op dat Helena weg is.’

‘Dat klinkt logisch.’ Nikita wrijft met zijn hand over zijn revers. ‘Zodra we Helena hebben, moet u de brief met de voorwaarden voor haar vrijlating laten bezorgen of deponeren.’

Ze knikt. ‘Ik vind wel een manier.’

‘Nu moeten we de tijd tot de opening benutten om alles precies op elkaar af te stemmen,’ voegt Nikita er nog aan toe.

‘Eén ding moet u me beloven,’ zegt Elisabeth opeens.

‘Wat dan?’ vraagt Otto nors.

‘Dat Helena niets zal overkomen.’

De hotelbaas snuift.

‘Maakt u zich geen zorgen,’ stelt Nikita haar gerust. ‘Dat is voor ons ook belangrijk.’

Otto graait het geld van de tafel en stopt het in de zak van zijn kiel. ‘Afgesproken!’ Hij geeft Nikita en de vorst een hand. ‘We gaan ervoor! En Elisabeth, breng ons nog drie bier!’

58

Grand Hôtel Lindenhof in Meersburg, 3 mei 1919

Het ochtendlicht valt in de nieuwe rozensuite op de tweede verdieping van de Lindenhof en doet Helena's neus kriebelen. Ze kan nog net het blad dat ze draagt neerzetten voordat ze moet niezen. Ze zet twee van de vazen die ze naar boven heeft gebracht op de vensterbanken. De kleuren van de wilde bloemen en hondsrozen die ze vanochtend in alle vroegte samen met Katharina en Kasia in de tuin heeft geplukt, lichten meteen op in de zonnestralen.

Een derde vaas zet ze op de tafel en snel controleert ze nog even de twee kamers van de suite die nu helemaal klaar is voor de gasten. Alles ziet er spic en span uit.

Horn heeft een wonder verricht. Met de beperkte middelen waarover ze beschikten zijn prachtige kamers gemaakt met houten vloeren, crèmekleurige gordijnen en wit geschilderde muren. Schilderijen van Kasia, Maksim en haarzelf zorgen voor moderne kleuraccenten. De bedden zijn gedekt met linnen beddengoed in lichte kleuren en bij de handdoeken liggen fijne zeepjes die Lilly sinds kort in haar fabriekje in Esslingen produceert.

En natuurlijk ontbreken ook de koekjes van Käthe niet. De kokkin heeft grote hoeveelheden walnoot-honingkoekjes gebakken die in een porseleinen schaaltje liggen te wachten om opgegeten te worden.

Helena kijkt nog snel om zich heen. Elke kamer is individueel ingericht. Sommige ruimtes hebben een moderne uitstraling, andere een barokke of klassieke sfeer. De decoratie is subtiel afgestemd om een stilistische link te creëren met de hal, eetzaal en balzaal. Het meest geweldige vindt Helena de badkamer waar elke suite en kamer nu over beschikt. Voorlopig is de inrichting eenvoudig, maar volgend jaar zullen de wasgelegenheden worden uitgerust met het modernste comfort.

Helena heeft een onrustige nacht achter de rug. Deels uit nervositeit voor de opening en deels omdat ze nog laat de kamer van Maksim is binnengeslopen. Ze voelt zich echter niet moe of uitgeput, eerder opgewonden over wat er allemaal staat te gebeuren.

Ze pakt het lege blad en loopt naar de keuken, nog steeds een beetje bedroefd omdat Lilly er vandaag niet bij kan zijn. Helena hoopt op een weerzien in de zomer.

In de hal blijft ze even staan. Het is een grandioze ruimte geworden. Je waant je bijna in Italië met de sierlijke houten meubels, de rieten stoelen en de prachtige planten die mooi uitkomen tegen het lichte Gauinger travertijn. Kasia's fresco's springen meteen in het oog. Ze heeft zelfs het plafond beschilderd.

Helena is opgelucht. Na de paar dagen in Hotel Beau Rivage was ze bang geweest dat Grand Hôtel Lindenhof bij haar terugkeer provinciaal zou overkomen, maar het is net het tegenovergestelde. De Lindenhof combineert smaakvolle pracht met speelse gezelligheid en dat is iets wat het luxehotel in Genève niet kan bieden.

De werkzaamheden zijn niet klaar. De glazen uitbouw ontbreekt nog en aan de tuin zijn ze nog niet eens begonnen. Dat heeft niet alleen te maken met tijdgebrek, maar gewoon ook met een tekort aan materiaal. Het idee van een woonhuis op de plaats van de kas, heeft Helena voorlopig uit haar hoofd gezet.

Dat tempert echter geenszins haar vreugde. Integendeel. Ze kijkt ernaar uit haar vele ideeën te laten rijpen en te realiseren. In de komende jaren zal de Lindenhof zijn gasten elk jaar iets nieuws te bieden hebben.

'Ah, daar ben je, liefste!' Maksim komt net uit de eetzaal met een grote doos in zijn handen. Hij zet die neer op de hoefijzervormige balie van de receptie en opent de kleppen.

'Wat heb je daar?'

'Geduld!'

Helena kijkt nieuwsgierig toe. 'O, de reclamebrochures!'

'Inderdaad!' Maksim geeft haar een folder.

Helena bladert de brochure meteen door. 'Ze zijn werkelijk prachtig geworden!'

Maksim knikt. 'Ik had niet gedacht dat de kleuren zo goed zouden uitkomen.'

Helena bekijkt de ingekleurde plaatjes en foto's. Op de voorzijde staat een schilderij van Kasia: een uitzicht op de oude burcht tegen het blauw van de Bodensee met op de achtergrond de Alpen. Op de heldere hemel staat in kapitalen:

DE LINDENHOF

UW GRAND HÔTEL

'Binnenkort kunnen we de brochures in kleur laten afdrukken, in plaats van met ingekleurde plaatjes te werken. Ik heb al contact met een drukkerij die binnen afzienbare tijd kleurendrukwerk gaat aanbieden.' Maksim gaat met zijn vinger over de voorkant van de brochure.

'Wat goed!' Helena slaat het exemplaar dat ze vastheeft dicht. 'En nu maar hopen dat de wereld niet opnieuw besluit de wapens op te pakken.'

Op dat moment gaat de deur open. 'Gegroet, allen!' Broeder Fidelis schrijdt door de zuilengang alsof hij een processie leidt.

'Goedemorgen, broeder Fidelis! Goed dat u er bent!'

'Carpe diem!' Hij wrijft ontspannen over zijn buik. 'Op zo'n dag moet ik er toch gewoon bij zijn!'

'Als u dat maar weet,' antwoordt Helena. 'U moet tenslotte voor het bier en de wijn zorgen.'

'En de orde!'

Helena lacht. 'Ik denk niet dat het zo'n vaart zal lopen, broeder Fidelis.'

'Je weet maar nooit. Ik heb juist nog drie naakte zonaanbidders weggejaagd!'

Maksim lacht. 'Kennelijk is naakt zwemmen leuker dan met een badpak.' Hij knipoogt samenzweerderig naar Helena. Zij wagen zich namelijk ook af en toe zonder lastige kleren aan het lijf in het vooralsnog koude meer, zij het wel in het holst van de nacht als niemand er zich aan kan storen.

Broeder Fidelis grijnst. 'Vooral doen, mij geneert het niet! Maar vandaag past het niet. Ik hou 't in de gaten!'

'Afgesproken!' lacht Helena. 'Goed dat iemand zorgt dat iedereen zich netjes gedraagt.'

'En streng ook.' Hij trekt een tevreden gezicht. 'Ik ga even kijken bij mevrouw Käthe. Ze heeft vast wel wat voor me te doen.' Hij loopt naar het souterrain.

Helena kijkt hem na. 'Ik moet ook verder, Maksim.'

'Is goed.' Hij neemt haar in zijn armen en kust haar innig. 'En ik breng de brochures naar je vader.'

'Papa is op kantoor.' Ietwat buiten adem steekt Helena een haarspeld vast die is losgeraakt onder zijn liefkozende vingers.

Maksim kijkt haar vergenoegd aan. 'Dat weet ik.'

Helena zet een streng gezicht op. 'We moeten opschieten, Maksim Baranov.'

'Zo meteen.'

'Dát zal vandaag moeten wachten.' Helena schudt lachend het hoofd. 'We zien elkaar zo bij de vergadering voor de laatste afspraken.'

Een goed uur later is iedereen in de balzaal: de familie van Helena, Maksim, Boris, Kasia en broeder Fidelis. Ook Horn, de architect, is aanwezig. Käthe heeft haar nieuwe keukenbrigade bij zich. Naast Erna bestaat die uit Lucia, de tweede kokkin en een kordate Italiaanse, en twee meisjes: Paula en Minna. Paula zal voornamelijk in de keuken werken, Minna als kamermeisje.

Helena is ongewoon nerveus bij haar toespraakje. 'In de winter hield niemand het voor mogelijk dat er dit jaar weer vakantiegangers en kuurgasten naar Meersburg zouden komen. Dat dat nu toch zo is, bewijst eens te meer op een prachtige manier hoe zelfs na de moeilijkste tijden het leven verdergaat. Het was de moeite waard te blijven hopen en onze dromen niet op te geven. Dat is waar Grand Hôtel Lindenhof voor staat. De laatste maanden hebben we allemaal het beste van onszelf gegeven, zijn we tot het uiterste en nog verder gegaan en hebben we samen iets ongelooflijks neergezet. Deze prachtige ruimtes waarin vanaf vandaag de wereld te gast zal zijn, laten zien hoe je met moed en vertrouwen samen iets groots kunt creëren. Ieder van jullie maakt daar deel van uit, deel van de nieuwe Lindenhof. En deel van een nieuwe toekomst.'

Er wordt zacht geklapt.

'Over een uur verwachten we onze eerste gasten,' gaat Helena verder. 'Daarom wil ik nog even de individuele taken met jullie doornemen. Katharina en ik bemannen de receptie. Minna brengt de gasten naar hun kamer. Boris heeft aangeboden voor de bagage te zorgen en de gasten met de wagen bij de haven op te halen. Käthe, Lucia, Erna en Paula maken de maaltijden en serveren die. Kasia zorgt dat in de eetzaal alles goed verloopt en broeder Fidelis is verantwoordelijk voor de drank.'

'Jazeker! Het mentale welzijn is mijn specialiteit!' grinnikt de monnik.

'Mijn vader, Maksim Baranov en ik staan voortdurend ter beschikking en springen waar nodig bij. Vandaag is een bijzondere dag en ik hoop dat we er ondanks het harde werk dat ons te wachten staat, toch van kunnen genieten. Veel succes en veel plezier!'

Terwijl iedereen weer aan het werk gaat, stapt Käthe op Helena en Maksim af: 'We hebben een groot probleem in de keuken,' zegt ze met gedempte stem. 'De bestellingen zijn niet volledig geleverd.'

Helena kijkt haar vol ongeloof aan. 'Wat bedoel je, Käthe?'

'Gisteren verwachtte ik een grote levering van vlees, melk, boter en room. Die is niet gekomen, maar men heeft mij verzekerd dat alles er vandaag zou zijn. Daarom heb ik ook verder niets ondernomen. Daarnaast had ik ook extra bloem en suiker besteld. Maar ook daarvan heb ik geen gram gezien.'

'Er is vandaag dus niets geleverd?' vraagt Maksim.

Käthe schudt het hoofd. 'Nee.'

'We zorgen ervoor!' belooft Helena.

59

Een uur later

'Ik heb geen flauw idee wat er met de leveringen van het eten is gebeurd,' zegt Helena. Samen met Maksim staat ze bij het bureau van haar vader.

'Hoelang komen we toe met onze voorraad?' Gustav kijkt bedenkelijk.

'We kunnen op dit moment überhaupt geen volwaardige maaltijden aanbieden,' antwoordt Helena. 'We hebben geen vlees en geen aardappelen en ik wil op de eerste avond zeker geen koolsoep serveren!'

Gustav Lindner wrijft over zijn voorhoofd. 'Nee, dat zou een aanfluiting zijn!'

Er wordt geklopt en Boris steekt zijn hoofd om de deur. 'Ik rij nu naar de haven. Het stoomschip met de eerste gasten loopt zo binnen.'

'Dank je, Boris.' Gustav knikt. 'Tot straks!'

'Daar gaan we!' Maksim knijpt bemoedigend in de hand van Helena. 'We vinden wel een oplossing. Ik ga op zoek naar de etenswaren, vooral het vlees. Jij verwelkomt de eerste bezoekers van je grand hôtel.'

Helena schenkt Maksim een flauwe glimlach, loopt naar haar vader en slaat haar armen om zijn hals. 'Bedankt voor het regelen van al het papierwerk, papa. Dat is veel werk, en werk dat niemand ziet. En dank dat je altijd in mij hebt geloofd!'

Even later voegt Helena zich bij Katharina die al achter de receptie staat.

'Ik vind het zo spannend!' bekent Katharina. Ze heeft zich mooi gemaakt en draagt net als Helena een donkerblauwe jurk. Haar lichtblonde haar heeft ze opgestoken.

‘Wij allemaal, denk ik,’ antwoordt Helena.

De deur zwaait open. ‘Ze komen eraan!’ jubelt broeder Fidelis die een grote zak meesleept. ‘En ik heb aardappelen opgescharreld!’

‘De schat,’ fluistert Katharina.

‘Ja, hij is een geschenk uit de hemel. Maar we moeten hem wel duidelijk maken de volgende keer de ingang voor de leveranciers te gebruiken als hij boodschappen bij zich heeft.’

En daar verschijnen daadwerkelijk de eerste gasten. Met ingehouden nieuwsgierigheid betreden drie echtparen de hal. Boris volgt met hun bagage.

‘Meneer en mevrouw Müller uit Frankfurt?’ vraagt Katharina.

‘Ja, juffrouw,’ antwoordt een van de mannen.

‘Wat is het hier mooi!’ merkt zijn vrouw vol bewondering op.

‘Hartelijk welkom in Grand Hôtel Lindenhof!’ Ondanks alle zorgen voelt Helena een glimlach op haar gezicht verschijnen.

De tijd vliegt voorbij met nieuwe aankomsten, gasten met vragen en kleine onzekerheden. Maksim en broeder Fidelis doen hun uiterste best om de belangrijkste etenswaren te vinden. Helena heeft het gevoel juist weer wat opgeluchter te kunnen ademhalen als ze Elisabeth op zich af ziet komen. Haar stiefmoeder heeft een grote, met een blauwwit geruite linnen doek afgedekte mand bij zich.

‘Moeder!’ roept Katharina en snelt op haar af.

Helena is verrast. Elisabeth vertoont zich nog maar zelden in de Lindenhof. Ze weet dat Katharina haar moeder af en toe bezoekt in Hotel Ochsen, maar het contact met Helena en Gustav is zo goed als volledig onbestaande.

‘Wat heb je bij je, moeder?’ Katharina tilt het doek op en gluurt in de mand.

‘Ik heb gehoord dat er iets is misgelopen met de leveringen,’ antwoordt Elisabeth.

‘Dat heeft gauw de ronde gedaan!’ antwoordt Katharina verbaasd.

Elisabeth haalt de schouders op. ‘Meersburg is net een dorp.’ Ze kijkt naar Helena. ‘Ik heb melk en boter bij me en ook nog ham en een beetje kaas.’

‘Dank je wel, Elisabeth.’ Helena vindt het vervelend om hulp van Elisabeth aan te nemen, maar weigeren zou vanuit een misplaatst gevoel van trots zijn.

‘Ik breng alles naar Käthe in de keuken,’ biedt Katharina aan. ‘Kom je mee, moeder?' Elisabeth schudt het hoofd. 'Ik wacht hier bij Helena. De mand heb ik weer nodig.'

Katharina knikt en vertrekt. Helena blijft met Elisabeth achter bij de receptie.

'Ik ken iemand die vers vlees en charcuterie kan leveren.' Elisabeth bekijkt de muurschildering van Kasia.

'Wat bedoel je?'

'Precies wat ik zeg. Ik dacht dat je die dingen tekort had. En dat net vandaag, de allereerste dag.'

'Maksim zorgt ervoor.' Hij is al twee uur weg in de hoop vlees te vinden bij boeren in de omgeving.

'Dan hoop ik voor jullie dat hij geluk heeft.' Elisabeth kijkt op haar polshorloge. 'Het is al vier uur. Ik moet ervandoor.'

Katharina is weer terug en geeft de lege mand aan haar moeder.

'Käthe is in de wolken. Dank je, moeder!'

Helena staat in tweestrijd. 'Kun je ons dan misschien ook vleeswaren bezorgen, Elisabeth?' Het kost haar veel moeite haar stiefmoeder om deze gunst te vragen.

'Ah, dus toch?' Elisabeth kijkt Helena aan. 'Een boer in Nussdorf heeft vlees. Ik kan er zelf echter niet heen. Zoals ik al zei heb ik andere dingen te doen.'

Helena wendt zich tot haar zuster. 'Zou jij kunnen gaan, Katharina?'

'Met plezier!'

'Nee.' Elisabeth schudt het hoofd. 'Jij niet, Katharina. Je hebt geen ervaring met zulke dingen. Je mag dan nog zo'n goede hulpverpleegster zijn, die boeren trekken je het vel over de oren.'

'Dat durf ik wel aan, moeder.' Katharina is het niet met haar moeder eens.

'Je kent dat volk niet, Katharina,' antwoordt Elisabeth. 'Helena, ik raad je aan zelf te gaan.'

'Maar ik kan hier toch niet weg! Vandaag toch niet! En naar Nussdorf is het twee uur lopen!'

Elisabeth maakt een onverschillig gebaar. 'Jij moet uitmaken hoe dringend je vlees nodig hebt. In de haven liggen de boten van twee vissers die me al jaren helpen bij dergelijke transacties. Ik zou hen kunnen vragen je met de boot te brengen.'

Helena denkt na. Ze heeft niet veel fiducie in het vriendelijke aanbod van Elisabeth. Het liefst zou ze Maksim of Boris sturen, maar die zijn al op pad. Ze weegt de dingen tegen elkaar af. Er is voor de gasten gezorgd, Käthe en Lucia doen hun best om de maaltijden voor te bereiden en als ze straks vers vlees hebben kunnen ze een paar dagen verder.

'Goed dan. Ik kleed me snel om. Kun jij het hier alleen af, Katharina?'

'Ja, natuurlijk! Als het te veel wordt, vraag ik Kasia om bij te springen.'

'Dank je.' Helena omhelst haar zus en verlaat haar plek achter de balie.

'Vergeet niet geld mee te nemen,' zegt Elisabeth. 'Ik wacht buiten op je.'

Tien minuten later zijn Helena en Elisabeth op weg naar de haven. Het is opvallend warm voor de tijd van het jaar en alleen de met sneeuw bedekte Alpentoppen in de verte herinneren nog aan de winter. Op de promenade strekt het meer zich links van hen als een blauwe spiegel uit.

Helena kijkt haar stiefmoeder zijdelings aan. 'Waarom help je ons, Elisabeth?'

'Om iets goed te maken?'

'Gaat het niet goed met jou in de Ochsen?'

'Daar wil ik het niet over hebben.'

Helena dringt niet aan.

Het is druk in de haven. Een stoomschip is aangemeerd en lost een massa mensen op de kade, waar dagjesmensen staan te wachten voor de terugreis. Aan de kleinere steigers varen schuiten die betalende klanten boottochtjes op het meer aanbieden af en aan.

'Daar!' Elisabeth wijst naar twee vissersboten aan de laatste steiger die hun lijnen aan het binnenhalen zijn. 'Als je meewilt, moet je opschieten.' Elisabeth duwt Helena de mand in de hand. 'Ik breng je erheen.'

De twee mannen in hun boten lijken niet verbaasd wanneer Elisabeth haar verzoek uit de doeken doet en Helena vervolgens maant aan boord te komen. Helena bekruipt een naar gevoel als haar stiefmoeder zich bijna bruusk omdraait, over de loopplank terug aan wal stapt en daarbij bijna een havenarbeider omverloopt.

'Nussdorf?' Helena heeft de broodmagere kerel aan het roer nooit eerder gezien terwijl ze zo goed als alle vissers in de regio kent, ook degenen die zich weleens aan smokkelen wagen.

Ze komt in de verleiding weer uit te stappen, maar de gedachte aan de reden van deze tocht maakt dat ze niet toegeeft aan de impuls. In plaats daarvan gaat ze op een houten bankje op de achtersteven zitten, terwijl de visser de trossen losgooit. 'Ja, Nussdorf.' Op het allerlaatste moment springt de man van de boot naast hen aan boord. Hij gaat naast haar zitten. Het is krap en Helena schuift zo ver mogelijk van hem af. De twee mannen – Helena schat hen op een jaar of vijftig – zeggen geen woord, niet tegen elkaar, maar ook niet tegen haar.

Haar onbehagen neemt toe, ook al varen ze daadwerkelijk in de richting van Nussdorf. Ze besluit voor de terugweg een andere oplossing te zoeken.

De elektrische motor ronkt zacht en laat een schuimspoor achter. Vanuit Konstanz weerklinkt het getoeter van een stoomboot dat zich vermengt met het gekrijs van de meeuwen die elkaar in de lucht nazitten. Een zeilboot glijdt voorbij in de richting van Obersee, de schipper groet hen vriendelijk.

Helena zet de mand aan haar voeten om haar zonnehoed, die de wind dreigt af te rukken, vast te houden. Ze wil net de linten vastknopen als de man naast haar haar vastgrijpt en een doek op haar neus en mond drukt. Met een verstikt geluid probeert ze haar gezicht weg te draaien en zich los te rukken, maar hij heeft haar stevig in zijn greep.

Helena raakt in paniek. De weeë stank van de doek stijgt naar haar hoofd en ze heeft het gevoel dat ze geen lucht meer krijgt. Wanhopig schopt ze om zich heen, maar duizeligheid bevangt haar en onverhoeds doet een gevoel van uitputting haar weerstand verslappen. Verwarde beelden flitsen voorbij en vermengen zich met de schommelende beweging van de boot. Ze beseft nog dat ze tegen een borst wordt aan gedrukt en waant zich kort in de armen van Maksim, maar zakt daarna weg in een aangenaam niets.

In de toestand tussen waken en slapen verliest Helena alle besef van oriëntatie en tijd. Op een gegeven moment hoort ze een naar schurend geluid en gaat er een stevige schok door de boot die op een grindbank lijkt te zijn vastgelopen. Ze wil naar de mand grijpen, maar haar armen gehoorzamen niet. Stemmen dwarrelen door haar hoofd, iemand waarschuwt om op te passen. Helena meent de stem van de baas van Hotel Ochsen te horen. Ruw gelach jaagt een rilling over haar rug, snel gewisselde woorden dringen vaag tot haar door. Ze wordt opgetild en voelt weer iets zachts op haar gezicht. Dan wordt alles zwart.

60

Die middag rond vijf uur

Maksim heeft wat voorraden geregeld en bergt alles op in de keuken van de Lindenhof waar Käthe en Lucia achter pruttelende en dampende pannen het avondmaal klaarmaken.

'Eigenlijk hebben we nu meer dan genoeg vlees.' Käthe legt de houten lepel opzij. 'Juffrouw Helena had zich de moeite kunnen besparen.'

'Is Helena vlees gaan halen?' vraagt Maksim verbaasd.

'Heeft niemand u dat verteld, meneer Baranov?' Käthe loopt naar de tafel waar Boris even pauzeert met een kop koffie.

Maksim schudt het hoofd en kijkt naar Boris. 'Weet jij hier iets van?'

'Nee.' Boris trekt zijn schouders op.

'Dat is vreemd. Hoe komt ze daarbij? Ze heeft hier vandaag toch genoeg te doen, zou je zeggen.'

'Mevrouw Lindner was hier en had melk, boter en nog een paar dingen meegebracht. Ze had gehoord dat we zoveel tekort hadden en wilde helpen.'

'Dat is vriendelijk voor haar doen.' Maksim vertrouwt het niet helemaal. Elisabeth Lindner die opeens toch een menselijk kantje blijkt te hebben?

'Ik weet ook niet wat ze daarmee probeert te bereiken, maar we zijn er wel mee geholpen.' Käthe veegt haar handen aan haar schort af. 'Ze is met juffrouw Helena vertrokken om vlees te halen voor het geval u niet genoeg zou kunnen vinden.'

'Elisabeth is met Helena op pad?'

'Ja, dat heeft juffrouw Katharina aan broeder Fidelis verteld.'

Maksim schudt het hoofd. 'Hier klopt iets niet. Ik vraag het even na bij Katharina. Kom je, Boris?'

Boris drinkt zijn beker leeg en staat op. Samen begeven ze zich naar de receptie.

Als ze de hal binnenlopen is Katharina aan de balie net bezig met een echtpaar. Gustav Lindner, die in een van de rieten stoelen zit, merkt Maksim en Boris op en gebaart hen naar hem toe te komen. 'Elisabeth heeft Helena mee naar de haven getroond. Ik vertrouw het zaakje niet.'

'Käthe heeft het ons net verteld.' Maksim kijkt naar Boris. Die knikt.

Inmiddels heeft Katharina haar gesprek afgerond en voegt ze zich ook bij hen. 'Je bent vast op zoek naar Helena, Maksim. Ze kan nog niet terug zijn, ze is nog maar een uurtje weg. Rond vier uur is ze vertrokken.'

'Waar ging ze precies heen?'

'Moeder zei iets over een boer in Nussdorf.' Katharina wendt zich nu tot Gustav. 'Maak je maar geen zorgen, papa. Vanavond is ze vrolijk en wel hier. Wat zou moeder haar nu willen aandoen?'

Op dat moment voelt Maksim iemand aan zijn arm trekken. Hij draait zich om en voor hem staat een jongen van een jaar of twaalf. 'Ik moet iets afgeven.' Hij houdt Maksim een envelop voor.

'Van wie?' Maksim neemt de envelop in ontvangst.

Het kereltje steekt zijn hand uit en Gustav diept een munt op uit zijn zak.

'Het komt van een vrouw.' De jongen draait zich om en loopt weg voordat Maksim hem nog iets kan vragen. Bij de deur botst hij op Eddi. 'Oeps!' roept de visser en het geschrokken joch maakt zich snel uit de voeten. Hoofdschuddend kijkt Eddi hem na en sluit de deur.

'Eddi, goede vriend!' Gustav staat op en loopt naar de visser die hen de afgelopen maanden enorm heeft geholpen. 'Wat brengt je hier?'

'Ik heb een kamer nodig!' grapt Eddi, maar gaat meteen op ernstige toon verder. 'Ik wil jullie iets vertellen, het gaat om juffrouw Helena.'

Maksim, die net de envelop opent, kijkt geschrokken op. 'Heb je haar gezien?'

'Ik niet, maar Konrad heeft gezien dat ze met twee vreemde mannen op een boot is weggevaren. De mannen waren hem eerder al opgevallen omdat hij ze nog nooit in de haven heeft zien aanmeren.'

Maksim fronst, haalt een brief tevoorschijn en vouwt die open. Zijn hart slaat een slag over.

'Maksim?' Katharina kijkt hem bezorgd aan.

'Vertel!' dringt Gustav aan. 'Wat staat er in de brief?'

Maksim schudt het hoofd.

Ze zijn hier.

En ze hebben Helena.

Koude rillingen lopen over zijn rug en zijn hart klopt als een bezetene. Opeens ziet hij alles weer gebeuren: het geschreeuw in de nacht, de donkere gestalten. De bedienden die in paniek het huis uit rennen, de hartverscheurende kreten van de kinderen, de doodsangst in Lidia's ogen.

Hij dacht rust te hebben gevonden, maar nu haalt het verleden hem weer in, wreed en meedogenloos. Zal het hem opnieuw het meest dierbare afnemen? Rust er een vloek op zijn leven?

Maksim reikt Gustav zwijgend het papier aan en probeert zijn zelfbeheersing terug te vinden. Hij heeft een helder hoofd en al zijn kracht nodig.

'Maksim! Kan ik helpen?' vraagt Eddi.

'Boris, Eddi, we moeten meteen naar de haven.' De mannen knikken.

'Wat is er aan de hand?' vraagt Katharina. 'Kan ik iets doen?'

'Dat kan toch niet waar zijn!' Gustav laat boos de brief zakken. 'Wie doet nu zoiets? Vanwege een sieraad. Dat zouden we toch zo hebben gegeven en nog een paar honderd mark erbovenop.' Hij ziet lijkbleek.

'Er zijn mensen wier hebzucht mateloos is.' Maksim wrijft met zijn hand over zijn nek. 'Het ergste is dat ik hen hierheen heb gelokt.'

'Komen ze uit Rusland?'

Maksim legt zijn hand op de schouder van Gustav en zoekt zijn blik. 'Ik breng haar terug, Gustav.'

'Je hebt geen keuze!'

De vertwijfeling van Gustav maakt dat de schok bij Maksim plaatsmaakt voor een kille koelbloedigheid. 'Gustav, jij en Katharina gaan op zoek naar Elisabeth. Zij moet jullie vertellen wat ze weet!'

'Ik kan me niet voorstellen dat moeder hier iets mee te maken heeft!' Katharina is totaal in de war. 'Het is geen gemakkelijke vrouw, maar zoiets, daar zie ik haar echt niet voor aan!'

'Op dit moment gaan we er gewoon van uit dat iemand Elisabeth heeft gebruikt om zijn perfide plannen te realiseren,' zegt Maksim geruststellend.

'Gaan jullie meteen het meer op?' vraagt Gustav.

'Ja. Als ze een uur geleden met haar zijn vertrokken, kunnen we hen misschien nog inhalen, zeker als het klopt wat Konrad hen heeft horen zeggen en ze op weg zijn naar de ruïne op de Bodanrück,' antwoordt Eddi.

'Hier staat dat de ruil morgen in Konstanz zal plaatsvinden.' Gustav kijkt naar de brief in zijn hand. 'Misschien maken we daar meer kans.'

'Nee,' werpt Maksim meteen tegen. 'We kunnen niet wachten tot morgen. Alleen als we haar vandaag niet vinden, kijken we verder.'

'Jij kent deze mensen beter.' Met trillende vingers vouwt Gustav het vel papier dicht.

Katharina kijkt Maksim aan. 'Ik breng Kasia op de hoogte. Zij moet mijn plaats aan de receptie innemen.' Maksim knikt en wendt zich tot Boris en Eddi. 'Vertrekken jullie maar. Ik moet nog iets halen.'

Een paar minuten later holt Maksim achter Eddi en Boris aan en haalt hen net voor de haven in.

'Zit het daarin?' vraagt Boris en hij wijst naar de rugzak van Maksim.

'Ik heb de sabeljas bij me, ja,' antwoordt Maksim. Helena en hij hebben het halssnoer na hun terugkeer uit Zwitserland weer in de jas genaaid. Dat leek hun het veiligst want met een hotelbedrijf zijn er natuurlijk voortdurend vreemden in huis.

Boris knikt begrijpend.

Maksim wendt zich tot Eddi. 'Je zei iets over een ruïne. Maar stel dat ze hulp hebben van mensen die vertrouwd zijn met de omgeving, is het dan niet logischer dat ze haar rechtstreeks naar Konstanz hebben gebracht?'

'Ik denk van niet. Ze zijn in de richting van Überlinger See gevaren, wilden naar de Kargegg. Zoals ik al eerder zei heeft Konrad hen dat horen zeggen.'

Ze lopen de houten steiger op waar de vissersloep van Eddi ligt. Konrad steekt een hand op als hij hen herkent. Hij heeft de lijnen al in zijn hand.

Eddi stapt aan boord en start de buitenboordmotor. 'De Kargegg, dat was het toch?' informeert hij nog snel bij Konrad.

De havenarbeider knikt.

'Goed. Als we over twee uur niet terug zijn, regel dan een zoekactie, Konrad.'

‘Doe ik, Eddi.’

‘Kom op, stap in!’ Eddi wacht tot Maksim en Boris zitten.

‘Los!’ roept hij naar Konrad. ‘En hou de haven in de gaten!’

‘Je kunt op me rekenen, Eddi!’ Konrad werpt hem de trossen toe.

‘Kasteel Kargegg ligt aan de Überlinger See. Het is een ruïne,’ legt Eddi uit als ze de haven uit varen en het water doorploegen. ‘De Bodanrück loopt steil af naar het meer en is bebost.’

‘Een ideale schuilplaats dus?’ vraagt Maksim.

‘Niet per se.’ Eddi laat de motor toeren maken. ‘Er zijn vaak mensen die een uitstapje maken naar resten van het kasteel of de Marienschlucht. Lang zullen ze daar zeker niet blijven. Ze zullen wel verder trekken naar de Untersee.’

‘Misschien heeft Konrad het verkeerd verstaan,’ merkt Maksim op.

Eddi schudt het hoofd. ‘Hij is het gewend ogen en oren open te houden. Dat hoort bij zijn werk voor ons.’

‘Dat is nodig voor het smokkelen,’ concludeert Boris.

Eddi grijnst en kijkt Maksim aan. ‘Als Konrad ze over de Kargegg heeft horen praten, zijn ze daar ook heen gegaan of het moet zijn dat ze onderweg van gedachten zijn veranderd.’

De kleine baai waar ze uiteindelijk aanmeren, lijkt verlaten. Maksim is bang dat in weerwil van alle beweringen van Eddi het spoor hier doodloopt, maar nadat hij de boot goed heeft vastgelegd, loopt de visser doelbewust een smal pad op en gebaart hun hem te volgen.

Maksim knikt Boris toe en hijst zijn rugzak op zijn schouder. Achter elkaar aan lopen ze de steile weg op die op veel plaatsen overwoekerd is. Al na een paar meter vertraagt Eddi en wijst op een paar afgebroken takken. ‘Hier is onlangs iemand langsgekomen.’

Maksim knikt. ‘De vraag is met hoeveel ze zijn.’

Eddi bestudeert de voetsporen. ‘Met vier of vijf, schat ik.’ Ze lopen verder.

Kort daarna blijft Maksim met zijn hemd aan een paar doornen haken en glijdt uit. Hij breekt zijn val met een arm, maar voordat hij weer overeind kan krabbelen, valt zijn blik op een stukje stof in het struikgewas. ‘Wacht!’

Eddi draait zich om.

Boris knijpt zijn ogen tot spleetjes. ‘Dat hangt daar nog niet lang.’

Maksim schudt het hoofd, trekt de takken uiteen en pakt het lapje.

Werktuigelijk ruikt hij er aan. 'Ether!' Hij hoest en geeft het vod aan Boris die het ook onder zijn neus houdt en knikt. 'Het is nog vochtig.'

Zwijgend lopen ze verder door het beukenbos waarvan het winterkleed bruin op de bodem ligt en het weelderige groen van het nieuwe gebladerte boven hun hoofden glanst. Alleen het zachte ritselen van de bladeren onder hun voeten is te horen. Af en toe blijft Eddi staan om te luisteren.

Ze zijn bijna boven op de heuvel als hij Boris en Maksim een teken geeft. De drie mannen houden de pas in en luisteren aandachtig.

Tussen het gekwetter van vogels en het hameren van een specht zijn mannenstemmen te horen.

'We zijn op de goede weg,' fluistert Boris.

Langzaam, in een poging zo min mogelijk geluid te maken, leggen ze de laatste meters af over het steile, rotsachtige terrein totdat een met klimop en mos bedekte stenen muur voor hen opduikt. Donkere raamopeningen maken duidelijk dat ze voor de resten van een woontoren uit lang vervlogen tijden staan.

Ze stoppen en wachten. Even is het stil, maar dan horen ze de stemmen weer.

'We willen ons geld,' snauwt een van de mannen. 'Dat was de afspraak.'

'Dat geld krijg je als morgen de ruil heeft plaatsgehad.' De man spreekt met een sterk Russisch accent, maar Maksim kan de stem niet thuisbrengen.

'Ga naar huis!' beveelt nog een andere, zware stem. 'Meld je morgenavond bij de Ochsen en dan krijgen jullie je loon.'

'De baas van de Ochsen,' fluistert Eddi.

Maksim knikt en beseft dat Elisabeth wel degelijk de lokvogel heeft gespeeld. Dat is een bittere pil.

'Dat was de afspraak niet. Wat als we jullie ontmaskeren?' dreigt een ander iemand, vermoedelijk de tweede man die bij Helena op de boot had gezeten.

'Jullie kunnen het maar beter niet met mij aan de stok krijgen. Jullie hebben zelf genoeg boter op het hoofd!' De hotelhouder klinkt nu ronduit dreigend. 'Morgen, deze tijd!'

'Ze zitten aan de andere kant van de muur,' zegt Eddi zacht tegen Maksim en Boris.

Er is nog geen teken van Helena en Maxims bezorgdheid neemt toe.

Zouden ze te veel ether hebben gebruikt? Hij weet dat een foute dosering dodelijk kan zijn.

Op dit moment verraden snelle voetstappen door het gebladerte dat er iemand hun kant op komt. Eddi reageert meteen en wijst op dicht struikgewas naast hen waarin ze zich voorzichtig terugtrekken.

Door het fijne netwerk van takken zien ze twee mannen van gemiddelde lengte hun kant op komen, maar dan van richting veranderen en naar beneden lopen.

'Wat doen we nu?' vraagt Eddi op fluistertoon.

'Ik denk dat er nog twee mannen in de ruïne zijn: de hotelier en de Rus.'

'Hoe ziet het er aan de andere kant van de muur uit? Vergelijkbaar met hier?'

'Er is een klein vlak stuk met een paar lage resten van muren.'

'Maar daarachter gaat het ook weer steil naar beneden?'

'De Kargegg staat op de uitloper van een berg. Het gaat overal steil naar beneden. Het vlakke stuk is niet zo groot. Alleen waar vroeger de burcht en de woontoren stonden is het een beetje plat.'

'Ik vermoed dat ze Helena daar vasthouden.' De wetenschap dat ze zo dicht bij haar zijn, maakt Maksim ongeduldig.

'Dat denk ik ook, anders waren ze naar de Marienschlucht gegaan om haar daar te verstoppen.'

'Dan moeten we gewoon zorgen dat we niet vallen,' merkt Boris op. 'De baas en de Rus kunnen we wel aan.'

'Zelfs als die vent van de Ochsen zo sterk is als twee ossen,' antwoordt Eddi.

Boris grijnst, maar Maksim lacht niet mee. Hij probeert de situatie zo objectief mogelijk in te schatten. Zij zijn met z'n drieën, de anderen waarschijnlijk met twee. Dat mag geen probleem stellen, of het moet zijn dat de mannen een vuurwapen bij zich hebben.

Ze kruipen uit het struikgewas.

'Blijven we hier vannacht?' vraagt de Rus op dat moment.

'Het is te riskant haar nu nog ergens anders heen te brengen. En het is maar voor een paar uur.'

Maksim kan niet meer wachten en kijkt Eddi en Boris aan. 'Jullie nemen de baas van de Ochsen voor jullie rekening, ik de andere!'

61

Voorzichtig bewegen ze zich langs de muur om niet ontdekt te worden en hun evenwicht niet te verliezen op het sterk hellende terrein. Ze bereiken de brede voorzijde van wat er nog rest van de woontoren. Eén pas verder en ze hebben geen dekking meer. Met een laatste blik verzekert Maksim zich ervan dat zijn metgezellen er klaar voor zijn en treedt dan uit de schaduw.

'Nikita!' Otto heeft als eerste in de gaten wat er gebeurt en brult een waarschuwing

De Rus reageert als gestoken door een bij en stormt met een diepe keelklank op Maksim af. Boris is hem echter te snel af en schopt de kleine, gespierde man op het laatste moment in de knieholte waardoor de Rus vlak voor Maksim onderuitgaat. Boris werpt zich op hem en houdt hem in bedwang.

Ondertussen is de hotelbaas op Eddi afgevlogen, maar de pezige visser weet van wanten, pakt Otto bij pols en bovenarm, brengt hem met twee snelle zijwaartse bewegingen in een nadelige positie en klemt een arm om zijn hals. Als hij ook zijn tweede arm om de nek van de man vouwt, zakt die bewusteloos in elkaar.

Maksim speurt de omgeving af.

Daar, aan de andere kant van de hoge muur waar ooit de binnenruimte van de burcht een rondeel vormde, zit een oudere man. Maksim knijpt zijn ogen tot spleetjes. Wat heeft vorst Pronski hier in hemelsnaam te zoeken? Opeens stolt het bloed in zijn aderen: op de benen van Pronski ligt een jonge vrouw, Helena. Ze is duidelijk niet bij bewustzijn.

'Blijf waar je bent, Baranov!' roept de vorst in het Russisch en tilt zijn hand op. Maksim herkent het gevaar onmiddellijk en werpt zich op de grond.

Het schot gaat over hem heen en iemand slaakt een kreet. Achter Maksim breekt tumult uit, maar hij heeft alleen oog voor Helena. Als Pronski opnieuw de trekker overhaalt, maar Maksim alleen een metalen klik hoort, springt hij op. In een paar passen is hij over de muurresten en het lage struikgewas. Hij stort zich op Pronski en slaat het wapen uit diens hand.

Pronski schreeuwt het uit en duwt Helena van zich af. Haar hoofd raakt een van de vele stukken steen die uit de oude muur steken. Haar zwakke gekreun gaat door merg en been, maar Maksim richt al zijn aandacht op de vorst. Hij trekt de man overeind, grijpt hem bij de keel en drukt hem tegen de muur. Pas als Pronski blauw aanloopt, laat hij zijn greep verslappen. De vorst snakt naar adem en begint zich los te wrikken. Maksim knijpt zijn keel opnieuw dicht.

'Maksim!' Boris' stem houdt onmiskenbaar een waarschuwing in.

Maksim kijkt opzij en ziet Pronski's kompaan op zich afkomen. Boris zelf ligt verderop in het gras en houdt zijn schouder vast. Het schot van Pronski heeft hem geraakt.

Maksim laat Pronski los en heeft zich nog maar net omgedraaid als hij een eerste klap te verwerken krijgt. Het duizelt hem, maar hij blijft overeind en kan nog net voorkomen dat een vuist zich in zijn maag boort. Maksim negeert de opkomende misselijkheid, focust op het gezicht van zijn tegenstander en geeft hem een klap recht op zijn neus. Er kraakt iets. Nikita wankelt, maar hervindt zijn evenwicht. Het bloed stroomt over zijn mond en kin, maar dat belet hem niet om met beide vuisten uit te halen. Maksim ontwijkt hem, Nikita struikelt in het ledige en valt achterover op de grond. Met een welgemikte stoot slaat Maksim hem bewusteloos.

Hij draait zich weer om naar Pronski die nog steeds naar adem snakt. Maksim grijpt hem opnieuw vast en drukt zijn vingers in de keel van de vorst.

'Laat los, laat los, Baranov. Ik zal je alles uitleggen, maar laat me los!' Maksim vermindert de druk.

'Ze hadden niemand mogen doden. Echt niet,' hijgt Pronski.

Maksim is in de war. Waar heeft de vorst het over?

'Die mannen die naar jullie huis zijn gekomen, moesten alleen de juwelen halen.'

Als de woorden van de vorst tot Maksim doordringen, is het alsof de wereld even ophoudt met draaien. 'Lidia? Mijn kinderen? Jij! Jij hebt hen laten vermoorden?' vraagt hij zacht.

'Nee! Ik wilde alleen de juwelen.'

Maksim stoot een langgerekte kreet uit. 'De duivel hale je, Pronski!' Met alle kracht knijpt hij de keel van Pronski dicht, niets lijkt hem tegen te kunnen houden.

'Maksim!' Boris' stem brengt hem weer bij zijn positieven. 'Hij is het niet waard!'

Maksim ademt uit en laat Pronski los. Luid steunend zakt de oude man op zijn knieën.

Maksim draait zich om naar Helena. Ze ligt op een stukje gras en kijkt hem vermoeid aan.

Hij knielt naast haar neer en neemt haar teder in zijn armen. Er sijpelt bloed uit een wond op haar voorhoofd. 'Mijn liefste –'

'Ik zou haar niets hebben gedaan,' stamelt Pronski schor.

Maksim kijkt hem strak aan. 'Zoals je ook mijn gezin niets hebt aangedaan? Ik geloof geen woord van wat je zegt!' Hij verheft zijn stem niet, maar zijn toon is vlijmscherp. 'Je hebt moorden gepleegd. Voor een sieraad dan nog wel!'

Er verschijnt opeens een ongebreidelde hebzucht in de ogen van Pronski. 'Je weet niet wat de Pavlova-juwelen waard zijn, Maksim. Als je die hebt –'

'Hou je mond!' Maksim kan het vergoelijkende gejammer van de vorst niet verdragen. 'Eén ding wil ik je nog vragen: hoe leef je met zo'n schuld, Pronski?'

De armen van Maksim ondersteunen haar in een verwrongen werkelijkheid. Steeds weer dreigt de vermoeidheid haar te overweldigen, maar Helena dwingt zichzelf de ogen open te houden. Ze ontwaart het gezicht van Maksim boven het hare, leest de angst die hij heeft doorstaan in zijn ogen en hoort tegelijkertijd de hese stem van de oude man die haar op zijn schoot had getrokken en elke keer dat stinkende vod op haar neus had gedrukt.

Helena verstaat niet waarover het gesprek gaat omdat de mannen Russisch met elkaar praten, maar ze voelt de spanning en woede in Maksim.

'Je hebt haar ontvoerd.' Maksim gaat nu verder in het Duits. 'Zou je haar ook hebben gedood voor een halssnoer?'

'Ik heb niemand vermoord. Dat was een ongeluk.' De oude man hoest. 'En Jelena, Helena, is mijn dochter. Haar zou niets overkomen zijn.' Hij antwoordt in het Duits en Helena begrijpt elk woord.

De ontzetting komt met vertraging, wordt een golf en rukt haar uit haar lethargie. Moeizaam komt ze overeind en klampt zich vast aan de arm van Maksim. 'Nee.' Haar stem is zo zwak. 'Nee!' roept ze wat luider. 'Hij liegt!'

De oude man staart haar aan met een vreemde schittering in zijn ogen. 'Je droeg de halsketting in het Beau Rivage.'

Hoe weet hij dat?

'Was jij daar, Pronski?' vraagt Maksim stomverbaasd.

'Ik woon daar. En ik heb jullie herkend.'

Opeens staat Boris voor de oude Rus. Hij heeft een pistool vast en speelt met het magazijn. Op zijn lichtgekleurde hemd ziet Helena een opgedroogde bloedvlek. Het schot dat ze gehoord meende te hebben, was dus geen droom geweest.

Pronski raakt in paniek bij het zien van het wapen. 'Nee!' krast hij.

'Wacht. Boris, Maksim.' Helena is bijna niet te verstaan, zo zacht praat ze. 'Laat hem vertellen.'

Maksim trekt haar steviger tegen zich aan en gebaart ruw naar Pronski. 'Ze heeft het recht alles te weten.'

Pronski kijkt naar Boris die het magazijn sluit.

'Olga Pavlova,' begint de vorst zonder zijn ogen van Boris af te wenden, 'was mijn grote liefde.'

'Nee,' fluistert Helena.

'Je bent met Vera getrouwd, ook al wilde je Olga?' bijt Maksim hem toe. 'Wat zegt jouw echtgenote daarvan?'

'Vera is dood.'

'De zoveelste vrouw op je geweten.'

'Ze had de griep.'

Maksim lacht luid.

'Dat moet een vergissing zijn. Ik ben zijn dochter niet!' Helena probeert op haar knieën te gaan zitten. Maksim verplaatst zijn gewicht om haar te ondersteunen.

'Ik wist niet dat Olga zwanger was.' Pronski lijkt nu alleen tegen Maksim te praten. 'De familie had haar weggestuurd, naar Genève.

Toen ik hoorde waarom was ik al met Vera getrouwd.'

'Waarom weet je zo zeker dat het kind van Olga van jou was?' vraagt Maksim. 'Ze had toch een oogje op een jongen uit het dorp?'

'Olga zou zich nooit aan iemand beneden haar stand hebben gegeven. Ze was nog ongerept toen...' Hij bijt op zijn lip.

'Toen wat? Toen je haar je wil hebt opgelegd?' Helena hoort de verbijstering in Maxims stem.

'Nee.' Pronski schudt het hoofd. 'Zo is het niet gegaan.'

'Ze zou zich nooit vrijwillig aan jou hebben gegeven!'

'Wat weet jij nu –' hijgt de oude man.

'Ik denkt dat ik het maar al te goed begrijp. Olga heeft je afgewezen. Ze heeft geweigerd met je te trouwen ook al was ze zwanger,' gaat Maksim verder. 'En dan ben je maar voor de zuster gegaan om bij Olga in de buurt te kunnen zijn. En Vera was blij dat er voor haar werd gezorgd.'

'Ik zou Olga op handen hebben gedragen!' roept de vorst uit. 'Geen enkele vrouw in het hele tsarenrijk zou zo geliefd zijn geweest!'

'Maar zij voelde niets voor je, Pronski. Integendeel. Ze kon je nabijheid niet meer verdragen nadat je haar geweld had aangedaan, is het niet?' antwoordt Maksim.

Helena sluit haar ogen. Wat ze net heeft gehoord, is ondraaglijk. Ze geeft zich over aan de uitputting, wil niets meer horen of zien en wenst vurig dat dit alles een nare droom is en ze snel veilig en wel in haar bed wakker zal worden.

Maksim voelt hoe Helena wegzakt, maar blijft de vorst strak aankijken. Een onzichtbare macht lijkt opeens bezit te nemen van de oude, withaarige man. Zijn blik is afwezig en het is alsof hij in een trance verkeert.

'Het was voor haar eigen bestwil!' Pronski's stem klinkt sentimenteel en maakt Maksim misselijk. 'Ze zou zich op een gegeven moment wel hebben gerealiseerd dat ze van me hield.'

Maksim beseft heel duidelijk dat Pronski Olga Pavlova op een onverdraaglijke manier moet hebben belaagd.

'Als ze dat leugenachtige verhaal over die boerenjongen niet had verzonnen, zouden we heel gelukkig zijn geworden,' vervolgt Pronski.

'Je hebt haar in het nauw gedreven!' zegt Maksim minachtend. 'Dat is geen liefde.'

'Niet waar, ik beschermde haar!'

Helena's schouders schokken. Maksim strijkt door haar haar en ziet dat ze huilt.

'Uitschot, dat ben je, Pronski.'

'Zullen we hem –' Een schreeuw onderbreekt Boris.

'Maksim!' Buiten adem komt Eddi het bos uit gestormd. 'Die Rus, die Nikita, is ervandoor gegaan. In de richting van de Untersee. Ik heb hem niet meer te pakken gekregen.'

'Wie was dat eigenlijk?' vraagt Maksim.

'Een of andere louche handelaar. Een soort agent,' antwoordt Boris. 'Dat soort kerels ben ik in Moskou wel vaker tegengekomen. Ik denk dat hij samen met Pronski achter de ketting aan zat.'

'En de eigenaar van Hotel Ochsen?' schiet het Maksim opeens te binnen.

Eddi wijst grijnzend achter zich. De visser is erin geslaagd de enorme kerel vast binden en te knevelen.

Maksim kijkt op. 'Goed gedaan, Eddi. Zorg jij voor hem?'

'Met alle soorten van genoegen!'

'Boris, jij neemt Pronski mee. En ik,' Maksim kijkt Helena bezorgd aan, 'breng Helena naar huis.'

62

Meersburg, diezelfde nacht

Elisabeth pakt haar koffer. Veel heeft ze niet mee te nemen: drie jurken, twee nachthemden en wat ondergoed. Een stuk zeep, een paar handdoeken, een borstel, een kam en een gebedenboek. De meeste plaats nemen de etenswaren in die ze uit de kelder heeft gestolen. Helemaal onderin zit het etui waarin ze haar vermogen heeft gestopt, het geld dat ze heeft verduisterd toen Gustav nog in de oorlog zat. Altijd maar kleine bedragen, maar de totale som volstaat nu om een nieuw leven te beginnen. Het voorschot van meneer Nikita zit er ook bij.

Op de rest van het geld kan ze niet meer wachten. Elisabeth weet dat haar tijd in Meersburg ten einde loopt.

Ze heeft geen wroeging dat ze de leveringen voor de Lindenhof heeft omgeleid en Helena naar de haven heeft gelokt. Integendeel, het geeft haar juist een zekere voldoening. Want als ze aan de Lindenhof denkt dat zich nu aanprijst als het grand hôtel dat zij altijd heeft gewild, welt er woede in haar op. Ze voelt zich door iedereen verraden. Als echtgenote van Gustav heeft ze hard gewerkt om het pension te laten bloeien, hem waar mogelijk gesteund en daarnaast nog drie kinderen grootgebracht. Maar Gustav heeft gefaald en haar als dank voor al haar gezwoeg tot alles de toegang ontzegd.

Nee, dan Otto maar. Een echte man, iemand die zich laat gelden, die indruk op haar had gemaakt en tot wie ze zich aangetrokken voelde. Met wie ze nog eens had willen vechten om een goede hotelhoudster te worden. Daar was ze ver voor gegaan: ze had hem inzage gegeven in de boeken van de Lindenhof en zelfs kleine hoeveelheden gif in het eten van de patiënten gedaan, ook al had ze dat verschrikkelijk gevonden.

Die soldaten waren niet verantwoordelijk voor Gustavs onvermogen en koppigheid. Maar wat had ze anders kunnen doen om Helena en Gustav uiteindelijk tot de verkoop van de Lindenhof te dwingen? Met de Spaanse griep had het ernaar uitgezien dat alles goed zou komen: Gustav had eindelijk begrepen dat hij de Lindenhof niet kon redden en de herberg aan Otto verkocht.

En hoe was het afgelopen? Uiteindelijk was alles mislukt omdat Otto zich de koopovereenkomst had laten ontfutselen door die Russische baron, die uit het niets in Meersburg was opgedoken en met Helena was beginnen te flirten. De band van Elisabeth met Gustav en Helena is toen definitief verbroken. Haar stiefdochter dacht gewoon aan zichzelf en Gustav was te zwak om zich tegen Helena te verzetten.

De laatste maanden is Elisabeth echter nog iets duidelijk geworden: Otto brengt graag wat gestolen uren met haar door, maar is geenszins van plan haar te trouwen, zelfs niet als Else er niet meer zal zijn. Tegen een gast heeft hij onlangs gezegd dat hij op zoek was naar een jong meisje om hem de nu ontbrekende erfgenaam te schenken. Zijn huwelijk met Else was kinderloos gebleven.

Elisabeth slaat de koffer dicht en klikt de sloten vast.

Bij de gedachte aan Lilly en Katharina overvalt haar een gevoel van weemoed. Waarschijnlijk zal ze hen niet snel weer zien. Maar op een dag, daar heeft ze alle vertrouwen in, zal ze zich met haar dochters verzoenen en hun haar beweegredenen uitleggen.

Ze trekt haar jas aan, pakt de koffer, sleept die naar beneden en verlaat Hotel Ochsen. Ze heeft een plan.

Maar de weg die voor haar ligt is lang.

Grand Hôtel Lindenhof, 4 mei 1919, rond het middaguur

'Hoe voel je je? Heb je een beetje kunnen slapen?' Maksim houdt Helena een kop koffie onder de neus.

De sterke, kruidige geur verkwikt haar zinnen. Ze gaat rechtop zitten. 'Dank je, Maksim. Ik voel me beter. Ik heb nog wat hoofdpijn, maar meer niet.'

Maksim gaat naast haar bed zitten en streelt haar zachtjes over haar

haar. 'Dat komt door de ether. Ik moet er niet aan denken wat er allemaal had kunnen gebeuren.'

'Ik heb geluk gehad. Denk je dat ze me hadden laten gaan als je hun het halssnoer zou hebben gegeven?'

Maksim haalt zijn schouders op. 'Ik denk het wel. Omdat ze je verdoofd hadden, was de kans klein dat je zou weten wie je had ontvoerd. Maar dan hadden ze je nog langer onder zeil moeten houden en een te grote dosis kan fataal zijn.'

Helena drinkt peinzend van haar koffie.

Wat ze afgelopen nacht te weten is gekomen, laat haar niet met rust. 'Ik kan, ik wíl hem niet geloven!'

'Ik ben bang dat hij de waarheid sprak. Alleen je moeder kan uiteindelijk meer duidelijkheid scheppen.'

'Mijn moeder –' Helena krijgt plots een ingeving. 'Geef mij het medaillon eens, Maksim!'

'Het medaillon?'

'Ja, alsjeblieft!'

Maksim weet waar Helena het doosje bewaart, haalt de hanger eruit en reikt die haar aan.

Ongeduldig klikt ze het open. 'Er ligt een pincet op de kaptafel.' Maksim brengt het haar. 'Wat ben je van plan?'

Helena antwoordt niet, maar probeert het glas voor de afbeelding van de Moeder Gods te verwijderen.

'Laat mij dat doen!' biedt Maksim aan.

Ze geeft hem het sieraad en hij bekijkt het. 'Moment!' Hij verlaat de kamer. Helena wacht ongedurig op zijn terugkomst.

Ze weet dat het met hem niet beter gaat dan met haar, ook al probeert hij dat te verbergen. De hele nacht hebben hij en haar vader met de vorst gepraat. Pronski moet zijn blijven herhalen dat hij en Vera de dood van Lidia en de kinderen niet hadden gewild en dat de voor de overval ingehuurde mannen tegen de afspraken in hadden gehandeld. Meer nog, hij zou pas veel later te horen hebben gekregen wat er was gebeurd. Maar Maksim gelooft hem niet. In zijn ogen is Pronski geestesziek. Zo gestoord dat hij een jong meisje heeft verkracht om haar tot een huwelijk met hem te dwingen. Zo gestoord dat hij tot op de dag van vandaag gelooft dat hij die afschuwelijke daad heeft gepleegd voor Olga's bestwil. Zo gestoord dat hij opdracht heeft gegeven mensen te vermoorden om het Pavlova-ensemble in handen te krijgen.

Een uur geleden is Pronski overgedragen aan een agent van de recherche. Sindsdien gaat het beter met Helena. Die man wil ze nooit meer zien.

De gedachte het gevolg te zijn van het leed dat haar moeder is aangedaan is voor Helena bijna ondraaglijk. Maksim heeft haar getroost en ook haar vader heeft haar verzekerd dat haar moeder zich ondanks alles op de geboorte van Helena had verheugd en onnoemelijk veel liefde voor haar kind had gevoeld. En dat Pronski niet de macht heeft die zekerheid van haar af te pakken. Dat, zo had haar vader het gezegd toen hij haar in zijn armen had genomen, zou haar moeder veel meer pijn hebben gedaan dan alles wat Pronski haar had aangedaan.

Helena voelt zich sindsdien wat beter.

Maksim komt terug. Hij heeft het medaillon en de pincet op een wit porseleinen schaaltje gelegd, de glasplaatjes die het icoontje en de afbeelding van haar moeder hadden beschermd, liggen ernaast. 'Ik heb de bescherming verwijderd. Dat wilde je toch?'

'Ja. Dank je!' Ze trekt zijn hoofd naar zich toe en kust hem.

Vervolgens pakt ze het medaillon en met het pincet wrikt ze de twee afbeeldingen los. Achter het icoontje zit een klein, opgevouwen papiertje.

Met trillende vingers vouwt ze het open, maar kijkt dan meteen verrast op. 'Ik kan het niet lezen, Maksim.'

'Is het te klein geschreven?'

'Nee.' Ze houdt hem het briefje voor. 'Het is in cyrillisch schrift.'

'Inderdaad. Cyrillisch en miniature.' Maksim knijpt zijn ogen tot spleetjes en leest voor: *'Omdat je het recht hebt het te weten, kleine, onschuldige Jelena, ook al kan ik het nauwelijks verdragen: je bent een dochter van Igor Sergejevitsj Pronski. Laat je rechten gelden! Ik hou van je.'*

Maksim geeft haar het papiertje terug. 'Hoe wist je dat?' vraagt hij verbluft.

'Ik weet het niet, het leek me gewoon mogelijk.' Behoedzaam wrijft Helena over de boodschap die haar moeder zoveel jaren geleden geschreven heeft.

'Dat is waarschijnlijk de bijzondere band tussen een moeder en haar kind door de tijd en afstand heen.'

Helena voelt het leed van zich afglijden. Aan het verleden kan ze niets veranderen. Ze zal haar afkomst moeten accepteren, maar de toekomst kan ze zelf vorm geven.

'Laten we vooruitkijken, liefste.' Het lijkt alsof Maksim haar gedachten heeft gelezen. 'We hebben veel verloren, maar we hebben elkaar.'

Helena knikt. Ook hij torst een last.

'Eén ding beloof ik je, Helena.' Maksim omhelst haar innig. 'We gaan op zoek. Op een dag zullen we je moeder vinden. Ik heb Pronski laten beloven ons daarbij te helpen.'

'Ik wil hem nooit meer zien!'

'Dat is ook niet nodig, maar hij kan ons zeker nuttige informatie verstrekken. Hij heeft je overigens alle Pavlova-juwelen nagelaten. Het kistje ligt op het kantoor van je vader.'

'Had hij de juwelen bij zich? En heeft hij ze weggeschonken?' vraagt Helena vol ongeloof. 'Zomaar? Vrijwillig?'

Maksim geeft haar een knipoog. 'Het kan zijn dat ik hem een beetje heb geholpen met het besluitvormingsproces.'

Helena speelt met haar vlecht.

'Hoe zit het eigenlijk met zijn kompaan? Die Russische man die er ook bij was?'

'Nikita. Die is ervandoor, maar ik laat zijn spoor volgen.'

'Weet je,' merkt Helena peinzend op, 'die juwelen kunnen me niet zoveel schelen. Ze hebben zo veel leed veroorzaakt. Misschien moeten we ze maar verkopen.'

'Jij bent de enige nog levende Pavlova en het juweel wordt doorgegeven in de vrouwelijke lijn. Het vormt een unieke band met jouw familie en herinnert ook aan mijn gezin. Omdat Lidia en mijn eerstgeboren dochter niet meer leven, kun jij het aan onze dochter doorgeven. Dat is toch een prachtige gedachte!'

'Je hebt gelijk.' Helena vlijt zich tegen hem aan. 'Maar wat als we alleen jongens krijgen?' Maksim neemt haar hoofd in zijn handen en bekijkt haar gelaat. 'We rusten niet voordat we ook een meisje hebben.'

63

Grand Hôtel Lindenhof, 14 augustus 1919

'Je ziet er fantastisch uit!' Kasia klapt in haar handen. 'O! Wat een prachtige dag!' Helena glimlacht. Ze is klaar met haar jurk en haar kapsel en bekijkt zichzelf in de staande spiegel van de rozensuite die voor haar en Maksim is gereserveerd. Hoewel Meersburg overspoeld wordt door vakantiegangers en de vraag naar kamers alle verwachtingen overtreft, stond haar vader erop dat zij hun eerste nacht als echtpaar in Helena's favoriete kamer zouden doorbrengen.

'Helena, je moet opschieten, Maksim is al...' Katharina komt de kamer binnen, op de voet gevolgd door Lilly en Minna die Lilly's negen maanden oude zoontje op de arm draagt. Ze blijven allemaal verbaasd staan als ze Helena zien.

'Je bent zo mooi,' fluistert Lilly.

Helena draait zich naar hen om. 'Kom hier!'

Lilly en Katharina gaan naast hun oudste zus staan.

'Fabelachtig!' dweept Katharina als ze naar hun spiegelbeeld kijkt en Helena knikt. De lavendelkleurige jurken van haar zussen vormen een delicaat contrast met haar witte, overvloedig met kant afgezette bruidsjurk. Een krans van verse wilde bloemen houdt de doorzichtige kanten sluier vast die over de glanzende stof van haar jurk valt en eindigt in een kleine sleep. Een eenvoudige ketting met een kruisje siert de ronde halsuitsnijding. Helena heeft bewust niet voor de weelderige Russische juwelen gekozen. Het kruisje is een geschenk van haar lang geleden overleden grootmoeder uit Singen.

'Je hebt je trouwdag slim gekozen, Helena.' Kasia schikt de laatste bloemen van Helena's bruidsboeket. 'Want we krijgen niet gewoon een heerlijk feest, maar ook een nieuwe grondwet. Van nu af aan zijn mannen en vrouwen eindelijk gelijk voor de wet.' Kasia geeft haar een knipoog. 'Laat Maksim dat maar goed in zijn oren knopen!'

Helena lacht. 'Volgens mij heeft hij het al door.'

'Helemaal eerlijk is het nog niet, vind ik.' Lilly verwijdert een pluisje van haar jurk. 'Ik mocht in januari niet stemmen omdat ik nog geen twintig ben. En dat terwijl ik wel al een kind heb!'

'Ook mannen mogen pas stemmen vanaf hun twintigste,' legt Kasia uit. 'Dat is dan weer wel gelijk.' Ze loopt naar de drie zussen en geeft Helena het boeket van altijdgroene takken en witte rozen. 'Jullie vormen een mooi trio!'

'Eigenlijk zijn we niet eens halfzussen,' zegt Helena zacht.

'Toch kunnen we geen hechtere band hebben,' antwoordt Katharina.

'Je bent altijd onze grote zus geweest.' Lilly knijpt in Helena's hand. 'En dat zul je ook altijd blijven!' Haar zoontje gaat jengelen, maar zwijgt zodra Minna zachtjes begint te neuriën.

'Het is tijd, Helena.' Kasia glimlacht haar toe. 'We moeten je bruidegom niet langer laten wachten!'

Ze is oogverblindend mooi. Maksim veegt snel een traan uit zijn ooghoek als Helena in een enkellange witte jurk en een sluier over haar donkere haar de trap afkomt. Ze straalt en haar sprankelende ogen zijn strak op hem gericht. Achter haar lopen Lilly en Katharina, op hun beurt gevolgd door Kasia wier brede glimlach laat zien hoezeer ze hun geluk op deze dag deelt.

Even duikt de herinnering op aan een ijskoude decemberdag in Petrograd. Toen had hij Lidia tot vrouw genomen, jong en vol hoop op een mooie toekomst samen. Hij koestert de gedachte, ziet haar blozen van opwinding en weet dat zij en de kinderen altijd een speciaal plekje in zijn hart zullen innemen. Vandaag schrijft hij echter verder aan zijn verhaal, wetende dat Lidia zijn geluk met heel haar hart deelt en in de hemel, als die er al is, samen met hen danst.

Gustav Lindner komt naast hem staan. 'Zorg goed voor elkaar,' zegt hij zacht.

Maksim knikt: 'Dag in, dag uit.'

Als Helena uiteindelijk voor hem staat, gaat er een golf van liefde en dankbaarheid door hem heen. Teder neemt hij haar in zijn armen. 'Ik ben zo gelukkig met jou,' fluistert hij in haar oor.

'En ik met jou,' antwoordt ze zacht. Glimlachend pakt ze zijn arm.

Ze lopen door de wijd openstaande deuren de zonovergoten zomerdag in. De warmte omhelst hen, een wolkeloze hemel strekt zich uit over het lieflijke landschap en felle zonnestralen laten het azuurblauwe water van de Bodensee aan het einde van de lindendreef vrolijk glinsteren. Maksim ademt diep in voordat hij Helena de brede stenen trap af en over het grindpleintje de tuin in leidt.

Het krakende, roestige tuinpoortje is vervangen door een boog met rode rozen. Hun delicate, sensuele geur omhult Helena en Maksim als ze eronderdoor lopen en het weelderige groen van de Lindenhof-tuin hen verwelkomt.

Op het gemaaide gras wachten de bruiloftsgasten hen op. Naast de familie zijn ook Boris, Kasia en haar man Otto Ehinger, Eddi en Konrad, dokter Zimmermann en Karl Moll, de nieuwe burgemeester, aanwezig, evenals de meeste hotelgasten. Ook de moeder van Erna is er. Zij heeft de trouwjurk van Helena gemaakt.

Broeder Fidelis straalt van oor tot oor als ze voor de tafel onder een wit baldakijn staan. Met de hulp van twee misdienaars heeft hij alles voor de ceremonie klaargezet, met inbegrip van een tot de rand toe met wijn gevulde gouden kelk. 'Ik ben zo blij dat ik jullie mag trouwen!'

De gangbare leer van de kerk, die alleen een huwelijk voltrokken in een godshuis erkent, dreigde Helena's innige wens van een huwelijk in de openlucht te zullen dwarsbomen. Maar broeder Fidelis heeft hemel en aarde verzet om de toestemming van de bisschop te krijgen voor het 'tuinhuwelijk', zoals hij het noemt.

Maksim knijpt in de hand van Helena.

Met zacht geroezemoes scharen de bruiloftsgasten zich achter hen. Gustav heeft een paar blazers geregeld en zet zelf de trombone aan zijn mond. De instrumenten glanzen in de zon als zij 'Dankt, dankt nu allen God' spelen. De feestelijke melodie stijgt op in de strakblauwe augustushemel.

'Zo, ik zal het kort houden,' kondigt broeder Fidelis aan als de laatste noot is weggestorven. 'Maar een paar dingen wil ik toch wel zeggen.' Zijn blik glijdt over de zomerse tuin. 'Toen ik nadacht over jullie huwelijk, schoot me meteen de eerste brief aan de Korintiërs te binnen. Daarin wordt gesproken over geloof, liefde en hoop. Drie dingen die jullie al goed hebben kunnen gebruiken, zeker de laatste tijd, maar toen ben ik gaan terugbladeren in het Oude Testament en heb ik het Hooglied van Salomo nog eens gelezen. Dat vind ik prachtig.'

Hij schraapt zijn keel en leest voor:

'Kijk! De winter is voorbij,
Voorbij zijn de regens, weggegaan.
De bloemen zijn verschenen op het veld,
Nu breekt de zangtijd aan,
Het koeren van de duif klinkt op het land.'

Na een korte stilte gaat hij verder: 'Vorig jaar rond deze tijd was de wereld nog in oorlog. Niemand wist wanneer er vrede zou komen. En nu is het zover, de regens zijn weggegaan, de tijd om te zingen is weer aangebroken. En er wordt ook weer getorteld.'

Hij kijkt Maksim en Helena aan. De ondeugendheid schittert in zijn ogen. 'Jullie weten dat het Hooglied over de liefde vertelt. En álles maakt deel uit van de liefde. Die zit niet alleen in het hoofd en het hart, maar ook in ons lijf.' Hij knipoogt. 'Dat is ook de reden waarom man en vrouw samenkomen.'

Achter hen wordt zacht gelachen. Maksim onderdrukt een glimlach. Helena kijkt hem van opzij schalks aan.

'Ja, dierbare gelovigen, laten we ze dan maar gauw trouwen, voor de goede gang van zaken.'

Wanneer hij het huwelijk wil inzegenen, is broeder Fidelis zo geroerd, dat hij zich door de misdienaar eerst nog een flinke beker wijn laat inschenken. Met blozende wangen geeft hij het bruidspaar eindelijk zijn zegen.

Zodra hij klaar is, geeft Maksim hem een knipoog. Hij pakt de handen van Helena en kust haar liefdevol.

'Jij bent de wereld voor mij,' fluistert hij in haar oor terwijl om hen heen het gejuich losbarst en een regen van bloemblaadjes die Kasia, Lilly en Katharina met hun handen vol de lucht in gooien, op hen neerdaalt.

De kleine Hans brabbelt tevreden wanneer Helena hem even op de arm neemt.

Broeder Fidelis kijkt een tijdje naar het vrolijke gebeuren en verheft zijn krachtige stem: 'Vooruit! "Eet en drink, vriend en vriendin, drink en word dronken van de liefde!" zo klinkt het verder in het Hooglied. En omdat we niet allemaal dronken kunnen worden van de liefde, moeten we het maar doen met bier en wijn. Ik zou zeggen: feesten maar!'

Onder de appelboom staat een lange tafel, liefdevol gedekt met mooi servies en kleurrijke bloemen. De meisjes Erna en Paula staan klaar om drankjes in te schenken en het eten op te dienen. Helena heeft met Käthe en Lucia een menu samengesteld dat perfect bij deze warme dag past, maar ook recht doet aan de talenten van de twee zelfverzekerde kokkinnen en Italiaanse en Russische specialiteiten bevat.

Nadat iedereen aan tafel heeft plaatsgenomen en Gustav een toost op het bruidspaar heeft uitgebracht, smullen de gasten van blini's en Russische salade, forel en snoekbaars uit de Bodensee, saltimbocca, sauerbraten en boeuf stroganoff met daarbij aardappelen en spätzle.

Daarna wordt koffie geserveerd en een aparte tafel opgezet. Even later komen de kokkinnen met een enorm dienblad aanzetten.

De taart die erop staat is een wit en roze spektakelstuk. De stapeltaart is afgewerkt met een ware droom van botercrème, aardbeien en slagroom, en rijkelijk versierd met rozenblaadjes en amandelen.

'Dit is ons cadeau, juffrouw Helena,' zegt Käthe. Er staat een ongewone blos op haar wangen. 'Voor u en meneer de baron!'

Lucia zwaait met een mes in de lucht. '*La sposina!* De bruid moet de taart aansnijden!' Ze lacht breed.

Helena staat op en legt haar hand op de schouder van haar bruidegom. 'Laten we het samen doen, Maksim!'

Onder de verwachtingsvolle blikken van de gasten en keukenprinsessen zetten ze het mes in de crème. Als het eerste stuk op een haastig aangedragen bord ligt, stijgt er een goedkeurend geroezemoes op in de tuin.

Donkere en lichte biscuit, aardbeienroom en vanillecrème wisselen elkaar af in een schaakbordpatroon. Daartussen schitteren stukjes aardbei die hun onmiskenbare zomerse geur verspreiden. Gekonfijte rozenblaadjes vormen de knapperige bekroning.

'Jullie hebben een echte schlosstorte *de luxe* gebakken!' zegt Helena tegen Käthe en Lucia. Ze zet haar vork in de feestelijke taart en proeft. Het smaakt hemels: romig, zoet en fruitig.

Ze kijkt naar Maksim die ook een hap heeft genomen en knipoogt.

'Dat is geen Meersburger schlosstorte, maar een Meersburger hochzeitstorte!'

Hij zet zijn bord weg, neemt Helena in zijn armen en kust haar in het bijzijn van iedereen innig en liefdevol.

EPILOOG

De volgende avond, 15 augustus 1919

Helena, Lilly en Katharina zijn samen naar het meer gelopen. Blootsvoets staan ze op het smalle strandje waar de kiezels na de hete zomerdag een aangename warmte afgeven. Het zachte klotsen van het water illustreert het vertrouwde tafereel net zoals de silhouetten van de vissersboten op het water die nu de avond valt de vangst van de dag naar huis brengen.

De afgelopen jaren hebben veel gevergd van de drie zussen. Ze zijn volwassen geworden terwijl het leven de dromen uit hun kindertijd heeft herschreven. Nu staat de toekomst veelbelovend, maar ook vol uitdagingen, voor hen.

'Je kunt een boek schrijven over jouw geschiedenis, Helena,' zegt Lilly die een steentje oppakt. 'Geen schrijver kan een spannender verhaal bedenken.' Met een hoge boog belandt het keitje in het water.

'Wat zou jij ervan vinden om het allemaal op te schrijven, Lilly?' vraagt Katharina. 'Van ons drieën heb je de meeste ervaring met romans.'

'Ik?' Lilly schudt het hoofd. 'O, nee! Ik lees liever. Een heel boek schrijven, dat kan ik niet.' Ze zoekt een nieuwe steen. 'Bovendien heb ik daar de tijd en rust niet voor.'

'Je werkt vaak in de fabriek.' Katharina strijkt een lok uit haar gezicht.

'Ook, maar mijn kind heeft mij vooral nodig.' Met een zachte plons verdwijnt de tweede kiezelsteen in het water.

'Voor mij wordt het voorlopig stil en saai,' voorspelt Helena. 'Ik heb voldoende opwinding gehad. Genoeg voor de rest van mijn leven.

Maar reken maar dat ik mijn handen vol zal hebben aan de Lindenhof en ook als mama.'

Lilly en Katharina staren haar aan. 'Ben je zwanger?' vragen ze als uit één mond. Helena lacht vrolijk. 'In februari of maart zal het zover zijn. Althans, dat denken Maksim en ik.'

'O, wat heerlijk!' roept Katharina.

Lilly valt Helena om de hals. 'Dan krijgt Hans een neefje. Of een nichtje!'

'Bij mij zal het nog wel even duren voor ik kinderen krijg,' mompelt Katharina. 'Misschien wil ik er wel geen.'

'Je hebt toch nog tijd. En daarnaast heb je grote plannen,' antwoordt Helena. 'Als je klaar bent voor kinderen, zul je dat voelen.' Ze loopt een paar passen het meer in dat hier zeer ondiep is.

Lilly en Katharina volgen haar en slaan een arm om haar heen. Het door de zon opgewarmde water speelt rond hun enkels en maakt de zoom van hun lichte zomerjurken nat.

Samen kijken ze uit over het meer. De zon gaat onder in een spectaculair spel van oranje en rood dat de golfjes op het meer doet glinsteren en de oevers verlicht. Een zwoele bries glijdt over de drie jonge vrouwen en verdwijnt in de richting van de Alpentoppen.

'Wat er ook gebeurt,' zegt Helena en ze trekt haar zussen dicht tegen zich aan, 'we zullen er altijd zijn voor elkaar.'

APPENDIX

Personages

Fictieve personages

De zussen

Helena Lindner (geb. 17 juli 1896)
Lilly Lindner (geb. 16 januari 1900)
Katharina Lindner (geb. 4 april 1901)

Hun ouders

Elisabeth Lindner (geb. mei 1870): stiefmoeder van Helena, biologische moeder van Lilly en Katharina
Gustav Lindner (geb. februari 1865)

Overige personages

Maksim baron Baranov (geb. augustus 1888): ondernemer, kunstenaar
Boris: voormalige bediende en hechte vriend van Maksim
Broeder Fidelis: vrolijke broeder uit de abdij Mehrerau bij Bregenz. Is afkomstig uit München. Moet de aankoop van de pelgrimskerk Birnau voor zijn abdij voorbereiden. Verblijft in de Lindenhof. Citeert graag Latijnse spreekwoorden.
Käthe: kokkin van de Lindenhof, later chef
Otto: eigenaar van Hotel Ochsen in Meersburg
Vorst Igor Sergejevitsj Pronski: Russische aristocraat
Vera Pronskaja: echtgenote van vorst Pronski
Njanja: voormalig kindermeisje van de meisjes Pavlova
Nikita: dubieuze Russische makelaar in antiquiteiten en kunstvoorwerpen

Leonid: Maxims zakenpartner in de staalhandel
Andrej: contactpersoon van Nikita met goede connecties in de bolsjewistische regering
Oleg: tweede contactpersoon van Nikita in Moskou
Eddi: visser aan de Bodensee
Konrad: havenarbeider in Meersburg
Horn: architect, ontwerpt en leidt de verbouwing van de Lindenhof
Hans Reichle: zoon van Lilly (geb. november 1918)
Arno Reichle: echtgenoot van Lilly
Thomas von Bogen: chirurg uit München
Lucia: tweede kokkin (sous-chef) in Grand Hôtel Lindenhof
Erna: keukenhulp
Minna en Paula: kamermeisjes, keukenhulpen

De vrouwen Pavlova

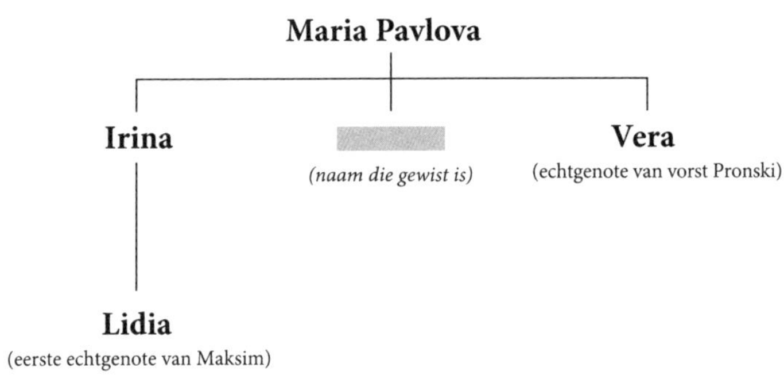

Historische personages

Annette von Droste-Hülshoff (1797-1848): De beroemde dichteres speelt slechts zijdelings een rol in de roman, maar wordt hier vermeld omdat ze immens belangrijk is voor het stadje Meersburg. Ze bezat niet alleen een literair talent (ze schreef onder meer *De Jodenbeuk*, 1842), maar was ook muzikaal zeer begaafd. De winter van 1841-1842 bracht Annette von Droste-Hülshoff voor het eerst door in Meersburg, waar haar zuster Jenny was getrouwd en woonde. De omgeving inspireerde haar tot het schrijven van vele gedichten. In 1848 stierf zij in kasteel Meersburg waar de vertrekken waar ze vertoefde nog steeds te bezichtigen zijn. Ze is nooit getrouwd.

Dr. Otto Ehinger (1882-1979): Jurist, eigenaar van een brouwerij in Meersburg, van 1946 tot 1948 burgemeester van Meersburg, echtgenoot van Kasia von Szadurska. De redenen waarom het echtpaar lange tijd gescheiden leefde, lopen uiteen. Sommige bronnen beweren dat Ehinger zijn vrouw 'verborgen hield', volgens andere – en die heb ik gevolgd in de roman – verkoos Kasia een zelfstandig leven in Konstanz en is ze daarom pas later bij haar man ingetrokken.

Wassily Kandinsky (1866-1944): De in Moskou geboren schilder studeerde rechten en economie (doctoraat), maar zag zijn roeping in de schilderkunst. In 1896 verhuisde hij naar München, waar hij zijn schilderstudie aanvatte. Hij was getrouwd, maar had jarenlang een verhouding met een leerlinge, Gabriele Münter. In die periode ontwikkelde Wassily Kandinsky zijn stijl en richtte hij met Franz Marc de kunstenaarsgroep Der Blaue Reiter op.

In 1914 moest Kandinsky Duitsland verlaten en keerde hij terug naar Rusland. Zijn relatie met Gabriele Münter liep stuk. Begin 1917 trouwde hij met Nina Nikolajevna Andrejevskaja, woonde met haar in Moskou in de buurt van het Zoebovskajaplein waar ook hun zoon Vsevolod werd geboren (het jongetje stierf op driejarige leeftijd). Met de Oktoberrevolutie hoopte Kandinsky op een vernieuwing van de kunst in Rusland, maar hoewel hij in 1920 de leerstoel kunstgeschiedenis kreeg in Moskou, verliet hij Sovjet-Rusland en vertrok hij in 1921 met zijn vrouw naar Berlijn. In 1922 stelde Walter Gropius hem aan aan het Bauhaus in Weimar. In 1928 verwierf hij de Duitse nationaliteit. Na de sluiting van het Bauhaus in 1933 door de nationaalsocialisten verhuisde hij met zijn vrouw naar Neuilly-sur-Seine bij Parijs. Daar overleed hij in 1944.

Dr. Karl Moll (1884-1936): Burgemeester van Meersburg van 1919 tot 1936. Hij heeft zich sterk ingezet voor de ontwikkeling van het toerisme in Meersburg.

Kasia von Szadurska (1886-1942): Schilderes en graficus van Poolse origine. Haar vrouwelijke naakten uit de jaren twintig die in Meersburg te zien zijn vormen een intens onderzoek van het lichaam van een vrouw: 'In het vrouwelijk lichaam ziet ze de sobere pracht die Michelangelo in verrukking bracht; geen voluptueuze volheid, maar de strijd van vrouwelijke zachtheid met de magere kracht van spieren vol wilskracht' (citaat: dr. Ehinger. Bron: *Meersburg. Spaziergänge durch die Geschichte einer alten Stadt*).

In 1919 richtte Kasia in Konstanz de kunstenaarsgroep Breidablik op die echter al na een paar maanden weer werd ontbonden.

Kasia was getrouwd met dr. Otto Ehinger. Het echtpaar leefde een tijd gescheiden, zij in Konstanz, hij in Meersburg. Dat leidde in sommige kringen voor controverse en maakte dat Kasia in 1922 bij haar man in Meersburg introk. Ze kregen twee zonen. In 1935 gingen ze uit elkaar. Het optreden van Kasia in de roman is ingebed in het fictieve verhaal en vertelt geen episode uit haar leven. Ze heeft ook geen muurschilderingen gemaakt.

Dr. Fritz Zimmermann (1873-1959): Hoofdarts in het ziekenhuis van Meersburg. In feite was hij dat pas vanaf 1919, maar in de roman heb ik me de vrijheid veroorloofd hem al vroeger deze functie toe te bedelen. Bovendien is zijn optreden in de roman fictief en heeft hij geen noodhospitaal in een pension goedgekeurd of gesteund en er bestond ook geen afspraak met Konstanz om patiënten van hen over te nemen. Dokter Zimmermann stond in hoog aanzien als arts en chirurg. Zijn biografie heb ik ontleend aan het boek *Ehre für Meersburg* (Museums- und Geschichtsverein Meersburg).

Over de Russische naamgeving

Russische namen bestaan uit drie delen: de voornaam, naam van de vader (afgeleid van de voornaam van de vader) en de achternaam. Om de lezer niet met een grote hoeveelheid namen te overvallen heb ik, op een paar uitzonderingen na, de naam van de vader weggelaten ook al weet ik dat die eigenlijk integraal deel uitmaakt van de Russische namen (voor mannen en vrouwen). Bij vorst Igor Sergejevitsj Pronski heb ik dat in de roman geïllustreerd.

HISTORISCH KADER

Inleidende opmerking

De vraag hoe ver historische gebeurtenissen in een roman verweven worden hangt van het genre af, maar natuurlijk ook van de auteur. Omdat de situatie tussen 1917 en 1919 zo complex was, heb ik besloten de geschiedenis als een soort rode draad te gebruiken en verder uit te diepen op de punten waar die een belangrijke invloed had op de plot.

Een korte uiteenzetting van de historische achtergrond is bedoeld als aanvulling op het verhaal. In de woordenlijst zijn ook interessante details te vinden.

Over Meersburg en de ontwikkeling van het toerisme

'Meersburg mist een groot, modern hotel dat [...] een attractie op zich vormt.' Dit schreef burgemeester Karl Moll in de zomer van 1919 in de lokale krant. Als de Lindenhof toen al had bestaan...

Ik ken de regio van de Bodensee goed, maar mijn eerste trip om onderzoek te doen voor deze trilogie, heeft een enorme indruk op me nagelaten. Het was een prachtige zomerdag waarbij het blauw van de hemel wedijverde met dat van het meer en vele bezoekers door de steegjes, over de pleinen en de promenade struinden. Ik verkende het pittoreske stadje, de straten en hoekjes met in mijn hoofd de personages van het verhaal. Net als de meeste toeristen werd ik aangetrokken door de burcht, een van de oudste van Duitsland (gebouwd in de zevende eeuw). Het uitzicht vanuit de kasteeltuin over de daken van Meersburg tot aan de Zwitserse Alpen met daarvoor het meer met zeilboten: met mediterrane flair toont de Bodensee zich als een paradijs met internationale faam. Daar komt nog bij dat drie landen de oevers delen: Duitsland, Oostenrijk en Zwitserland. Het perfecte decor voor een roman.

Meersburg heeft zich duidelijk veel later dan andere vakantieoorden aan de Bodensee ontwikkeld als toeristische trekpleister. Het was lang een slaperig, volkomen gedateerd stadje van landbouwers en ambachtslieden: 'Mesthopen, houtstapels, kakelende kippen en door ossen getrokken wagens vormden het alledaagse straatbeeld' (bron: *Meersburg. Spaziergänge durch die Geschichte einer alten Stadt*). Tot op heden is er geen directe aansluiting op het spoornet. Toch trok Meersburg vreemdelingen aan. Eerst ontdekten kunstenaars zoals Carl Spitzweg het authentieke van het plaatsje, vervolgens kwamen de vakantiegangers en kuurgasten, voor het merendeel mensen met bescheiden verwachtingen of dagjestoeristen. Sinds de jaren 1870, 1880 is er een promenade. Er kwamen veel initiatieven om Meersburg te promoten, maar het stadje miste het kapitaal voor een significante ontwikkeling. Na het uitbreken van de Eerste Wereldoorlog kwam wat er tot op dat moment was, stil te liggen.

Maar de eerste zomer na het einde van de oorlog ontstond er meteen een nieuwe dynamiek.

> 'Het toerisme in Meersburg heeft deze zomer een ongekende vlucht genomen [...] ons stadje wordt opeens overrompeld zoals vroeger de bekende toeristische oorden in Zwitserland en het zuiden.'

Dit schreef burgemeester Karl Moll in augustus 1919 in de lokale krant. Sinds die zomer is Meersburg een van de meest bezochte plaatsen aan de Bodensee.

Het lag voor de hand deze toeristische opleving in een boek te eren. En dus draait het verhaal van Helena niet alleen om een duister familiegeheim en de zorgen tijdens het laatste oorlogsjaar, maar ook om haar droom van de Lindenhof een grand hôtel te maken, ook al besef ik terdege dat zo'n onderneming meteen in het eerste seizoen na de oorlog vrij ambitieus zou zijn geweest.

De Lindenhof is dan ook niet gebaseerd op een reëel voorbeeld, al is het wel gemodelleerd naar enkele van de prachtige, statige gebouwen langs de oever, langs de huidige Uferpromenade. Sommige villa's hebben de tand des tijds doorstaan, andere zijn er later bij gekomen.

Vandaag is Meersburg een van de vele toeristische pareltjes aan de Bodensee, maar dankzij de markante historische gebouwen, het goed bewaarde middeleeuwse centrum en het rijke culturele erfgoed uniek.

Nog een opmerking: Meersburg kreeg pas in 1921 en niet al in 1919 zoals in de roman staat, elektriciteit.

Iets anders is wel feitelijk gedocumenteerd. In de zomer van 1919 rapporteert burgemeester Moll: 'De laatste dagen is het voorgekomen dat een paar mensen "die nood hadden aan ontspanning" in adamskostuum aan de Seestrasse lagen te zonnebaden en dat een aantal vreemdelingen voor drie vierden naakt de bezienswaardigheden in Meersburg bezochten. Tegen zulke gewoonten kan men alleen met even natuurlijke middelen optreden, die evenwel niet zijn voorzien in de handhaving.' Wat hij daar concreet mee bedoeld, heb ik helaas niet kunnen achterhalen.

Het einde van de Eerste Wereldoorlog en de Novemberrevolutie van 1918-1919

Door de afzonderlijke vrede met Rusland begin maart 1918 hoopte de Duitse legerleiding de krachten aan het westelijke front te bundelen en de oorlog in het voordeel van het Duitse Rijk te beslechten. Het grootschalige lenteoffensief in Frankrijk, Operatie Michael, was niet succesvol en het tegenoffensief van de Entente (1918: Frankrijk, het Verenigd Koninkrijk en Ierland, de Verenigde Staten en Italië) leidde uiteindelijk tot de militaire ineenstorting van het Duitse Rijk. Het Duitse leger viel uiteen. Eind september 1918 gingen er al stemmen op om onmiddellijk over een wapenstilstand te onderhandelen. Toch duurde het nog tot 11 november 1918 voordat de overeenkomst werd ondertekend (Wapenstilstand van Compiègne).

Ook de Duitse bevolking was oorlogsmoe en gedemoraliseerd. Er heerste honger en de onvrede resulteerde in een groeiend aantal stakingsbewegingen. Toen op 24 oktober 1918 matrozen het bevel van de admiraliteit om met de Duitse vloot uit te varen tegen de Britse marine negeerden (dit mondde uit in de matrozenopstand in Kiel), ontwikkelde zich een revolutionaire beweging die op 9 november 1918 Berlijn bereikte. Philipp Scheidemann riep de republiek uit, van de keizer werd geëist dat hij zou aftreden, de Raad van Volkscommissarissen installeerde een tijdelijke regering. In deze overgangsfase werden er meerdere pogingen ondernomen om een radenrepubliek te vormen die allemaal geweldddadig werden neergeslagen. De leiders van de KPD, de Duitse communistische partij, Karl Liebknecht en Rosa Luxemburg werden vermoord. Op het Reichscongres van Arbeiders- en Soldatenraden sprak een meerderheid zich uit voor een parlementaire democratie.

Op 19 januari 1919 kozen de Duitsers de grondwetgevende Nationale Vergadering. Voor het eerst mochten ook vrouwen stemmen. Eind juli werd de grondwet van Weimar afgekondigd, twee weken later werd die van kracht.

Zo ging het Duitse Rijk na de revolutionaire perikelen aan het einde van de oorlog over in een parlementaire democratie.

In dit boek opent de Lindenhof al een half jaar na het einde van de oorlog de deuren als een chic grand hôtel. Dat was zeker niet gangbaar, al was ook toen alles voor geld te koop. Feit is ook dat veel verbannen Russische aristocraten hun vermogen op tijd in veiligheid hadden gebracht en hun activiteiten hadden voortgezet of hervat. Rijke mensen zoals Maksim zullen zeker de mogelijkheden hebben gehad een dergelijk project te financieren.

De Russische Revolutie, de adel en de burgeroorlog

Eerst en vooral wil ik erop wijzen dat om dramaturgische redenen de focus van deze roman bij de Russische adel ligt en ik de geschiedenis vanuit hun perspectief heb weergegeven.

De Russische Revolutie is enorm ingewikkeld. Daarom volgt hier slechts een summiere schets van de revolutionaire gebeurtenissen die enig licht werpt op het lot van Maksim:

Al in 1905 waren er opstanden en heerste er onrust in Rusland waarbij het volk – althans in naam – in de vorm van de doema parlementaire medezeggenschap kreeg. In werkelijkheid hield de tsaar de autocratie in stand en herstelde hij in de jaren die volgden grotendeels de oude orde.

De Eerste Wereldoorlog bracht honger, ontbering en ellende voor de soldaten, maar ook voor de mensen aan het thuisfront. In 1917 was het gevaarlijk onrustig in de grote steden van het tsarenrijk. Toen Nicolas II in Petrograd (het huidige Sint-Petersburg) de opstanden bloedig neersloeg, sloten tienduizenden soldaten zich bij de protesterende burgers aan. De Februarirevolutie leidde tot de troonsafstand van de tsaar, maar niet tot de langverwachte vrede. Lenin en de bolsjewieken profiteerden van de onstabiele situatie door zichzelf aan het hoofd van de omwenteling te plaatsen en sloten tegelijkertijd een aparte vrede met Duitsland, de Habsburgse monarchie en hun bondgenoten.

Voor de Russische aristocratie betekende de oprichting van de Sovjetrepubliek niet alleen het verlies van hun landgoederen en privileges, maar ook het begin van tientallen jaren van vervolging. Veel aristocraten werden opgepakt of verbannen, stierven door ziekte en uitputting, werden massaal geëxecuteerd. Sommigen zochten hun heil in ballingschap en trokken met name naar Genève en Parijs, maar ook in de VS ontstonden Russische ballingengemeenschappen.

De oorlog en de chaos van de revolutie en aansluitend de burgeroorlog (1918-1922) eisten een zware tol. Tussen 1917 en 1921 stierven ongeveer zes miljoen Russen door ziekte, honger, executies en oorlogsverwondingen. Miljoenen anderen, onder wie veel goed opgeleide burgers (militairen, geestelijken, aristocraten, ondernemers, intellectuelen), emigreerden. De economie en industriële infrastructuur stortten in. (Bron: Douglas Smith: *Verloren adel. De laatste dagen van de Russische aristocratie.*)

In de jaren 1920 ontstond er inderdaad een bloeiende handel in juwelen, antiquiteiten en kunstwerken van de aristocratie. Vaak huurde men makelaars zoals Nikita in.

De bolsjewieken verwierven de macht niet met de Oktoberrevolutie, maar met de burgeroorlog die daaruit voortvloeide en waarin de Roden (de bolsjewieken) het opnamen tegen de Witten (een vergaarbak van overwegend monarchistische politieke krachten). Daarnaast ontstonden er ook hevige conflicten in de autonome, meer bepaald onafhankelijk geworden regio's (Oekraïense Volksrepubliek, Wit-Rusland, de Kaukasus, Centraal-Azië), die zich verzetten tegen de bolsjewistische heerschappij. Opmerkelijk was ook de strijd van de Groenen (boeren die naar de bossen waren gevlucht). Ze verenigden zich in legers en vochten voor hun idee van een rechtvaardige staat tegen de bolsjewieken. De strijd tegen de boeren duurde tot 1922.

De Burgeroorlog zette dus voort wat de Eerste Wereldoorlog had ingezet: de verwoesting en vernietiging van het land die uitmondde in ontworteling, verarming en verruwing.

De Spaanse griep

Tussen 1918 en 1920 teisterde een zware pandemie de wereld: de Spaanse griep. Terwijl de eerste golf in het voorjaar van 1918 veel besmettingen veroorzaakte, maar er relatief weinig doden vielen, was de tweede golf in het najaar verwoestend. De ziekte verspreidde zich razendsnel en werd massaal veel mensen fataal, vooral in de leeftijdsgroep van twintig tot veertig jaar. De meeste patiënten stierven aan acuut longfalen. Vaak kleurde de huid van de zieke donkerblauw door gebrek aan zuurstof.

Het deed de mensen denken aan de pest, artsen spraken over een griepbacterie, ook al was die theorie niet onomstreden. Het specifieke virus dat de ziekte had veroorzaakt, werd zelfs pas in 1933 ontdekt. De derde golf rond de jaarwisseling van 1918-1919 was minder dodelijk dan de tweede. De naam Spaanse griep wijst ten onrechte naar Spanje als het land waar de pandemie begon. Onderzoek gaat ervan uit dat het door Amerikaanse soldaten uit Amerika is meegebracht.

Over de toen geldende hygiënevoorschriften

De krant *Douglas Island News* uit Alaska zette op 15 november 1918 onder meer de volgende adviezen op de cover:

Draag een mondkapje.
Was uw handen voor en na elke maaltijd.
Zorg voor voldoende frisse lucht, overdag en 's nachts. Houd u warm.
Gorgel geregeld met zout water (en altijd als u buiten bent geweest). Houd u aan de quarantainevoorschriften.
Blijf uit de buurt van groepen mensen. U kunt de griep alleen oplopen als u in de buurt komt van een besmet persoon.
Denk aan het mondkapje.
Denk niet dat u zelf niet ziek kan worden of de ziekte niet kan doorgeven.
Raak je mond niet aan met je handen.

(Bron: https://www.br.de/nachrichten/wissen/schon-1918-gab-es-dieselben-hygieneregeln-wie- vandaag,SFYKH7Z)

VERKLARENDE WOORDENLIJST

De basiliek van Birnau: De basiliek, ingewijd in 1750, is een schilderachtig bedevaartsoord en een van de beroemdste rococogebouwen van Opper-Zwaben. Het indrukwekkende interieur herbergt talrijke kunsthistorische schatten. Meer dan honderd jaar lang, van 1803 tot 1919, was de aan de Maagd Maria gewijde kerk gesloten naar aanleiding van de ontkerkelijking in het rijk en deed het gebouw dienst als schuur voor landbouwwerktuigen en geitenstal. In 1919 konden de cisterciënzers van de abdij van Mehrerau in Vorarlberg het heiligdom terugkopen en het als priorij beheren. Broeder Fidelis is een fictief personage en het was mijn idee dat hij werd gestuurd om de terugkoop van de basiliek te organiseren.

Beeld van Onze-Lieve-Vrouw in Birnau: Het ongeveer tachtig centimeter hoge houten Mariabeeld werd in 1420 gemaakt door een onbekende meester en wordt wonderdadige krachten toegekend. In de seculiere periode werd het bewaard in de domkerk van Salem, in november 1919 werd het in een plechtige processie teruggevoerd naar Birnau.

Der Blaue Reiter: Belangrijke groep expressionisten rond Wassily Kandinsky en Franz Marc. Samen met Gabriele Münter, Paul Klee, Augustus Macke en andere jonge kunstenaars ontwikkelden ze een nieuwe manier van schilderen: expressief, met sterke kleuren en steeds abstracter. Volgens Kandinsky kwam de naam als volgt tot stand: 'Der Blauen Reiter verzonnen we aan een cafétafel in een prieeltje in Sindelsdorf. We hielden allebei van blauw, Franz Marc van paarden, ik van de ruiter.'

Boerzjwa: Afgeleid van 'bourgeoisie'. De term werd voor de Russische arbeiders en boeren het symbool voor de gehate bovenklasse die ze bestreden. Veel aristocraten, ook degenen die eerst nog sympathiseerden met de revolutie, zagen hun leven bedreigd door de omwentelingen. Het was geen statisch begrip: om in 1917 als boerzjwa te worden beschouwd, volstond het vaak om een verzorgde indruk te maken. (Bron: Douglas Smith: *Verloren adel. De laatste dagen van de Russische aristocratie.*)

Brasserie des Bords: Tegenwoordig Brasserie Lipp. De brasserie aan de Boulevard Saint-Germain in Parijs werd in 1880 geopend en is een van de meest legendarische horecazaken van de Franse hoofdstad.

Breidablik: Expressionistische kunstenaarsgroep aan de Bodensee rond Kasia von Szadurska, die maar een paar maanden heeft bestaan.

Centrale mogendheden: Blok van een aantal landen in de Eerste Wereldoorlog (Duitsland, Oostenrijk-Hongarije, het Ottomaanse Rijk en Bulgarije).

Delaunay-Belleville: Frans automerk uit het begin van de twintigste eeuw, geliefd bij industriëlen, bankiers en monarchen. Tsaar Nicolaas II was een groot liefhebber en Lenin bediende zich later graag van het wagenpark van de afgezette Russische heerser.

Februarirevolutie: Samenvatting uit *Hintergrund aktuell* van de Bundeszentrale für politische Bildung:

'De gevolgen van de Eerste Wereldoorlog en de onwil van tsaar Nicolaas II om te hervormen waren niet te overzien. Honger dreef veel mensen de straat op. In maart 1917 (februari volgens de juliaanse kalender in Rusland) was er een toename van het aantal stakingen en demonstraties voor betere voorzieningen. Toen de tsaar het bevel gaf om met scherp op de demonstranten te schieten, liepen veel soldaten over. Onder druk van het leger trad de tsaar op 15maart af.'

In de roman heb ik de term 'Februarirevolutie' gebruikt – los van mogelijk hedendaags taalgebruik – omdat het de gebeurtenissen overzichtelijk indeelt.

Fürstenhäusle, Meersburg: Eenvoudig huis te midden van de wijngaarden, gebouwd rond 1600, op een heuvel boven het historische centrum van Meersburg. Het uitzicht over de stad en het meer tot aan de Alpen is legendarisch. Het was lange tijd eigendom van de vorst-bisschoppen, maar de beroemde dichteres Annette von Droste-Hülshoff kocht het medio de negentiende eeuw op een veiling. Ze liet het verbouwen naar haar eigen ideeën, maar kon het door haar vroege dood nauwelijks gebruiken als toevluchtsoord om te schrijven. In 1924 werd het omgebouwd tot museum. In 1960 werd het aangekocht door de deelstaat Baden-Württemberg. Het Fürstenhäusle kan worden bezocht.

Glaserhäusle, Meersburg: Huisje boven de wijngaarden met een spectaculair uitzicht. Zo genoemd omdat er oorspronkelijk een glazenmaker woonde.

Gredhaus: Dit historische gebouw aan de promenade van Meersburg werd aan het begin van de zestiende eeuw gebouwd en deed dienst als opslag- en laadplaats voor handelsgoederen, vooral graan en wijn. In 1899 werd het gerenoveerd. De naam is afkomstig van het Latijnse *gradus* (trede) en verwijst naar de trappen waar ooit de waren werden gepresenteerd.

Honigschlecker: Dit engeltje maakt deel uit van het rechtse zijaltaar van de basiliek van Birnau. De beroemde gipsen putto haalt met zijn vinger honing uit een bijenkorf. Het beeld uit de hoogbarok is gemaakt door Joseph Anton Feuchtmayer en verwijst naar Bernardus van Clairvaux wiens woorden als honing uit zijn mond zouden zijn gevloeid.

Hotels in Meersburg: Bär, Wilden Mann en Schiff zijn bestaande etablissementen. Bär en Schiff bestaan nog steeds; Hotel Wilden Mann staat nog schilderachtig aan de oever, maar is leeg en wacht op een investeerder (situatie in 2020).

Kalodont: De eerste tandpasta in een tube.

De Kargegg: Ruïne van een burcht uit de dertiende eeuw op de Bodanrück, het schiereiland dat de Überlinger See van de Untersee scheidt.

Laneps: Synthetische basis voor zalf.

Lysol: Merknaam van een ontsmettingsmiddel.

Meersburger Schützen-Bier: Dit bier werd daadwerkelijk in de brouwerij van dr. Otto Ehinger gebrouwd.

Njanja: Russisch kindermeisje.

Oktoberrevolutie: Met de Februarirevolutie kwam er een einde aan de heerschappij van de tsaren, maar niet aan de problemen die het land teisterden (hongersnood, sociale ellende en oorlog), en stond de Voorlopige Regering (overgangsregering na de val van de tsaar) onder grote druk. De bolsjewieken profiteerden van de situatie en veroverden op 7 november 1917 (25 oktober volgens de juliaanse kalender) het Winterpaleis en toenmalige zetel van de regering in Petrograd. Lenin riep de Socialistische Sovjetrepubliek uit. Die ontwikkelingen mondden uit in een gruwelijke burgeroorlog die veel slachtoffers eiste en in 1922 in het voordeel van de bolsjewieken werd beslecht. In datzelfde jaar werd de Sovjet-Unie opgericht. Na de dood van Lenin in 1924 greep Stalin de macht.

Salammbo: Ballet naar de gelijknamige roman van Gustave Flaubert.

Taganka-gevangenis: Gevangenis in Moskou waar ook politieke gevangenen vastzaten. Na de Oktoberrevolutie kwamen daar veel aristocraten terecht.

Tsjeka: Eerste geheime politie opgericht in 1917, voorloper van de KGB.

Villiger: Zwitserse sigarenfabrikant, opgericht in 1888.

Vrede van Brest-Litovsk: In maart 1918 afgesloten vredesverdrag tussen Sovjet-Rusland en de centrale mogendheden Duitsland en Oostenrijk-Hongarije (en andere staten). De ondertekening maakte een einde aan de Eerste Wereldoorlog aan het Duitse oostfront en maakte troepen vrij voor het westelijke front.

Latijnse spreuken van broeder Fidelis (chronologisch)

Omne initium difficile est. – Alle begin is moeilijk.
Non omnibus unum est quod placet! – Er is niets op deze wereld wat iedereen bevalt!
Ergo bibamus. – Laten we drinken.
Nisi Dominus frustra. – Zo God niet (met ons is); is de arbeid vergeefs.
Carpe diem. – Pluk de dag.

SUIKER, MAGIE, BODENSEE

Bij een roman van Maria Nikolai hoort iets lekkers en daarom heb ik samen met Dorte Schetter van het *Marzipanatelier* in Metzingen een eigen taart voor het boek gecreëerd: de Meersburger schlosstorte. De heerlijke zomerse geuren reizen met u mee door mijn verhaal.

Veel bakplezier!

MEERSBURGER SCHLOSSTORTE

Voor 12 personen
Voorbereiding: ca. 1½ uur
Baktijd: 30 minuten

Amandelbiscuit

4 eieren
100 g suiker
50 g boter, op kamertemperatuur (zacht)
2-3 druppels vanillearoma
2-3 druppels citroenaroma
80 g bloem
80 g tarwezetmeel
80 g amandelmeel
snufje zout

Klop de eieren, suiker, zachte boter en aroma's tot een romig beslag. Spatel de bloem, het zetmeel en het amandelmeel er met een snufje zout voorzichtig doorheen.

Verwarm de oven voor op 180°C. Vet een springvorm (Ø 26 cm) in, giet het beslag erin en bak ongeveer 20 minuten.

Chocoladebiscuit

4 eieren
100 g suiker
2-3 druppels vanillearoma
2-3 druppels citroenaroma
125 g bloem
25 g cacaopoeder, ongezoet
snufje zout

Klop de eieren, suiker en aroma's tot een romig beslag. Zeef de bloem en het cacaopoeder en spatel het er met een snufje zout voorzichtig doorheen.

Verwarm de oven voor op 180°C. Vet een springvorm (Ø 26 cm) in, giet het beslag erin en bak ongeveer 20 minuten.

Vulling

800 g slagroom
50 g poedersuiker
5 blaadjes gelatine (kan ook worden vervangen door agaragar)
250 g kwark, op kamertemperatuur
100 g verse aardbeien (buiten het seizoen kun je jam gebruiken)
20 g gevriesdroogde aardbeien

Sla de slagroom met de poedersuiker stijf en houd 200 gram apart voor de versiering.

Week de gelatine in koud water, knijp uit en verwarm, maar let op dat het niet gaat koken voor de blaadjes volledig zijn opgelost. Voeg nu relatief snel wat room toe aan de gelatine en roer er vervolgens de rest van de room door. Voeg de kwark toe.

Spatel nu voorzichtig de in stukjes gesneden aardbeien of jam en de gevriesdroogde aardbeien door de massa.

Afwerken

Snijd de biscuit in twee gelijke plakken waarbij je de bovenste plak van de chocoladebiscuit apart houdt voor de garnering.

Steek met een ronde koekjessnijder (Ø ca. 10 cm) in het midden van de andere plakken een rondje uit en verwissel de stukken van de twee biscuits om een kleurencombinatie te maken. Heb je zo'n snijder niet bij de hand, gebruik dan een dekseltje of een glas.

Verdeel het roommengsel over de plakken biscuit, en stapel dan de plakken (afwisselend amandel- en chocoladebiscuit) op elkaar.

Bestrijk het geheel met de room die je apart hebt gehouden en zet 30 minuten in de koelkast.

Snijd de chocoladebiscuit die je apart hebt gehouden in twaalf gelijke punten, leg die netjes boven op de taart en druk een beetje aan. Eventueel kun je de punten nog versieren met toefjes room.

Tip: Voor deze koninklijke taart kun je ook wat goudfolie of goudparels ter versiering gebruiken.

DANKWOORD

Mijn dank gaat in de eerste plaats uit naar mijn redacteur Britta Claus. Lieve Britta, we zijn weer samen aan een nieuw literair avontuur begonnen, hebben ideeën gespuid en bekeken wat de lezers zou kunnen meeslepen. Ik ben blij dat je weer aan mijn zijde staat, ook al heb je als fondsredacteur van Penguin Verlag meer dan genoeg te doen. Hartelijk dank ook aan Eva Schubert, uitgever bij Penguin Verlag. Lieve Eva, je hebt me een tweede trilogie toevertrouwd en ik waardeer het enorm dat ik mijn vaste plek bij Penguin heb gekregen. Op de redactieafdeling hebben we inmiddels ook versterking in de persoon van Magdalena Heer, en ook jou, lieve Magdalena, dank ik van harte voor je waardevolle input. De externe redactie is weer in handen van Sarvin Zakikhani. Gelukkig maar! Want dat is een belangrijke, maar ook tijdrovende taak en ook nu heeft de tekst veel baat gehad van jouw geoefende oog en precisie, lieve Sarvin.

En dan mijn pinguïns: Christopher, Stef, Laura en Christiane. Met het intensieve werk voor onze gezamenlijke boekprojecten zijn we onwaarschijnlijk sterk naar elkaar toe gegroeid. Jullie vormen een geweldig team en ik kijk uit naar nog veel meer boeken met jullie! De marketingafdeling van Penguin Random House verzet bergen om het voltooide boek de wereld in te dragen! Ik ben zo dankbaar dat jullie mijn romans met zo veel verve en vakkundigheid bij de mensen brengen!

Hartelijk dank ook aan mijn literair agent, Uwe Neumahr van Agence Hoffman, die me al drie jaar gedreven en deskundig begeleidt.

Ik richt ook een speciaal woord van dank aan alle boekhandelaren.

Het is geweldig om te zien hoe enthousiast jullie mijn boeken bij de lezers aanbevelen.

Wanneer ik in mijn schrijffase duik, heeft dit een enorme impact op mijn directe omgeving. Mijn twee kinderen gaan hier altijd op een bewonderenswaardige manier mee om en zorgen ervoor dat ik altijd weer naar het hier en nu terugkeer. Simon en Anna, ik geef jullie een dikke knuffel en dank jullie omdat we zo'n sterk team vormen en we wederzijds op elkaar kunnen vertrouwen. Jullie zijn gewoonweg fantastisch!

Ook mijn ouders Franz en Marianne verdienen een oprecht gemeend dank je wel. Zij hebben de creatieve talenten van hun drie kinderen vanaf het allereerste begin aangemoedigd en die mogelijkheden om ons te ontplooien zijn een fundamenteel onderdeel van ons leven geworden. We hebben elk ons eigen talent en samen hebben we de muziek. Mijn broer en zus mogen in dit dankwoord ook niet ontbreken: Ursula en Martin, we zijn een gezin met een groot gevoel voor samenhorigheid en we zijn er altijd voor elkaar! Ook dat schenkt me kracht en vertrouwen.

Mijn goede vriendinnen – Petra, Ines, Michaela en Julia – vormen een vaste basis in mijn leven. Jullie nemen me zoals ik ben, aanvaarden de momenten dat ik aan mijn schrijftafel gekluisterd ben en met mijn gedachten ergens totaal anders verkeer. Dat geldt ook voor mijn auteursvrienden Bettina Storks, Gabriele Diechler, Eva-Maria Bast, Jørn Precht, Monika Pfundmeier: we hebben een sterke band en delen in onze groei en ontwikkeling, steunen elkaar, hopen en beven bij elke nieuwe publicatie en zijn blij met elk succes. Daarvoor ben ik jullie innig dankbaar. Ik wil ook de voorzitters van de fanclubs – Simone Gerken en Susanne Edelmann – hartelijk danken, net als de vele leden van die groepen en de bloggers die mij zo geweldig steunen.

En last but not least is er die ene bijzondere categorie mensen die ik graag in mijn armen sluit. Ik wil dit dankwoord graag afsluiten met een groot dank je wel aan jullie, lieve lezers. Het is altijd een enorm genoegen jullie mee te nemen op de vleugels van mijn verbeelding en zo mijn dromen en verlangens met jullie te delen.

Met heel mijn hart,
Maria Nikolai